s leen...

Testimonios sobre Mariana

Elena Garro

Testimonios sobre Mariana

Prólogo

Emmanuel Carballo

EDITORIAL PORRÚA
REPÚBLICA ARGENTINA 15
MÉXICO, 2006

Esta edición y sus características son propiedad de
EDITORIAL PORRÚA, SA de CV 2
Av. República Argentina 15 altos, col. Centro,
06020, México, DF
www.porrua.com

Queda hecho el depósito que marca la ley

ISBN 970-07-6881-3

Obra de portada: técnica lápiz/acetato,
intitulado: *Homenaje a Elena Garro*,
medida: 26 x 20 cm,
autora: Raquel Chávez Lanz

Impreso en México / *Printed in Mexico*

PRÓLOGO

Recién llegado a la ciudad de México, en 1953, conocí a Elena Garro, casada en ese momento con Octavio Paz, uno de nuestros dos maestros (el otro era Alfonso Reyes), de Carlos Fuentes y mío.

Desde entonces acá la he estimado, la he padecido y en ningún momento he dejado de admirarla. Es, quizá, la mujer más brillante entre todas las que he tratado; también, una de las más intrigantes y perversas. La perversidad, se dice, es una de las bellas artes.

Gracias a ella, a sus intrigas, dejé de hablar con Octavio Paz.

A partir de 1955 nuestra amistad sufrió irreparables cuarteaduras; este hecho ha sido doloroso porque a Octavio le debo enseñanzas perdurables.

Envolvente, hizo que olvidara su fechoría y volvimos a ser amigos algunos años después. En 1968 me acusó, junto con otras personas a las que estimo y respeto, de querer derrocar al gobierno de México para poner en su sitio a los líderes del movimiento estudiantil.

De nuevo surgió entre ambos una incomunicación terca y hostil. Pasada la tormenta, nos contentamos.

En el transcurso de los años aprendí a comprenderla y a perdonarla. (A perdonarla, aunque suene cursi y maniqueo.) La mecánica de mi relación con ella pasó del entusiasmo a la ofensa y de ésta de nuevo al entusiasmo. Me pregunto por qué, y de primera intención respondo: porque admiro en ella la pureza de la infancia (que se permite decir lo que piensa aunque transgreda los códigos de la amistad y el comportamiento con los seres queridos), la maldad (admirable siempre y cuando principie por producir catástrofes en la misma persona que las desata) y el desamparo: Elena Garro estuvo tan sola como un presidente de México en los últimos días de su sexenio. Como a todas las personas que dicen en voz alta lo que piensan, la condenaron al ostracismo los acomodaticios que obtienen por su silencio o aceptación del *status quo* un diez en conducta. Reprobado en estos menesteres, considero a Elena una correligionaria.

Recién publicada su novela, *Testimonios sobre Mariana* (1981), con la que obtuvo el premio Juan Grijalbo, Huberto Batis y yo dedicamos uno de nuestros programas en Radio Universidad (pronto cancelado por atrevido y libérrimo) a analizarla y enjuiciarla. Batis produjo un juicio favorable y entusiasta. Yo fui más cauto, al lado de formidables aciertos advertí apresuramientos en la estructura y el estilo. Dije que la novela se prolongaba más de lo debido, sin que la extensión agregara nuevos atractivos a la anécdota y profundidad en los personajes; dije, también, que era una mezcla no del todo afortunada de novela gótica, novela rosa, novela real-maravillosa y novela surrealista; que el estilo, en momentos, era descuidado y la edición horrorosa, que algunas de las criaturas no eran de tres dimensiones y que la historia pecaba de imprecisa. Batis y yo coincidimos en que la Garro en este *roman à clef* se dejaba ganar por las pasiones del corazón y veía a ciertos personajes con desafecto y en momentos con insidia.

Nuestros juicios se reprodujeron en un semanario de Jalapa (*Punto y Aparte*), Elena los leyó, no estuvo de acuerdo con ellos y me mandó una carta en la que difiere de mis puntos de vista (más que de los de Batis) y emprende una defensa sistemática de ella como autora, de su novela y de los juicios de valor que allí sostiene sobre hechos y personas. Su carta, que considero uno de los testimonios más significativos de la literatura mexicana de esos años, me entusiasmó y por ello la doy a conocer.

Fechada en París, la carta dice así:

"Querido Emmanuel: te escribo otra vez porque leí tu diálogo sobre *Mariana* con Huberto. ¡Gracias! Los dos son muy monos conmigo dedicándole tantas líneas a la novela...

"Hablemos de la aburrida *Mariana*. La novela la escribí en México en 1964. Luis Spota publicó una parte en una revista que tenía y cuyo nombre no recuerdo [*Espejo*] en 1965. Años después, la hallé en un baúl en Madrid. Necesitaba dinero y corregí los finales de los testimonios de Gabrielle y de Vicente. Pero no se pudo publicar. Siempre me cuesta mucho encontrar editor. Y mis novelas, cuentos y obras de teatro se deshojan, envejecen y se pudren en alguna maleta. Eso no es grave sino para mí, pues ya sabes que escribo por dinero.

"Creo que debo aclararte que *Mariana* no es una autobiografía sino una novela. Cuando la publique, Octavio Paz, Archibaldo Burns y todas las personas que crees descubrir en los personajes podrán demandarme. Sería muy divertido el juicio. Un verdadero *vaudeville*.

"Me las están pidiendo y creo que no resistiré a la tentación de venderlas, de manera que no te impacientes. [Sólo escribió fragmentos].

"Si piensas que en *Mariana* aparecen personajes vivos te equivocas. Aunque es verdad que tomé rasgos de algunas personas vivas y difuntas para crear a un solo personaje. Acuérdate de Ortega y Gasset: 'Lo que no es vivencia es academia'. Eso no quiere decir que lo que cuento en *Mariana* sea una simple calca de mi vida al papel. Creo que todas las novelas son *roman à clef* o no son novelas. Tendría que tomar ejemplo de los monstruotes que se escriben ahora y en los que no se sabe si el personaje es un perro, un sifilítico, una puta, un tirano sudamericano, una bañista, un sargento, una abuela, un pene, un paisaje, el lodo nauseabundo de un pantano, un borracho cogelón, Hernán Cortés, la Malinche, el Papa, la CIA, Carlos V, los peces de la mar, la mariguana, las viejas hediondas, los diputados, Óscar Wilde, Luis XIV haciendo sus confidencias, Santa Teresa de Ávila, una orquídea putrefacta, el propio autor, los amigos del autor, la Historia Contemporánea, la Historia Universal, los vedas, las algas marinas de Puerto Ángel, los chamanes, los milicos, las monjas, Stalin, la Edad Media, la Inquisición, los judíos, los disidentes, el Tabernáculo de las Luces, la piel del otro, el aborto, Irán, Hitler cada vez más vivo y activo (ahora está a las puertas de París), la Gestapo, la División Charlemagne, el clítoris de la vecina, el paraguas de Pinochet, las aldeas de Latinoamérica (recuerda que cada gallo canta su muladar), la búsqueda de la identidad (¡claro, en Latinoamérica!), el hijo de la chingada, la penetración, el penetrado, la masturbación, la virgen podrida, el eunuco, los enanos masturbadores, los fascistas stalinistas, los curas maricones, el verdugo, el torturado, el océano Pacífico o la isla de Pascua. No objeto este tipo de novela interoceánica, fluvial, magistral, histórico-personal, cloaca máxima, a la que es difícil tocar pues le salen hojas verdes de las páginas y convierten la biblioteca más modesta en una selva universal, magnífica, poblada de cabrones con lobanillos y por añadidura deshuevados. ¡No! No la objeto. En esta corriente amazónica en donde se pudren con los vientres inflados de aguas podridas y de sapos los autores, sus gobernantes, sus madres, madrinas, parientes y padres, hay una desmesura, un desorden y un caos inimaginables para una mente más o menos ordenada como la mía. Es decir, la mente de una pequeña burguesa ahogada por el deseo de entender lo que escribe y lo que lee. Mente cronometrada hace ya cientos de años por una cultura ajena al cocodrilo, al caníbal, al cabrón y al esteta de la mierda acumulada durante muchas generaciones. ¡Qué más quisiera yo que poder revolcarme en un revolcadero de cerdos a los que nos tienen acostumbrados los novelistas del presente y del futuro. Progreso en el que hallaremos hectolitros de orines, calles cagaleras de borrachos y escupitajos de tiranos inverosímiles! Sé que vamos al galope hacia las grandes ollas en las que hervirán cabezas y piernas de degenerados. Allí, en medio del inmundo rastro, los GENIOS se coronarán de mierda y de huesos humanos, pero qué quieres, yo soy muy anticuada. ¿No te acuerdas? Por eso trato de seguir moldes anticuados, a mi medida, y modestamente trato de contar una historia para divertir al público. Si no lo logro es mejor que abandone la pluma, es decir la máquina. Por desgracia no soy un genio. Y por desdicha tampoco soy víctima de nadie, de ningún fascista rojo o negro. No me han capado, ni dado toques eléctricos en "las partes" ni en los dientes. Debo gratitud a todos los regímenes políticos, incluyendo por supuesto al PRI. Creo que el personaje Mariana no es tampoco víctima de nadie sino de su propio ahistoricismo. En ese sentido puedes muy bien decir que la pequeña burguesa Mariana es Elena Garro. Me jacto de decir lo que pienso y de firmar lo que escribo.

"Ahora bien, escogí a una familia típicamente 'intelectual sudamericana' que no había pasado a la literatura. Es una pareja moderna, nihilista, arribista, *snob*, perdida en los laberintos culturales del París de la post-guerra. He conocido a muchos sudamericanos parecidos en Europa y sobre todo en París, cuna de todos los vicios, libertades y tendencias sexuales y culturales. La familia de Augusto es la familia Pérez-París, Martínez-París, Paz-París, Herrera-París, etcétera.

"El acto de escribir es un acto de libertad privada. Nunca me he quejado de haber servido de personaje de poemas, novelas y cuentos. Recuerdo que Carlitos Fuentes escribió un cuento llamado *Las dos Helenas*. Todo México dijo que éramos la Chata [Helena Paz] y yo. Hubo quien trató de azuzarme contra el escritor. Me pareció absurdo. Cada quien puede fabricar personajes de ficción con personas reales. Con ese cuento

Las dos Helenas sucedió algo muy curioso: Fuentes hizo una película y tuvo dificultades de crítica. Vino a visitarme. Recordarás que yo vivía muy aislada. Carlitos me dijo que lo atacaban por envidia y me pidió que hiciera una crítica favorable de su película. La hice con mucho gusto y se publicó en *Siempre!*, con mi firma. Ni Chata ni yo nos sentíamos atacadas por su cuento a pesar de que los personajes eran más bien desagradables.

"Antes, en los años cincuenta, Paz escribió su gran poema *Piedra de sol*. Lo leímos y releímos juntos. '¿No te ofendes?', me preguntó Paz. 'No, tienes derecho a decir lo que te parezca', le dije. Y lo que le pareció fue llamarme 'pellejo viejo, bolsa de huesos', o algo así. No recuerdo bien y no tengo su libro a la mano. Más tarde, en Madrid, Federico Álvarez me leyó el otro gran poema de Paz, *Pasado en claro*, en el que me llama 'cabeza de muerta' o algo parecido. Tampoco se me ocurrió enfadarme. Puedes preguntárselo a Federico. El poeta mitifica y Paz quiso exorcizarme diabolizándome. Lo han hecho todos los poetas. Para eso sirve la creación poética. Pepe Bianco también me tomó de personaje de su novela *La pérdida del reino* y en ella dice que me acosté con él, cosa absolutamente falsa, pero no me enfadé, pues sabía que era una novela. También Bioy Casares, al que tú citas, me puso como Clara en su novela *El sueño de los héroes* y puso que mi padre era un titiritero o mago o algo así, no recuerdo bien. No me enfadé. Ni me enfadé por otros cuentos menos clementes. Como ves, me han utilizado en varias ocasiones y nadie ha roto una lanza por mí o por la Chata, si es que estamos en el plan de defender a los posibles candidatos a personajes novelísticos o poéticos. De manera que no creo que sea importante que tú salgas de paladín a defender a posibles Paces, Burnes o Bioyes y que en cambio permitas que me llamen 'cabeza de muerta' o hija de la chingada.

"Natalia no es Chata. Tú la conoces muy bien y sabes que no es esa sombra radiante y apagada sin personalidad, ni voluntad. Sabes que es una gran rebelde que me ha dado muchos dolores de cabeza, aparte de los que le he dado yo a ella. Te confieso que las dos nos reímos mucho con tus golpes de humor como el de Abelardo y Eloísa. '¡Ojalá que fuéramos más guapas y elegantes como Mariana y Natalia!', dijo muerta de risa. ¡Helas!, es verdad.

"'La señora no se adora', en tal caso adora a su personaje. Es natural que quisiera darle algún *glamour* (recuerda que soy pequeño burguesa), no podía ponerla tan fea como la autora, pues el caso *Mariana* se vendría abajo. En literatura se permite todo.

"Creo, como tú, que la primera parte es larga y aburrida. No pude cortarla. ¡Gran falla! En cuanto a Vicente, es romo y pendejo como cualquier gigoló engreído. Pero no hablaba de un caballero de fuste sino de un niño bien, mitad gigoló y mitad vividor. ¡Fallé! Ni modo. No es cosa de volver a escribirla.

"Lo del color de rosa de la novela no me asombra. También *Los recuerdos del porvenir* padecen ese mismo tinte y en general todo lo que escribo, inclusive el *Felipe Ángeles*, del que me enteré, gracias al prólogo [edición de la UNAM] de Hugo Gutiérrez [Vega], que era una calca del proceso de *Felipe*. Según recuerdo, me costó Dios y ayuda reconstruir un caso ignorado de casi todos los mexicanos y del cual no había nada escrito. ¡Nada! Los datos me los dio mi tío Benito Navarro, que combatió a sus órdenes, y la mamá de Jorge Castañeda, hermana de Clara, la mujer de Felipe.

"Te dije en varias ocasiones que no era mi vocación ser escritora. Mi vocación era el teatro. Y mi profesión, lectora. Si hubiera sido rica, nunca me hubiera sentado horas enteras a la máquina para escribir estupideces. Ese tiempo precioso lo hubiera dedicado a releer a mis autores favoritos, a los que ya nadie lee. ¿Qué más quisiera que ser Corín Tellado? En España supe que existía esa escritora y que es el autor que más gana en el mundo. Tiene casa, barco, médico, dentista, vacaciones. ¡Es dichosa!

"En la novela, Augusto dice que Mariana lo persigue, y la famosa Mariana ya está muerta. Lo dice para cubrirse delante de su grupo. Tú dices que persigo a Paz. Seguramente te lo dijo él. ¿Podrías decirme cómo lo persigo? ¿Escribiendo? La novela no es un pleito privado, es ¡una novela! Te diré algo: ¿recuerdas que Mariana lleva a Vicente a visitar a una bailarina en Nueva York?

"Pues era una amiga rusa, bailarina del Ballet de Montecarlo, que se casó con un monstruo, que la perseguía y la destruyó.

"Tenía un hijo y ella no pudo escapar de él por esa razón. Callo su nombre. Tuve otra amiga, rusa también, pianista, casada con un doctor americano que se hizo famoso por las amistades de ella; la hija era amiga del grupo de amigos de la Chata. El doctor logró encerrarla en un manicomio y a la hija la echó a la calle y acabó de heroinómana. Así son más o menos todos los personajes. La vida supera al arte. Si pongo fin de esa chica pianista y de su hija o al de la bailarina hubiera dicho ¡qué melodrama! El doctor casó con su secretaria, una putierrita irlandesa muy católica, que era su cómplice. No te digo sus nombres porque no quiero que me demanden. En cuanto a Barnaby, es un señor argentino, maricón, diplomático, que ya murió y que le hizo lo que cuento en la novela 2 una señora española que estaba casada con un personaje franquista que vivía entre Nueva York y Madrid. Octavio Paz conoció a este señor en la India, la primera vez que estuvo allí. Por ese lado tal vez Paz pueda haberse enfadado, ya que era muy amigo de ese Gustavo. La señora F. es ahora un desecho humano. Yo ignoro la vida y milagros de Octavio Paz. Si los ignoraba cuando estuve casada con él, pues ahora mucho más, entre él y sus amigos lo cubren con un espeso velo de misterio imposible de penetrar. Creo que ya hablé bastante de Mariana...

"Bueno, ya no te agobio. Te quiere mucho tu amiga de siempre. Escríbeme y gracias querido Emmanuel por tus palabritas".

Elena Garro, 1982

De propósito quise incluir en este prólogo mis juicios acerca de *Testimonios sobre Mariana* y las sorprendentes afirmaciones emitidas por su autora, Elena Garro.

En meses recientes de 2006 he conversado (por teléfono) sobre esta novela con su hija Helena Paz Garro, autora de unas memorias únicas en México por su valentía, desenfado y buen decir. En nuestras conversaciones la Chata, así la llamamos cariñosamente sus amigos, ha confirmado casi todas mis hipótesis. La novela es una obra de clave; detrás de los personajes de tinta y papel existen personajes de carne y hueso. Mariana por supuesto es Elena; ella coquetamente lo deja entrever a lo largo de la novela. Augusto es Octavio Paz; uno y otro son emperadores, uno de Roma y otro de las letras mexicanas. El mexicano, más modesto, gobernó mal a su familia, no supo comprenderla ni menos animarla para que emprendiera por sí misma grandes hazañas en la vida y las letras.

Los personajes que rodean amorosamente a Mariana, además de Octavio, quien al mismo tiempo la ama y la abomina (extraño comportamiento que habría que estudiar detenidamente), surgen, en distintos momentos, un argentino, Adolfo Bioy Casares (Vicente), y un mexicano (Archibaldo Burns) a quien le llama Barnaby. De los tres es a Vicente, en todos los órdenes, a quien ama loca e irracionalmente; fue Vicente en la vida común y corriente quien se portó con ella como un bribón de los pies a la cabeza. Barnaby más que un explotador resultó ser un explotado, un rico tan poderoso por fuera como menesteroso por dentro.

Testimonios sobre Mariana es una de esas obras que se escriben de vez en cuando y pese a sus errores, pequeños errores, es una novela anómala tan extraña como cautivante. Digna de ser leída.

EMMANUEL CARBALLO,
El contadero,
1° de septiembre de 2006

DATOS BIOGRÁFICOS

Elena Garro, periodista, dramaturga, novelista, cuentista, guionista, memorialista, nació el 11 de diciembre de 1916 en Puebla. Pasó su infancia en la Ciudad de México y en Iguala, Guerrero. En 1936 ingresó a la Facultad de Filosofía y Letras de la Universidad Nacional Autónoma de México (UNAM). En esa época, fue coreógrafa del Teatro Universitario dirigido por Julio Bracho. El 25 de mayo de 1937 se casó con Octavio Paz. Un mes más tarde viajó a España, en plena Guerra Civil, acompañando a Octavio Paz, quien había sido invitado por la Liga de Escritores y Artistas Revolucionarios (LEAR) al II Congreso Internacional de Escritores para la Defensa de la Cultura. A su regreso a México, su marido no le permitió continuar con sus estudios en la UNAM. En 1939 nació la única hija del matrimonio, Helena Laura Paz Garro. De 1946 a 1953, Elena Garro vivió en París y otras ciudades europeas y algunos meses en Japón. La familia Paz Garro se reinstaló en México hacia finales de 1953. Tres años más tarde, en 1956, Garro inició su activismo en defensa de los comuneros de Ahuatepec, Morelos, y luchó porque se llevara a cabo la Reforma Agraria Integral en los años sesenta. Crítica feroz de la corrupción y las lacras del sistema postrevolucionario y de las injusticias sociales en el campo, se unió a las reformas políticas de Carlos A. Madrazo y a su proyecto democrático. Después de la masacre perpetrada por las fuerzas gobiernistas en Tlatelolco el 2 de octubre de 1968, se le acusó, junto con Madrazo, de ser los principales instigadores del movimiento estudiantil, al que las autoridades calificaron de subversivo. Ante la represión y la cacería de brujas desatadas por el gobierno del entonces presidente de México, Gustavo Díaz Ordaz, en 1972, huyó de México, acompañada por su hija Helena Paz. Madre e hija vivieron veinte años asediadas, perseguidas y en la miseria en Nueva York (1972-1974), Madrid (1974-1981) y París (1981-1993). Las dos Elenas regresaron a México en junio de 1993. Elena Garro pasó los últimos cinco años de su vida en Cuernavaca, Morelos. Murió el 22 de agosto de 1998.

PATRICIA ROSAS LOPÁTEGUI

1

Sí, Mariana era la simpleza misma, la docilidad. ¡Mira qué engaño! La primera vez que la vi fue en una fotografía que nos mostró Pepe a su regreso de París. Sabina y yo nos inclinamos sobre una instantánea banal en la que aparecía una muchacha con medias de lana, abrigo claro y cabellos rubios. Estaba recargada sobre el tronco de un árbol en un bosque brumoso.

—¿Es Mariana?

En la pregunta nuestra había un dejo de malicia. La muchacha de la fotografía parecía una modesta enfermera inglesa. Pepe recogió la foto molesto. Su conversación se había vuelto monótona a fuerza de intercalar frases de la desconocida. Ahora la misma fotografía continúa sobre el escritorio de Pepe, en el mío hubo otras iguales, quietas, y guardado en algún lugar un mocasín negro con hebilla de plata, como el de un lacayo. Eso me quedó de Mariana. La vida está hecha de pedazos absurdos de tiempo y de objetos impares.

Mariana empezó en ese bosque ligeramente borrado por la bruma. Más tarde la vi muchas veces en las esquinas de mi ciudad y corrí tras ella sólo para perderla entre la multitud. ¡Soy un tonto! No advertía que llevaba los dos mocasines puestos y que ella se hubiera presentado con un pie descalzo, como en la noche del pacto. ¡Miento! No hubo pacto. Sólo un juego que ella inventó. Guardo también su promesa escrita: "Te esperaré en el cielo sentada en la silla de Van Gogh". No hablo en orden. ¿Cuál es el orden con Mariana?

"Con ella hay que imponerse. Si la llamas por teléfono mandará decir que no está en casa. Tú insiste", me recomendó Pepe cuando preparábamos el viaje a París. Era fastidioso escucharlo...

En la cubierta del barco que nos llevaba a Europa decidí conocerla. La decisión me dejó melancólico. Debo reconocer que la melancolía es mi estado natural, a pesar de que los teólogos la consideran un atentado contra la existencia divina. Pero no soy creyente. Los barcos me dan la impresión de no ir a ninguna parte, lo cual si pudiera realizarse sería la solución para mi vida. Aunque cualquier solución sería igualmente absurda. Vivir es un problema arduo y hallarse en el mar es sólo una pausa. Durante el viaje tomé el sol en la piscina y observé a las pasajeras. Meditaba en el próximo barco en el que vendrían mis padres acompañados de Tana. Mi matrimonio es indisoluble y para acallar el escándalo, Tana viajaba con mis padres. El mar me recordaba las islas, una isla sería el remedio para lo irremediable. Acodado a la barandilla de cubierta traté de imaginar la dichosa soledad del mar. Salíamos del otoño del sur para dirigirnos a la primavera de Europa y el mar se aclaraba en azules surcados de verdes como anuncios de la isla imaginaria.

La llegada a Francia fue lluviosa. Al atardecer, Sabina y yo nos encontramos en nuestra habitación del hotel, donde contemplamos las copas de los árboles que daban sus primeros brotes. Éramos dos extranjeros sin nada que decirnos y me llené de nostalgia. Recordé a Pepe y llamé a su amiga. "La señora Mariana no está en casa", me contestó una voz brusca de un español. Yo sabía que era Narciso, el cocinero. Unos días después, cenamos con su marido, Augusto. Le pregunté por Mariana.

—¿Qué?... No sé por qué no vino —contestó asombrado.

Sabina lo encontró buen mozo y a mí me pareció tan aburrido como cualquiera de nosotros. "Mariana me era profundamente antipática", me había confesado Pepe frente a su marido, pensé que ésa era la verdadera naturaleza de Mariana. Pepe tenía un lado abyecto.

No debí insistir en conocerla, pero a nuestra vuelta a París, después de cinco semanas en Italia volví a llamarla muchas veces.

—Mira que tu mujer es esquiva —le dije a Augusto cuando cenamos una noche con él.

—Tiene un resfrío... y no anda bien de los nervios.

No imaginé que mi frase provocaría que la propia Mariana llamara al día siguiente, para proponer que cenáramos juntos esa misma noche. Yo debía cenar con Tana y con mis padres y me fui del hotel unos minutos antes de la cita con Augusto y con Mariana. Vencido por la curiosidad volví al hotel de improviso. En el vestíbulo, instalados en una conversación indolente encontré a Augusto y a Sabina. Frente a ellos una muchacha rubia envuelta en un abrigo blanco guardaba silencio. Era Mariana. Sabina se disgustó al verme.

—Olvidé las llaves del coche... —mentí.

Mariana me tendió una mano salpicada de pecas. Debía retirarme y desde la administración esperé el momento en que salían del hotel y alcancé a la muchacha que caminaba a la zaga de mi mujer y de su marido.

—Llámame al Claridge. Al cuarto 601 y dime en qué restaurante están —le dije riendo.

—¿Por qué no se lo pides a tu mujer? —me contestó con frialdad.

Me ofendió su respuesta impertinente. Pepe había olvidado decirme que Mariana parecía una deportista y que era pecosa. Respiraba salud aunque se cubriera con ese abrigo blanco en desacuerdo con la tibieza de la noche.

En el Claridge me esperaban mis padres acompañados de Tana. El teléfono sonó inmediatamente y mi madre me pasó el aparato.

—Estamos en el *Ramponeau* —dijo la voz de Mariana.

Abandoné a mi amante y a mis familiares. No supe las catástrofes que estaba provocando. En el restaurante Mariana se aburría. Volví a mentirle a Sabina y riendo ocupé un lugar vecino al de la muchacha. Augusto y mi mujer hablaban sobre la arquitectura moderna, que podía resumirse en dos palabras: socialista y funcional.

—No estoy de acuerdo. No somos insectos para que nos encierren en hormigueros o colmenas —dijo repentinamente Mariana.

—¡Cállate! —ordenó Augusto.

La orden cayó en la mesa como un manotazo desagradable. Mariana levantó su copa y la observó atenta. Llevaba un traje de jersey color azul celeste, de cuello alto, cerrado con un broche de oro. Sabina reanudó la conversación y de la arquitectura pasaron a Picasso.

—A mí me gusta Watteau —dijo Mariana.

La miré con una admiración fingida y le tomé una mano tostada por el sol:

—¡Somos almas gemelas! —exclamé.

Retiró la mano y leí en sus ojos la acusación: "¡Farsante!" Cuando salíamos del restaurante le pregunté por qué me había llamado al hotel.

—Porque tu mujer te obligaba a ir adonde no querías.

—¿Cómo lo supiste?

—A mí me sucede lo mismo.

Sentí vergüenza; estaba con nosotros obligada por Augusto. Guiados por su marido, fuimos a la *Rhumerie Martiniquaise,* lugar que horrorizó a Sabina. En el fondo del local oscuro ocupamos una mesa adosada a la pared. Mariana quedó a mi izquierda separada de los otros dos. El café estaba invadido por jóvenes ruidosos y mal vestidos. Sus voces incoherentes se levantaban en el humo anunciando a gritos los lugares comunes de la cultura y de la revolución. El ambiente era perturbador. Fue entonces cuando ocurrió algo imprevisto: frente a Mariana surgió un hombrecillo viejo y harapiento que la señaló y me señaló con un dedo:

—Ustedes dos se van a enamorar —anunció.

El viejo desapareció y Mariana se echó a reír. Augusto se volvió inquieto:

—Es un vago que entra a los cafés y predice la suerte —nos explicó.

Una vez a solas en mi habitación creí sentirme triste. Siempre fui sentimental, "como los inútiles o los crueles", me explicó más tarde Mariana. Hablar de ella en un orden cronológico es difícil. Ahora sólo podría afirmar: ¿Mariana? es la mujer que me amó... Aunque puedo afirmar lo contrario: ¿Mariana? es la mujer que jamás me amó... Vivo bajo la impresión de que no existió nunca y de que nunca la amé. Tal vez su recuerdo me incomoda, aunque hay instantes que regresan y entonces veo que ambos quedamos escritos en el tiempo, como esas palabras escritas con tinta secreta y que sólo mediante determinada substancia resultan legibles, a pesar de aparecer en un papel en blanco o de llevar visible otro mensaje. Así, de pronto se reproduce la primera tarde en que salimos juntos. La esperé en una placita vecina de su casa y la vi venir corriendo hacia mí. Bajé del auto para recibirla en mis brazos, pero ella se esquivó y se introdujo veloz en el asiento junto al volante:

—¡Vámonos! Ahí viene... —gritó.

Un hombre rubio parecido a ella corría por la avenida sombreada de castaños en dirección nuestra. Eché a andar el automóvil y me alejé.

—¿Quién es?

—¡Mi sombra! No soporto que me amen. Te hacen sentir un criminal. Y son ellos los criminales —afirmó convencida.

Pepe me había hablado de aquel hombre molesto y su insistencia me recordó a Tana. También yo tenía a una "sombra". Detuve el automóvil en el *Bois de Boulogne*. Era la primera vez que veía a Mariana a la luz del sol y bajo los reflejos verdes parecía una campesina. El bosque nos envolvía en una luz tibia, perfumada de tierra. También ella me miró con curiosidad.

—¿Sabes? tú eres de campo. No te va la ciudad. Deberías ser leñador... o más bien un oso.

Quise besarla por su tontería y abrí la cajuela y saqué un kleenex, le tomé la barbilla y le borré los labios.

—¿Por qué? —preguntó extrañada.

—Porque la voy a besar.

Se enfadó y se retiró hacia su portezuela para poner una distancia mayor entre los dos. No insistí, me bastaba estar con ella riendo bajo los árboles y respirando la tarde abanicada por las ramas. Nada de lo que solía decir a las mujeres se lo podía decir a ella y sostuvimos una conversación hecha de risas y de tonterías.

Años después, me dijo en Nueva York algo que no me gusta recordar mientras caminábamos por las calles nocturnas en las que nuestros pasos quedaron apagados por la nieve. Tal vez sus frases tontas ya encerraban su muerte o su desintegración, anunciada desde aquella lejana tarde pasada en el bosque. No supe entender ese proceso. Mariana buscaba salidas imaginarias para su mal incurable y temo haber cometido algún acto, que desató su catástrofe. Un hecho inocente puede producir una catástrofe. A veces temo mover un objeto de su lugar habitual, pues ese solo gesto puede originar que el mundo tome un rumbo desconocido y me aterran los finales imprevistos. Desde Mariana cuido más mis gestos. Siempre he tenido la costumbre de culparme de lo que ocurre y ahora siento que soy una enorme culpa. Si Mariana pudiera oírme se echaría a reír y me llamaría: "Tonto", como me llamó aquella tarde memorable en los jardines de Luxemburgo. Caminábamos sin ver a las viejas que hacían calceta, ni a sus nietos pidiendo caramelos. Los parques municipales aunque sean parisinos me producen tedio. Sin embargo, esa tarde ambos teníamos la sensación de caminar sobre el escenario de un teatro suspendido en un tiempo feliz.

—¿No tienes hijos? ¡Yo te regalo uno! ¡Tonto! no puedes perder tu guapura...

Nunca ninguna mujer me había halagado con ese descaro. No tenía hijos y mis amantes se cuidaban del peligro de caer embarazadas. Yo era el hijo desdichado de mis mujeres. Mariana giró con alegría y me explicó que mi hijo podía ser guapísimo. Quise besarla, pero no lo permitió. En el camino de vuelta a su casa me sentí triste por las locuras de aquella muchacha desparpajada.

—Mi promesa no es broma —me dijo al despedirse.

—Olvidas que eres casada.

—Eso no importa... yo puedo arreglar todo en la vida —afirmó petulante.

Volví a encontrarla en un teatro y tuve la impresión de que todos los amigos y los familiares me miraban como si algo imprevisto hubiera sucedido y ese algo se llamara Mariana. Me sentí ridículo, pues mi amiga apenas me miró, sonreía despreocupada junto a su marido. Augusto era el que tenía una hija con Mariana. Comprendí que existían personas engañosas que como nubes veraniegas atraviesan el cielo y desaparecen. Así borré a Mariana y olvidé su teléfono.

No era difícil olvidarla. Los amigos llegaban de Sudamérica y con ellos visitábamos los viejos lugares conocidos. Frecuentábamos los teatros y Romualdo el viejo amigo de Sabina asistía puntual a nuestras cenas, acompañado por Augusto, que venía sin su mujer. En el grupo apareció una mujer vieja, de gran estatura y ligeramente encorvada, que se empeñaba en mirarme con insistencia. Se llamaba Gabrielle y sus pasos furtivos me inquietaban. Traté de ignorarla y de ignorar todas las conversaciones. Por principio me impongo al deber de no escuchar a mis acompañantes, es una manera de ganar tiempo privado, de ausentarme sin molestar a los demás, mientras yo dibujo y desdibujo mis problemas. "Sus lágrimas son deliciosas. Mariana es muy sensible a todo lo religioso", escuché decir de pronto a Romualdo. Me repugnó su observación y el tono especial en el que pronunció el nombre de Mariana. Entendí que tenía una aventura con la muchacha y recordé a Pepe: "Mariana no tiene relaciones con Augusto". Comprendí que todos continuaban viéndola a mis espaldas. ¡A mis espaldas! Y era yo el que había decidido evitar a la muchacha. "Por la tarde voy con ella a hojear libros", dijo Sabina.

Cuando salí a la calle pensé que debía impedir que mi amiga se convirtiera en la amiga de mi mujer y que continuara su aventura con Romualdo. Di varias vueltas en el coche por la ciudad iluminada con la verdura de sus castaños y los cafés rebosantes de jóvenes. Por la orilla izquierda del Sena paseaban gentes silenciosas y al llegar a la Academia quise detenerme. Imaginé que allí sucedía algo que marcaba mi vida. Algo que no podía recordar y que no supe si ya había ocurrido. Embargado por este sentimiento extraño crucé el Puente Nuevo y me asaltó la misma ansiedad que frente a la Academia. Supe que las aguas que corrían bajo sus arcos guardaban secretos futuros y diálogos no pronunciados. Los presentimientos me aterran. Nunca sé si ya sucedieron las catástrofes y un mecanismo defensivo me obliga a olvidarlas o si apenas van a suceder. Acongojado bajé por el muelle de la margen derecha del río y me detuve frente a una tienda que vendía animales. Me identifiqué con los perros, los pájaros y los gatos que esperan en sus jaulas a sus futuros dueños.

Desde lejos descubrí a Mariana, llevaba un traje de algodón color de rosa y calzaba esparciatas atadas a las pantorrillas. Sabina la tomaba por el talle y ambas, aplicadas, miraban las páginas de un libro abierto. Las dos mujeres se recortaban en la tarde veraniega que descendía sobre el muelle abierto a todas las aventuras.

Cuando nos encontramos con Augusto le pregunté por ella y lamenté que no estuviera en el grupo. La expresión de Augusto se volvió trágica:

—No está bien de los nervios... le viene de familia...

—¿Es serio? —insistí.

—Ahora debe estar en *La Belle Ferroniere* rodeada de malvivientes. Yo no puedo impedirlo. Llegará muy tarde y lo siento por la niña.

Su confesión me dejó atónito. Al día siguiente localicé el café: estaba en la vecindad del hotel. En su terraza, sentados alrededor de algunas mesas vulgares había vagos sospechosos, que fumaban cigarros puro y daban puñetazos en las mesas. Eran españoles. Y ¿era allí donde Mariana pasaba sus noches? Me aventuré en el local ruidoso y ocupé una mesa. No tomo café, ni fumo y cuando el camarero se acercó, no supe qué ordenar, pues tampoco bebo alcohol. El hombre se impacientó.

—Espero a una señora… alta, rubia, tal vez llegué tarde —dije.

El hombre me miró atento y luego se dirigió a las mesas vecinas:

—¿La señora Mariana no ha venido hoy?

—¡No! No ha venido —contestaron los hombres a coro.

Augusto no había mentido y la figura de Mariana se empañó con la presencia de aquellos individuos. La llamé y fui a buscarla a la placita. Ocupó su lugar en el automóvil y me volví varias veces para ver su perfil y sus cabellos moviéndose en el viento. Tenía el aire inocente de las puritanas, pero bajo ese aspecto sano y limpio se ocultaba una vida dislocada. Observé sus rodillas desnudas y le propuse hacer el amor. Le recordé al hijo que me había ofrecido.

—No puedo, soy casada. A los niños se les hace con amor para que salgan guapos —contestó.

—Yo te amo —le dije recordando que me quedaban pocos días en París.

Hice mal en ofrecerle un amor que no sentía. Ella sonrió y pasó un dedo sobre mi perfil como si fuera ciega y quisiera reconocerlo por el tacto.

—No es cierto. Es malo equivocarse o querer equivocar a los demás.

Terminamos en un café abierto en el corazón del *Bois de Boulogne*. Acodada a la mesa comió pasteles de crema mientras yo apenas probé unas tostadas.

—Eres demasiado rico. Por eso no comes pasteles, no bebes café, no fumas, no tienes hijos. Dime, ¿para qué vives?

Nunca había pensado que las cosas que ella enumeraba fueran motivos para vivir. Sin embargo, de alguna manera Mariana tenía razón. No quise decirle que los libros eran el verdadero interés de mi vida, ni tampoco comenté mi pasión por el tenis.

La llevé a su casa y me invitó a subir. Augusto nunca nos había invitado. Entramos a un vestíbulo grande y melancólico, amueblado con el gusto del siglo XIX. Teo, la sirvienta española me miró divertida. Cruzamos el vestíbulo y atravesamos el gabinete del teléfono, después llegamos a la antecocina en donde una fila de lavabos convertía aquel lugar en algo inesperado.

—Aquí vivieron oficiales alemanes. Ellos los colocaron —me explicó Mariana.

En la cocina, sentada a la cabecera de una mesa enorme, pulida con arena, estaba una niña inclinada sobre un libro. Era la hija de Mariana. La niña se puso de pie y me hizo una reverencia. Me incliné sobre el libro y vi que era *Las leyendas de Shakespeare*, de Lamb.

—Me lo regaló Pepe —dijo Natalia la hija de mi amiga.

—En diez minutos te bañas y te vas a la cama —ordenó su madre.

—¿Qué hora es, Teo? —preguntó Natalia.

—Las once y cuarto en casa. Las seis y veinte en la calle —contestó la criada.

No comprendí la respuesta y miré a un viejo reloj despertador que avanzaba con dificultad, colocado sobre la cómoda. Quise reír, pero vi que las tres juzgaban normal la manera de contar el tiempo y me abstuve de hacer ninguna pregunta.

—Anda un poco mal. Yo escucho la hora del convento y luego lo miro a él —explicó Teo.

Sentí que invadía una intimidad prohibida y que Mariana estaba turbada, arrepentida de haberme dejado compartir una parte de su vida que sólo comprendían su criada y su hija. Al despedirme en el vestíbulo en el que vagaba una melancolía indefinible, la noté triste. Y a la hora de cenar la recordé en aquel enorme piso en el que la tristeza se esparcía secreta e invasora.

—Estás muy distraído —dijo Sabina.

Quería indagar sobre Mariana y su pregunta: "¿Para qué vives?" Yo hubiera querido preguntarle a ella: "¿Para qué vives?" Me inquietaba Mariana; era como una flecha que indica: "Peligro", pero quise ignorarlo. Las palabras caían desintegradas en letras tan extrañas como caracteres chinos: "Cuando soy desdichada visito un cementerio", había dicho Mariana. Recordé su frase y me dije: *¡Le Père Lachaise!*, mientras bebía un té insaboro.

Me encontré en los caminillos del cementerio descifrando inscripciones patéticas. Algunas estaban casi borradas por el tiempo. Me sorprendió la disparidad de las fechas que marcaban los nacimientos y las muertes cuidadosamente anotadas en las estelas funerarias. Las fechas me parecieron absurdas y arbitrarias. En algunas tumbas estaban las fotografías borrosas de los que habían sido alguna vez afanosos comerciantes, cortesanas, poetas, oficiales de algún ejército ya desaparecido y legiones de niños melancólicos. Me vi rodeado de ángeles y cruces de todos los tamaños. Asombrado comprobé que la vegetación de un cementerio era más pálida y artificial que aquella de los parques públicos. Tuve la impresión de que Mariana caminaba a mi lado. La descubrí en un monumento funerario, estaba sentada con la barbilla apoyada en una mano, absorta, vacía de pensamientos. Me acerqué a ella para comprobar que su abrigo blanco estaba hecho de mármol igual que sus cabellos y sus manos. Atrás se levantaba una gran cruz. "Espera a alguien", me dije. Nunca me preocupó la cruz, era sólo un símbolo que cada día se vaciaba de sentido, sin embargo, en aquel instante la cruz cobró una gravedad desconocida. Volví la vista y me encontré en un país en donde sólo crecía ella apuntando a un cielo azul y tibio. Bajo la tierra un mundo de personajes dispares caminaba con dificultad entre las sombras, luchando por salir a la luz, agarrándose a las raíces raquíticas como lazos finísimos para salir del laberinto subterráneo y llegar ¿adónde? Asustado me alejé de aquella estatua parecida a Mariana y crucé los caminillos sembrados de ángeles y de lágrimas petrificadas. Sobre las cruces anidaban golondrinas felices y gorriones de modales pícaros. Un anciano cortés me indicó que debía abandonar la ciudad en la que terminaba todo, pues era la hora de cerrarla. Aturdido, me encontré en la otra ciudad bulliciosa con los cafés abiertos y las mujeres de cabellos claros mirando nostálgicas el paso de los automóviles. Sabina me esperaba alarmada por mi prolongada ausencia.

Cuando Augusto nos invitó a comer a su casa me pareció que los salones eran una enorme pajarera abierta a avenidas verdes en el cielo. Allí dentro, Mariana se debatía sola y su mejor momento era cuando la dejaban contemplar la tarde que entraba por todas las ventanas altas por donde penetraban las ramas jugosas de los castaños. Comprobé que sobre las chimeneas de mármol había relojes de bronce detenidos en distintas horas. No escuché la conversación y apenas probé las almendras tostadas. Detesto que me inviten a comer manjares complicados. En el gran comedor tapizado de sedas azafranadas me senté a la derecha de Mariana y contemplé los muebles chinos del siglo XVIII. Augusto observaba a su mujer con gran severidad y ella parecía aburrida.

Durante algún tiempo recordé esa comida en casa de Mariana. Me asombraba la disparidad entre la dueña y el atuendo del piso. Mi amiga sólo encajaba cerca de las ventanas. Pasaron varios días en los que sólo di paseos en automóvil y escuché algunas opiniones acerca de Mariana que me desconcertaron. Debía estar siempre donde no deseaba y escuchar palabras que sólo me irritaban.

—El lesbianismo latente de Mariana… —dijo Romualdo con malicia.

El afán de clasificar sexualmente a las personas me produjo un disgusto. ¡Resultaba una verdadera manía! Nadie podía acusar de lesbiana a aquella muchacha campestre y simple. Y preferí mirar la tarde que corría junto a mi automóvil.

Le pregunté al conserje de mi hotel por algún lugar discreto en el campo y llamé a Mariana. La encontré vestida de negro con manga larga y cuello alto. Llevaba los cabellos recogidos y me pareció una monja. No le dije adónde la llevaba. Cruzamos bosques bañados por el sol veraniego y encontré en un recodo del camino la señal que me llevó a la entrada de un hotel campestre. Subimos a una habitación con una cama cubierta por una colcha de colores, una cómoda y una silla. La ventana pequeña daba al bosque por el que cruzaba un río. La habitación parecía la de un leñador. Mariana se acodó a la ventana:

—¡Qué silencio! Me gustaría vivir aquí. Huele a honestidad —me dijo muy seria.

Quise reír, pero ella continuó hablando: no le gustaban las ciudades, ni los salones ni las fiestas.

—Me gustaría vivir en este cuarto. Tú serías el oso que vive entre los árboles y yo te daría miel y zanahorias.

Me eché a reír y la dejé hablar. Yo sólo deseaba hacer el amor, ¿pero cómo decírselo? Le besé el cuello y ella se escondió entre las sábanas. Todo era simple con Mariana, la recosté sobre mi hombro y vi que se quedó dormida. ¡Era una farsa para no hacer el amor conmigo! Comprobé con amargura que en verdad dormía y que mi encanto consistía en producirle sueño. No me moví. Vi transcurrir la tarde a través de los cambios de luz sobre su rostro dormido. Quizá fue entonces cuando empecé a amarla. Al oscurecer despertó sobresaltada y en unos segundos supe que estaba predestinada para mí. Su siesta había sido prolongada y saltó de la cama. Mientras yo me ajustaba la corbata la miré de reojo, se diría que había caído en un pozo profundo y que ya no compartía nada conmigo. "¡Debí hacer el amor con ella!", me dije furioso.

—¿Qué pasa, Mariana?

—Nada...

En el auto se recargó sobre su portezuela y a través de las luces nocturnas su perfil serio y sus cabellos atados a la nuca le daban el aire de un personaje impasible a todas las adversidades. Me ordenó detenerme en una esquina cercana a su casa y la vi alejarse a pasos largos y seguros, dejando tras de sí una estela de soledad que me hizo sentirme culpable.

En el hotel cenamos con un grupo de amigos entre los que se encontraba Augusto. Los remordimientos me obligaron a ir a un teléfono: "La señora no está en casa", me contestó Teo, la criada. Supe que mentía. La seriedad de su perfil en el viaje de regreso a París, casi era una advertencia y confundido dejé pasar algunos días sin llamarla. Urgido por Sabina organicé nuestro viaje a Suiza.

Durante cuatro semanas recorrimos Ginebra, Lausanne, Berna y Zurich, acompañados de Tana y de mis padres. El rostro de Mariana se fue esfumando en los lagos, en las torres de las iglesias y en los viñedos. De cuando en cuando recordaba su pregunta: "¿Para qué vives?". Algún día hallaría la respuesta, aunque tal vez no podría dársela a ella, pues al volver a Francia partiríamos inmediatamente para nuestro país y de Mariana sólo me quedaría el recuerdo confuso de una muchacha extravagante. "No es extravagante. La rodean personas que no concuerdan con su simpleza", me dije asombrado por mi descubrimiento y decidí llamarla tan pronto como estuviera de vuelta en París.

"La señora está en el campo", me anunció Teo, cuando la llamé desde mi hotel parisino. Recordé a Pepe: "Cuando quiere librarse de algún importuno hace decir que se marchó al campo". En este caso yo era el indeseado. Augusto cenó con nosotros esa noche y yo hice notar el viaje de Mariana al campo.

—¡Miente! Es patológica. Está en su cuarto e imagina que viaja —contestó su marido. Me dejó confundido. Tal vez había fingido dormir en el albergue... Era una farsante. Antes de dejar París la obligaría a decirme una verdad. Sería duro e implacable. La fui a buscar a su casa y me recibió en el salón.

—¿Cuándo volviste del campo?

—No salí de París. No resisto ver a tanta gente, me revuelven como a un rompecabezas y necesito juntar las piezas.

La miré con tristeza. Yo era el que la había revuelto y ahora estaba rehecha, metida en su traje color avellana. Se excusó alegre: iba a salir de compras en el momento de mi llegada. Me ofrecí a acompañarla y ante mi sorpresa descubrí que sólo compraba ropa para Augusto.

—Es muy inútil para la vida práctica —me dijo guiñándome un ojo.

Cuando volvimos al automóvil me sentí lleno de rencor hacia ella y hacia Augusto y la llevé directamente al albergue campestre. Mariana no se desvistió. Sentada en la cama sobre las rodillas dobladas me preguntó:

—¿Por qué quieres que me enamore de ti?

—Porque te quiero, mi amor.

—¿Sabes que es muy malo lo que haces? Tú te vas y yo me quedo…

Dijo "me quedo" como si se quedara abandonada en una estación desierta. Yo tomaba el barco en tres días y no tenía excusa para enamorarla. ¿Qué le proponía? ¿Una aventura? Quise explicarle que había algo que me empujaba a ella y me escuchó apartada de mí, como si tuviera la voluntad de abolir en ese cuarto "campesino" el destino común que antes habíamos invocado. Reconocí en ella el instinto de conservación de los náufragos que se aferran a una barca a sabiendas de que están condenados. Así estaba Mariana, aferrada al paquete de ropa que había comprado para Augusto. Adiviné que esperaba un barco que no era yo. Mariana se negaba al naufragio conmigo.

—Eres un pobre oso que bate las palmas y pide zanahorias —y se acercó a darme un beso. Me odié por bajo, pues el recuerdo de Sabina esperándome me sobresaltó y acepté mi derrota. En el camino de regreso guardamos silencio y al llegar a la esquina de su casa la vi alejarse con pasos menos seguros. Desde el cuarto del hotel la llamé por teléfono, mientras Sabina me miró con aire acusador.

—Nos vamos de Francia y no la hemos visto —mentí.

—¿Tuviste algún disgusto con ella? Pepe me contó de sus amantes, uno se llama Ramón.

Encontré el nombre repulsivo y Teo me dijo que Mariana había salido.

La víspera de tomar el barco llamé a su puerta y Mariana accedió a dar un paseo conmigo. Hablamos de Paul, un amigo suyo que había sido el mejor amigo de Drieu La Rochelle y de pronto tuve la intuición de que era su amante. Le dije que la víspera habíamos cenado con él.

—No le gustan los sudamericanos. Los considera turistas de la cultura —me dijo despectiva. Quería herirme y yo sólo deseaba acostarme con ella. Caminamos por el bosque y su familiaridad con el verde la integraba a las viejas culturas europeas. Vi que tenía la decisión firme de no retenerme. Hubiera deseado que me pidiera quedarme a sabiendas de que yo me iría fatalmente al otro día.

—Tú no me amas, Mariana. ¿Amas a Paul?

Mariana se echó a reír y negó con la cabeza.

—¿Amas a Ramón?

—Me da asco su olor. Él me controla, alguna vez me acosté con él... no hablo de lo que no me gusta...

—No me digas nada que no quieras decirme —le dije.

Me intimidaba esa muchacha y la contrariedad de no haberme acostado con ella la convirtió esa tarde en la criatura que hubiera deseado encontrar al principio de mi juventud. ¿Cómo hubiera sido mi vida? No encontré la respuesta. Mariana era lo contrario de Sabina en belleza y en edad. Sabina pertenecía a mi mundo, formaba parte de mi pasado y dibujaba mi futuro. Mariana con su cuerpo y su risa de muchacha, era sólo un presente intenso. Hubiera sido fácil amarla ese verano que ahora terminaba. No sabía nada de ella, era la viajera imprevista, la desconocida sin pasado y sin futuro, tenía algo cinematográfico en su belleza huérfana y en sus diálogos inesperados. Tenía algo artificial, era como si no existiera de una manera perdurable. Imaginé que en la vida de cualquier lector asiduo, como era mi caso, debía aparecer alguna vez una muchacha como ella, ajena a las lecturas y hecha sólo para tener aventuras fulgurantes. Por torpeza, Mariana se negaba a aceptar su papel y con terquedad prefería encarnar su profesión de esposa de Augusto y madre de Natalia. Contemplé sus manos graciosas salpicadas de pecas, sus ojos pensativos y su falda plisada y decidí no reprocharle nada.

Un rato después de separarnos nos encontramos en *Chez Francis*, el lugar elegido por ella para la despedida. Estábamos rodeados de amigos y ocupábamos lugares lejanos en la mesa. Las luces del restaurante suavizaban los rostros y embellecían los gestos. La conversación se llevaba en tonos cálidos y las flores frescas brillaban vivas sobre la blancura del mantel. El ambiente era seductor, pero yo sólo pensaba en el rechazo de Mariana. La miré con insistencia y descubrí su cuello alto y su garganta descubierta. Reía con Romualdo y chisporroteaba como una tea encendida. Reconocí que era diferente a los demás comensales que hablaban del amor con palabras técnicas. Mariana tenía algo tan saludable que resultaba enfermizo y peligroso. La miré con fijeza y envidié su valor para entregarse a la nada.

—Al amor lo persiguen —concluyó Augusto mirando a su mujer como si ella fuera la perseguidora.

—Sólo cuando es verdadero —contestó Mariana.

Todos se volvieron a verla y yo sostuve su mirada, que era un desafío. Se produjo una sorpresa colectiva y al salir de *Chez Francis,* cuando el grupo se repartía para volver al hotel la cogí de la mano y eché a correr con ella por la avenida silenciosa. Mariana corría con la misma velocidad que yo, detrás corrían los otros y supe que nos perseguían. Mariana se detuvo en seco.

—¿Qué pasa? —preguntó Augusto jadeante.

Guardé silencio. Augusto la tomó del brazo y echamos a andar. No pude evitar llenarme de rencor. Nos despedimos en la puerta del hotel. Se alejaron por la misma avenida iluminada por la que habían llegado la primera noche del encuentro, cuando Mariana traía su abrigo blanco. Así se fue de mi vida y el adivino de la *Rhumerie Martiniquaise* se convirtió en sólo un charlatán como había dicho Augusto.

Desde el estudio de mi casa le escribí algunas cartas que ella contestó puntualmente. Me divertían sus respuestas, me hacían olvidar por unos instantes los problemas que agitaban a mi país. El cambio político se reflejaba en la economía y me entregué a largas conferencias con mis administradores. Sabina vivía aterrada ante la posibilidad de una ruina económica improbable y ambos estábamos alarmados por las detenciones de algunos conocidos. El país tomado por sorpresa se dividía en bandos que actuaban a ciegas y que estaban sujetos a la misma presión y a idéntica violencia y la moneda bajaba vertiginosamente. Bajo las formas progresistas la industria se desintegraba en aras de unas palabras huecas. Descubrí que la palabra progreso era la industria sin chimeneas y que bastaba repetirla en los banquetes oficiales para enriquecerse sin hacer ninguna inversión previa.

Por lo demás, la vida transcurría idéntica a sí misma: por las tardes me reunía con Tana en mi estudio y le agradecía su devoción inagotable. Había aceptado la soltería perpetua y sin reproches. Su amor desinteresado me salvaba de la monotonía de mi vida conyugal. Por las noches teníamos en casa al mismo número de amigos, y cuando Pepe intentaba hablarme de Mariana lo evitaba cuidadosamente.

—Es una ingrata —me confió Pepe una noche.

Su juicio me irritó. ¿Quién era Pepe para quejarse de la ingratitud de Mariana? Sin proponérmelo, su imagen se presentó ante mis ojos con una violencia desconocida. Hubiera deseado interrogar a Pepe sobre ella, pero el pudor me lo impidió. Estuve seguro de que se escribían y de que ella le hacía confidencias molestas. En nuestra correspondencia jugábamos al reencuentro: yo iría a verla o ella vendría sorpresivamente. Volví a recordar su imagen olvidada y por las mañanas en el club, empecé a imaginarla dorada por el sol corriendo por las canchas de tenis. De pronto una mañana de sol y a la mitad de una partida de tenis la sentí observando mis jugadas. Me volví a las tribunas vacías y la vi sentada, con las piernas cruzadas y la barbilla apoyada sobre la mano. Estaba sola, envuelta en su abrigo blanco, mirándome con intensidad. Solté la raqueta y me dirigí a las gradas, las subí de prisa y en efecto era ella, Mariana, pero, al acercarme retrocedí espantado, volví a la cancha, recogí la raqueta y abandoné el juego. Salí del club de prisa y sin reconocer a mis amigas. No quería hablar con nadie. ¿Por qué me miraba con aquella intensidad? Era ella, Mariana, y yo al acercarme y en el espacio de unas zancadas, poseído de un amor desconocido había cruzado el tiempo, para encontrar a una Mariana convertida en una vieja harapienta. No pude olvidar aquella figura aterradora y durante varios días me negué a jugar tenis. La certeza de que el tiempo era un espacio tan breve que podía cruzarlo en una carrera para enfrentarme al horror, me dejó paralizado. "Tal vez murió", me dije. Y envié un telegrama con la respuesta pagada. "Estoy muy bien", contestó Mariana. "Necesito verla antes", me dije entonces durante varias noches. ¿Antes de qué? El espejo me devolvía mi imagen intacta a los estragos de los meses pasados sin ella. Le supliqué que me enviara una fotografía que no me envió y noté que en la de Pepe, su rostro empezaba a suavizarse, como las fotografías de los muertos antes de borrarse con delicadeza.

Casi dos años después de nuestro adiós a la puerta del hotel George V, Mariana se había transformado en una substancia sin rasgos a la que recordaba como una sensación de frescura. Trataba algunas veces de reconstruir su rostro, pero era inútil, sólo me quedaba el recuerdo del bosque verde y oloroso. Sabía que vivía con Augusto, llevaba trajes que no podía visualizar y que me intrigaban sólo como manchas de un pasado que no existió entre nosotros. Su imagen harapienta y aterradora surgía a veces antes de dormir, dejándome intranquilo en la orilla oscura de la noche, temeroso de que al cruzarla y despertar, me encontrara sentado en algún banco público, olvidado de todos, con un gabán raído y un rostro irreparablemente viejo. Había cumplido treinta y cuatro años y había aprendido a medir el tiempo en las gradas de la cancha de tenis.

Llovía en Cherburgo cuando desembarcamos. Habían transcurrido dos años desde nuestro viaje anterior y esta vez Tana y mis padres no venían a Europa. Viajábamos solos Sabina y yo. En el puerto, bajo la llovizna, mi mujer envuelta en su tapado de piel de tigre me resultó absurda: temía resfriarse o que yo pescara una pulmonía. Cuando nos vimos en el tren pareció tranquilizarse, en cambio yo me sentí ridículo y deprimido. Me consolaba encontrar a Mariana esperándome pues había tomado la precaución de avisarle la fecha y la hora de mi llegada a París.

En la estación nadie nos esperaba y la ausencia de mi amiga me produjo una necesidad furiosa de verla y también un rencor que quise disimular ante mí mismo. ¡Me ignoraba! Continué llamando a intervalos regulares siempre con idéntico resultado. Casi a media noche me contestó Augusto, que no estaba enterado de nuestra llegada a Francia. Disgustado, me confió que Mariana había salido después del desayuno y todavía no regresaba a su casa. Estaba preocupado. Le confié a Sabina lo dicho por Augusto y decidimos continuar llamando. Mucho después de la media noche me contestó Mariana y reconocí su voz olvidada. Fijamos una cita para las nueve de la mañana.

—*Chez Francis* —dijo ella.

Dormí mal imaginando el reencuentro. ¿Por qué me intrigaba Mariana? Tal vez por su locura de ofrecerme un hijo en los jardines de Luxemburgo y luego por negarse a acostarse conmigo. Faltaban unas cuantas horas para verla y temí que el tiempo se alargara hasta convertirme en un anciano. La vejez podía producirse en un instante, igual que una enfermedad incurable. La visión de la cancha de tenis podía producirse, bastaba con cruzar la invisible frontera del tiempo. La frase predilecta de los viejos: "La vida es un suspiro", me llegó en su trágico significado. Por la mañana, antes de abandonar el hotel me miré al espejo sin encontrar ningún cambio visible.

En *Chez Francis* ocupé una mesa que dominaba la calle y las entradas del café, así como la terraza todavía cubierta por los cristales del invierno. Desde mi lugar veía el puente de Alejandro y a los transeúntes atareados que pasaban ajenos a mi solitaria espera. Eran las nueve y media y tuve la certeza de que Mariana no vendría. La calle se animaba con muchachas pálidas que con paso apresurado se dirigían a las grandes casas de modas situadas en el vecindario. Les deseaba un destino más feliz que el mío. Los parroquianos leían los diarios obtusos. Prolongué mi espera hasta las diez de la mañana convencido de que Mariana no vendría. De pronto la vi entrar con su abrigo de pelo de camello, y con los ojos muy abiertos tratando de encontrarme. Su mirada alerta pasó sobre mí y se fijó en un hombre gordo que ocupaba una mesa lejana a la mía. Corrió hacia él y la escuché decir:

—¡Vicente!

La vi arrojarse en brazos del desconocido que, con la sorpresa pintada en el rostro se puso de pie para recibirla. Molesto, avancé hacia ella y la tomé por un hombro:

—Mariana, ¿qué haces?

Se volvió a mí y con la facilidad con la que había caído en los brazos del viejo desconocido cayó en los míos. Salimos de allí con rapidez. Estaba ofendido. ¿Cómo pudo confundirme con aquel gordo?

—No sé... no sé, creí que eras ese señor —contestó riendo.

La acompañé en la risa a pesar de mi humillación y caminamos nerviosos y sin saber qué decirnos. Me había propuesto no reprocharle nada y sin embargo no pude dejar de preguntarle por qué no me esperó la víspera.

—No quería verte y salí temprano de la casa. Por la tarde fui a pedirle consejo a mi médico. No supo qué decirme y me metí a un café a jugar al futbolito. Cerraron el café y volví a casa.

Su confesión me dejó anonadado. ¡No quería verme!

La imaginé pidiéndole permiso a su médico y luego escondida en un cafetín de rufianes. ¿Quién era su médico? Yo era un imbécil. Pepe tenía razón: Mariana era una ingrata.

—¿Tienes un amante?

—No tengo amantes, hay algo que me avisa que no te vea... pero ya te vi...

—Y...

—Estoy perdida...

Caminábamos sin tocarnos y sus palabras me asustaron. Mariana se conocía mejor de lo que yo había supuesto y guardaba su lucidez de muchacha simple. Nunca supe qué mecanismo secreto provocó su catástrofe. Era algo ajeno a ella, un cuerpo extraño que la empujaba a un abismo inevitable. Lo menos suicida en ella era verme y me atrevo a asegurar que fue lo único saludable que hizo. Digo mal, poco después también se cerró para mí como una puerta sellada. Esa mañana caminamos sin hablarnos y a las doce de la mañana la vi abordar un autobús para irse a su casa.

Regresé al hotel con la sensación de no haberla visto. Era inútil insistir con ella. Yo sólo era un turista, ella misma me lo dijo cuando hablamos de Paul en mi viaje anterior. Ella en cambio llevaba una vida arreglada en París y mi presencia fortuita sólo significaba la ruptura del orden establecido por ella y que a mí me parecía irregular. "¿Mariana? la hemos adoptado", dijo Paul cuando hablamos de ella. En efecto, Mariana pertenecía al grupo al que la ciudad aplaudía hasta en sus errores, que a veces sólo eran equivocaciones. Y Mariana se equivocaba con alegría, pensaba que yo era su error y se equivocaba. No sabía que equivocarse era más grave que un error. Años después, en Nueva York, en medio de una borrasca de nieve traté de explicárselo: "La gente que te hace llorar no te ama", le dije, pero ya era tarde y con su terquedad habitual ni siquiera me escuchó, continuó caminando a mi lado obstinada en ver caer la nieve.

No pensé que a mi regreso a París vería a Augusto y a Eugenia, una compatriota de la pareja, mientras Mariana permanecía invisible. Pepe me había dicho: "Augusto tiene las amantes más variadas". A Sabina le divertía aquella mujer de cabello oxigenado y nariz recortada por la cirugía plástica, que bebía cognac y hablaba de Hermann Hesse, su única lectura.

—El gobierno me ordenó acompañarla. No puedo rehusarme, me costaría la carrera —me explicó Augusto.

Eugenia arrastraba su visón plateado como se arrastra un viejo trapo usado y cuando hablaba de Mariana decía: "la loca". Romualdo nos explicó que Mariana servía de tapadera a su marido, acompañaba a la pareja y ya muy tarde la depositaban en su casa para que durmiera unas horas.

—La veo muy poco… —concluyó Romualdo.

Recordé que había consultado con su médico si podía verme y que, con astucia, me ocultó la presencia de Eugenia en París. Su actitud me pareció la de una arribista que se prestaba a la promiscuidad con su marido en "honor de una carrera". Ella misma lo confesó la primera vez que volví a verla:

—¿No comprendes? Es casada y se trata de la carrera de Augusto.

Su voz sonó aburrida y ella y Augusto me resultaron repulsivos. Estábamos en *Potel y Chabot* y Mariana acodada a una mesa me miraba con ojos desvelados. Parecía muy cansada y no pude indignarme con ella. Tenía algo de muchacha de pueblo que acaba de salir de una huerta con las rodillas raspadas, algo de chica campestre y desvalida.

—¿Vas a decirle a Augusto que te deje dormir? —le dije alarmado ante su profundo cansancio.

Lo aceptó, nunca se negaba a nada, aunque eso no significaba que cumpliría lo prometido. Esa mañana sólo me regaló unos minutos y antes de dejarla en su casa, estacioné el auto en una callecita vecina y me resultó difícil reanudar el diálogo pues ella se empeñó en mirar a las gentes que entraban y salían de una pequeña oficina de correos.

—Napoleón era un genio. ¡Mira, de allí te enviaba las cartas y todavía no entiendo cómo te llegaban! —dijo asombrada.

Observé la vieja oficina y también a mí me asombró que desde ese lugar llegaran sus cartas hasta mi casa, en ese momento tan remota. Esperar el correo es una tortura, pues una carta es un milagro que no siempre se produce. La actitud pensativa de mi amiga me desconcertó: no podía llegar a ella, ocupada en el misterio del correo. Tomé el volante y me dirigí al camino de Fontainebleau. El campo estaba todavía desnudo y de la tierra se levantaba una neblina delicada que se introducía en el cuerpo como un veneno ligero e implacable, como el veneno que se desprendía de Mariana. Quise atraerla hacia mí para mostrarle la belleza delicada del campo, como una acuarela japonesa:

—¿Por qué no me ves?

—Me acosté a las cuatro de la mañana y estoy muy cansada…

De pronto me indignó su marido que hablaba de la belleza, del amor y de la libertad y que privaba a su mujer del sueño, para cubrir sus escandalosas aventuras con Eugenia. Me enojó la sumisión de Mariana.

—¿No puedes ser digna?

Mariana se echó a reír y movió la cabeza negando. Detuve el automóvil, quería hacerla entender que no debía acompañar a la pareja en sus correrías nocturnas.

—¡Vas a quedarte a dormir en tu casa! ¿Entiendes?

Se precipitó a contarme que durante sus vacaciones lo único que hacía era dormir. Sus ambiciones eran modestas y busqué con la mirada algún lugar donde llevarla a dormir, pero el campo se abría sólo a granjas campesinas. En Mariana había algo que no infundía respeto, nunca conocí a nadie con esa singularidad: Augusto la regañaba en público, los criados ejercían el mando en su casa, los amigos hablaban de ella con facilidad y ella continuaba riendo. Le pregunté:

—¿Qué deseas, Mariana?

—Nada... —contestó sorprendida.

—¿Ni siquiera que te ame? ¿Ni siquiera el niño?...

—El niño, sí...

La llevé a su casa y la hice prometer que dormiría y se acostaría temprano. Para estar seguro de su obediencia llamé por la noche sólo para saber que había salido y que volvería hasta muy tarde. Era inútil, le gustaba rebajarse.

Volví a verla en el salón de su casa rodeada de invitados sudamericanos y algunos franceses y noté que en su salón se sentía más perdida que en la calle. Los huéspedes hablaban de temas revolucionarios y ella parecía aburrirse. En cambio Eugenia dirigía los debates apuntando los temas esenciales con su boquilla de oro.

—¿Qué te pasa? ¿Estás borracha? —preguntó

Eugenia a la dueña de la casa que cabeceaba de sueño.

Se produjo un silencio y Mariana no reaccionó, continuó dormitando sobre el respaldo del sillón. Me acerqué a ella y murmuré:

—Estoy contigo, Mariana —no sé si me escuchó.

La luz de los candiles del comedor daba reflejos dorados a las sedas azafranadas de las paredes y sacaban luces a los cabellos brillantes de Mariana. Miré la piel de su escote dorada como un albaricoque y me pregunté por qué se dejaba insultar. Un grupo de criados desconocidos giraban alrededor de la mesa y sorprendí varias miradas entre ellos y Mariana. No escuché la conversación. De pronto se dejó oír la voz de Eugenia.

—¡Augusto! ¿Por qué no te divorcias? ¿Sólo porque Mariana te dio una hija para amarrarte?

Toda la mesa fijó los ojos en la anfitriona, que en ese momento sostenía un tenedor que iba a llevarse a la boca. Augusto declaró solemne:

—Desgraciadamente soy como Sartre y creo en la responsabilidad. Mariana es tan pobre que si me divorcio terminaría pidiendo limosna.

De la mano de Mariana se desprendió el tenedor y éste produjo un ruido terrible sobre el plato.

—Perdón… —murmuró.

—Augusto, habrá alguien con más dinero que

tú que recoja a Mariana —dije conteniendo la ira.

Los comensales nos miraron a los dos y trataron de reanimar la conversación, pero ninguno pudo decir una sola palabra. Fue Augusto el que rompió el silencio y trató de reparar la ofensa.

—Mariana es muy inútil, es penoso convivir con ella, no piensa... —dijo turbado.

—Hombres como tú y como yo nacemos mil cada año y mujeres como Mariana nacen una cada mil años —le contesté asombrado de mi propio valor.

Mariana permaneció quieta observada por todos, se había retirado a un lugar en donde las ofensas y las defensas no la tocaban. La declaración de su marido era espantosa: la guardaba por deber. ¿Por qué no se iba? Había maneras más dignas de vivir, hasta convertirse en mi amante era más digno, cuando menos yo la amaba.

—Los mendigos son los únicos que confían en la bondad del hombre y yo los amo —dijo. Nos volvimos a verla, bajo la luz de los candiles, contemplando el fondo de su copa de vino y con los cabellos rubios sobre los hombros me pareció una hermosa bruja salida del corazón del fuego para leernos su propio destino y el nuestro, pues parecía conocernos mejor a todos de lo que nos conocíamos nosotros mismos. Apoyó los codos sobre la mesa y puso la barbilla sobre los dedos cruzados, en esa postura nos miró.

—Sigamos hablando de la Revolución y de la igualdad de clases —dijo.

Después de esa cena dejé de verla muchos días, pues Augusto y Eugenia aparecían siempre sin ella: "Hace la ronda de las fiestas. Es un esnob", decían. Sabina opinaba que había algo espantosamente arribista en Mariana y a ello se debía la aceptación de las humillaciones impuestas por Augusto. Yo callaba y de vez en vez la llamaba por teléfono:

—¿Y el chico prometido, Mariana?

Contestaba riendo y me dejaba sin comprender su docilidad, que sólo era rebeldía. Me esquivaba. En realidad no sabía nada sobre Mariana y me negaba a aceptar las versiones dadas sobre ella por Augusto y por Sabina.

En dos años París se había recuperado completamente y la ciudad abría sus avenidas hermosas a todas las aventuras. Inevitablemente mis paseos terminaban en las librerías. Fue justamente en una librería pequeña y lujosa en donde descubrí bajo el cristal de uno de los anaqueles a Mariana. Se cubría los cabellos con un gorro noruego y tenía la boca abierta en una risa fija. El hombre grueso y de labios abultados que me atendía la llevaba tomada por el talle en un paisaje nevado.

—¿Su mujer? —pregunté señalando la fotografía.

—Mi amiga —contestó petulante.

Al abandonar la librería, la campanilla de la

puerta tintineó sonora dando la alerta. ¡Ese hombre era su amante! Por eso me esquivaba. La llamé para exigirle vernos esa misma tarde y ante mi asombro aceptó la cita: haríamos el amor. Cuando llegué a su casa a las cuatro de la tarde la encontré charlando con Gabrielle, la mujer vieja amiga suya y de Romualdo cuya existencia había olvidado. No hicimos el amor. Mariana me obligó a llevar a Gabrielle a las cercanías de un pueblo vecino en donde se hospedaban los padres de su amiga. Durante las dos horas que esperamos en el auto viendo caer la lluvia quise saber lo que se proponía Mariana, pero fue inútil. Me habló del hijo que tendría conmigo: "Me iré a Suecia y desde allí te lo envío con Gabrielle", la escuché decir. Esa tarde supe que el amor también incomunica. Mariana me amaba, pero su aparente simpleza ocultaba un intrincado laberinto.

—¿Y si también quiero a la madre? —le pregunté cuando me habló del niño.

—¡Tonto!, ése no es el pacto.

Mariana lo sabía todo y decidía nuestro destino con pocas palabras y ningún hecho. Ella dictó el pacto, yo lo aprobé, pues con el cabello húmedo, el impermeable inglés y la risa alegre resultaba peligrosamente atractiva. Era de noche cuando Gabrielle apareció y pudimos regresar a París. Me sorprendió que la vieja viviera en una callejuela en la que se multiplicaban los cabarets de mala estofa. Era un personaje inesperado en mi vida y tuve la certeza de que traicionaría a Mariana.

—¿Estás segura de ella? —dije al verla alejarse con pasos furtivos.

—Gabrielle es una santa.

Era inútil contradecirla, caería con más rapidez en la trampa que le tendía la vieja. Mariana tenía la cualidad de equivocarse y de convencer a los otros de que estaba en lo cierto. Con ella todo era posible, hasta ser inmortal. Durante un tiempo llegó a convencerme de la necesidad de salvación para alcanzar el cielo.

—¡Te adoro! —le grité cuando la vi correr hacia su casa. Regresó corriendo al automóvil, se inclinó por la ventanilla hasta casi introducirse completamente y de bruces me dio un beso:

—¡Mentiroso!

Y volvió a correr rumbo a su casa.

No pude verla hasta la víspera de nuestro viaje a Italia. Llegó al hotel acompañada de Augusto y de Eugenia a desearnos buen viaje. Acurrucada en un sillón permanecía ajena a la charla llevada animosamente por su marido. Augusto como siempre hablaba del retraso político de América Latina y de arqueología. Sentí rencor por él.

—¿Cómo puedes estar contra las tiranías si tú eres un tirano? —le pregunté.

—¿Yo?... ¿tirano?... tal vez tengas razón.

Augusto nunca discutía sus posibles faltas, aceptaba las críticas en actitud contrita para desarmar al enemigo e imponer su voluntad. En esa ocasión no logró hacerme sentir culpable, ya que otra veces había observado su treta.

Nos fuimos de París y no pude estar nunca con Mariana. Tuve la certeza de que un destino adverso marcaba las líneas paralelas de nuestras vidas que corrían juntas pero sin tocarse. En un determinado punto las dos líneas estaban condenadas a separarse, entonces Mariana se alejaría de mí vertiginosamente y yo solitario continuaría mi vida huérfana. Este pensamiento tenaz me persiguió durante todo el viaje por Italia. "Tonto, tonto, tonto", me repetí, imitando a Mariana. Debería haberme impuesto con ella, haberla amado para obligarla a permanecer cerca de mí. ¿Y qué había hecho?, ¡nada! Me prometí cambiar de conducta a mi regreso.

Recuerdo la tarde veraniega en que sin previo aviso irrumpí en la cocina de su casa. Una mesa enorme en la que merendaban varias sirvientas y sirvientes españoles que se pusieron de pie al verme entrar, me hizo sonreír. Me recordó las cocinas de las estancias de mi país. Cordiales, me ofrecieron asiento mientras Teo salió en busca de la señora de la casa. Mariana entró con aire divertido y ambos nos echamos a reír coreados por los criados.

—Se reúnen aquí en vez de ir al café —me explicó Mariana tomando asiento entre ellos.

Vi el inminente peligro de quedarnos allí toda la tarde y le mentí para hacerla salir de su casa.

En unos minutos la tenía en el automóvil. Enfilé rumbo a Marly. La tarde era tibia y los verdes de las tapias y los campos iluminaban la luz haciéndola muy tierna. De los árboles se desprendía un olor a miel que se esparcía por los caminos solitarios. Corrimos al azar, tomando senderos imprevistos. De pronto llegamos a una glorieta lujosa abierta en medio del bosque, en la que había una fuente rectangular construida junto a un muro y rodeada de columnas inesperadas. De la glorieta, partían varios caminos, tomamos uno y nos internamos en el bosque. Un letrero anunciaba: *Trou de L'Enfer*.

—Mira, por ese agujero se caen los que no aman —exclamó Mariana.

—Por ahí vas a caer tú por mala —le dije riendo.

El camino nos llevó a senderos estrechos, tomé uno y continuamos corriendo entre la maleza húmeda y los árboles, hasta llegar frente a las rejas de un palacio inexistente. Nos detuvimos, bajamos del auto y contemplamos las rejas altísimas, negras, con una corona ducal colocada en lo más alto. Un silencio completo invadía aquel lugar, sobrecogidos nos asimos a los barrotes de las rejas para mirar lo que había atrás de ellas: un enorme jardín abandonado, un camino de losas de piedra y una escalinata blanca que no llevaba a ningún sitio, digo que llevaba al cielo, ya que ningún palacio estaba tras ella. Cogidos a las rejas tuvimos la seguridad de que habíamos llegado al reino de los sueños.

—El que entre será amado para siempre —dijo Mariana meditabunda.

Empujé una de las rejas y entré en aquel lugar encantado, desde allí le tendí la mano a Mariana.

—Ven, mi amor —le dije.

Avanzamos despacio hechizados por aquel palacio casi invisible que se ocultaba tras la escalinata blanca. Un perfume intenso a yerbas y a flores nos hizo dudar antes de seguir adelante. El lugar era profundamente solemne, alguien lo había colocado allí para extraviar a los viajeros. Mariana se acercó a mí, yo la tomé de la mano y avanzamos callados, oprimidos por la certeza de que habíamos mirado en un círculo ajeno al resto del paisaje. ¿Qué había ocurrido en ese parque singular? Eran trozos de palacio y restos de un jardín colocados allí por una mano misteriosa. El cielo permanecía en silencio. Atónitos frente a la escalinata que llevaba a las nubes, de pronto sentimos que alguien nos miraba con intensidad y nos volvimos asustados para encontrarnos frente a cuatro esfinges de piedra a medio sepultar por la violencia perfumada de las madreselvas. Nos llegó su aroma y nos llegó su frescura... Era indudable que alguien había colocado aquellos pedazos de palacio para hechizarnos en un largo sueño. El cielo se licuó y los verdes centellearon, la escalinata blanca tendida como un abanico prometía el acceso a puertas invisibles que pronto se abrían para nosotros... Movido por la tarde húmeda, inventada por las cuatro esfinges, avancé entre las hierbas, me acerqué a Mariana envuelta en su impermeable inglés y arreglé sus cabellos rubios mecidos por la brisa...

—Quiero hacer el amor contigo...

—¿Dónde?...

Y se desbarató en mis brazos como la niebla se desbarata entre las ramas. ¿Dónde? El lugar era tan solitario como la soledad de los sueños. Estábamos absolutamente solos en el centro de una tarde irreal. Tomé a Mariana de la mano y corrimos por un sendero sembrado de álamos. Detrás de sus copas agudas como espadas vi la pizarra gris del techo de un albergue y nos dirigimos a él, a sabiendas de que acababan de colocarlo allí sólo para nosotros. Nos encontramos en una habitación pequeña. Por la ventana nos acechaba el bosque y mecidos por la lluvia que nos guardó compañía nos besamos hasta que cayeron unas tinieblas muy espesas. Al salir del albergue quise que Mariana me amara toda la vida y al llegar a París desconocí a la ciudad.

—Los puentes no están en el mismo lugar —afirmó Mariana.

—¡Sentido contrario! —nos afirmó un agente envuelto en su capa azul.

—Señor agente, venimos de hacer el amor. ¿Cómo puede haber sentido contrario? —preguntó mi amiga guiñándole un ojo.

—¡Ah! los enamorados, los elegidos del Paraíso —contestó el hombre llevándose la mano al kepí en señal de despedida.

Por la noche, en la orfandad de mi habitación, el cuerpo fresco de Mariana se confundió con las esfinges cubiertas por las madreselvas y juntos subimos la escalinata blanca para llegar al sueño...

Vinieron unas tardes en las que las palabras se confundían con las ramas y con la lluvia que escuchábamos caer desde la cama. ¿Qué me decía Mariana? Palabras que yo correspondía con otras aún más secretas. "Los bastardos son los más guapos", me aseguraba. Los regresos eran extraños. Mariana guardaba silencio acurrucada cerca de la portezuela del coche y yo callaba para ocultarle que mis retrasos irritaban a Sabina.

—Ven junto a mí...

Pero Mariana continuaba lejana y silenciosa escrutando los bosques nocturnos.

—Drieu La Rochelle habla del suicidio como de una vocación...

La miré asustado, iba impasible, observando la noche y los árboles oscuros que desfilaban de prisa por la ventanilla del automóvil. ¿Por qué hablaba así? Deseaba alejarse y yo sólo quería protegerla de su terrible soledad. Por la noche la llamé por teléfono sólo para enterarme de que había salido con Eugenia y con Augusto...

Mariana volvió a la rutina y acompañaba a la pareja en sus correrías nocturnas. Su silencio me dejó agobiado y llegué a preguntarme si no estaría embarazada y Gabrielle nos había traicionado... Me sentía mirado por Romualdo y por Sabina y trataba de fingir indiferencia. En mi reloj pulsera veía correr el tiempo y la precipitación del segundo me producía vértigo. También yo corría por un tiempo plano como la carátula por la que él corría sin que ningún milagro se produjera, las horas pasadas con Mariana estaban llenas de imágenes y significaciones profundas, surgidas del tiempo impalpable de los sueños, yo sabía que a ella le ocurría lo mismo y la imaginaba vagabunda y desdichada...

Volví a encontrarla en su salón. El motivo de la pequeña cena, era la llegada a París de un "joven lleno de talento" compatriota de Augusto. Al entrar vi que la Rosa del Tiempo anunciaba tormenta: Eugenia bailaba sola al compás de una música tropical, "el joven de talento" estaba hundido en un sillón y Augusto contemplaba iracundo el silencio de Mariana. La conversación era inútil y Sabina se dedicó a observar a los personajes con una sonrisa que a mí me pareció diabólica.

Cenamos alrededor de una mesa redonda colocada frente a la gran ventana del comedor, para lograr un efecto de mayor intimidad entre los comensales. Los cortinajes de seda color azafrán reflejaban las luces de los candelabros y proyectaban sombras en el rostro de Mariana, que impasible contemplaba el ramillete de mimosas que adornaba el centro de la mesa. Augusto y Eugenia sostenían un diálogo en el que sólo hablaban de mi amiga en términos extraños. Los minutos se alargaron en el cambio de platos, me angustió no comprender sus alusiones y vi enrojecer al "joven de talento", que evitaba cuidadosamente dirigir sus miradas a mi amiga. ¿Qué sucedía? Eugenia regalaba sonrisas a Sabina y Augusto la obsequiaba con elogios, mientras el aire se cerraba alrededor de la pequeña mesa. Escuché que se hablaba de dinero y miré los platos con restos de comida que esperaban a que alguien los quitara de nuestra vista. Da alguna manera extraña me sentí manchado y busqué los ojos de Mariana fijos en el ramo de mimosas.

—Hay mujeres "poéticas" que sólo buscan amantes con dinero —afirmó Eugenia aplastando su cigarrillo en el resto de puré de su plato.

Hubo un silencio malicioso y todas las miradas cayeron sobre mí como lenguas de fuego. Tuve la impresión de recibir un golpe bajo y supe que abofeteaban a Mariana. El "joven de talento" se ruborizó violentamente y Sabina aprobó satisfecha las palabras de Eugenia, acompañadas del tintineo de sus pulseras cuajadas de diamantes.

—Mariana es un parásito —aseguró Augusto.

La palabra "parásito" hizo reír a Eugenia y dejó en suspenso a Sabina. Siguió un fuego granado de juicios groseros sobre mi amiga, que metida en su traje negro de puños y cuello blanco, continuó impasible, mientras Teo recogió los platos. Quise decir algo y la miré con intensidad, ella levantó la vista y leí en sus ojos: "Sabina sabe que somos amantes". Estaba aterrada. Quise decirle que no tuviera miedo. ¿Miedo de quién? Aquellos personajes sentados alrededor de la mesa, gesticulaban como gárgolas enfurecidas al resplandor de las velas sostenidas por los candelabros. Parecían muy temibles y sólo eran seres irreales, incapaces de entender el amor. Las frases subieron de tono.

—Tiene delirio de grandeza, ha puesto a su hija en una escuela para millonarias —acusó Augusto.

—¿Por qué no te defiendes? Sabes que eres una arribista y una ambiciosa. Sólo te gusta el dinero. ¿Verdad? —dijo Eugenia señalando a Mariana con su larga boquilla de oro.

—¿El dinero?... .¿Nadie dice algo en mi favor? —preguntó Mariana con los ojos agrandados por algo que no supe si eran lágrimas o ira.

—¡Querida, eres la mujer más linda del mundo! —exclamé y miré indignado al coro de comensales que sólo hablaban de dinero para hacer notar que Mariana carecía de él. Hubiera deseado que contestara a las injurias que también iban dirigidas contra mí, pero Mariana volvió a su aislamiento sin importarle las palabras que caían sobre la mesa. Me invadió la cólera y me sentí un cobarde...

—Somos muy agresivos... —dijo el joven de talento.

—Javier, tú que vienes de la Unión Soviética, explícale a Mariana que en el país de la Revolución no hay lugar para los parásitos como ella —exigió el marido de mi amiga.

—Mariana tendría un lugar en el Ballet... —respondió el joven.

—¡Ridículo! ¿Por qué dices eso? —preguntó irritado el marido de Mariana y acto seguido se puso de pie y se dirigió al salón. Lo vi nervioso, mientras los demás ocupamos lugares dispersos. La cena había sido amarga y la humillación me quemaba la frente. Me intrigaba que Javier viniera de la Unión Soviética y me acerqué a él pues además parecía estar del lado de Mariana.

—¿Estuviste mucho tiempo allá? —le pregunté.

—Un año estudiando dirección de teatro. Tú sabes, yo empecé con Mariana...

No pudimos hablar. Augusto lo apartó de mí y Eugenia colocó un disco y se escucharon los primeros acordes de un tango... "Yo empecé con Mariana..." había dicho el joven de talento. Eugenia me cogió de un brazo.

—Tú y yo vamos a bailar... —la escuché decir.

—Vicente, baila con Eugenia —ordenó Sabina.

Me dejé arrastrar al salón contiguo. "Yo empecé con Mariana...", me repetí. Eugenia se untó a mí como un animal pegajoso, me llegó su aliento alcohólico, me detuve en seco, la dejé y me dirigí al lugar que ocupaba Mariana, a la que con decisión la llevé a bailar conmigo. Es difícil explicar la gravedad de esos minutos en los que permanecimos juntos, unidos por la música. La intensidad del amor es tan indecible como la intensidad del dolor. "Mañana es domingo y pasaremos el día juntos... hablaremos, Mariana, hablaremos, esto que nos sucede es horrible"...

Han pasado los años y el recuerdo de esa noche de sábado todavía me duele, no podría explicar con palabras la humillación preparada para Mariana y para mí. Sabina se había unido a ellos con una sonrisa feliz y traté de ignorar sus palabras dichas con malevolencia... No debía escucharla. Dormí mal, buscando las frases para convencer a Mariana de abandonar para siempre a su marido. Ese hombre la degradaba. Nunca me había sentido tan injustamente desdichado y por la mañana, a pesar de las lágrimas y las súplicas de Sabina, salí a buscar a Mariana. Me fui al jardín de Luxemburgo y la llamé desde un teléfono público. Supe que Augusto y Eugenia habían salido juntos la noche anterior y que él todavía dormía, pero fue inútil, Mariana debía comer con la pareja. Me indignó su voz y me indignaron sus razones, soy propenso a la depresión y la voz de Mariana me sumió en la oscuridad.

—Mi amor, ¿cómo puedes comer con ellos después de la noche infame?

—¿En dónde estás?...

Le expliqué que me hallaba frente al jardín de Luxemburgo, que había ido allí a invocarla y a olvidar la desdicha de la noche pasada. ¿Cómo era posible que se negara a verme y que escogiera la compañía de la pareja que preparaba su destrucción?

—Todos están contra nosotros y me encuentro muy solo y muy desdichado... Soy un cobarde...

—Yo también estoy muy sola... muy sola... ¿qué más podía hacer?...

Se conformaba con tan poco que me hizo sentirme un criminal. Insistí en verla, pero mis súplicas encontraron a una Mariana aterrada que se negó a reunirse conmigo. Dejé el teléfono, profundamente herido y me fui solo al jardín de Luxemburgo en el que alguna vez sucedieron momentos felices, a sabiendas de que la felicidad no existe. Mariana había producido un pequeño espacio dichoso para cerrarlo luego con su terror que invadía la mañana... Me senté en una banca pública, yo era el desterrado, el intruso y en el escenario de mi pasada dicha odié por primera vez a Mariana. Las familias endomingadas comían dulces y paseaban con sus hijos, algunos me miraban sin mirarme y nadie ocupó un lugar junto a mí, pues la desdicha aleja a los cristianos. Vagué por los jardines ajeno a sus olores que brotaban de la tierra y se esparcían con suavidad en ráfagas ligeras. Imaginé venganzas y al oscurecer, escogí para Mariana la palabra: ¡indigna! Abandoné el jardín y volví a llamarla cuando terminaba la tarde y supe que había salido con Eugenia y con Augusto. Volví a mi hotel con el presentimiento de que nos habían derrotado. Era notable que la incluyera en mi derrota. Sabina no lo ignoraba y me miró con lástima:

—Eres un inocente. ¡Es tan claro que tiene amores con el joven director de teatro!

La derrota entrevista me hizo creer sus palabras. "¡Qué tonto eres, Parsifal!", me repetía Mariana riendo. "Debo releer *Leyendas del Grial*", me dije sin ocuparme de los amigos que rodeaban a Sabina.

—¿Pero de quién hablan? —preguntó Jacobo con voz aguda.

—De Mariana. Vicente se ha enamorado de ella —contestó Sabina.

—La conocí la otra noche y no puedo decir si es una atleta fracasada, una *nurse* inglesa o una vampiresa de cine. ¡Qué mezcla! —exclamó Jacobo.

Evité mirar a aquel poeta municipal de mi país que pasaba unos días en Europa y que hablaba con descaro de una persona a la que no conocía. Sabina se echó a reír pues apreciaba el juicio abyecto de su protegido.

Durante la cena, la noche anterior sucedida en la casa de Mariana, se colocó a mi lado con sus humillaciones y sus soledades. La gran ventana del comedor cubierta por cortinajes azafranados y el ramillete de mimosas apareció y desapareció ante mis ojos borrando por completo el restaurante en el que creía encontrarme. La mesa circular, sus candelabros y las palabras dictadas por Eugenia ocupaban el espacio, pero Mariana estaba ausente y era yo solo el que recibía las injurias de los comensales que reían ignorando la silla que nadie ocupaba. ¿Cómo era Mariana? Sólo recordé los colores de los que estaba hecha y éstos se difuminaron en la penumbra del restaurante y sólo me quedaron las frases infames. La había olvidado y caminaba por un mundo vacío en el que me hallaba solitario y en el que sólo giraban hojas muertas...

Al despertar llamé a Mariana por teléfono: "La señora está dormida. Acaba de marcharse la señorita Gabrielle", me contestó enigmática Teo. Salí en busca de la vieja amiga de Mariana, estacioné el automóvil frente a la puerta del edificio dudoso y subí las escaleras sórdidas que conducían a su cuarto. Nadie contestó a mis llamadas. Volví al auto y decidí esperarla, ocupado en pensamientos confusos. Vi llegar a Gabrielle con las espaldas encorvadas y el mismo traje gris y salí a su encuentro.

Gabrielle estaba hostil y su mirada huidiza me ofuscó. No podía preguntarle nada, la mujer me tenía una rabia especial, se diría una institutriz indignada, porque alguien había dañado a su discípula. Sin dirigirme la mirada, me reveló de prisa lo ocurrido la víspera en el hotel de Eugenia. Sus palabras precisas y elocuentes al relatar un acto ignominioso, me llenaron de ira. No intento recordar ahora aquel episodio que abrió en mí la puerta del desprecio y de los celos y me llenó de dudas. A medida que hablaba la mujer, crecía mi indignación contra Mariana. ¡No, no la perdonaría jamás! Creí entender por qué se empeñaba en continuar con Augusto y me hundí en la confusión y en la piedad por la "pequeña Mariana", como la llamaba Gabrielle.

—Espero que no vuelva a molestarla jamás.

¿Mariana estaba enamorada de su marido? Entonces, ¿por qué no me lo decía ella misma? La vieja pareció dudar, desvió la mirada y aseguró con voz vacilante:

—Es mejor para ustedes dos... es mejor... no la llame nunca más...

La vieja hizo una mueca compungida y me miró con astucia. La impotencia me invadió: aquella mujer me ocultaba algo, me relataba un hecho indigno y después me observaba como a un animal curioso, no me diría la verdad completa, sólo dictaba su sentencia: no volver a ver a Mariana jamás. Ejercía su poder sobre mí y era inútil que me rebelara. Acepté su orden y decidí hablar con Mariana. Arrepentido de mi debilidad frente a Gabrielle, abandoné humillado el cafetín astroso. "Nunca hay que recurrir a terceros...", me repetí varias veces mientras el automóvil cruzaba calles alegres. "Nadie ofendió a Mariana, ella es la culpable de lo que le sucedió...", me dije con ira, recordándome a mí mismo y lo sucedido años atrás y condené a mi amiga...

Busqué un club y me dediqué al tenis. En varias cenas me encontré con Augusto y con Eugenia y tuve que reconocer que estaban satisfechos. Cuando el enemigo festeja algún suceso, festeja siempre su victoria. Fue pensar en lo que me había revelado Gabrielle, lo que me produjo aquella caída estúpida en mitad de la cancha y que me obligó a guardar cama y a estar rodeado por los amigos y familiares de Sabina.

—¿Y en esta jungla parisina no existen médicos? —preguntó Jacobo preocupado ante la ansiedad que demostraba mi mujer por el estado de mi rodilla.

Pedrito, un joven recién desembarcado de América del Sur parecía ansioso de contarnos algo:

—No sé, Jacobo, este París es muy disparatado. Anoche estuve en el Boulevard Saint Germain, donde van los bohemios. ¡Qué jungla como dices tú! Entré a un café en el que había mujeres existencialistas, las estaba observando cuando entraron dos señoras elegantes con abrigos de visón y más diamantes de los que puedes ver en *Tiffany*. Venían acompañadas por dos corsos, me abordaron con naturalidad para invitarme a una fiesta íntima. ¡Acepté! Nos dirigimos a un barrio elegante y entramos a un edificio lujoso, subimos a un tercer piso y la rubia teñida sonó el timbre de entrada. Abrió una muchacha rubia, no teñida, pensé que era la mucama suiza. "¡No juegues a la niña!", le dijeron. Entraron al salón, tiraron las pieles en el suelo y pusieron música.

Los corsos sacaron botellas de licor, yo no conocía la situación. Uno de los corsos al que llamaban Cocó, entró al comedor y yo, desde las puertas de espejos lo vi revisar los muebles y sacar la plata. La muchacha rubia entró por una puerta imprevista y ordenó: "¡Deje esos cubiertos, ladrón!" Cocó la tomó por los hombros, le dio algunas sacudidas: "¡Cálmate!", le dijo. La chica, entonces, salió corriendo y apareció en el salón contiguo, ocupó un sillón junto a la chimenea y observó a los dos hombres y a las dos mujeres que bailaban a media luz. La pobre se puso a llorar. ¡Sí, a llorar, tal como me oyen! Me dio pena y me acerqué a ella, que se levantó de un salto: "¡Váyase de mi casa, bandido!" ¿Se dan cuenta?, me llamó bandido. Desde lejos traté de calmarla, me habían invitado, yo no conocía a aquellas gentes y prometí echarlas de su casa. ¡Qué mal rato! Las mujeres no escuchaban razones, estaban abrazadas a los corsos. Fingiendo una tranquilidad que no sentía, encendí las luces y ordené que salieran o llamaba a la policía. "¡No, a la policía no!", gritó la muchacha y agregó: "Sería un escándalo".

Se puso a mi lado y trató de convencerlos de salir de su casa. Yo me engallé: "¡Vamos afuera a medir fuerzas!", exclamé. Logré sacarlos y ya en la puerta le afirmé a la muchacha: "No soy un bandido. Soy un caballero". Me encontré solo con ellos, la calle vacía me dio la idea de correr. Me escondí en una placita a los pies de una estatua, mientras ellos me buscaban. No respiré y decidieron irse. ¡Qué cosas! Es una jungla esta ciudad... y esa pobre chica... —terminó Pedrito.

—¿No se llama Mariana? —preguntó Sabina riendo.

—¡Mariana!... Sí, así la llamaban las mujeres. ¿Cómo lo supiste?

—Es muy amiga nuestra —me apresuré a contestar para evitar los comentarios del grupo que había escuchado la historia.

Sabina entonces, decidió llamarla y explicarle mi gravedad, para que buscara a un médico. Los amigos se mostraron entusiasmados, yo protesté en vano y cuando vi aparecer a Mariana con los ojos muy abiertos y su falda plisada, decidí que eran execrables. Así volví a encontrarla. Después de la visita a su médico, me encontré muy solo rodeado por el grupo que ya había conocido a la chica que llamó "bandido" a Pedro. Me pregunté lo que ella me había preguntado: "¿Para qué vives?" y encontré la respuesta: "Para ver a Mariana"...

En su cocina encontré a un cura merendando chocolate con Natalia y con Teo. Entendí entonces su dureza para juzgar a Rousseau: "¿Por qué no lees *Confesiones de San Agustín*", o bien: "Voltaire odiaba a la Iglesia porque ésta prohíbe el agio y ese hombre era un agiotista?" Charlé un rato con el sacerdote y decidí volver a la cocina en la que se ocultaba una Mariana que nunca aparecía en su salón.

—Mariana está en el café de Flore —me dijo el cura.

La encontré en esa terraza y la llevé a pasear por los bosques. La tarde tibia y perfumada se reflejaba en las ramas de los árboles y en los prados tendidos como paraísos minúsculos, el mundo se multiplicó en trozos de belleza que nos convirtió en seres apacibles. Decidimos vernos todos los días y cumplimos la palabra empeñada...

—¿Por qué te vi?... Nunca olvidaré tu garganta... —me dijo una tarde Mariana, se cubrió el rostro con las manos y se hundió en un silencio que no pude romper. La habitación se quedó quieta. Ahora nos encontrábamos en un pabellón dividido por un cortinaje de seda a rayas verdes y blancas; afuera nos rodeaban los castaños de hojas tiernas y flores olorosas. Miré a Mariana y la sentí en peligro. Me quedé preocupado, pensando en que nadábamos en corrientes distintas e igualmente peligrosas que nos arrastraban en direcciones opuestas... Los regresos a París eran melancólicos, Mariana guardaba un silencio absoluto, era enemiga de las lágrimas y no prolongaba las despedidas. Hubiera deseado preguntarle sobre el domingo en el que me abandonó en el jardín de Luxemburgo, pero ella no era amiga de hacer confidencias. "La pequeña Mariana es una introvertida", me había dicho Gabrielle y yo respetaba su silencio. Hablaba poco del amor que me profesaba y su reserva me intimidaba.

Recuerdo una tarde en que detuve el auto para comprarle cigarrillos. Al volver a su lado me miró asustada:

—Cuando te fuiste, la calle se apagó... ¿Qué voy a hacer?...

Tampoco yo sabía lo que sucedería cuando ya no le comprara cigarrillos. Mi esperanza era el hijo que no se producía y la contemplaba interrogante: "¿Mariana, no me haces trampas?". En aquellos días no imaginaba que nuestro futuro fuera tan breve... Cuando dejó de acudir a mis citas busqué la escalera de servicio y empecé a frecuentar su cocina.

—¿No crees en Dios?... Yo creía que eras como mi mamá y no como mi papá... —me dijo una tarde Natalia.

Me quedé pensativo. Nunca había creído en Dios, mi educación fue liberal. En esos días me preocupaba Graham greene; su libro *The Heart of the Matter* me impresionó por el problema de la fe mezclado tan estrechamente a la pasión física, pero eso no podía decírselo a la niña, que me observaba con seriedad.

Una tarde mientras Teo me hacía la lista de comestibles que debía ir a comprarle, escuché los pasos de Mariana acercándose a la cocina, me dio un vuelco el corazón, mi amante reconocería mi humildad y tal vez me recompensara con unos minutos de compañía. Entró calzándose los guantes y al verme, se detuvo asustada, me arrebató el capacho y me miró boquiabierta:

—¿Tú?... ¿Tú haciendo las compras?...

Su sorpresa no era fingida y me sentí recompensado: yo sólo era el más humilde de sus admiradores, dispuesto a servirla hasta de criado. Me arrastró al salón, iba ruborizada, quizá lamentó para ella misma la escasez de personal que había en su casa, pero no dijo nada, levantó la cabeza y decidida me invitó a acompañarla al *cocktail* al que ella estaba invitada. Acepté con júbilo, deseaba mirarla en alguna fiesta sin las miradas hostiles de Sabina y de Augusto. De aquella fiesta irreal sólo recuerdo pedazos de un palacete melancólico, con balaustradas que daban a un jardín pequeño sembrado de miosotis, margaritas y castaños, un salón con muros de seda albaricoque y un hombre delgado, de cabellos grises y chapines negros con hebilla de plata, que se deslizaba por los espejos sin ningún ruido y sonreía sin ninguna firmeza. Aquella silueta negra era la de Horlin, el amigo preferido de Mariana. Me quedan todavía algunas frases: "¿Verdad que parece la cabeza de Alejandro?", dijo la voz de mi amiga. "Espero que no esté moribundo", responde todavía la voz reposada de Horlin. Ambos hablaban de mí sin ningún pudor y como si yo no estuviera bajo su mirada. Nuestro paso por aquella fiesta fue muy breve, puedo prolongarla ahora, quizá convertirla en una larga historia de amor mudo, pues en ese breve espacio de tiempo amé a Mariana reflejada en el espejo de la chimenea, con mi nombre escrito por su mano sobre la superficie lisa, cuando alguien se negó a aprenderlo. Todo sucedió hace ya muchos años y vuelve a suceder con exactitud, cuando esa tarde tibia se presenta a visitarme en medio de las circunstancias más inesperadas. Escapamos por una escalera de avellano y alcanzamos el auto. Miré por el retrovisor, pues tuve la impresión de que alguien maléfico nos seguía. Tal vez sólo era el Ángel de la Desdicha, que vigilaba nuestros pasos y medía nuestros minutos. Tuve miedo y quise hallar la fórmula para quedarme siempre al lado de Mariana, que risueña se deslizaba por la fiesta; era necesario prolongar el milagro.

—Adoro a Horlin. Sus *cocktails* son ensayos de su funeral, nunca he conocido a un cadáver menos molesto... —dijo ella con voz seria.

Ante su razón inesperada no supe si reír o tomarla en serio, la dignidad de su rostro me recordó a Natalia y le pregunté si creía en los milagros. Me vio con ojos enojados: los milagros eran lo único real que sucede en el mundo... "Pero un milagro nunca se repite...", añadió súbitamente triste. Yo me perdí en interminables monólogos sombríos. Fue esa tarde cuando descubrimos juntos una elegante casa de campo administrada por dos viejecitas de peinado alto, trajes negros y cuellos y puños de encaje blanco, que nos recibieron con benevolencia. A partir de esa tarde nos encontrábamos en esa habitación, decorada con colcha, cortinas y tapices blancos. Por sus ventanas altas entraba la luz clara de la tarde y se escuchaban los gritos desafinados de algunos pavos reales que paseaban por el parque. Dos fuentes blancas colocadas cerca de la terraza de entrada salpicaban el aire de frescura. Los chopos permanecían quietos, transformados en llamaradas blancas y sus sombras esbeltas formaban encrucijadas sobre la grava de los caminillos bordeados de helechos. Muy lejos quedaba la ciudad...

Mariana vestía pantalones negros y un corpiño de jersey que se sostenía solo, dejándole los hombros completamente desnudos. En el lado izquierdo del pecho se había prendido una mariposa de plata salpicada de piedras de jade. Se sentó sobre la cama y contempló la blancura de la habitación con ojos melancólicos. Su figura delgada y de luto, me entristeció. Me acerqué a la ventana y contemplé la perfección de los verdes del parque. Me quité la corbata y me quedé abstraído. Ella corrió inquieta a mi lado.

—¿A quién le tiraste un beso? —preguntó.

—Mi amor, cuando le tire besos a lo verde no se encele —le dije contento, pues era la primera escena de celos que me hacía.

Un silencio invadido de rumores nos llegó para poblar al invisible tiempo de seres irreales que nos miraban apacibles, desde las playas lejanas borradas a donde nos conducía el amor. Retrocedíamos a los lugares míticos en donde sólo los dioses habían hecho el amor y llegábamos solos e inocentes, esperando milagros que sí se producían. A veces divisábamos las ramas del primer laurel y a veces nos hallábamos junto a una fuente o una playa señalada por huellas ilustres... Pasamos varias tardes en esa habitación de cortinas flotantes que dejaban entrever las copas plateadas de los álamos y las ramas vencidas de los sauces... El amor se convertía en una melancólica carrera contra el tiempo que nos acechaba en las fechas de los calendarios y en las manecillas de todos los relojes, inflexibles al milagro de la dicha... Entonces Mariana dejaba de reír y envuelta en una sábana que volvía más dorados sus cabellos y su piel, fumaba cigarrillos, mientras meditaba. Nunca me comunicó sus pensamientos, drapeada en la sábana, permanecía inmóvil, igual a una figura antigua e indescifrable...

Los bosques que nos regresaban a París la volvían triste. Una vez en el auto, se convertía en una chica moderna y pensativa. A veces, al verla recargada sobre la portezuela del coche sentía remordimientos por haberla invitado a aquella hermosa aventura. Ya de noche la abandonaba en una esquina vecina a su casa. Bajaba con decisión del automóvil, erguida como un soldado. Sí, Mariana tenía algo marcial, algo adolescente y se alejaba de mí con pasos decididos, para luego correr hasta alcanzar la puerta de cristales iluminados de su casa...

Hubo noches en las que me quedé reflexionando en esa esquina. Me preocupaba mi conducta y me extraviaba en sentimientos de culpabilidad y de desdicha. Desde mi lugar contemplaba la pequeña terraza de un café iluminado y las rejas negras que guardaban las vías del Petit Train. Allí en esos lugares vivía Mariana y allí continuaría viviendo si algo imprevisto no se producía. El silencio de las calles solemnes que me rodeaban, me oprimía cuando la figura de mi amiga entraba por la luz de su puerta de cristales... Mi otra vida corría paralela a mi vida con Mariana: Sabina me esperaba encerrada en la habitación del hotel... Sabina y Mariana... Pronto debía prescindir de una de las dos para seguir con una sola... Quizás era Mariana la sacrificada y con ella terminaría mi última juventud. Había momentos en que la juventud me parecía una etapa egoísta, la sabiduría estaba en cruzar con diligencia la línea divisoria entre la fantasía de ser joven y la imaginación de la madurez. Si Mariana desaparecía de mi vida se convertiría en una Mariana imaginada, depurada de su charlatanería, sólo quedaría su substancia como una sombra melancólica de color ocre. El pasado ofrecía el encanto de lo irrecuperable. Lo perdido se convierte en algo precioso, en algo apenas entrevisto, evocado casi a voluntad, en la esencia más pura del presente. Sin embargo la vejez me producía terror: significaba la degradación física y con ella venían todas las degradaciones. La Mariana sentada en las gradas de la cancha de tenis aparecía ante mis ojos cuando angustiado trataba de conciliar el sueño, entonces decidía abandonarla antes de alcanzar ese futuro asoleado y horrible. Cuando la joven Mariana desaparecía por la puerta iluminada de su casa, su imagen transfigurada por la ausencia, tomaba caracteres felices e intocables. Era mejor dejarla así: luminosa y elástica. Reflexioné en la perfección de su recuerdo cuando volví a dejar de verla. Ignoraba lo que sucedía y culpé a Gabrielle de haber cometido alguna indiscreción...

Las desapariciones de Mariana me preocupaban el tiempo necesario para atender a Sabina, asistir a los teatros y frecuentar a los amigos olvidados. La sabía haciendo la ronda de los lugares nocturnos de diversión en compañía de Augusto y de Eugenia y me repugnaba su felicidad para prestarse a hacer aquel papel despreciable. Durante sus ausencias juzgaba los cuadros y los libros con justeza, pues la pena agudizaba mi entendimiento para entender el misterio infinito de la belleza. En un sentido más profundo que Mariana, también yo pensaba que la vida sólo era un juego literario. Ella no había superado la idea infantil del juego y esta cualidad la convertía a veces en un ser profundamente diabólico. Empecé a sentirme atrapado en una maraña de intrigas indescifrables urdidas por una mano desconocida. En su cocina me enteraba de cosas increíbles: recuerdo ahora a una mujer oscura a la que jamás he visto, pero cuyo nombre conozco: "la señora Juárez". La mujer había divulgado el secreto de la aventura entre Augusto y Eugenia y por órdenes de éstos, Mariana le reclamó en público su "calumnia". La Juárez protestó con violencia y Augusto y Eugenia, temerosos del marido de la mujer, que también ocupaba un cargo público, ordenaron a Mariana que organizara una fiesta de desagravio y se declarara públicamente una chismosa.

—La señora lloró mucho... —dijo Teo disgustada, mientras organizaba con parsimonia los *bouquets* de flores que engalanarían la fiesta.

No entendí la indignidad de Mariana y abandoné su cocina poseído de un furor desconocido. Al subir a mi automóvil, vi llegar a Augusto a su casa, y al verme se dirigió a mí sonriente. Arranqué con brusquedad e ignoré su gesto amistoso, al mismo tiempo que me prometí no volver a saludarlo jamás. Augusto sacaba un placer extraño en organizar afrentas para su mujer...

Mariana me tentaba, deseaba descubrir el misterio que la obligaba a permanecer cerca de aquel hombre y con discreción rondaba su casa. La vi llegar una tarde acompañada de Natalia. Vestía pantalones negros y un *sweater* blanco enorme. Calzaba mocasines negros con hebilla de plata. De los hombros de Natalia colgaban las zapatillas de raso de color rosa que unos días antes estaban colocadas sobre la mesa de la cocina como un trofeo de caramelo.

—¡Son las primeras puntas de Natalia! —me había explicado el cura.

Ahora las puntas estaban manchadas por el polvo y las cintillas de raso empezaban a parecer gastadas. Mariana entró a su casa y volvió en unos minutos. Tenía los ojos hinchados, se diría que había llorado... En la habitación de cortinas blancas guardó silencio y no quise acorralarla con preguntas. Al oscurecer me senté en el borde de la cama ocupado en pensamientos tristes, mientras Mariana permaneció quieta bajo las sábanas. Oí caer nubes negras y guardé silencio.

—Vicente, si tú te vas yo me muero.

Me volví asustado ante sus palabras dichas con frialdad. ¿Cómo había adivinado que en esos instantes yo contaba los días que me quedaban cerca de ella?

—¿Qué dijiste?

—Que si tú te vas me muero.

No supe qué decir, recordé el pacto del hijo y recordé también que nuestro amor era eterno. Vi las cortinas flotantes y líquidas y escuché el silencio temible que inundaba la habitación después de las palabras terribles de Mariana. Afuera la noche todavía violeta se filtraba a través de los cristales y de las gasas y una sensación de irrealidad se apoderó de mí: Mariana estaba condenada. Agobiado por el desastre que se cernía sobre nosotros cogía sus mocasines y observé que eran nuevos. Sentí una ternura inexplicable por mi amiga y la observé metiéndose el enorme tricot blanco. "Lo tejí yo", me dijo. Le tiré de las mangas y traté de reír: "Me quedaría mejor a mí", comenté.

—Te lo daré mañana...

Durante mucho tiempo usé aquel tricot en la playa, me parecía que estaba cerca de Mariana, era un homenaje a su amor y al mío, después llovió el tiempo y el tricot blanco quedó por algún sitio... Aquella tarde sus gestos y palabras guardaban decisiones secretas y en vano traté de cruzar su frente alta, para saber lo que sucedía tras ella. Mariana, con su apariencia rubia y deportista se convirtió en un misterio que se alejó de mí con una velocidad asombrosa. De vuelta a París, se acurrucó junto a la ventanilla del auto y se dedicó a mirar el bosque sombrío. Tuve la impresión de que había levantado una muralla entre los dos y que jamás la cruzaría. Al llegar a su casa, bajó corriendo y vi que llevaba un pie descalzo. La llamé a gritos. Volvió y se inclinó sobre la ventanilla.

—¿Dónde está tu zapato? —pregunté angustiado.

—Lo tiré en el camino —contestó.

Incliné la cabeza sobre el volante, agobiado por un dolor repentino, pues comprendí que había arrojado el zapato en vez de arrojarse ella misma.

—¡Voy a buscarlo!

—¡Nunca, nunca lo encontrarás! —aseguró.

Debía hallar aquel zapato perdido en el camino del bosque, ya que era un mal augurio, un gesto suicida de Mariana. Tal vez, el zapato era yo mismo y ella me tiraba con desamor en la mitad del bosque oscuro. La vi alejarse con un pie descalzo y blanco preparada a entrar en un mundo que no era el mío. Iba tan sola, que la noche misma se separaba de ella abriendo a su alrededor un espacio vacío que la convertía en un ser extraño y estuve seguro de que al arrojar su zapato, Mariana había muerto. Angustiado, me volví al camino del bosque, debía encontrar el zapato para no perder a Mariana. Recorrí la carretera, me bajé en los lugares que habíamos cruzado con la ventanilla abierta, eché los faros y busqué minuciosamente entre las hojas caídas en la orilla del camino. "Si no lo encuentro la perderé para siempre", me repetí cada vez más angustiado. Se preparaba una catástrofe para los dos y era ella quien la había provocado. Sólo yo podía conjurarla y continué buscando febrilmente, poseído por una angustia que me invadía en oleadas hasta ensordecerme. Era necesario romper el maleficio creado por Mariana... A las doce de la noche abandoné la búsqueda y llegué al hotel, derrotado. Encontré a Sabina rodeada por sus primas y por Augusto y Eugenia acompañados de una pareja desconocida que me miró con curiosidad.

—Los señores Juárez, grandes compatriotas —presentó Eugenia.

Miré a la pareja oscura, pequeña, de facciones mezquinas y cabellos rizados, la mujer era la que había exigido excusas y una fiesta de Mariana. El hombre se atesó el bigotillo: "Tu mujer terminará con tu carrera", afirmó. Yo había llegado tarde y miré al grupo sin fuerza para escuchar sus sentencias contra Mariana. La imagen de mi amiga cruzando la noche con el pie descalzo se interponía entre los demás y yo. Tuve la sospecha de que Augusto también la veía correr entre nosotros y de que sonreía ante su pie descalzo. No dije nada. Tenía la sensación de continuar mi búsqueda entre la maleza oscura y así subí a mi cuarto en donde no pude conciliar el sueño. Estaba a oscuras, no sabía las culpas de Mariana ni quién era Mariana, y sin embargo, cuando caí dormido la encontré al pie del muro blanco leyendo también un libro en blanco. Supe que allí estaba escrito nuestro destino y que en sus hojas no existía ninguna palabra. Mariana me miraba con los ojos ciegos de las estatuas y entonces comprendí que sólo formaba parte de un bajorrelieve gigantesco y desperté sobresaltado.

Debía impedir que la desgracia se abatiera sobre nosotros y muy temprano reanudé la búsqueda. Tenía que encontrar aquel zapato tirado en la maleza y busqué entre las matas de menta y las hojas caídas. Vivía dentro de un largo sueño maléfico y traté de recordar los lugares que me parecieron indicados para ejecutar aquel acto. Detuve el automóvil muchas veces. "¡No lo encontrarás nunca, nunca!", repetía la voz de Mariana desde todos los lugares del bosque. Debía derrotar a aquella voz. Fue inútil y a las tres de la tarde volvía al hotel con la obsesión de mi fracaso y mi necesidad urgente de recuperar aquel zapato. Llamé a Mariana y aceptó que la recogiera esa misma tarde.

La encontré en la placita vecina de su casa. Traía un bulto con el zapato impar y el tricot blanco. Teo le había ordenado ir al depósito de objetos perdidos del Metro, pues había dicho que el zapato se perdió al subir a un vagón del Metro. Deseaba obedecer a su sirviente, a pesar de saber que el zapato perdido no estaba allí. Era muy dócil, siempre obedecía, aunque después hiciera siempre su voluntad. En su aparente obediencia residía el engaño.

—Mariana, anoche estaba en mi hotel una mujer llamada Juárez...

—No sé quién es...

Nunca me haría ninguna confidencia y enfilé el auto rumbo al bosque. Le expliqué mi angustia y mi búsqueda inútil. "No recuerdo adónde lo tiré". Comprendí que empezaba a separarse de todos y culpé a Augusto. La fiesta para desagraviar a aquella mujer Juárez la había cambiado. Creí adivinar que a partir de aquel momento se supo absolutamente sola y empezó a soltar amarras para refugiarse en una dimensión diferente a la nuestra. Yo mismo me había jurado no saludar jamás a Augusto y la noche anterior había compartido los restos de una reunión en la cual el nombre de Mariana se pronunciaba con grosería. Quizá yo era un cobarde y guardé silencio como lo hacía ella...

Debíamos encontrarnos en un bar situado en las proximidades de mi hotel. Cuando llegué al *Selene* Mariana estaba encaramada en un banquillo alto, acodada a la barra frente a un agua de soda. El local era pequeño: junto a la puerta de entrada se abría una ventana que cubría casi todo el muro estrecho. Para sorprenderla, me coloqué a sus espaldas y le besé la nuca. La vi sonreír en el espejo e inmediatamente la vi palidecer. No me dio tiempo de preguntarle qué sucedía, pues saltó del banquillo y corrió como un pájaro atrapado que busca una salida. Su gesto fue tan rápido que me dejó inmóvil. Con los ojos desorbitados por el terror, se colocó sobre el muro estrecho que separaba la puerta de entrada de la ventana. Me dirigí a ella asustado.

—¿Qué pasa, Mariana?

El barman alarmado, se inclinó sobre la barra con ojos acusadores.

—¿La molesta alguien, señorita?

Éramos sus únicos clientes y me volví a mirarlo, mientras detenía a Mariana que parecía que iba a caer al suelo fulminada. Mi amiga señaló a Sabina que caminaba por la acera de enfrente con los cabellos en desorden, la mirada ansiosa y el paso vacilante. Habíamos discutido por causa de Mariana y buscaba mi escondite. Ni siquiera se había alisado los cabellos y presentaba un aspecto lamentable. Cogí a Mariana por los hombros y traté de calmarla, mientras seguía con la vista a Sabina que dio una vuelta rápida y volvió a aparecer en la acera de enfrente. El terror de Mariana aumentó, tenía que sacarla de ahí pues su miedo me produjo pánico. Quise pagar la cuenta y ella me detuvo con un gesto desesperado. Cuando mi mujer volvió a doblar la esquina, Mariana salió huyendo, se diría que se había vuelto loca. Corrí tras ella y la alcancé cuando abordaba un taxi. Estaba sorprendido por su velocidad y su pavor me produjo pena.

—No hables, te va a oír —me dijo tapándome la boca con la mano.

¿Cómo podía escucharme Sabina adentro de un taxi que corría por los Campos Elíseos? La miré asustado y la llamé varias veces por su nombre para ahuyentarle el miedo. Fue inútil. Todavía ahora me sorprende recordar aquella tarde. No sabré nunca el origen del miedo de Mariana, sólo sé que en ella era una fuerza poderosa y desconocida. Creo que jamás encontré a nadie con la capacidad de terror que poseía Mariana. Traté de distraerla.

—Perdóname mi amor, un reproche más y... me mato —exclamó temblorosa.

La llevé a su casa y me quedé agobiado. Traté de explicarme el pavor que le produjo la vista de Sabina. En realidad no era grata con los cabellos en desorden, la mirada ansiosa y el paso vacilante. Tal vez exigíamos demasiado de Mariana, quizá pensó que Sabina iba a insultarla, como lo hacía su marido y sus amigos... tuve que confesarme que si la hubiera visto se hubiera producido una escena terrible y justifiqué su crisis. Pero ¿por qué me condenaba a mí?...

Los días sin ella eran insoportables. Creo que fue entonces cuando me dirigí a su casa y la encontré en el salón con las piernas desnudas y un traje escotado, escoltada por Augusto, un hermoso italiano llamado Sandro, el director de una revista de arqueología y por Ignacio Rebes, un sudamericano de cutis insalubre. El sol de la tarde se filtraba por las ventanas y el grupo bebía champagne helado. Hablaban de las Islas Canarias a las que Sandro adoraba e invitaba a Mariana a acompañarlo, mientras Augusto hablaba de Pompeya y de la magnificencia de la cultura fálica. Los cuatro personajes me resultaron odiosos y el desparpajo de Mariana me indicó que debía retirarme inmediatamente. Escuché que por la noche irían al *Bal Negre*, mientras abandonaba aquel salón flotante por cuyas ventanas amenazaban entrar las ramas de los árboles. Una vez en la calle me prometí abandonar a Mariana a su suerte. ¿Cuál era su suerte? No, no era yo el que abandonaba a Mariana. ¿Acaso no había arrojado su zapato en la oscuridad del bosque? Era ella quien me abandonaba...

Nos separaban unas cuantas calles y me llegaba su amor a través de los incontables muros que se interponían entre nosotros, yo escuchaba su voz lejana y permanecía quieto. Sabina estaba satisfecha, sólo Pedrito parecía entender mi sacrificio. Un silencio sombrío había caído sobre nosotros y nadie la nombraba en mi presencia...

Fue Teo quien me introdujo de contrabando en su salón. Me recibió tranquila. La encontré mirando la tarde con aire abatido y me senté junto a ella y tomamos té con tostadas. Afuera viajaban árboles verdes por los aires y huellas de conchas marinas y la placidez de la belleza nos dejó quietos. No le hice reproches, junto a ella desaparecía la impaciencia y ambos entrábamos en un escenario feliz. Sabía que me amaba y como en los sueños, en que se dicen las palabras que no salen de los labios y nos dan la clave de nosotros mismos, Mariana y yo nos decíamos el amor que nos teníamos. Decir que nos comunicábamos por una corriente secreta no es decir nada y sin embargo así nos sucedía.

Esa tarde supe que me amaba para esta vida y para la otra y a pesar de eso, en aquel instante existía un peligro inminente y temí que rompiera el silencio amoroso que nos envolvía.

—Hace cuatro semanas que estoy embarazada y no puedo tener a tu niño...

Escuché la frase inesperada y me puse de pie frente a ella, que continuó impasible, amándome aún después de haber pronunciado aquella frase terrible. ¿Iba a tener un hijo mío y lo rechazaba? ¿Me daba la alegría y la pena al mismo tiempo?

Como en los sueños no se lo dije con los labios, pero Mariana me escuchó.

—Aquí no... —dijo y miró hacia todas partes como si alguien nos escuchara.

Salimos a la calle y caminamos sin palabras hasta la Avenue Foch. Cruzábamos espacios desconocidos, habíamos entrado en un tiempo nuevo y las ondas del dolor de Mariana me llegaban certeras para fulminarme. ¿Por qué condenaba al niño que ella misma había invocado? ¿Ignoraba que no se juega con la vida de un tercero? ¿O todo era un engaño? Mariana caminaba de prisa, escuchándome y sin decir una palabra. También yo la escuchaba: "Mi amor, es un pecado... quiero morir"... La miré con lástima y hablé en voz alta:

—Te lo suplico, Mariana...

Movió la cabeza y la tarde se volvió calurosa, los árboles se alzaron inmóviles sobre nosotros y el cielo dejó de ser líquido para fijarse en un momento trágico, indicando que el destino estaba contra nosotros. Fue en ese instante cuando me aferré a ella, a Natalia y a mi hijo, necesitaba vencer a la adversidad. La senté en una banca abandonada, fuera del mundo conocido y la vi frente a frente, estaba confusa, me llegó su miedo.

—No temas, Mariana, el niño no se parecerá a mí...

—Es tuyo, quiero que sea igual a ti...

Nadie pasaba cerca de nosotros, estábamos

absolutamente solos decidiendo la vida o la muerte de un tercero y dibujando su físico, sólo había Mariana junto a mí brillante y engañosa, con la cabeza inclinada, mirando a un suelo que había desaparecido bajo sus pies. El secreto profundo de la vida y la muerte estaba con nosotros, eran los dos milagros más antiguos y orígenes del mundo, sobre los cuales raras veces pensamos los hombres modernos. "Los milagros sólo suceden una vez", había dicho Mariana unos días atrás. ¿Y ahora ella destruía el milagro producido? Me quedé mudo.

—Necesito a un padre. Nadie me hará la operación si no hay un responsable...

La miré asustado, sus palabras no correspondían a la verdad y la única verdad era que me amaba. Me llegó su terror, debía calmarla. Todo dependía de mí... miré la avenida y traté de pensar: si Mariana ya sabía que estaba embarazada cuando arrojó su zapato en el bosque ya había ejecutado su acto fatal. También lo sabía cuando me dio cita en el *Selene,* tal vez esa tarde iba a decírmelo y la presencia de Sabina la volvió a una realidad desdichada. ¿Por qué no me lo dijo? La Avenue Foch no llevaba a ninguna parte, la había caminado muchas veces y en ese momento comprendí que sólo era el camino marcado para separarnos, pues me llegó la decisión irrevocable de Mariana. "Si tú te vas yo me muero", la oí decir. ¡Pobre Mariana! Se suicidaba y yo no podía impedírselo. Tomé la mano de mi amiga y le pedí el mocasín impar que guardaba como prenda de nuestro pacto secreto. "Después de los cuarenta días puede ser mortal", la oí decir. Ante esas palabras, sentí que era justo que muriera. Creo que fue ella la que se puso de pie para volver a su casa. Caminamos mudos y en su salón me entregó el zapato impar envuelto en una hoja de periódico *Paris-Presse, L' Intrasigeant*. No era banal su zapato envuelto en una hoja de periódico. Por el mundo corrían ríos de lágrimas que ella todavía lloraba. Una vez en la calle, comprendí que Mariana era cruel y me dije que debería morir, al menos para mí. Me aterró su voz fría condenando a muerte a mi hijo. Di varias vueltas en el auto tratando de entender lo que sucedía...

Un instante abierto a la eternidad de la dicha al pie de la escalinata que llevaba al cielo, nos llevaba ahora a la desdicha de los inmensos espacios vacíos por los que circularíamos solos. El secreto estaba en el tiempo. Si lograba conjurar a ese espacio podría recuperar a Mariana. Pero ¿cómo abolir al tiempo entre aquella tarde de primavera y esta segunda tarde desdichada? Supe que en adelante Mariana estaba destinada a la desgracia, caminaría en la oscuridad buscando la escalinata mágica de la que ahora renegaba. Rompía el instante milagroso para caer en lo que ella misma había señalado: *Le Trou de L'Enfer*. Era una profetisa. Mariana, una criatura luminosa escogía las tinieblas y corrí a buscarla para evitar que abriera ese abismo en su tiempo.

La encontré disfrazada de dama elegante para ir a una exposición. Le pedí con humildad que diera un paseo conmigo y la llevé al bosque. Caminamos entre las ramas húmedas y las hierbas olorosas. Mariana había cegado la fuente que la comunicaba conmigo y vi asombrado que nunca había estado tan bonita. Ajena a lo que sucedía, la observé detenerse para mirar a los insectos que caminaban sobre la superficie jugosa de las hojas sin escuchar la sabiduría conciliadora de mis palabras. No entendía mi piedad. Vestida de negro, con una toca negra que le escondía los cabellos rubios, parecía un personaje inquietante entre los verdes variados que le servían de marco. Su extrañeza provenía sobre todo de sus guantes negros. Mariana rompía también con la naturaleza, huía del mundo de los bosques en el que se había integrado. No dudé de que hubiera empezado a volverse loca. La besé y quedó con la boca tan pálida como su rostro. Ahora, después de los años transcurridos, la recuerdo en esa tarde profundamente verde, como a un duende maléfico. Mariana se desintegraba y ahora me pregunto si no fui yo el responsable...

La llevé a la Galería de Arte y me hizo prometer que la esperaría, sólo iba por unos minutos. Antes de bajar del auto se pintó los labios y cambió el gesto: "Tú sabes, me lo pidió Augusto". La vi perderse entre las mujeres elegantes y los hombres de maneras fáciles, que entraban al local de la rue Vineusse. Dos hindúes de sari entraron tras ella. Inclinado sobre el volante observé desde lejos a aquel mundo que se había tragado a Mariana. Me sonó trágica su frase: "Tú sabes, me lo pidió Augusto"... Ella era igual a su marido: una arribista y sus cabellos y sus piernas resultaban muy útiles para los ascensos y llegar al alto lugar que ambos buscaban. En cambio lo que yo le pedía no significaba nada o simplemente indicaba el luto. A los pocos minutos apareció junto a mí con dos billetes de teatro para asistir a una función de gala.

—Tengo que ir a esta lata —me explicó.

Mariana había olvidado su desdicha. A la noche siguiente debía asistir a la cena que su amigo Horlin le ofrecía al autor de la obra y me obligó a acompañarla. Ante mi sorpresa, entramos unos minutos al teatro y apenas se levantó el telón y se cruzaron las primeras palabras, Mariana me ordenó riendo abandonar el teatro.

—¿Qué le dirás al autor? —pregunté asombrado.

—Lo de siempre, que es un genio —contestó con tranquilidad.

Cenamos en un *bistrot* de lujo y con tristeza noté que había olvidado el destino que le reservaba a mi hijo y entonces fui yo el que se sintió atrapado en una tela de araña espesa que me impedía la libertad de juicio. No entendí su charla animada, ni el brillo de sus ojos rebosantes de júbilo.

Con voz despreocupada me explicó que al día siguiente se iba Eugenia y que Augusto la acompañaría a Cherburgo. "Mañana será un día nuestro"..., dijo con humildad.

La vi ruborizarse. "Si lograra saber la verdad", me dije preguntándome por qué vivía con Augusto. No sabía quién era ella y sólo tenía las versiones dadas por su marido siempre enigmáticas y acusadoras. Vio mi desconfianza y le temblaron las manos, perdió el aplomo de unos instantes atrás: "Me da miedo Augusto", dijo como para sí misma. Era una frase que repetía siempre; cuando quise saber el por qué de ese miedo, guardó silencio.

Por la mañana le tomé varias fotografías en el bosque, todavía las conservo. En ellas aparece con los cabellos atados a la nuca con un pañuelito de seda rosa y con la falda gris tendida sobre el césped. Las fotos exhalan una tristeza indecible y al verlas me he preguntado muchas veces si Mariana pudo ser tan desdichada como para que su pena apareciera impresa. Recuerdo que supliqué: "Soy un infeliz y te pido que me aceptes como soy"... Se cubrió el rostro con las manos y evitó hablar de lo "nuestro". Pasamos el día amenazados por las lágrimas futuras y al oscurecer la maldije:

—¡Te morirás!

Las últimas luces del día lanzaron reflejos

plateados que transformaron el rostro de mi amiga en una máscara mortuoria y esta visión me produjo alivio, me liberaba y enseguida comprendí que la libertad era el tedio. Ella en cambio pareció aterrarse: "Cumplí con mi promesa del jardín de Luxemburgo", murmuró. Miré sus cabellos esparcidos sobre la almohada y le creí: "Nos escaparemos juntos", propuse y sellamos el pacto.

De vuelta a París evité los caminos por los que ella había arrojado su zapato y sin mirarla pregunté por su marido. "Nunca lo quise…", dijo en voz baja y me faltó valor para preguntarle por qué vivía con él. "Ahora vendrá de Cherburgo", me dije y recordé que había ido a despedir a su amante que olía a perfume fino y alcohol pasado. Ese paraje me había privado de Mariana, pero en adelante todo sería diferente: el corazón de Mariana se había transformado en una hornaza pequeña que me enviaba ondas de amor y que iluminaba la noche, íbamos a irnos juntos. ¿Adónde? A cualquier parte. Sin congoja, sin miedo, confiado en la dulzura del corazón de Mariana la deposité en la entrada de su casa.

Era más de media noche cuando llegué al hotel y Sabina me recibió sombría. En otra parte de la ciudad estaba escondida una nueva vida que yo mismo había creado y corrí al teléfono, pues sentí una terrible amenaza. Necesitaba escuchar la voz de Mariana. Ella contestó el aparato.

—Augusto está en el salón... —dijo con voz muerta.

—Y nosotros nos vamos con Natalia —dije, recordándole lo convenido.

—No puede ser...

—¿Estás loca? ¡Mariana, dime qué te da ese hombre que destruye en un minuto lo que yo logro con meses de lágrimas! ¡Dímelo! Ese hombre es un maldito...

Calló. Estaba perdida, Augusto dominaba la situación y ella sacrificaría a mi hijo y tal vez también ella iba a morir. Pensé que la tenía hipnotizada. Debía vengarme, no llamaría nunca más. ¡Y lo hice! No deseaba que Sabina viera mi profunda agitación y decidí partir al día siguiente. Iríamos primero a Evián, donde Sabina quería tomar las aguas. Yo mismo hice las maletas, mientras mi mujer me decía con la mirada: "¿Por fin entendiste la verdad?". Ella aseguraba que Mariana sólo era una aventurera que sacaba provecho de su situación privilegiada. "¿Quién era Mariana?". No la llamé para despedirme, aunque tenía la esperanza de que ella lo hiciera para decirme que el pacto no se había roto. Mi último acto de cobardía fue dejar en la administración del hotel la ruta que íbamos a seguir y los nombres de los hoteles donde pararíamos. Quizá me llamaría... Y me sorprendí en la carretera deseándole la muerte.

Mi viaje duró cuatro semanas y nunca recibí una señal de Mariana, aunque muchas veces la vi descalza corriendo detrás de mi automóvil. No deseaba volver a París y le propuse a Sabina embarcar en Génova, pero mi mujer se negó: quería presenciar las fiestas de los dos mil años de París y a eso se debió mi regreso. Estaba dispuesto a no ver a Mariana, yo había cesado de ser Parsifal. Sabía que luchaba contra una fuerza oscura y que el tiempo me aliviaría la herida. ¿Qué era el tiempo sino un interminable desfile de días iguales a sí mismos? "El infierno es la repetición", decía Mariana, y ella había escogido su infierno repetido con Augusto. No iba engañada y me asombró su lucidez.

Cuando a media noche crucé el vestíbulo del George V no resistí el impulso de llamar a mi amante. Contestó Augusto y me propuso hablar con Mariana que partía para el campo al día siguiente. Su galantería me aterró.

—¿Eres tú, Vicente?...

—Sí, mi amor, soy yo...

Escuché entonces los sollozos profundos y desgarradores de Mariana a través del hilo del teléfono. No pudo decirme lo que sucedía y aceptó una cita en *Potel y Chabot* para el día siguiente a las nueve de la mañana. Continuaba sollozando cuando cortó la comunicación. Lloraba delante de su marido. Confuso, me quedé en la cabina mucho tiempo y luego supe que no podía subir a mi habitación pues el llanto de Mariana me había trastornado.

A las nueve de la mañana me instalé en *Potel y*

Chabot y vi venir a Mariana. Vestía su traje gris pálido y traía los cabellos atados a la nuca con el pañuelito rosa. De su mano izquierda colgaba una pequeña maleta. Abrí un libro de Orwell y me sumí en la lectura. Ocupamos la mesa habitual y al colocar su maleta comprobé que pesaba muy poco. Mariana había cambiado, tenía los ojos hinchados por el llanto y sus sienes luminosas parecían graves. Su rostro mostraba una tranquilidad inquietante. Me miró de frente y yo apenas pude sostenerle la mirada.

—¿Adónde vas?...

—A pasar el fin de semana con Elizabeth... —me dijo con los ojos serios.

Contemplé su maleta y la miré a ella y la supe tan sola que tuve la certeza de que iba a hacer "eso".

—Mientes, Mariana.

Levantó la cabeza con frialdad. Ocupaba un lugar que no compartía con nadie, establecía una barrera entre ella y los demás, se colocaba para siempre en el equívoco, mientras que yo continuaba ocupando mi sitio. Ninguna palabra rompería la distancia establecida entre su marido y la de los demás y me di cuenta de que también yo era "los demás".

—No lo hagas, Mariana. Vamos a comprar cepillos de dientes y huimos a Baleares.

—Yo he traído el mío.

Era imposible dialogar con ella: se me había ido para siempre. Yo sólo había vuelto a París para presenciar un final que me aterraba. Mariana no estaba frente a mí, había huido a un rincón solitario y yo ya no existía. Le pregunté mirando al suelo que quién iba a figurar como el padre de mi hijo.

—Jean Marie. Un librero amigo mío al que tú ya conoces.

Había resuelto todo a sangre fría. Jean Marie debía ser aquel librero de labios abultados que guardaba la fotografía de Mariana tras el cristal de uno de sus anaqueles. Me dolió la presencia vulgar de aquel personaje usurpando mi sitio cerca de Mariana.

—¿Elizabeth es la mujer encargada?

—¡Tonto! Elizabeth es una condesa muy elegante —y se echó a reír.

No compartí su risa. Se puso de pie y le ofrecí llevarla en mi automóvil, aceptó y la llevé a la Rive Gauche. "Quiere que me entere a dónde va", me dije. Delante de la Academia francesa me pidió detenerme. Al verla sentada con circunspección, nadie podía imaginar adónde iba aquella muchacha. Bajó y se fue meciendo su maletín. La vi alejarse mirada por los peatones, que se volvían a ver su silueta alta y su cola de caballo columpiándose sobre su nuca. Me incliné sobre el volante, agobiado por mi crueldad de dejarla ir.

No podía perderla, bajé y la alcancé.

—¡Júrame que no vas a seguirme! —exclamó.

La miré con lástima. ¿Estaba loca o simplemente poseída por un demonio que la cegaba? Si no pudo ver mi infinita tristeza, es que había en ella una fibra insensible que rechazaba la vida. O tal vez no supe convencerla. Nunca sabré si en el fondo de mí mismo, quise liberarme de ella y del chico, o simplemente le di esa impresión en aquel muelle indiferente. ¿Y el pacto? El pacto no se rompió en aquel instante de duda. ¿Quién no duda en un momento decisivo de su vida? La dejé y volví al automóvil en donde pedí que cesara ese minuto o que alguien borrara esa fecha del calendario para que esa mañana no existiera nunca. Recordé con precisión que antes ya había estado allí esperando ese momento y eché a andar el auto para encontrar a Mariana y evitar su locura. La descubrí acodada al pretil del Puente Nuevo. Sabía que estaba allí, mirando correr el agua y las barcazas de carga. Su maletín estaba en el suelo y ella parecía abstraída y ajena a lo que sucedía a su alrededor. No entiendo todavía cómo lograba aquella soledad perfecta en medio de una mañana iluminada por un sol blanco. Comprobé que el horror sucede a la luz del día, pues me asustó la soledad que la rodeaba. Se había colocado en un punto antimagnético que rechazaba cualquier aproximación. ¿Qué hacía? La tomé de un brazo.

—¿Sabes que te amo? ¿Cambiaste de opinión?

—Cambié la hora de la cita.

—¿Puedes llamarme después? —le pedí.

Negó con la cabeza. ¿No la vería nunca más? Se había ido de mi vida, llorando, pero se había ido. La ciudad se movía alrededor nuestro, a nuestros pies corría el Sena, el Puente Nuevo continuaba tendido, las hierbas seguían creciendo y nosotros éramos dos amantes separados en la ciudad que se engalanaba para festejar sus dos mil años de vida. ¡Dos mil años! Nosotros sólo habíamos robado unas horas a esos dos mil años y esa mañana debíamos devolverlos. Ningún gesto, ninguna hora, ninguna palabra volvería a unirnos a pesar de estar unidos por una corriente secreta. ¿Quién nos separaba con aquella crueldad insospechada? No era Mariana. Lo supe en el Puente Nuevo. Lo supe desde la tarde en la que presentimientos oscuros me aterraron al cruzarlo. Tal vez era yo mismo. Me volvía a Mariana que con la simpleza anterior a la desdicha, me dio un beso y se alejó de prisa. Me quedé yo mismo formando parte de la piedra. De pronto corrí en su busca. En automóvil recorrí los alrededores, me encontré frente al Palais de Justice y pensé que allí era donde iban a juzgarme por haber perdido al amor, aunque ese delito no está consignado en los códigos penales. Fui a la librería de Jean Marie y la encontré cerrada, como se cierran los comercios cuando hay duelo. Atravesé París engalanado con banderolas y recordé a Gabrielle. Subí las escaleras sucias y me asaltaron olores desconocidos que de alguna manera sabían mi secreto. Gabrielle no estaba en su casa. "Han huido juntas", me dije. Una vez en la calle, llamé a la casa de Mariana: "La señora se marchó al campo, señorito", me contestó la voz de Teo. Quise continuar engañándome y corrí a *Chez Francis* con la seguridad de que allí me esperaba. ¡Allí estaba Mariana intensamente pálida, sentada en la terraza frente a Augusto! Ambos tenían una copa en la mano. Huí para evitar que me descubrieran. Arrepentido por mi cobardía regresé a la terraza al poco rato, sólo para evitar ver que la mesa que ocupaban estaba vacía. Decidí que no podían ser ellos los que ocupaban la mesa solitaria. ¡Lo había imaginado! Pero me negué a aceptar que estuviera loco, pues la había visto. Continué buscándola y a las seis de la tarde supe que todo había terminado. Estaba cortado para siempre de Mariana. ¿Qué podía ocurrirme ahora? ¡Nada!, como decía. Entré al hotel, me acogieron los reflejos de los candiles proyectados en los espejos y los perfumes de los ramilletes así como los huéspedes engalanados para celebrar los dos mil años de París. En mi habitación me esperaba Sabina.

—¿Estás enfermo?

Su voz me volvió a la realidad. No pude explicarle la tragedia callejera que vivía. Sabina era ajena a esas miserias. Inocente, se preparaba para asistir a las grandes fiestas. Yo era un ingrato, la dejaba sola. Escuché su voz haciéndome preguntas que no podía contestar y a mi vez pregunté si nadie me había llamado.

—¿Quieres decir si no te llamó Mariana?

La miré atontado. Sabina se equivocaba. Mariana pertenecía ahora a un pasado con un final inesperadamente vulgar. Había logrado enajenarnos y luego había escogido, y yo quedaba al margen de su vida. Le agradecía su decisión. "Me hubiera arrastrado a miles de locuras", me dije mientras me vestía.

Durante la cena pensé que podía sucederle algo horrible y que yo me encontraría mezclado en un escándalo. La imagen de Mariana muerta en un cuartucho sucio, me petrificó de horror y me cegó a la belleza de las fuentes esplendorosamente iluminadas. Su misterio brotando de las bocas de los delfines y de los tritones humedecía a la noche salpicándola de luz. No dormí, necesitaba de algún signo para tranquilizarme. La música callejera llegaba apagada hasta mi habitación, confundiéndose con la risa de Mariana.

El sábado, París empavesado se mostraba triunfal. Acompañado de Sabina y de algunos parientes suyos, recorrí sus plazas alborozadas, mientras en mi pecho se anidaba un odio desconocido hacia Mariana. ¿Por qué no llamaba? Su silencio era una acusación que me pesaba como una enorme piedra. Ella lo sabía y se vengaba. Calculaba sus gestos, sus palabras, sus actos. Me abandonaba en un largo túnel silencioso, en medio de los ruidos armoniosos de la fiesta. ¿Y de qué se vengaba? Yo sólo la había amado. Embarcamos en el Bateau Mouche e hicimos el triunfal recorrido del Sena. Las banderolas se mecían al compás de los valses de Strauss y mi pena se diluía en ondas melancólicas. Una nostalgia desconocida se apoderó de mí: el pasado, aun el más inmediato era irrecuperable a pesar de llevarlo en la memoria como a una serie de imágenes intangibles, olores penetrantes y palabras ya pronunciadas que caían alrededor de mí con la suavidad de una lluvia de plumas. Pasamos bajo el Puente Nuevo y sentí que Mariana me miraba con ojos de reproche acodada al pretil de piedra. La noche era alta y el Puente Nuevo era la Vía láctea. El espectáculo de luces, de gallardetes y de música no lograba borrar mi terror secreto. Sabina y sus amigos se dejaban transportar por la belleza envolvente, sólo yo permanecía alejado y ajeno a la exaltación de la fiesta, acodado a una orilla lejana, imaginando finales siniestros que aparecían y desaparecían como las mareas al compás de los valses de Strauss.

—¿Te sucede algo? —preguntaron.

—Nada...

Y traté de esconderme a sus miradas. ¡Todos sabían lo que me sucedía y callaban! La fiesta que marcaba el nacimiento de París, anunciaba la muerte del único hijo que había engendrado. Romualdo observaba con regocijo. Él había informado al grupo, puesto que era el amigo de Gabrielle. Pero para mí callaba. Me sentí rodeado de enemigos y su dicha me pareció una agresión a mi persona. Nunca le perdonaría a Mariana aquella angustia. Al llegar al hotel pregunté si había algún recado para mí.

—Ninguno, señor.

"Estará en Suecia", me dije, e imaginé que pronto llamaría para decirme: "¡Tonto!" Al amanecer estuve seguro de que había muerto. Augusto no se había unido al grupo. Me hundí en la oscuridad de los presagios y vi llegar el domingo festivo abriéndose paso con pequeñas luces moradas.

Por la noche, los fuegos de artificio en la Plaza de la Concordia me hicieron ver la realidad: subían en cascadas de oro y caían como lluvia de fuego sobre nuestras cabezas sin quemarnos. Eran como Mariana, bellos, fugaces y no dejaban huella. Chisporroteaban unos instantes, iluminaban la plaza y desaparecían como soles falsos. Eran vanos y artificiales como ella, que quiso regalarme unos instantes el espectáculo de su belleza y luego no quedó ¡nada! ¡Nada!, como Mariana solía repetir.

En medio de la multitud que bailaba al compás de las orquestas instaladas en las calles y de los fuegos de artificio que caían sobre la ciudad, como un despliegue de la fugacidad de la dicha, pareja a la fugacidad de la desdicha, contemplé escéptico el gozo de los que me rodeaban. Me había equivocado en el amor de Mariana. Los sentimientos eran fugaces e ilusorios, como los fuegos de artificio. Después, quedaba la noche solitaria y yo había entrado en una dimensión oscura. Al llegar al hotel no me reconocí en los espejos.

—No hay recado, señor.

El lunes al cruzar el vestíbulo, hacia las once y media de la mañana me llamaron:

—¡Teléfono, señor!

Era Mariana. Con ella los finales siempre eran felices. Me citó en la calle de Prony y me dirigí de prisa y con el corazón oprimido a aquella dirección. Me asomé por una ventana de la planta baja y vi a Mariana sentada sobre una de las camas que había en la habitación enorme. Estaba leyendo, vestía una pijama rosada y llevaba los cabellos atados a la nuca. La llamé en voz baja y vino a mi encuentro.

—¡Qué guapo estás, Parsifal! Ven...

Salté por la ventana alta y la estreché contra mi corazón. La desdicha había quedado atrás. En su cuarto el teléfono estaba desconectado y había tres ramos de rosas que le había enviado su médico. Recordé con odio a aquel hombre rubio, que me había curado la rodilla lastimada con marcada hostilidad. Mariana estaba intacta, sólo los pies cubiertos de cardenales indicaban que le habían puesto plasma... Quería que la ayudara a escapar de allí esa misma tarde, pues Augusto la esperaba y el médico no le permitía la salida, tampoco le permitía verme, por eso debía entrar y salir por la ventana. Escuchó ruidos y me ordenó partir. Salté por la ventana y me encontré nuevamente en la calle. ¡Estaba aturdido! ¿Qué había hecho Mariana? "Obligué al doctor, porque llegué moribunda"... Sí, Mariana siempre hacía su voluntad. Regresé a la ventana, me puse de puntillas y miré al interior: allí continuaba, trepada sobre la cama e inclinada sobre el libro...

Seguí sus instrucciones y llegué a las cinco de la tarde a esperarla cerca de la clínica. La vi salir con su maletín y sus tres ramos de flores. Había burlado la vigilancia de su médico que, a esa hora, se hallaba en el quirófano. Subió a mi lado y a la luz del día vi los estragos que su acción había dejado en su rostro. Estaba demacrada. No me hizo ningún reproche. Yo hubiera deseado que llorara en mis brazos por nuestro fracaso. Al dejarla en la puerta de su casa, me ofreció una mejilla helada.

No pude abandonar su esquina y me quedé en el automóvil reflexionando... Ahora cuando escucho una vieja tonada muy en boga en aquellos días, me pregunto: ¿Por qué insistí en ver a Mariana? No lo sé, pero subiría otra vez a su casa, como lo hice aquel atardecer, pues sólo su presencia podía aliviar mi sufrimiento.

La encontré en el salón, charlando con Augusto y con Ignacio Rebes, el poeta sudamericano de piel insalubre. Mariana tenía el tinte terroso.

—¿Te pasa algo, Mariana?

—No le pasa nada. Yo la encuentro magnífica —contestó Augusto.

La charla revolucionaria de los dos amigos me resultó insoportable. Ahora no me interesaba el nazismo, contra el cual tanto había luchado. Tampoco me interesaba una revolución en la que no creía, ni siquiera el liberalismo, que era mi causa, sólo me interesaba Mariana, que lívida escuchaba las palabras "libertad", "acción revolucionaria", "solidaridad de clases" y "lucha obrera" como si ya estuviera muerta. La vi levantarse del sillón y retirarse con una ligera inclinación de cabeza. Entonces, escuché las explicaciones de Augusto: por primera vez en su matrimonio iban a tomar las vacaciones juntos, él y Mariana se iban a Córcega en dos días. Y recordé a Pepe: "Mariana vagabundea sola por toda Europa". Augusto me acompañó a la puerta. Le pedí despedirme de su mujer y me miró con aire divertido. Galante, me condujo por un amplio pasillo que llevaba al otro lado de la casa. Llamó con los nudillos a una puerta alta y entramos sin esperar respuesta. Me encontré en una habitación de muros y muebles tapizados de sedas amarillas. En una cama que me pareció gigantesca estaba Mariana.

—Vicente quiere despedirse, ya no lo veremos más —anunció su marido.

—¿Por qué?

—Nosotros nos vamos a Córcega y ellos regresan a su país.

La habitación estaba alumbrada por una lamparilla de noche que reflejaba su luz sobre el gran espejo colocado sobre la chimenea y Mariana parecía una prisionera. No dijo nada, se limitó a mirarme con los ojos muy abiertos. Augusto me abrazó y me deseó buen viaje. Permanecí inmóvil, mirándola con fijeza, a pesar de que su marido había cerrado el capítulo de nuestro amor, con aquel abrazo aparentemente efusivo. Al recordar sus ojos trágicos todavía me pregunto: ¿Por qué hizo aquello Mariana? Se quedaba con él, escogía destruirse y destruirme. Nunca más la vería y la idea de borrarla de mi vida me resultó insoportable. "Todo terminó en ese abrazo", me repetí en la calle y no acepté ese final.

Regresé a su habitación a la tarde siguiente. Nadie hubiera podido impedírmelo. La encontré en su cama mirando a un vaso colocado sobre la chimenea con tres tulipanes amarillos que se reflejaban en el espejo.

—Somos nosotros tres —me dijo.

—¿Estuviste el viernes en *Chez Francis* antes de ir allí? —le pregunté a mi vez.

No contestó. Continuó mirando a los tulipanes amarillos erguidos como cálices perfectos. Repetí la pregunta en voz baja. Fue inútil. Iba a indignarme y recordé que esa misma mañana había comprado los billetes del barco para regresar a mi país. Ella partía al día siguiente, las líneas paralelas de nuestras vidas habían llegado al lugar señalado para la separación y me sentí culpable. ¿Había engañado a Mariana?

Le pasé la mano por la frente y contemplé sus hermosos cabellos esparcidos sobre la almohada y los recordé cerca de mis labios. Continuaría amándolos, aun después de que se hubieran convertido en yerbas o en cenizas. Silenciosamente el cuarto se deslizó a una soledad temible: se había separado del resto de la casa y un ejército de ángeles silenciosos nos vigilaban con miradas acusadoras. Mariana y yo no éramos los mismos, nos veíamos convertidos en una materia diferente a la de las demás criaturas, habíamos sido arrojados a un parque al que nadie visitaba, mientras aquellos ángeles terribles nos juzgaban. Me incliné para escuchar el viento antiguo que cayó sobre las viejas ciudades para abatirlas y sentí llegar su murmullo. Pronto ese viento caería sobre nosotros para fulminarnos. Los cabellos de Mariana, ajenos al peligro que se aproximaba, continuaban esparcidos como las hojas de una rama desgajada de un sauce y caída sobre un río. En alguna parte transcurría una tarde con unas hojas y una fecha exacta, pero esa tarde era ajena a lo que sucedía en el cuarto abandonado.

—¿Te veré alguna vez?

La voz de Mariana se confundió con el viento destructor que se aproximaba y pareció detenerlo. ¿Cómo podía preguntar aquello? Yo estaba adentro de sus ojos para siempre y en ellos llevaba una vida propia y ajena a lo que pudiera suceder. Del mismo modo, Mariana estaba adentro de los míos hasta el final de mis días, tal como la veía ahora, como la rama de un sauce caída sobre la superficie de un río inmóvil.

Un timbrazo sonoro rompió aquel instante y anunció la crispada presencia de Augusto. Me encontró apoyado sobre la chimenea escuchándolo y decidí marcharme. Al despedirme de Mariana dije lo que nunca debía haber dicho:

—Mariana, sólo puedo decirte la frase con la que termina el *Martín Fierro:* "Y se fue como quien se desangra...".

Las pupilas de Augusto se empequeñecieron y recordé los pies de Mariana cubiertos de cardenales. Su marido me acompañó hasta la puerta: "Espero que Mariana no te haya envuelto en alguna de esas fábulas que inventa", me dijo con voz preocupada. "A las ocho de la mañana tomamos el avión", concluyó y su sonrisa me acompañó en el ascensor.

¡Todo había terminado! En el hotel me esperaban sombras inquietas que nos acompañaron al restaurante. Masticaban con una alegría insolente y su ruido me acompañó hasta mi habitación en donde no pude conciliar el sueño. Un ángel vengativo vigilaba desde los cortinajes de uno de los balcones y la frase de Augusto aparecía y desaparecía en mi vigilia: "Espero que Mariana no te haya envuelto en alguna de esas fábulas que inventa"...

Amaneció un día muerto, empezaban los años cotidianos y escuché disgustado la escena provocada por Sabina contra una de las doncellas del hotel a la que acusó de haberle robado sus pantalones viejos de color marrón. Se produjo un revuelo: mi mujer exigió la presencia del Director del hotel y mi apoyo absoluto. ¡No se lo di! Las lágrimas de la doncella me avergonzaron. ¿Qué importaban unos pantalones usados? Además no los había robado, era simplemente un desquite de Sabina por mi conducta para con ella. Abandoné la habitación. Desde el vestíbulo llamé a la casa de Mariana, quizá la cocinera me diera los últimos detalles antes de su partida a Córcega. Supe, entonces, que Mariana no se había marchado, tenía fiebre. "Alcanzará al señor y a la niña cuando se sienta mejor", afirmó la sirvienta.

Mariana me recibió en su habitación envuelta en una camisa de noche de color de rosa helado. Por el balcón entraba el perfume del bosque vecino y aunque era difícil entenderla era muy fácil amarla.

—¿Estuviste en *Chez Francis* el viernes antes de ir allí?

No contestó. Es imposible reconstruir los diálogos felices. Sólo recuerdo la luz de la tarde que fue cambiando hasta transmutarse en reflejos violetas que sombrearon de tonos azules los muros de sedas amarillas. Entonces, Mariana encendió la lamparilla de noche y toda ella se volvió dorada como un pan en la boca de un horno. Teo interrumpió aquel momento inefable:

—El señor avisó que vendrá a pasar la noche con la señora.

"¡El señor!" Escuché a la sirvienta preparar el cuarto de Natalia separado del de su madre por un *boudoir*. ¿Quién era ese hombre? Estuve seguro de que se trataba de Ramón, la "sombra" de Mariana y decidí esperarlo.

—Eres tonto, Parsifal; recuerda que él guardó la inocencia y como premio cruzó el salón, vio y olvidó —me dijo Mariana, observándome.

Crucé los brazos y guardé silencio, ella quedó cremosa e insensible como un helado de vainilla. Casi inmediatamente entró en la habitación un hombre de gafas gruesas y labios abultados que la besó en ambas mejillas. El hombre hablaba pomposamente y ordenó cubrir a la señora, colocándole sobre los hombros una chalina de rayas rosadas y celestes. Inmediatamente abrió un maletín del que extrajo un mazo de naipes que manipuló con la pericia de un tahúr. El personaje me resultaba conocido, lo vi jugar al *poker* con Mariana con la velocidad de dos profesionales. Pronto Mariana perdió la chalina y la camisa de noche. Lo escuché decir:

—Cobraré la deuda cuando el señor se haya ido.

Permanecí con los brazos cruzados ante aquel espectáculo vulgar y ofensivo, tratando de recordar en dónde había visto a aquel individuo. Cuando Teo preparó una mesa pequeña para servir la cena, anuncié que me esperaban algunos amigos.

—Olvidaba que el señor está lleno de compromisos como tomar las aguas en Evián y ahora volver a su país para pagar los impuestos —dijo el hombre mirándome a través de sus gruesas gafas.

—No deseo pagar la multa por ausentismo —contesté con altanería.

Le di un beso de despedida a Mariana y supe que tenía fiebre.

La imagen del hombre de labios abultados me persiguió toda la noche. Al amanecer creí recordar al hombre que guardaba la fotografía de Mariana en uno de los anaqueles de su librería. Cuando se lo pregunté a Mariana contestó con facilidad: "Sí, es Jean Marie, un librero amigo mío". Le rogué entonces que impidiera que el librero pasara la noche en su casa y aceptó con docilidad. En cambio Teo pareció contrariada, era agosto y en París no quedaba nadie, sólo ella con la responsabilidad de cuidar a la señora enferma. Si algo sucedía el librero se encargaría de buscar a un médico... Pero yo gané la partida y Jean Marie no apareció en la habitación de Mariana.

Nos quedaban unos días escasos, ahora sé que debería haberle dicho la verdad a Mariana, pero no lo hice, también ella me ocultaba su vida con esmero. No sabíamos entonces que eran los últimos días que nos quedaban juntos. Una de las últimas tardes que la vi, le tomé la mano para colocarle un anillo de rubíes que había buscado para ella. Ante mi asombro, miró el anillo con horror, se lo quitó, saltó de la cama y corrió al balcón para arrojarlo a la calle.

—¿Qué hace la señora? —preguntó Teo.

La criada bajó a la calle a buscar la joya, mientras Mariana hundió el rostro en las almohadas. No quería nada mío o tal vez deseaba herirme. Primero arrojó el zapato en el bosque, después se deshizo de mi hijo y ahora arrojaba el anillo por el balcón.

—¡Rubíes! Parecen sangre, qué mal augurio... —sollozó.

La penúltima tarde que la vi apareció el librero, que con un gesto cómplice me invitó a salir al balcón. Allí, mirando los árboles y haciendo volutas de humo me dijo con un tono de voz que debió parecerle mundano:

—Mariana sólo fue una pequeña aventura. ¿No es así?

Lo miré con desprecio, sonreí y negué con la cabeza. Quería ser grosero y pregunté por qué había entrado Mariana a la clínica.

—¿Lo ignora? Entonces, no podré decir nada. Creí que era usted el responsable.

Miré sus labios abultados de francés charlatán y goloso, que acababan de acusarme de haber abandonado a Mariana y de ser el responsable de su ruina. Miré a la calle y recordé el anillo que mi amante había arrojado por ese mismo balcón y supe que la desdicha iba a durar muchos años y no me equivoqué...

Esa noche, mientras cenaba con Sabina y con los amigos, recordé a Mariana sola en su casa y su soledad me pareció justa. Pensé también que si alguien se acercaba a ella mi deber era matarlo. Era lo indicado...

El día de la despedida la encontré de pie, vestida con su traje gris pálido. La tomé en brazos y la llevé al lecho. Me tendí junto a ella entregado a la pena. Le expliqué que guardaría su zapato impar hasta que ella misma fuera a recogerlo. Entretanto, debería caminar por el mundo con un pie descalzo. Aceptó el trato. No hablé de la despedida y me fui a la cocina a decir adiós a los criados. Éstos, de pie alrededor de la enorme mesa de cocina, me miraron en silencio, con la dureza implacable de un tribunal popular. Me sentí inmundo cuando no aceptaron mi propina. Cabizbajo volví al lado de Mariana.

—Regresaré en diciembre...

Sentí remordimientos por fijar un plazo tan breve... El barco zarpaba al día siguiente y yo dejaba París por la mañana. Ya no tenía automóvil y necesitaba un taxi. Mariana dio la orden de llamarlo y subió el escalón de la ventana y salió a la noche. Se apoyó en el barandal de hierro y escrutó la calle a través de las copas de los árboles. Vi sus hombros inclinados y la califiqué de cruel. ¿Acaso no sabía que nos separábamos?

Ahora no podría contar cuántas veces he visitado ese balcón que quedó en el tiempo como el cruce decisivo de mi vida y que continúa abierto a la infinita noche con sus ramas eternas esparciendo la desdicha... Esa noche, transido, me coloqué al lado de Mariana y contemplé su cuello largo y su perfil atento. ¿No iba a decirme nada? Me arrojaba de su vida con la misma facilidad con la que había arrojado a su zapato, a mi hijo y al anillo.

—¡Ahí está! —dijo y señaló el techo amarillento de un taxi que se detuvo frente a su puerta.

Le besé la mejilla y le reclamé su frialdad. Se volvió y me miró con ojos aterrados, se cubrió el rostro con las manos y se dejó caer sollozando sobre el escalón de la ventana. Me arrodillé junto a ella y le supliqué que no llorara, pero sus sollozos estremecedores no cesaron. Algo terrible nos sucedía. "No sabes nada... nada", me dijo sollozando. Entró Teo y me ordenó marcharme. "¡Dios mío! ¿Qué había hecho yo?".

—Yo me ocuparé de la señora —dijo la criada.

Dejé la casa y abandoné a Mariana en el suelo y Teo me acompañó hasta el vestíbulo. Con solemnidad me señaló la salida y después cerró la puerta con gesto definitivo. Mariana quedó atrás de esa puerta para siempre...

Sí, ahora que han pasado tantos años, sé lo que supe aquella noche: que nunca más se abriría para mí la puerta cerrada de Mariana...

Esa noche llamé desde el hotel y al día siguiente llamé desde el puerto: "La señora está durmiendo..." La misma mano que cerró la puerta decretó el sueño permanente de Mariana. No supe entonces que estaba condenado a caminar calles vacías, ignoraba todavía el infortunio de tratar en vano de regresar a un sueño. Envié misivas y telegramas desde el barco y ninguna respuesta me esperaba al llegar a mi casa. Escribí varias cartas al día desde mi casa y ante el muro de silencio, llamé a Mariana por teléfono. Me contestó la voz lejana de Teo: "Perdone el señorito, pero la señora ha estado moribunda"... Mariana cumplía con su palabra: "Si tú te vas, yo me muero"... Me aferré a sus fotografías y a su zapato con la decisión de un maniático...

Mi madre murió unos meses después... Y Mariana, ¿cuándo murió?... ¿Cuántos años han pasado desde entonces? Descubro el paso del tiempo cuando de improviso me descubro reflejado en un escaparate o cuando comparo las fotografías. Sí, los años pasan... es una frase banal, pero ¡qué huella dejan! Podemos reflejar nuestra vida, dibujándola en hojas de papel y nunca será nuestra vida verdadera. El papel no recoge el tono de voz, la ligereza de unos pasos, la intensidad de un dolor o el golpe definitivo de una puerta al cerrarse...

Murió mi madre y yo seguí añorando a Mariana. Aquellos fueron días febriles. Me llegaban sus cartas, pues ella no me abandonaba. La veía en sueños, en las calles, y en verano se aparecía mar adentro. Por la noche me llamaba y mis amigos se convirtieron en formas incoherentes. Durante mis sueños, Mariana se me aparecía bajo el agua mirándome con los ojos muy abiertos, yo estaba sobre ella y despertaba sudando. Le contaba mis noches visitadas por ella y se convirtió en mi conciencia lejana...

Una tarde encontré a Tana en una confitería, se había casado con un hombre extraordinario. Quise mostrarle la carta de Mariana que llevaba junto a mi corazón, pero me abstuve al recordar que no era muy apasionada. Me sentí víctima de mi amor solitario y desesperado por Mariana y porque era terrible el amor que sentía por ella, me fui esa misma tarde a hacer el amor con Tana. Las consecuencias fueron imprevistas. Se diría que ahora todas las mujeres deseaban ofrecerme hermosos hijos.

Dos años después de la noche del balcón le incluí un cheque para su viaje y el de Natalia y le supliqué que se reuniera conmigo. Impaciente, me aferré a su zapato y a sus fotografías. Las Marianas diminutas de las fotos se habían convertido en seres reales y algunas me miraban con tristeza, mientras otras me obsequiaban sonrisas alegres y relampagueantes. Yo pasaba largos ratos descifrándolas, temiendo que cambiaran de actitud y de postura, o que de pronto y por simple capricho amanecieran dándome la espalda. Hasta hace muy poco, nunca lo hicieron y cuando las hallé en posturas diferentes, supe que Mariana había cesado de confiar en mí o de quererme... Aquí las tengo, bajo mi vista; en ellas las Marianas pequeñísimas contemplan las montañas nevadas y sólo veo su anorak de espaldas.

Nunca más veré sus risas ni su gesto invitándome a reunirme con ella. En otras, en las que le tomé en el bosque, Mariana me muestra sus cabellos atados en forma de cola de caballo y sé que busca con los ojos la hierba de la que ahora ella forma parte en algún lugar desconocido. Me ha vuelto la espalda para que no vea su rostro demacrado. No quiero que nadie sepa su desdén, escondo las fotografías de espaldas de Mariana…

Aquella vez aceptó el viaje para reunirse conmigo y me dio el nombre del barco y la fecha de llegada. El día señalado corrí al muelle pero Mariana no figuró entre los pasajeros. "¡Perdió el barco, es tan distraída!", me dije. Y me consolé pensando: "Llegará en el próximo", y esperé el barco siguiente en el que tampoco vino. Atravesé entonces un largo periodo de oscuridad y de silencio y me resigné a la nada…

Unos meses después supe que Augusto había vuelto a su país acompañado de Mariana y mi ruptura con ella fue definitiva, pero continué esperando sus cartas. Quizá le había ocurrido algo terrible: "Tú no sabes nada, nada…", había repetido en el balcón del llanto.

Sabina quiso regresar a París. Al llegar a la ciudad me empeñé en encontrar a Mariana en su casa. Un desconocido se puso al teléfono: "La señora Mariana está en América". Una losa cayó sobre mi corazón. Recorrí entonces los lugares que visitamos juntos y encontré que los dueños de las habitaciones nos recordaban con claridad:

"Ah, señor, el amor es como el dinero, no se puede ocultar". En esos cuartos busqué su imagen hundida en los espejos y la encontré quieta, en el fondo de lagos desde los que me enviaba signos: "¡Tonto, te amo!" Los norteamericanos habían destruido la escalera que llevaba al cielo y los restos del palacio que soñamos juntos. Las lágrimas del balcón se acumularon en mi pecho y amenazaron con inundar al bosque que se tragó a su zapato...

Pedí una conferencia telefónica a su país y esperé, tratando de imaginar el lugar remoto del que vendría su voz.

—Mariana...

—¿De dónde me hablas?...

—De París, te busco como un loco... ¿Por qué hiciste eso, Mariana?

Supo que hablaba del chico y guardó silencio. Su voz cruzaba el mar sin emoción. Se guardó de decir lo que pensaba: "¿Por qué no fuiste mientras yo estaba allí?" Alguien le preguntó: "¿Quién habla?", y ella dijo: "Un amigo". Se había desligado de mí, había muerto aquella noche en que la dejé llorando en el balcón.

En mi habitación del George V encontré a Sabina llorando. Pero ningún llanto remediaría lo sucedido y mi mujer había contribuido activamente a mi derrota. El pasado era irreversible y Mariana había muerto aquella noche y escapado a mi futuro. Sin embargo en mis sueños aparecía tendiéndome una mano y su amor me llegaba como un viento insoportablemente triste.

Pasaron tres años más y Mariana y yo nunca suspendimos nuestra correspondencia: yo me refugié en la inmovilidad y ella se entregó a la locura activa. Hasta mí llegaron críticas y comentarios sobre su conducta inesperada... Entonces, le envié un telegrama dándole cita en el Hotel Plaza de Nueva York a las doce en punto de la mañana de un tres de enero. Contestó inmediatamente: "Allí estaré, mi amor". ¡Habían pasado cinco años desde nuestra separación!...

El tres de enero, un torbellino de nieve coincidió con mi llegada a Nueva York. Crucé las calles sepultadas en copos blancos y entré nervioso en el vestíbulo del Hotel Plaza. Miré el reloj y vi que eran las doce y doce minutos. El retraso era mínimo... Recorrí las mesas, los rincones, registré detrás de las columnas y de las plantas de sombra, pregunté por una señora alta y rubia y los mozos me mostraron a varias señoras altas y rubias que no eran Mariana. Al final, me convencí de que no estaba... ¿Me había engañado nuevamente? Aturdido, llamé a su Consulado: "Tal vez la señora está en la Reunión Internacional de Arqueología, aunque no vino acompañando al señor". Pedí la dirección de la sede de aquella reunión. Me inscribí en el hotel y salí en su busca. Iba febril...

Desde lejos la descubrí sentada en una mesa

con el mismo aire sonámbulo de la primera noche en el *Ramponeau*. A su lado estaba Natalia, a la que casi no reconocí, y frente a ella su marido y Gabrielle. Me detuve unos instantes para serenarme: o el tiempo no había transcurrido y Mariana estaba allí como había estado la víspera en París o yo estaba soñando. Avancé entre las mesas tratando de parecer natural y la vi palidecer al descubrirme. La sangre se me fue a los pies. "¿Por qué no acudiste a mi cita?", me pregunté y los cinco años se convirtieron en ese instante en una jornada sin fecha y sin días. Estaba allí mirándome con los ojos muy abiertos por el milagro de encontrarnos...

—¡Qué coincidencia! ¿También tú llegaste hoy a Nueva York? —preguntó Augusto.

Su voz y su gesto me dijeron que no debería haber buscado a Mariana. Recordé que Augusto siempre estaba irritado, se diría que padecía una urticaria constante. Natalia me dio un beso y Gabrielle me miró aterrada. Estuve nervioso y mi conducta resultó absurda. En mi imaginación el encuentro había sucedido de una manera completamente distinta. Mariana pensaba lo mismo y en sus momentos de descuido me miraba con ojos lastimeros.

—¿Qué pasa, Mariana?

—Nada...

Hubiera querido decirle palabras tiernas... no pude, los demás lo impidieron. Para suavizar la situación que se volvía cada vez más tensa los invité a cenar esa noche en mi hotel. Augusto prometió asistir. Salí desconsolado de aquel comedor lleno de celebridades desconocidas.

En la calle contemplé la belleza de la nieve y resistí al viento que barría las torres de los edificios y quizás también a la desdicha. Encontré a Pedrito que ya conocía a Mariana y a Arozamena, una especie de enciclopedia capaz de sostener una conversación digestiva y arqueológica con Augusto y esperé ansioso la hora de la cena...

Por la noche Mariana vestía un traje escotado que dejaba desnuda su espalda y sus hombros y parecía más nerviosa que durante la comida. En cambio Augusto conversaba animadamente con Arozamena. Yo me conformaba con preguntarle de vez en vez: "¿Qué pasa, Mariana?" A la hora de los postres, Augusto miró su reloj pulsera y sonrió con malicia. Mariana aplastó con violencia su cigarrillo y palideció visiblemente. Se puso de pie y anunció:

—¡Vuelvo enseguida!

La vi ponerse de pie y cruzar el comedor a gran velocidad. "¿Desea cigarrillos?", pregunté para poder seguirla. La alcancé en la puerta y la cogí por la muñeca para poder detenerla, pero ella me arrastró a la calle nevada. Corrimos juntos, la detuve y cayó en mis brazos.

—¿Qué pasa, Mariana?... eres una ingrata, no viniste a mi cita...

—Llegué a las doce en punto, no te vi y me entró pánico y salí huyendo...

¡Doce minutos tarde! ¡Doce! Y ese brevísimo lapso volvió a decidir mi suerte. "¡Es monstruoso dividir al tiempo!", me había repetido muchas veces y ahora lo comprobaba trágicamente. La estreché contra mi corazón en mitad de la calle nevada. Pero ella quería correr a algún sitio y tuve que ceder a su impulso frenético. Nos detuvimos frente al Hotel Blackstone y entramos. Con calma pidió hablar con un desconocido. El hombre le ordenó subir. En el ascensor temblaba como una hoja y abracé sus espaldas desnudas y frías. No entendía su extraña conducta. En el dintel de una puerta abierta nos esperaba un desconocido alto, de piel verdosa y con una calvicie brillante. El hombre nos miró con hostilidad, era mucho mayor que nosotros y vestía *smoking*.

—Pasen...

Como si hubiéramos recibido una orden hipnótica entramos a su habitación y Mariana se abrazó a mí y me besó en la boca. El extraño guardó silencio y yo olvidé su enorme presencia.

—Barnaby, te presento a Vicente. Ahora te recuerdo que debes desaparecer. ¿A qué veniste a Nueva York? Yo amo a Vicente. ¿No me lo van a permitir? ¡Haz el escándalo! ¡Hazlo ahora mismo!

Escuché asombrado sus palabras y la tomé por el talle.

En la penumbra el desconocido tenía algo amenazador y recordé a Augusto y a su sonrisa al mirar el reloj pulsera.

—¡Qué mala eres! ¡Qué mala! —dijo el hombre.

Mariana lo miró segura de sí misma y volvió a escudarse en mi cuerpo y a besarme en la boca como si estuviéramos absolutamente solos.

—Vicente, te invito una copa —dijo el hombre queriendo establecer una complicidad inmediata conmigo.

—No bebo.

—Acompáñame, la necesito —dijo saliendo al pasillo.

—Imposible, nos espera Augusto —exclamó Mariana.

Nos dirigimos a los elevadores. Me pareció sospechoso que el hombre me tuteara y no se dirigiera a Mariana, sino que me mirara a mí con una intensidad extraña. Tenía los ojos aceitosos. Se diría que odiaba a mi amiga. ¿Con qué propósito oscuro aceptaba la humillación que ésta le infligía?

Nos instalamos en un rincón del bar y Mariana quedó entre los dos recostada sobre mi hombro. Era increíble tenerla abrazada y apenas escuché cuando el hombre ordenó unos whiskies. La oprimí contra mí a pesar de la presencia amenazadora de aquel desconocido que de alguna manera esparcía el terror.

—¡Qué mala es! ¡Qué mala! —repitió.

—¡Sí! Qué mala, pero qué horrible es estar lejos de ella —le contesté.

El hombre sonrió. La luz rojiza sacaba reflejos a su calvicie, no carecía de cierta prestancia y traté de no mirarlo y de entregarme a la dicha infinita de estrechar a Mariana. El desconocido habló de polo y de caballos, para hacerme notar que ambos pertenecíamos a la misma clase social y excluir a Mariana. Lo observé: era un hombre que nunca había sido adolescente, se diría que había nacido con más de cuarenta años. En el bar un piano dejaba caer la música de *Blue Monday* y a través de sus notas melancólicas, le descubría una expresión de malicia perversa. Sentí que Mariana estaba en peligro.

—Hoy tomé el avión para Nueva York porque hace dos años que la veo todos los días…

No deseaba escuchar sus confidencias y me puse de pie arrastrando a mi amiga con el gesto. Dejamos al hombre solo en la penumbra del bar y la calle barrida por los vientos del norte nos acogió con violencia.

Barnaby era inquietante y su presencia cercana levantó mi cólera. Aquel desconocido tenía algo equívoco y la sensación de peligro no se alejó con el viento. Detuve a mi amiga y la miré a la luz de las farolas.

—Mariana, te suplico que tengas cuidado, ese hombre te odia.

—Yo odio a los dos. ¡Los odio!… Sólo te he amado a ti…

El frío intenso hacía que el aliento de Mariana saliera convertido en una niebla clara y que sus palabras y las mías quedaran escritas en la calle helada de Nueva York, como una advertencia para el futuro. También yo odiaba a los "dos". Mi amiga estaba atrapada en una red aterradora y la miré con miedo. Pensé que los "dos" pertenecían a la misma secta y que ambos ejercían una vigilancia continua sobre ella. "¿Cuál secta?", me pregunté asustado y la abracé para protegerla de los peligros que la amenazaban. Volvimos al Hotel Plaza. Augusto no preguntó absolutamente nada.

Cuando me encontré solo quise pensar que nuestra suerte había cambiado, pero la presencia malévola de aquel Barnaby me mostró que me equivocaba. Arrojé mi almohada contra un muro: mi viaje a Nueva York era inútil.

No tuvimos suerte: Augusto llevaba a Mariana a la Reunión de Arqueología y por las noches ambos cenaban con Barnaby. Natalia contestaba el teléfono: "Ella quiere verte, pero todo es tan difícil"... Mis días se convirtieron en días iracundos. De alguna manera me sentía vigilado: tenía la certeza de que me seguían, de que alguien sabía todos mis pasos y esta sensación me intranquilizaba.

—Allí está el señor que pregunta por usted y que se coloca en una mesa desde la cual usted no puede verle —me dijo un mozo del Plaza, cuando tomaba el desayuno.

Me volví con rapidez y descubrí la cabeza de Barnaby. Estaba enfundado en una gabardina de color oliva y al sentirse sorprendido, avanzó tendiéndome la mano.

—Vicente, quiero charlar contigo sólo unos minutos, no quiero ser inoportuno... ¡Pobre de ti!...

Lo escuché con repugnancia y quise irme enseguida, pero Barnaby me retuvo por la manga del abrigo sonriendo de una manera equívoca.

—Sólo deseaba invitarte al teatro. O'Neill es un autor importante. ¿No te parece? Ayer estuve con Mariana en el Actor's Studio y la invitaron para hoy en la noche. Naturalmente no irá conmigo, ni con Augusto... ¡Qué interesada es! Iré solo. No entiendo por qué me hizo venir a Nueva York, quizá para darte celos. ¿No te parece?...

Me rehusé a escucharlo. Su presencia me violentaba, además no deseaba ser su cómplice ni traicionar a Mariana.

—Me ha dicho todo, hasta que fue Augusto el que pagó el aborto —me dijo con brutalidad.

Me despedí sin contestar. ¡Mentía! Buscaría a Mariana. ¿Dónde? En el teatro donde daban la obra de O'Neill. Conseguí billetes para las funciones de la tarde y de la noche y me aposté en el teatro para sorprenderla. Por la noche llegó escoltada por Augusto y por Barnaby. Me oculté detrás de una columna y me dediqué a observar al trío. No vi la obra, tampoco la vio Mariana, que permaneció quieta entre los dos, mirando con obstinación al suelo. A la salida los perdí entre el público y me sentí poseído por un furor impotente. Era la segunda vez que veía a Mariana desde mi llegada a Nueva York.

Barnaby apareció en mi hotel al día siguiente. Me esperaba oculto detrás de unas plantas de sombra. En sus maneras burlonas y en sus palabras, adiviné que me había visto en el teatro y que se divertía.

—Vicente, ¿me aconsejas que me vuelva a mi país? Mariana gasta demasiado y yo te juro que estoy en la ruina. ¡En la ruina!

No quise escucharlo y decidí mudarme del hotel sin dejar huella. Llamé a Mariana y me contestó Augusto, que me invitó a cenar. Asistí a la cena con la esperanza de ver a Mariana, pero Augusto llegó solo:

—Mariana prefirió cenar con Barnaby. Con la edad se ha vuelto insoportablemente interesada. Si pudiera lograr que se ocupara en algo útil...

Cambié el tema: Augusto continuaba siendo un radical de izquierda, ahora su manía iba contra Estados Unidos, país al que había que socializar. Los latinos teníamos la misión de romper el orden puritano que reinaba en la universidad y en las costumbres, para poder ser aceptados.

—Es increíble que una actriz de cine reciba más publicidad que un escritor o un intelectual. Su gran arma es el cine. Alguna vez Lenin dijo: la religión es el opio de los pueblos, pues bien, los yanquis han inventado algo más mortífero: ¡el cine! —dijo con amargura.

Lo escuché asombrado, habló del imperialismo, que penetraba en los pueblos a través del cine también, y escogió un menú selecto.

—Los estudiantes norteamericanos en su gran mayoría escogen carreras administrativas. Es un síntoma del capitalismo. Es un atentado contra la cultura, pero ¿quién cree en la cultura? Para Estados Unidos la civilización es sólo una vieja puta y en los filmes hacen la apología del hombre de acción, del gran capitalista —afirmó enfático.

El lujo del restaurante contradecía las palabras de Augusto y así se lo dije, señalando la presencia de Zsa Zsa Gabor, que comía en una mesa vecina y reía despreocupada. Augusto la miró con desdén.

—¡Una puta vieja! —dijo con sequedad.

Me acusó de reaccionario y de capitalista. Yo sólo era un liberal del siglo XIX, de ahí mi fascinación por el cine y la moral burguesa condenada al exterminio.

—Pero, dime ¿quién la ha condenado? —dije molesto.

—Nosotros, los intelectuales revolucionarios —contestó divertido.

—Querido Augusto, la gran mayoría de los intelectuales serios están en contra tuya.

—Me recuerda a Mariana, sólo que ella critica al socialismo desde el punto de vista religioso, aunque adora el lujo y es capaz de vender su cuerpo por un traje. ¡Qué fariseísmo! Por eso cena hoy con el pobre Barnaby.

Augusto acusaba a Mariana de ejercer la prostitución. Lo escuché atónito y me ruboricé al recordar el dinero de los billetes de barco que le envié. "Tal vez quiso cobrarse...", me dije atontado.

—Sólo se le ocurre ganar dinero acostándose —concluyó su marido.

Me invadió la cólera y quise retarlo a salir a la calle para darnos de golpes, pero preferí quedarme y observar su expresión de triunfo ante mi pena. También quise levantarme y dejarlo con el postre servido y echarle la mesa encima, pero me contuve, pues cualquiera de esos gestos me hubiera impedido volver a encontrarme con Mariana. Y quería verla para comprobar su condición de prostituta. En verdad estaba rodeada de demasiados nombres masculinos y... siempre adinerados.

—No se da cuenta de que ya está vieja y me pregunto qué hará en la vida... —exclamó Augusto saboreando la pera en almíbar cubierta de crema.

Nunca había pensado en la vejez de Mariana. La había encontrado igual a la Mariana de unos años atrás y su imagen aterradora, sentada en las gradas de la cancha de tenis me vino a la memoria con una precisión que me dejó agobiado. Tuve la impresión de que la misma Mariana me miraba con ojos afiebrados desde una mesa vecina y de que bajo su mirada se marchitaban velozmente las rosas que estaban en el centro de la mesa. Nervioso, cogí la copa de agua y ésta se estrelló en mi mano y me produjo algunos cortes, mi sangre cayó sobre el mantel y éste se convirtió en un trapo sucio. Augusto continuó saboreando su pera en almíbar y haciendo juicios adversos sobre Zsa Zsa Gabor. Por alguna razón que yo ignoraba, Mariana estaba en las manos de aquel hombre que me miraba desde el otro lado de la mesa en ruinas, con una impunidad que justificaba el crimen.

—Pobre Natalia, la utiliza como un arma contra mí y no puedo abandonarla a la prostitución...

Me despedí pretextando una cita urgente. Salí del restaurante odiándole y odiando a Mariana. Augusto me vio salir y también Mariana que, desde la mesa del fondo, envuelta en harapos y con ojos afiebrados me contemplaba muda y aterradora, como esas viejas prostitutas que se cuelan en los lugares de lujo a pedir una limosna o a entonar una canción con voz aguardentosa. Recordé que Mariana no bebía...

Busqué a Pepina, una amiga común, para hablarle de mi desdichado encuentro con Augusto. La encontré terminando una traducción que abandonó para prepararme un té que bebimos juntos en su pequeño cuarto de estudiante. Pepina conoció a Mariana durante su luna de miel en París. Ahora estaba divorciada, se sabía que le había ocurrido algo atroz en su matrimonio y a raíz de su separación, estuvo bajo tratamiento psiquiátrico. Tal vez a eso se debía su lucidez para juzgar a los demás. Le pregunté por Mariana y sonrió con simpatía.

—La vi anoche. Está loca por ti, sólo tú pareces ignorarlo.

Entonces ¿por qué no se divorcia de Augusto? Pepina opinó que el marido no la soltaría hasta haberla arruinado totalmente. La noche anterior, al verlas charlar juntas, las había llamado lesbianas y frígidas. Mariana guardó silencio y Pepina abandonó la fiesta bohemia en la que pululaban los homosexuales, las "cubas libres" y los temas subversivos.

—No dudes de que aparezca suicidada un día. Está a un paso de la esquizofrenia y ha cerrado los canales de comunicación con el mundo exterior. Tal vez hable contigo, aunque lo juzgo difícil.

Las palabras de Pepina me sobresaltaron. ¿Y el otro? ¿Quién era el otro?

—¡Qué sociedad tan extraña! Esos dos hombres me dan miedo. Creo que ambos odian a Mariana. Yo no sé nada, ella no me hace confidencias —me dijo.

Mariana era incapaz de exteriorizarse, siempre hablaba de cosas ajenas a ella misma. A veces hacía alusiones a su infancia, pero no confiaba en mí. La imagen de Mariana suicidada me alejó de Pepina y apenas escuché su voz.

—La puedes encontrar en San Patricio, allí va muchos días...

Le pedí a Pepina que me arreglara una cita con Mariana y aceptó hacerme el favor. Yo conocía su secreto, se había casado con un homosexual y ahora vivía apartada del mundo, contemplándonos desde una distancia insuperable. Se había convertido en una persona intocada e intocable. Abandoné su estudio invadido por una melancolía aguda y pensando que quizá Pepina poseía el secreto de la dicha.

Pepina me avisó que había arreglado la cita con Mariana. Nevaba copiosamente y las calles estaban cubiertas de nieve aplastada por los automóviles. La ciudad lucía triste, envuelta en niebla oscura y copos blancos que se convertían en lodo líquido al tocar el suelo. Esperé la llegada de Mariana, de su hija y de Pepina en el vestíbulo alfombrado de un cinematógrafo de Broadway y pronto la vi aparecer cubierta con abrigos gruesos y gorritos de lana. Corrí a su encuentro y tomé a mi amiga de la mano.

—Vamos, mi amor, que tengo algo que decirte.

Subimos a un taxi y Mariana se echó a reír con júbilo. Ante mi sorpresa le dio al chofer una dirección desconocida.

—¡Qué buena es Pepina! ¡Qué buena! —repitió.

El taxi se detuvo frente a un edificio situado a espaldas de Central Park. Subimos a un piso muy alto y Mariana llamó con alegría y me regaló un beso furtivo.

—Mariana, ¿adónde me has traído?

Abrió la puerta un hombre mayor que cogió a mi amiga por el talle y la hizo dar varias vueltas por el aire. Algunos personajes se reunieron para festejar con besos su llegada. Yo ignoraba el lugar en el que me encontraba y me dejé conducir a un salón pequeño en el que resulté un intruso. Pronto me di cuenta de que aquellas personas eran gente de teatro y solitario me coloqué junto a una ventana para observar sus gestos precisos y sus voces templadas. Mariana se reunió con una mujer de pelo recogido y zapatillas de ballet muy usadas y noté que ambas me miraban.

—¡Qué tragedia! ¡Qué tragedia! —exclamó una mujer que ocupaba una sillita baja junto a mí.

Escuché su voz de fuerte acento ruso y me volví a ella. Me encontré con sus ojos azules, su chalina dorada, su traje de seda pesada y sus joyas orientales. Toda ella desprendía un lujo teatral y una autoridad majestuosa. Con las manos cubiertas de anillos preciosos, señaló vagamente a la amiga de Mariana.

—¡Dimitrova, la gran estrella del ballet casada con ese individuo siniestro! —y dirigió la mirada a un hombre vestido como un empleado de banco.

—Es un comerciante… un enemigo del arte.

Recordé el nombre de Dimitrova iluminando

las marquesinas de los teatros y me volví a la señora que me miraba con ojos centelleantes. Unos minutos después, supe que se llamaba Katia y que era la decoradora de moda en Broadway y en Hollywood. También supe que los invitados tenían sus nombres en las carteleras de los teatros y que sólo faltaba el de Dimitrova. Katia me daba explicaciones fáciles haciendo tintinear sus joyas. Admiré su ligereza de movimientos y su voz generosa. Cuando Mariana se acercó a nosotros acompañada de Dimitrova, Katia la llamó *cherie*, como si deseara compensar con su afecto la soledad que había caído sobre la bailarina retirada. Dimitrova sonreía con timidez y al observarla de cerca, tuve la impresión de hallarme frente a una niña encerrada en un calabozo. El decorado de su salón era vulgar, no mostraba ninguna huella artística. Se diría el piso de una mujer corriente, fatigada con la mediocridad de los muebles y los objetos que la rodeaban. La ausencia de la gracia volvía opresivos aquellos muros... Dimitrova se escondía, se replegaba sobre sí misma, asustada.

—Dimitrova, los ceniceros están derramados —exclamó su marido con voz molesta.

La antigua estrella se precipitó a recoger las colillas ayudada por sus amigos, y Katia movió la cabeza disgustada y lanzó sobre el marido una mirada devastadora.

—La *petite* no puede divorciarse porque el hombre le quitaría a su hijo. Una artista no debe casarse nunca y menos con un comerciante —me dijo en voz baja Katia.

En ese momento alguien tarareó una música clásica y ensayó unos pasos que no se realizaron, pues la voz del marido de Dimitrova interrumpió la alegría…

Han pasado muchos años y todavía el recuerdo de Dimitrova encerrada en aquellos muros opacos me perturba. "Los artistas no tenemos dinero y la *petite* nunca ganaría el pleito contra su marido", me dijo Katia aquella noche. Muchas veces busqué su nombre en los periódicos, esperaba que Dimitrova hubiera regresado al escenario, pero fue en vano. También yo recordaba a la muchacha girando en la escena como un hermoso pájaro de luz, libre de la jaula en la que poco a poco se convertía en cenizas…

Salimos de allí y Mariana estaba triste. Caminamos por la noche nevada sin cruzar una palabra. El misterio de la nieve apagaba los pasos y nos dejaba nostálgicos. Recordé la tristeza de Dimitrova y encontré una frase feliz.

—Mariana, quien te diga que el que bien te quiere te hará llorar, miente. El que te ame te hará feliz… yo te amo.

Bajó la cabeza. Había olvidado el balcón y las lágrimas. No llevábamos ningún rumbo y pensé que nos habíamos extraviado y que nunca volveríamos a encontrarnos.

—Te quise tanto que ahora soy incapaz de amar a nadie, ni siquiera a ti…

Sus palabras resbalaron sobre la nieve y me dejaron atónito. Recordé a Pepina: "Ha cerrado los canales de comunicación con el mundo exterior". Era verdad, me abandonaba… quizá sólo estaba muy cansada y le reproché con dulzura que no hiciera ningún esfuerzo para verme.

—Mi amor, alguna vez estuvimos juntos en la vida…

—Sí. Ahora la guardia está montada. Cuando intento escapar para ir a verte, Natalia se asoma a la puerta y si no hay nadie, me hace una señal y salgo corriendo, entonces, de la niebla surge Barnaby… Ya ni siquiera los odio. ¿Crees que había algo de malo en visitar a Dimitrova?

—No, Mariana, no había nada de malo.

—Pude verla gracias a Pepina…

Su escapatoria se debía a Dimitrova, no al deseo de verme. Tal vez había algo en la antigua bailarina que le recordaba a ella misma. Vi su figura delgada avanzando entre la nieve y me alarmó su desesperanza. Quise preguntarle sobre San Patricio.

—¿Te consuela confesar?

—¿Crees que hubiera soportado no verte, si no fuera porque te veré en el cielo? ¿No recuerdas que te conté que una noche oí una voz que me prometía una sillita en el cielo?

En efecto, en París, Mariana me había contado aquella anécdota varias veces. Vagamos por las calles heladas, quería decirle que confiara en mí sobre la tierra. También quise decirle que la espiaba en los teatros, guiada por las confidencias de Natalia. Pero guardé silencio, pues recordé las palabras de Augusto y de Barnaby. Me conformé con maldecirlos en voz alta.

—¡Son cómplices! Quieren volverme loca...

Le cogí las manos y le pedí una cita. La hice jurar que asistiría. No nos besamos, sólo deseaba obtener una acción afortunada de Mariana, y aceptó.

Nevaba sobre Nueva York y me fui a espiar el hotel de Mariana. Había aceptado mi cita y quise saber si mentía. Dudaba de ella. Me instalé en una cafetería situada en la acera de enfrente de su hotel y miré hacia la puerta por la que debía salir. A través de la nieve espesa que caía sobre la ciudad, vi aparecer a Natalia, mirar a todas partes y entrar nuevamente al hotel. Enseguida apareció Mariana con los cabellos cubiertos por un gorrito rojo. Avanzó decidida, en la esquina levantó el brazo para detener un taxi y la mano de Barnaby la detuvo. ¡Era verdad que la guardia estaba montada! No supe de dónde había surgido aquel hombre enorme. Los vi discutir: Mariana gesticulaba, mientras el hombre no le soltaba el brazo. Salí a darles alcance y vi que Mariana era arrastrada por el hombre con una fuerza hercúlea. Corrí tras ellos, sólo para verlos entrar al Hotel Waldorf y me detuve derrotado... Mariana era su amante. Caminé unas calles para serenarme... Augusto no podía tener razón. ¡Mentía! Entré a una cabina de teléfono y la llamé a su hotel: "Me detuvo a la salida...". Tal vez había pasado media hora.

—Iré a esperarte a la puerta misma de tu hotel. ¡Ahora mismo!

En pocos minutos me planté en la puerta y apareció Natalia, sonrió y entró corriendo, entonces salió Mariana. La cogí del brazo con firmeza y echamos a andar. A los pocos pasos surgió Barnaby cubriéndose con un paraguas negro.

—¡Vete! ¡Vete! —gritó Mariana.

—¿No me permites que salude a Vicente? —preguntó con voz untuosa.

Lo pasamos de largo. La situación era odiosa. No deseaba que Barnaby conociera mi nuevo domicilio. Mariana se volvía para ver si el hombre iba detrás de nosotros. Me indignó que le tuviera miedo, pues uno sólo teme a sus cómplices. Mi posición era insostenible y si Mariana no se decidía a divorciarse, no me ocuparía nunca más de ella y así se lo dije. Olvidé que yo también estaba casado y me dejé llevar por el rencor que me inspiraba la debilidad de Mariana y las humillaciones a las que me sometía. Tomamos un taxi y la llevé al piso que tenía alquilado.

Se sentó en un sillón y se quitó los guantes... Apenas hacía unos minutos que había entrado al hotel con Barnaby. ¡Era una hipócrita! La marcha le había dado buen color. No le reclamé nada y ambos guardamos silencio. Nevaba sobre la ciudad y nosotros, desencantados, mirábamos caer la nieve desde nuestros lugares separados.

No se dejó vencer por mi frialdad. No tuvo un gesto, no se acercó a pedir perdón pero no como acostumbraba hacerlo, no, quería que lo pidiera con gravedad, porque graves eran sus faltas y graves los daños que me había hecho. Allí estaba frente a mí, sentada, sin mostrar ningún arrepentimiento. Miré sus piernas cruzadas y la vi fumar encerrada en sí misma y esperando mi rendición. ¡Estaba equivocada! Recordé a Pepina y recordé su inocencia. Juzgaba a Mariana con demasiada benevolencia. Recordé a Augusto que la calificaba de prostituta y recordé a Barnaby forcejeando con ella en mitad de la nieve y estuve seguro de que Mariana iba a San Patricio por farsante. Todo en ella era farsa: su amor por mí, su fe en Dios, su sufrimiento. ¿De qué sufría Mariana? La verdad era que hacía sufrir a todos. Mentía, se mentía a sí misma, como decía Augusto. Me incliné a observarla y adoptó un aire culpable. Le pregunté:

—Mariana, ¿tú me amas?

Estaba seguro de que contestaría afirmativamente y contestó lo que esperaba:

—Sí, Vicente, yo te amo…

Recordé que nunca me había dicho no a nada y que siempre había hecho lo que le dio la gana. Recordé su zapato arrojado en la mitad del bosque, recordé al chico arrojado a alguna alcantarilla de clínica, recordé al anillo de rubíes, recordé el barco en el que no llegó. ¡Mentía siempre!

—Mariana, ¿te irías conmigo?

—Sí. Me iría contigo hasta el fin del mundo.

¡Era asombrosa! Olvidaba sus engaños y creía que los demás también los olvidábamos.

—Mariana, ¿tomarías un barco para reunirte conmigo?

—Sí. Lo tomaría...

Me quedé estupefacto. Me decía la verdad con una simpleza que me dejó desarmado. Era dócil como un niño de buena cuna. Creía conocerla y ahora dudaba de ella. Sabía que me amaba pero existía dentro de ella una fuerza que la obligaba a contradecir con hechos duros sus palabras dulces. Nadie podía confiar en ella y resultaba terrible para la persona que la amara. Tuve la impresión de que existían dos Marianas, una dulce y otra perversa.

—Mariana, siempre dices sí. Nunca niegas nada. Y sin embargo, adentro de ese corazoncito tierno que tienes, vive una mulita minúscula, hecha de diamante, que es la que al final decide todo, da un reparo y dice: No al amor. No, a la vida. No, a Vicente, y contra esa mulita nadie puede nada.

—¿Una mulita de diamante? —preguntó sorprendida.

—Sí, mi querida, y esa mulita me ha destrozado el corazón.

—Tienes razón... existe esa mulita...

Mariana se cubrió la cara con las manos, pero no hizo ningún gesto para acercarse a mí. Esperé en vano que se arrojara en mis brazos. No lo hizo...

Afuera continuaba nevando y Mariana se puso de pie y se acercó al balcón a ver caer los copos detrás de los cristales. Para ella eran fáciles las palabras y difíciles los gestos. La miré de espaldas, ignorándome: "Se hará vieja pronto y ya no podrá seguir haciendo males", había dicho Augusto unos días atrás y me sorprendí pensando lo mismo. La vi quitarse el gorrito rojo de un tirón y vi caer sus cabellos rubios que inmediatamente recogió para volver a esconderlos bajo la lana roja. Sacó un cigarrillo y lo fumó en silencio. Era tan fría como la nieve que caía tras los cristales. "Merece un castigo, alguien debe desenmascararla", y recordé a su marido... Un humillo azul se enredaba en su mano levantada, sus botas negras le daban el aspecto de un cosaco y me pregunté por qué me había llevado a visitar a Dimitrova y a sus amigos. "Son personas famosas", me contesté con amargura. Detrás de los cristales y entre los copos de nieve cayeron los días incoloros pasados sin ella... Una mano invisible bajó una cortina de cristal que me separó de Mariana y a los futuros días no logré darles forma. El tiempo se extendió sin límites, sin fechas y sin signos. Extendí una mano para tratar de alcanzar su cuerpo y ella se volvió y me dijo desde el espacio aislado que habitaba:

—¿Nos vamos?

La vi cruzar la frontera invisible y avanzar hacia la puerta del piso alquilado y traté de alcanzarla a sabiendas de que mi gesto era inútil. Salimos a la calle, la nieve caía sobre nosotros sin ruido, en remolinos, llevada por el viento que empezó a enfurecerse. Había paraguas abiertos, tirados como enormes pájaros negros sobre la nieve, nosotros caminábamos por la avenida próxima al río sin decirnos una sola palabra. La luz de un farol iluminó las lágrimas congeladas en las mejillas de Mariana.

—¿Estás llorando?

—No, no. Es el viento, me hace llorar... Y retiró el rostro cuando quise enjugarle las lágrimas congeladas. "Estamos derrotados", pensé.

—Nos han derrotado... —repitió Mariana en voz alta. ¿Quiénes nos habían derrotado? Tal vez los años pasados sin vernos, tal vez los cuerpos interpuestos entre su cuerpo y el mío. Un paraguas negro y destrozado pasó veloz junto a nosotros, mostrando sus varillas agudas, para quedar de pronto detenido y rígido sobre la acera nevada. También Mariana iba de negro y avanzaba rígida hacia un tiempo vacío. En medio de la borrasca su gorrito rojo brillaba como la luz de un faro. Habíamos perdido la ruta, me abracé a su cuerpo helado y la nieve nos entró por la boca y no pudimos decir que nos amábamos. La dejé desaparecer cerca de su hotel, no se volvió para hacerme un signo que abriera las puertas del futuro.

Por la noche y a solas en mi cuarto extraño,

escuché a la borrasca que se abatía sobre la ciudad y que giraba vertiginosa adentro de mi pecho. Me supe cortado de Mariana y la convoqué a visitar mi sueño... En el sueño, lento y blanco, giraban paraguas negros alrededor de un muñeco de nieve que yacía abandonado en un lote vacío. Un grupo de personas arrojábamos bolas de nieve a la cabeza del muñeco en la que brillaba el gorrito rojo de Mariana. El sueño tomó una gran violencia y las bolas de nieve cayeron furiosas sobre la cabeza cubierta con el gorro rojo. Aparecieron dos hombres enormes y temibles que deshicieron a puntapiés el muñeco del invierno. El gorro rojo desapareció, mientras continuaba nevando sobre el montón de nieve pisoteada. Desde los restos de la barda que aislaba al lote vacío, contemplé la escena y avancé en busca del gorrito rojo. Sobre la nieve brotó un minúsculo surtido de sangre y al tocarlo se convirtió en paraguas destrozados que giraron a ras del suelo. Sentado sobre la nieve vi acumularse los copos blancos sobre mis manos inútiles y entonces supe que nos habían derrotado... Lo aprendido en los sueños se olvida en la vigilia y cogí mi carnet para escribir: "Mejor hubiera sido no regresar...".

Dediqué los días siguientes a dar paseos, a visitar librerías, a comprar regalos para mi familia y a ordenar la fiesta que debía dar en un barco de mi país. Me acompañaba Pepina. Con las manos metidas en un manguito de piel y su sombrero de bridas parecido al que llevan las muchachas del Ejército de Salvación, Pepina caminaba a mi lado a pasos cortos y atenta a la nieve cristalizada en las aceras, para evitarnos una caída. En la agencia encargada de organizar la fiesta en el trasatlántico, Pepina me miró sorprendida:

—¿Qué dices?… ¿No vas a invitar a Mariana?

Sus grandes ojos color canela reflejaron su disgusto, movió la cabeza, hizo un mohín y me dio un golpecito en el pecho. Me eché a reír y acepté invitar a Mariana y a Augusto.

—Es una cita muerta, con un pasado que para mí ha dejado de existir…

—El pasado nos acompaña a todas partes, Vicente… Estaba segura de sus palabras y me sorprendió el temblor de su voz al pronunciarlas. Recordé su matrimonio infortunado.

—Promete que vendrás —le pedí.

—No tengo un traje adecuado y además, tú lo sabes, me sentiría mirada…

Al decir la última frase sus mejillas se cubrieron de rubor. "Me sentiría mirada", me dije y la miré con una curiosidad casi morbosa. ¿Por qué había dicho esas palabras? También Mariana había dicho varias veces: "Me siento mirada" y al igual que Pepina, enrojecía. Tomé a Pepina por los hombros y la miré a los ojos:

—Dime, ¿quién te ha hecho sentirte mirada?

Guardé silencio, pues en los grandes ojos de Pepina aparecieron sombras aterradoras y después lágrimas. Me arrepentí y quise resultar frívolo.

—Vamos, vamos a tomar un té.

Una vez acodado a una mesa del *Russian Tea Room,* recordé que nunca había estado allí con Mariana y recordé que en mi futuro tampoco lo estaría, ni allí ni en ningún otro sitio, y toda la neblina que bajaba sobre Nueva York me envolvió para dejarme lejos de aquella niña que se despojaba de su sombrerito de bridas y me miraba con ojos inocentes...

Convencido de la desdicha de Mariana llegué al trasatlántico la noche de la fiesta. El acceso al barco era fácil y subí la escalerilla sin notar las pilas de costales que debían ser embarcadas al terminar la fiesta, y que descansaban sobre los muros astrosos del muelle oscuro y húmedo. Me encontré con el capitán y toda la oficialidad vestida con el uniforme de gala.

—Esperamos que el pabellón de la patria quede bien alto.

Guiado por el capitán admiré las cubiertas protegidas por toldos de lona a rayas blancas y celestes, las luces colocadas estratégicamente, los salones de parquet brillante, las orquestas todavía silenciosas, las mesas distribuidas sobre las cubiertas, protegidas por la calefacción, la multitud de banderolas color celeste suspendidas en los mástiles y el tumulto de rosas blancas que perfumaban la noche helada.

Con disimulo, busqué el nombre de Mariana y

descubrí que, mientras yo cenaría al lado de una embajadora europea, ella lo haría en otra mesa, rodeada de algunos hijos de presidentes sudamericanos. No quise mover las tarjetas colocadas de acuerdo con el protocolo. Mi suerte consistía en estar siempre separado de Mariana.

Me acodé en una cubierta baja y contemplé el mar negro y desapacible. Algunas olas coronadas de espuma blanca lamían el costado del barco y murmuraban cantos. El mar nunca dejará de ser un grave misterio y creí adivinar a sus criaturas prodigiosas mirándome desde las aguas oscuras con sus ojos líquidos. A unos cuantos metros de profundidad no llegaba ninguna luz y los peces eran ciegos y quise saber a qué profundidad habitaban las sirenas. Había olvidado a esos seres peligrosos y vi ondular sus cabelleras sobre las aguas nocturnas y sus espaldas lunares se mecieron ante el asombro incrédulo de mis ojos. Sus voces inaudibles me ensordecieron...

Hasta mí llegaron risas y conversaciones lejanas y supe que los invitados empezaban a subir al barco. Salí a su encuentro. Me sentía angustiado. "¿Y si Mariana no aceptó la invitación?" Desde la noche en que contempló caer la nieve tras los cristales de la ventana de mi apartamento no la había vuelto a ver. Saludé a varios invitados vestidos de negro con pecheras blancas y a mujeres de faldas susurrantes que se movían por las cubiertas. El perfume marino se mezclaba con el aroma de las rosas y yo permanecía de pie, en el lugar de acceso a la escalerilla...

Vi subir a Mariana acompañada por Augusto y al saludarme, me ofreció maquinalmente ambas mejillas en las que deposité dos besos. Su traje blanco de reflejos plateados como la cola de una sirena y sus cabellos pálidos meciéndose sobre sus hombros desnudos, se alejaron. Al ver la piel de su espalda tuve la impresión de que llegaba de las profundidades del océano y de que pronto volvería a su lugar, confundida con la espuma y con los trozos de hielo que flotaban sobre la superficie del mar nocturno.

La voz de su marido me sacó de mis cavilaciones:

—Vicente, hazme un favor, cambia de lugar la tarjeta de Mariana...

Había alarma en sus ojos y busqué la figura espumosa de Mariana que ajena a sus palabras charlaba con unos desconocidos.

—¡Hará un escándalo! Colócala en tu mesa y contrólala. Está muy mal...

Obedecí como un sonámbulo y coloqué su tarjeta al lado de la mía. Desterré de mi mesa a la embajadora para colocarla al lado de los hijos de los presidentes sudamericanos. La operación resultó perfecta y Augusto me dio una palmada de gratitud y desapareció entre los invitados.

En Mariana no había ninguna huella de desdicha, ni rastros de ningunas lágrimas. Tal vez del balcón de la despedida sólo quedaba la sal del llanto, derramada sobre su traje y esparcida sobre sus pies. No era la Mariana de unas noches atrás. Se diría que estaba hecha de sal y me pregunté si se había vuelto al pasado como la mujer de Loth para convertirse en una estatua fosforescente que volvía ahora colmada de secretos que nunca nos diría. En su mano brillaba una copa y con ella escribía signos que el coro de hombres enlutados trataba de descifrar. No veía su rostro, sólo sus cabellos, sus espaldas y su traje nacarado. Tampoco veía la fiesta ni veía el tiempo...

Los bosques de Francia invadieron las cubiertas que se llenaron de riachuelos, de glicinas y miosotis hasta que, una ola imprevista subió para llevárselos al fondo del océano. Fue entonces, cuando me encontré al lado de Mariana, sentado junto a ella ante una mesa de hielo que flotaba en un mar negro. Hablábamos mirándonos a los ojos y sin pronunciar ninguna palabra. Sin embargo, las viejas palabras conocidas y pronunciadas bajo los bosques de Marly caían congeladas sobre el Mar del Norte y sus sílabas cristalizadas escribían nuestro viejo destino. Algunas quedaron prendidas a las rosas, separadas de nosotros, como si ya no nos pertenecieran. Muy lejos de nosotros las personas hablaban en diversos idiomas. Olvidé la maldad de Mariana y olvidé el tiempo. Estaba en un círculo de sal marina al que sólo llegaban algunos acordes de violines que hacían girar al mar que nos servía de lugar de reencuentro. Los dos flotábamos en un trozo de hielo y las ciudades habían sido sumergidas en las aguas protectoras.

—Estamos solos, Mariana...

—Solos...

Ante mis ojos apareció un mal sueño: en un salón una mujer de traje verde y boquilla de oro, se agarraba a mí con tenacidad. La sacudí con fuerza y unos acordes de tango me llevaron a una Mariana terrestre y supe que la corteza de la tierra es dura y vuelve groseras a las gentes. Solamente había bailado con aquella pobre Mariana en aquel salón oscuro, ahora bailaría con la Mariana fugaz y líquida y toqué su mano fría y ella me besó la punta de los dedos.

—Somos dos fantasmas...

—Sí, dos fantasmas...

Una silueta negra se inclinó sobre mi amiga, la tomó del brazo y ésta desapareció. Me encontré rodeado de hombres con lazos negros sobre las pecheras blancas y me alejé. En un salón descubrí el traje nacarado de Mariana bailando con un desconocido. Había vuelto a la tierra y busqué el trozo de hielo en el que flotábamos hacía unos minutos. Me encontré con los ojos de Augusto, mirándome desde el hombro de una mujer vestida de verde.

Me coloqué frente a unas plantas amenazadoras, después de haber conocido la fragilidad del mar y la transparencia de la sal. El traje de Mariana pasaba de un hombre enlutado a otro con gran velocidad. Se acercó a mí y me tendió una mano:

—Vicente, baila conmigo...

Permanecí quieto y el traje blanco desapareció como el mercurio, fulgurante y veloz. Volvió a acercarse:

—Vicente, baila conmigo...

Su mano tendida en el aire suplicaba, pero no la cogí. Me alejé hasta llegar a unos pasillos estrechos y profundos, sobre los que había innumerables puertas cerradas. Escuché mis pasos y continué mi marcha por aquel laberinto estrecho. Fue entonces cuando la vi venir corriendo con los cabellos meciéndose en el aire encerrado y sostenidos por el impulso de la carrera. Llegó hasta mí y se echó sobre mi pecho.

—Vicente, este hombre está loco...

Me hice a un lado y le ordené correr. Tras ella venía el hombre de traje negro y pechera blanca. Mariana me miró unos segundos sorprendida, se volvió, vio al hombre y pensé que aquel sujeto iba a matarla en esos lugares silenciosos. Yo no diría absolutamente nada. Busqué el camino de regreso a los salones.

—¿Puedes decirme quién es ese hombre y qué quiere? —era la voz de Mariana.

Me volví y me hallé frente a su traje blanco. No contesté. Nunca había visto a su pareja y no era yo quien lo había invitado. Me limité a sonreír. Los ojos de Mariana estaban muy abiertos.

—No me quieres. Nunca me quisiste —dijo.

Detrás de ella estaba el hombre de la pechera blanca y atrás de él otros hombres también de negro con la misma pechera blanca.

—¿Por qué me abandonas con esta horda que me ha caído encima? ¡Tú la enviaste, Vicente! —dijo retrocediendo un poco.

No entendí su reproche, me acusaba de haberle enviado a "la horda que le había caído encima" y que aguardaba a sus espaldas. La tomé por un brazo:

—Querida, mi amor llamado Mariana...

El hombre que corría tras ella la arrastró al centro del salón. Alguien me miraba sonriendo sobre el hombro de su pareja: era Augusto. Continué solo, a mi lado circulaban mujeres sonando pulseras llenas de dijes y en el centro, Mariana desprovista de alhajas continuaba bailando. Se escapó y regresó a mi lado tendiéndome la mano.

—¿No me amas?...

—¡Claro que la amo, mi amor!...

Estaba pálida y supe que iba a desaparecer como desaparece la sal cuando se le vierte agua encima. La música y las flores escogidas por Pepina se alejaban de ella para dejarla en un espacio deshabitado. Así la he visto después: tendiéndome la mano blanca, con el traje tan blanco como su rostro dispuesto a desvanecerse y así se desvanece cuando la invoco en la soledad de algún banquete o de alguna recepción oficial, en la que me encuentro rodeado de personajes irreales que hablan de política o de literatura y a los que jamás escucho... Cogí su mano fría, la misma mano con la que se sostenía la barbilla en el momento funerario del cementerio del Père Lachaise y vi que por sus ojos cruzaban velos blancos, iguales a los de aquella estatua de mármol que me miraba sin mirarme. Tal vez me decía adiós o tal vez se disponía a entrar en la ciudad en la que todo termina para ocupar su sitio de mármol pensativo.

—¿Y para esto tantas lágrimas? —preguntó.

Volvimos al círculo de hielo en medio del océano y sus palabras cayeron sobre el agua como frutos de sal. Tiré de su mano y sus labios llegaron a los míos. Los trozos de hielo tomaron la forma de cruces irguiéndose sobre las aguas marinas y la cortina de lágrimas que nos separaba se alejó en el viento nocturno... Una mano pesada cayó sobre mi hombro, mientras otra mano igual caía sobre el hombro desnudo de Mariana: era Augusto quien nos separaba. Mariana se volvió a ver a su marido sin retirar su mano de la mía. "¡Se van!", me dije. "¿Adónde se iban?" Se formó un grupo que se unió a ellos y yo continuaba guardando la mano de Mariana entre las mías. Varias voces me dijeron: "Buenas noches"...

—Me habrías dejado ir si me hubiera marchado contigo —dijo delante de Augusto y sus amigos.

Sus dedos se escaparon de mi mano y corrí tras ella. ¡Era injusta! Yo la amaba. La vi bajar la escalerilla llevada por Augusto y seguida por su grupo de amigos, en el que no figuraba el sudamericano que la había perseguido por los pasillos del barco. En unos segundos Mariana no sería sino un reflejo de Mariana. Me acodé a la barandilla y escuché que alguien la llamaba a gritos: "¡Mariana!... ¡Mariana!"... Bajé la escalerilla y me recibió la profundidad del muelle oscuro. Arriba, sobre el barco, quedaban los trozos de la fiesta, mientras el grupo de Mariana se alejaba de prisa. Desde una torre de costales que serían cargados cuando la fiesta terminara, el sudamericano continuaba llamándola a gritos: "¡Mariana!... ¡Mariana!"... Tuve la impresión de que ese hombre era yo mismo y me detuve a escuchar sus llamados en el muelle vacío. No. Yo la llamaba en voz más baja, tan baja que mi voz salía de mi pecho. Derrotado volví al barco, pues todavía quedaban invitados... Me pregunté por qué Augusto me hizo cambiar el lugar de las tarjetas en las mesas y no encontré la respuesta. Tampoco supe quién era el sudamericano que la llamaba desde las pilas de costales...

Han pasado muchos años y todavía no entiendo lo sucedido aquella noche. Me repito que Mariana no ofrecía ningún peligro. Tal vez el cambio de tarjetas ordenado por Augusto, originó el orden extraño en el que ambos penetramos aquella noche líquida y marina, no lo sé... Recuerdo solamente que volví a mi apartamento y que poco a poco me invadió la cólera...

Apenas dormí, pues mi cabeza estaba anidada por gaviotas furiosas que amenazaban con arrancarme los ojos. Algunas posadas sobre mi almohada se inclinaban curiosas a contemplar mi sueño agitado. Sus alas húmedas y frías me rozaban las mejillas, mientras que otras me contemplaban desde los rincones apagados de mi habitación. Quizá fueron ellas las que me dijeron que debía matar a Mariana... No olvidaré jamás que por primera vez Mariana me llamó por teléfono al día siguiente. Su voz apagada me recordó el furor de los pájaros nocturnos que me habían visitado la noche anterior y me dejé llevar por la cólera.

—Mariana, ¿no puedes hacer algo útil?

—¿Qué es hacer algo útil?

—Trabajar... vives como un parásito.

—Sí... soy un parásito...

—Llevas una vida abyecta. ¿Por qué no trabajas?

—Voy a trabajar. ¿En qué?...

—Yo que sé... En algo que te permita ser una persona digna.

—Seré digna, Vicente.

—Mariana, hay barcos que van a mi país. ¿Por qué no tomas uno y te largas de aquí?

—Tienes razón. Me largaré a tu país.

—Tengo que hablar contigo. Te esperaré a las cuatro de la tarde. Te juro, Mariana, que, si no vienes, no volveré a verte jamás.

Asustada por mi decisión aceptó la cita en un

café de Lexington Avenue. La esperé tres minutos y la vi llegar haciendo la V de la victoria. No sabía que yo tenía otros planes y que la había citado para exterminarla. Se sentó junto a mí como un gorrión de plumaje raído y pidió un helado. Me contó cómo burló la vigilancia de Barnaby y de Augusto y que ambos la esperaban en una conferencia sobre arqueología. Tenía muy mala cara, se diría que estaba enferma y esto acentuó mi tristeza y afirmó mi decisión. Abandonamos enseguida el local de colores anaranjados y caminamos sin rumbo aparente por las calles frías y solitarias de aquella tarde de sábado. Era increíble que la Mariana que caminaba a mi lado fuera la figura radiante de la noche anterior. Mariana volvía a ser una figura terrestre y por aquella criatura insignificante había jorobado mi vida. ¡Porque en verdad la había jorobado!

Llegamos a Broadway, nos envolvió el olor dulzón del *pop-corn* que humeaba en los puestos callejeros. De las tiendas abiertas de día y de noche salían músicas de jazz que apenas empezadas, se mezclaban con la música de la puerta siguiente, marcando con sus clarinetes y sus baterías nuestros pasos tristes por el mundo asfaltado. Los cines anunciaban amores y crímenes y sus héroes gigantescos nos dejaban pasar sin invitarnos a compartir sus aventuras. Grupos de marinos de rostros infantiles salían de los billares para mezclarse con los apostadores de caballos y las prostitutas que apoyadas en los muros leían

The New York Times. Soplaba el viento helado sobre los montones de nieve sucia acumulados en las aceras y Mariana parecía impermeable al frío. La sarna de ese Nueva York aventurero, quedaba al descubierto con la luz pálida de la tarde. De noche, la luz neón confunde su miseria en reflejos multicolores, como las luces de los teatros convierten en trajes lujosos los harapos que visten los actores. Mariana guardaba silencio. Me volví a ver su perfil pálido por el frío:

—¿Te gusta Nueva York?

—Me encanta, es mágico...

—Ven, amor mío.

Se dejó llevar con inocencia y entramos por una puerta astrosa que llevaba a un pasillo oscuro de muros cubiertos de grafitis obscenos. Subimos por una escalera de hierro negro y llegamos a un primer piso. Del fondo de una especie de oficina sucia y techo bajo salió un hombre en camiseta con una colilla pegada a una esquina de los labios. El hombre nos miró con cinismo. Respiraba con dificultad aquel aire pegajoso impregnado de olores animales.

—Un cuarto —le dije.

— ¿Por cuánto tiempo? —preguntó el hombre mirando a Mariana.

—Media hora.

—No es bastante. Le cobraré la hora completa.

Acepté el trato y pagué los dólares. El hombre en pantuflas rotas nos llevó a un pasillo estrecho, de paredes sucias, alumbrado por un foco rojo. Pasamos delante de muchas puertas cerradas y observé que Mariana caminaba de puntillas como si entrara en un lugar peligroso. El hombre se detuvo, sacó una llave y abrió de golpe una puerta.

—¡Una hora! —dijo y se alejó de mala gana.

Entramos. El cuarto era angosto y de techo muy alto. Una ventana con las persianas desgarradas ocultaba la oscuridad profunda de un patio interior. Los muros ocres estaban manchados. "Nancy and Jimmy", decía una inscripción encerrada en un corazón mal dibujado en la pared. La cama de resortes reventados estaba cubierta por una colcha de flecos. Sobre el muro de la cabecera colgaba una bujía eléctrica sostenida por un cordón atado a un clavo enorme. Había también un sillón de madera raspada y frente a la cama se abría la puerta que daba al baño, en el que había un lavabo despostillado y una taza de servicio amarillenta. Allí no había luz. El lugar olía a semen... Mariana resbaló sobre uno de los preservativos usados que yacían en el suelo. No dijo una palabra, se sentó en el borde de la cama y me miró con ojos asombrados. Le ordené:

—¡Desvístete, mi amor!

Me despojé del abrigo y lo arrojé sobre el sillón. Después, me quité la ropa. Ella obedeció mi orden y se metió bajo las sábanas húmedas y desde allí me tendió sus prendas íntimas. ¡Fingía o continuaba siendo púdica! Deseaba humillarla y levanté con brutalidad las sábanas y ella se cubrió el rostro con las manos. Hicimos el amor tal como lo habíamos hecho años atrás y volví a amarla como la había amado cuando caía la lluvia en los bosques franceses, pero no se lo dije. Mariana era la misma, sólo que ahora la sabía perversa. Recordé a Augusto y recordé sus palabras: "Farisea y prostituta". Estábamos en un primer piso y me sería muy fácil descolgarme y salir a la calle. Tendido a su lado meditaba mis actos, mientras contemplaba el techo altísimo.

—¿Sabe alguien que estás conmigo?

—Nadie...

—¿Qué le dijiste a Natalia?

—Nada. Desde ayer está en la casa de unos amigos.

—¿Y a Gabrielle?

Había olvidado la presencia incómoda de aquella vieja en Nueva York. Ella era la única capaz de armar un escándalo y sospechar de mí si Mariana no regresaba a su hotel.

—Le dije que me esperara en la conferencia —contestó Mariana.

Guardé silencio y sentí la dureza de la almohada. Era muy fácil colocarla sobre su rostro y ahogarla. Ella no opondría ninguna resistencia, era muy dócil y tal vez me agradeciera aquel gesto supremo de amor, al impedirle envejecer y convertirse en una mendiga infame. Me enderecé en la cama y en la luz incierta de la habitación busqué su rostro confiado.

—¿Te gusta este lugar? No es el Waldorf pero para amarse cualquier lugar es bueno. ¿No lo crees así?

Mariana se envolvió en la sábana húmeda y extrajo de su bolso su lápiz de labios. La vi escribir en el muro: "Vicente y Mariana" y encerrar los nombres en un corazón dibujado con la misma torpeza del otro, sólo que nuestros nombres parecían estar escritos con sangre. Volvió a la cama tiritando de frío y me fui al baño a orinar en el lavabo. Estuve seguro de que me miraba escandalizada. Volví al cuarto, tiré la almohada debajo de su cabeza, la coloqué sobre su rostro y oprimí con fuerza. Mariana no se movió. Fui yo quien soltó la almohada y me dejé caer en el sillón. Permanecí sentado, con la cabeza entre las manos, pensando en la estupidez de mi venganza. Mariana se repuso del ahogo, se envolvió en la sábana y se colocó de rodillas frente a mí.

—Vicente, ¿qué te sucede?...

Su pregunta era irónica. Ella no había sufrido aquellos años febriles buscándome en las calles, tampoco los insomnios, ni las lágrimas. ¡Era una frívola! Se lo dije en voz baja, porque no quería reprocharle nada. Se quedó quieta en el suelo, escuchándome. Me cogió la mano y ordenó:

—Ven... Ven...

Me llevó a la cama. También yo estaba helado y me abracé a Mariana que era la misma, aunque la habitación fuera distinta. Hicimos el amor sin palabras y sin lágrimas. El tiempo de los juramentos había terminado y sólo disponíamos de aquellos instantes robados a una ridícula conferencia sobre arqueología. Sí, la abracé, pero no pude perdonarla... la recordé en el barco. Ahora la tenía sometida en un cuarto miserable al que sólo iban las prostitutas más baratas de Nueva York... Unos golpes furiosos sacudieron la puerta y el hombre en camiseta tan olvidado por nosotros gritó desde el pasillo:

—¡Son más de dos horas y usted sólo ha pagado una! Aterrado, busqué dinero en el bolsillo de mi pantalón y entreabrí la puerta para pasarle los billetes. Enseguida salté a la cama.

—¡Qué maneras! —exclamó Mariana en voz muy baja.

—Sí, mi amor, qué maneras —y volví a abrazarme a ella.

La tristeza definitiva cayó sobre nosotros cuando nos vestíamos. Era atroz lo que nos sucedía. Nos separábamos sin saber por qué lo hacíamos. Ignorábamos qué fuerza extraña nos alejaba al uno del otro; vagamente, yo sabía que era Augusto, pero no me atreví a confiárselo a Mariana, caería en un abatimiento nefasto y nuestros minutos escasos se romperían en astillas. Nunca entendí por qué Mariana se negaba a acusar a su marido. Años atrás me había repetido: "Sólo a Augusto le tengo miedo en esta vida". Ahora, su marido se había multiplicado en Barnaby... Nos vestimos con una lentitud admirable y de cuando en cuando y sin atreverme a verle los ojos le pedí:

—Ven a mi país, querida. Harás una vida diferente, creo que vas por un camino malo...

—Lo sé, Vicente, lo sé todo...

Estaba sentada en el borde de la cama, con la cabeza inclinada, mirando al suelo espantosamente sucio. Me abrazó para transmitirme su infinita tristeza porque no se iría nunca a mi país. No escucharía jamás mis palabras. Seguiría bailando sobre cualquier trasatlántico, perseguida por hombres vestidos de negro y pecheras blancas, hasta que un día... Sí, un día se quebraría en mil pedazos la mulita de diamante que la sostenía y entonces ¿qué iba a ser de Mariana? No quise pensarlo, me sentía responsable de ella, tan seria, tan pudibunda, que en esos momentos se calzaba los guantes con exactitud, para salir a la calle. ¿Cuál era el demonio que la empujaba a aquella terquedad? Años después, pensé que era el miedo. Esa noche de sábado, acepté la separación...

Atravesamos el pasillo alumbrado por un foco rojo y el hombre en camiseta me cobró el tiempo extra que habíamos pasado en el cuarto. Ese cuarto al que en este momento recuerdo como a un pequeño paraíso. No supe lo que pensó Mariana de aquel cuarto maloliente y tampoco sé lo que pensaría ahora...

Nos despedimos en la calle. Me rehusé a llegar hasta su hotel. La vi alejarse sin prisa empujando con la punta de la bota algunos trozos de nieve, como lo hacen los chicos. No volvió la cabeza ni una sola vez, parecía abstraída en su juego...

Volví a Broadway a cenar y al acercarme al piso que tenía alquilado en Park Avenue, tuve la sensación incómoda de que alguien me seguía, me volví repetidas veces para encontrarme sólo con la niebla; sin embargo, me llegó la presencia enorme de Barnaby y esperé a pie firme sobre la amplia acera, pero no había absolutamente nadie. El mozo de librea abrió la puerta de cristales y me lanzó una mirada extraña.

—Hay un recado para usted, señor. El caballero que viene a buscarle siempre me dejó este sobre —y me tendió un sobre en el que mi nombre estaba escrito con tinta negra.

Lo abrí allí mismo y saqué una cartulina blanca en la que no había ningún mensaje, ni ningún nombre escrito. El mozo continuaba mirándome con aire suspicaz. Lo interrogué sobre el desconocido:

—Me dijo que era muy urgente que usted se enterara de este asunto —y señaló la cartulina blanca.

En el elevador, supe que el desconocido era Barnaby pero no entendí su mensaje y el hecho de que conociera mi apartamento me encolerizó: "Mariana le dio la dirección", me dije. Más tarde y a solas en mi cuarto, decidí que no era Mariana la indiscreta y mis sospechas cayeron sobre la vieja Gabrielle, tan advenediza. El mensaje era perturbador, porque no decía absolutamente nada... ¡Nada!, la palabra predilecta de Mariana. Me indignó el espionaje de aquel hombre y recordé sobresaltado la expresión suspicaz del portero y sus palabras: "El caballero que viene a buscarlo siempre..." Barnaby me buscaba. ¿Para qué? Tuve la convicción de que había intimado con el criado. Mi intimidad violada me produjo desazón y decidí hablar inmediatamente con Mariana... Fue inútil, no logré comunicarme con ella, en cambio tuve la certeza de que alguien seguía mis pasos por la ciudad. Al oscurecer del día siguiente, en una antigua perfumería situada en Lexington Avenue, distinguí el rostro amarillento de Barnaby mirándome desde la calle. Los vidrios escarchados deformaban su cara, abandoné el frasco de loción que tenía en la mano y salí rápidamente a su encuentro, pero el hombre había desaparecido. Descompuesto por la ira, entré nuevamente a la perfumería. El vendedor me miró con curiosidad:

—El hombre de la gabardina que lo miraba a usted, debe de haberse escondido detrás de los macetones del hotel de al lado —me dijo con voz rápida.

Enrojecí de ira y juzgué más prudente no comentar el hecho. Compré la loción y alcancé la calle dispuesto a enfrentarme con Barnaby. Los macetones lujosos colocados bajo el toldo del hotel no ocultaban a nadie, y los porteros de librea azul me miraron con curiosidad. Indignado subí hasta Park Avenue con la certeza de que alguien me seguía. Entré a una cabina telefónica para llamar a Barnaby a su hotel. ¡Quería retarlo! En la administración me informaron que ya no estaba entre los huéspedes, ni había dejado dirección. Llamé a Gabrielle. La vieja se sobresaltó:

—Créame, Vicente, que ignoro dónde se aloja Barnaby... me parece que Augusto debe de saberlo... —Colgué el aparato.

Llamé a Mariana: no estaba, había salido con el señor y volverían muy tarde... Tomé un taxi y me fui a un cine a reflexionar. Cené solo y muy tarde regresé a mi edificio. La ceremonia de la noche anterior volvió a repetirse, sólo que ahora me negué a aceptar el sobre con mi nombre escrito en tinta negra:

—¡Tírelo a la basura y dígale a ese hombre que si desea hablar conmigo que me llame!

Y dejé al portero con la mano tendida que sostenía la carta que decía ¡nada!

Al día siguiente llamé a Mariana y la invité a cenar conmigo, pues ambos abandonábamos Nueva York. Deseaba hablar con ella seriamente, me inquietaba la persecución de Barnaby y la extraña complacencia de su marido en aquel espionaje que me parecía peligroso para ella. Me cargué de razones y me preparé a enfrentarme con la inconsciente de Mariana. Ocupado en esos pensamientos, traté de ignorar que alguien me seguía por las calles de la ciudad y me espiaba detrás de los cristales de los comercios, pero Mariana no acudió a la cita. En su lugar llegó Augusto acompañado de Natalia. Oculté mi ira y ocupamos una mesa bien situada. El marido de mi amiga estaba contento. Con aire de satisfacción, me explicó que Mariana había preferido cenar con Barnaby. La muchachita interrumpió con vehemencia, para hablar de su obra de teatro preferida: *Troilus and Cresida* y su padre le ordenó callar. La observé con pena, mientras escuché a su padre:

—Mariana está cada vez peor. Es terrible para una mujer hacerse vieja.

Augusto paladeó de una manera equívoca el adjetivo "vieja". ¿Deseaba convencerme de que una mujer de treinta años era una anciana? Me disgusté y vi que Natalia enrojecía. Le aseguré colérico que Mariana parecía jovencita y me regaló una sonrisa compasiva. La cena transcurrió con dificultad; de alguna manera, Augusto había echado un corrosivo sobre la imagen de Mariana. Tal vez el hecho de que ésta hubiera preferido cenar con el "otro" ayudó en su labor destructiva y me resigné a no verla nunca más. Mi avión salía al día siguiente... Al abandonar el restaurante, Natalia me obligó a acompañarlos a su hotel. Radiante, descubrió a su madre sentada en la cafetería desde la cual yo la había espiado y me dijo:

—¡Mírala! Allí está...

A través de los cristales escarchados, vi a Mariana inclinada como un crisantemo de colores ocres y entré tembloroso a despedirme de ella. La abracé. Estaba muy delgada y los tonos ocres de su camisa y de sus pantalones de pana, alargaban su figura alargada. Contemplé por última vez sus cabellos rubios y toda ella se difuminó como un paisaje borrado por la niebla.

Delante de la sonrisa crispada de Augusto, le dije adiós para siempre. No pude prevenirla sobre Barnaby ni sobre su futuro.

—Mañana tomamos el avión con Barnaby. ¿Verdad, papá? —dijo Natalia con una intención que no alcancé a descifrar.

Me dispuse a partir y Mariana me detuvo. Sentí su mano nerviosa y vi su mirada lastimera.

—Vicente, ¿te llegó el dinero de los billetes que enviaste para aquel viaje?

Enrojecí, pues "el dinero para aquel viaje" no me había llegado nunca, como tampoco nunca llegó Mariana. Ésta se volvió a mirar a Augusto con ojos de reproche.

—¿De cuál dinero hablas, Mariana? —preguntó su marido.

—Del dinero que tú recogiste en la agencia de viajes —contestó ella.

—¡Estás loca! Perdona, Vicente, ¿tú enviaste algún dinero a Mariana? —preguntó con tono severo.

Mariana se ruborizó, no supe si de ira o de vergüenza y abrió la boca para decir algo.

—Si Mariana te debe algún dinero ¡dímelo, Vicente! —me pidió Augusto con voz molesta.

La escena era penosa... Y Mariana de pie, escrutaba el rostro de su marido con terror.

—¡Augusto, me engañaste! Dijiste que lo habías enviado...

—Ignoro de qué dinero y de cuál viaje hablas —cortó su marido con sequedad.

Era terrible que en nuestra última entrevista se hablara de un dinero gastado hacía ya varios años y el dolor de la despedida se convirtió en un asunto sórdido. Vi que Mariana se ponía muy pálida. ¿Por qué había escogido aquel momento para hablar de los billetes del viaje? Tuve la impresión de que había descubierto las acusaciones que le lanzaba su marido y que deseaba mostrar que no mentía, pero la seguridad de Augusto la dejó desarmada y culpable frente a mí. Me volví a la muchachita y ésta me regaló una mirada rencorosa. ¿Era ella la que había dicho a su madre lo que decían Barnaby y Augusto a sus espaldas? Augusto sonrió satisfecho y yo me sentí mal. Abracé a Mariana para terminar con aquella escena patética.

—Adiós, Mariana...

—Adiós, Vicente...

Salí de la cafetería a sabiendas de que abandonaba a Mariana a un destino ingrato y me enfrenté a la noche que repentinamente se había quedado desierta. Supe que alguien me seguía... Pero no volví la cabeza. Atrás, muy atrás, quedaban Augusto, Mariana y Barnaby. Avancé por calles desconocidas, sembradas de presagios y me dije que ahora me liberaría para siempre de la costumbre de amar a Mariana y los años pasados en el afán de amarla, abrieron un hueco oscuro en el tiempo, en el que se reflejaron imágenes pasadas y remotos bosques franceses. La sombra enorme de un hombre me seguía con descaro. Avancé por un tiempo pasado y me encontré en la noche en que busqué desesperadamente su zapato arrojado entre los chopos y los castaños de aquel camino borrado de mi vida. "No encontré su zapato", me dije convencido de que ahora era inútil tratar de recobrarlo. El zapato se había perdido para siempre y en la oscuridad que atravesaba, me era imposible distinguirlo. El espacio futuro era incierto. En adelante bordearía lugares desconocidos, caminaría por la orilla de un mar negro en el cual la luna ya no se refleja. El rostro de Mariana había sido tragado por un bosque invisible. Empezó a nevar y mis pasos marcaron la ruta que me alejaba de Mariana. Otros pasos detrás de mí eran más alegres. Mariana, convertida en un crisantemo inclinado desaparecía en un bosque hundido sin ruido, en el tiempo sin tiempo del pasado. Tuve la seguridad de que algún día hallaría su tumba en un lugar inesperado: el centro del bosque en donde germinaba su zapatilla perdida. "Allí la encontraré", me dije convencido y entonces tuve la revelación de que somos nosotros mismos los que marcamos de antemano el lugar exacto de nuestra muerte y quise llorar por aquel gesto antiguo de Mariana...

Al cruzar el vestíbulo del edificio, el portero salió a mi encuentro y me tendió el sobre blanco con mi nombre escrito con tinta negra. Lo arrojé al suelo y noté que el portero miraba hacia la calle con ojos de sorpresa, me volví para descubrir la figura de Barnaby enfundada en su gabardina verdosa. El hombre me miraba sonriendo desde la calle, con impunidad.

—Es él... —murmuró el portero.

Di media vuelta y avancé hacia la puerta y Barnaby desapareció con la velocidad con la que había aparecido. Alcancé la puerta y salí a la acera nevada. El portero me seguía con cautela. Ninguno de los dos logramos ver en dónde se había escondido el extraño seguidor de mis pasos.

—¿Lo conocía usted, señor? —preguntó el portero.

—No. Jamás lo había visto —afirmé.

—Vaya con cuidado, puede ser un maniático.

Al cruzar nuevamente el vestíbulo para ir al ascensor, contemplé indiferente el sobre tirado sobre las losas de mármol del vestíbulo...

Por las noches, encontré en sueños a Mariana. Escribía con seriedad en el muro en el que terminaba la vida, signos ilegibles, y me pareció escuchar un llanto que me despertó sobresaltado.

Alguien tocaba un piano y sus notas entraban por el hueco abierto de la chimenea...

No fue la última vez que la encontré en sueños. Mariana se me aparecía en el cuarto de Broadway envuelta en una sábana blanca, girando alrededor de los muros, buscando una salida, igual a un antiguo fantasma que desea huir de sus pesares. En el muro ardían nuestros nombres escritos por ella, el fuego se comunicaba a mis sábanas y despertaba asustado de mi cobardía. Entonces, le enviaba cartas y telegramas tristes que ella contestaba, pues nunca renuncié al reencuentro final…

Hace unos años enmudeció. Pepe tampoco supo nada de ella. Llegaron noticias descabelladas y preferí guardar silencio cuando alguien pronunciaba su nombre sobre el que circulaban múltiples hipótesis… Yo callaba, porque conocía su secreto, pues por las noches y a través del sueño me comunicaba con ella ya que el hilo conductor que nos unió, no llegó a romperse… Sí, hace tiempo que me quedé a oscuras, y entonces volví a acusarme de cobarde…

Apenas hace unas semanas, Augusto vino a mi país y me invitó a una conferencia dictada por él. Durante casi dos horas habló de los derechos humanos y atacó el totalitarismo latinoamericano. En medio de los aplausos entusiastas de la selecta concurrencia, se acercó a mí con gesto afable. Me fue difícil reconocer en el hombre gordo y vestido con una vieja chaqueta de cuero a Augusto, quizá porque llevaba el pelo demasiado largo o quizá por el atuendo juvenil y moderno. Se había hecho viejo, pero lo ignoraba, no se había dado cuenta de que el tiempo destructor había soplado sobre él con inclemencia. Mientras me explicaba su rebeldía y sus sufrimientos, me atreví a preguntarle por Mariana, la eterna rebelde, cuyo destino final ignorábamos todos. El rostro de Augusto caído por los años, se transformó en una máscara violenta.

—Vicente, te suplico que no nombres a esa cloaca.

No acepté sus palabras y él, siempre sensible a la opinión de los demás, se apresuró a darme explicaciones.

—No sé nada de ella. Sólo sé que huyó a la Unión Soviética con Natalia. Logró lo que deseaba: destruir a mi hija, destruirme a mí y destruir a mis amigos. ¡Era implacable! ¿Recuerdas cómo amaba el dinero? Era una mercenaria... Mira, estoy acabado...

No entendí sus palabras. ¿Mariana en la Unión Soviética? ¿Y qué podía hacer allí si era tan católica?

—Siempre fue confidente de una red soviética de espías.

Sentí compasión por aquel hombre que se pasó una mano gordezuela por los cabellos largos y canosos. Después, con abundancia de palabras, me planteó el problema de los disidentes. Él se había identificado con Solzhenitzin, había hecho causa común con ellos, ya que sufría del totalitarismo político de su país. Me conminó con insistencia a incorporarme al grupo defensor de los derechos humanos, para encontrar una solución a la libertad del hombre moderno, sometido a presiones y a torturas físicas y mentales.

—Tú sabes que un ser libre siempre es un personaje sospechoso, subversivo y peligroso —me dijo para convencerme de que debía sacudir mi apatía y sin proponérselo, me pareció que hacía el retrato de Mariana.

No pude entenderlo ni admirar su valor. ¿Por qué lo perseguía un gobierno que acababa de nombrarlo director del Museo Nacional de Arqueología? ¿Por qué era delegado de ese país para defender la causa de los derechos humanos? Me dejó confuso y de pronto escuché que hablaba de Barnaby.

—Está escribiendo una novela sobre este tema. ¡Te aseguro que es magnífica! Siempre tuvo mucho talento. Lástima que haya perdido tanto tiempo...

El nombre del individuo que me seguía por las calles de Nueva York me confundió aún más, y al despedirnos y antes de que subiera a su *limousine* de lujo que lo había llevado al instituto cultural, intenté nuevamente hablar de Mariana.

—Vicente, te suplico, comprende que *J'ai perdu ma vie par delicatesse*...

Lo vi partir hundido en el asiento posterior de la *limousine* y me quedé perplejo. Más tarde se presentaron en mi casa varios jóvenes de barbas y cabellos largos para solicitar mi firma para un documento en favor de la libertad. Venían de parte del maestro Augusto. No entendí bien a cuál libertad se referían, pero firmé el documento...

Después, durante varias noches me encontré en sueños con tempestades de cenizas. Anteanoche en el centro de la tempestad se irguió llameante la palabra "disidente" y sus lenguas de fuego amenazaron con devorarme. Entonces descubrí a Mariana sentada en la primera *i* de la palabra incendiada. Mariana me gritó: "¡Tonto! Parsifal cruzó el salón, vio y olvidó". En la segunda *i* Natalia hacía equilibrios sobre la llama... Supe que, tanto Mariana como Natalia estaban en un Paraíso diferente al que Augusto me había dicho. El secreto descubierto me inquietó, pues el sueño me dijo que existe el Paraíso y que podemos alcanzarlo, ya que ancho es el cielo y altas son las llamas para llegar a él, una vez que hemos aprendido a jugar con fuego... Y Mariana siempre fue pirómana. No soy creyente, pues me educaron en el más firme liberalismo, pero, cuando aparecen en mi sueño los ángeles silenciosos que me visitaron en aquella lejana tarde en el cuarto amarillo de mi amante, dudo, cierro los ojos y le digo buenas noches a Mariana, mi amor nocturno, a sabiendas de que para ella, el mundo que pisamos los terrestres ha dejado de girar sobre su eje...

Antes de terminar diré que después de mi charla con Augusto, miré las fotografías de Mariana y en todas, salvo en una, su diminuta imagen ha desaparecido. Sólo me queda aquella en la que está sobre la nieve, pero ahora no carga sus esquíes sobre los hombros ni sonríe. Tampoco me da la espalda, ha vuelto a mirarme y su figura pequeñísima agita la mano en señal de despedida antes de desaparecer para siempre y dejarme sólo una cartulina grisácea, como lo hizo en las demás fotos...

Dudé. Y ahora sé que Mariana tampoco me espera en el cielo sentada en la sillita de Van Gogh.

2

Prefiero olvidar a Mariana. ¿Qué puedo decir de ella? Todo sucedió hace muchos años y a nadie excepto a mí que fui su cómplice y su confidente le puede interesar la vida equivocada de mi amiga. Los equivocados merecen el olvido que ella ha alcanzado plenamente. La mano que borró la imagen de Mariana guardada en la memoria de sus amigos como una imagen reflejada en el agua, fue la mano de Augusto su marido, que implacable revolvió el agua, desfiguró su rostro, su figura, hasta volverla grotesca y distorsionada. Al final, cuando las aguas se aquietaron, de Mariana no quedó ¡nada! Cambiar la memoria para destruir una imagen es tarea más ardua que destruir a una persona. Temo que no descubriré nunca el secreto de la pareja Mariana-Augusto, que nunca fue pareja.

—Para mi estabilidad mental le suplico, Gabrielle, que no pronuncie ese nombre —me ordenó Augusto hace pocos días cuando dije: "Mariana". Observé su figura inclinada, redondeada por los años, sus sienes canosas y su despacho de hombre importante en el que figuran fotografías suyas acompañado de personajes contemporáneos. Sigue vigente su antigua prohibición de nombrar a su mujer. "¡Su mujer!" Me pregunto si la puedo llamar así, ya que una sombra no es mujer de nadie. Mariana desapareció con la velocidad con que se apaga una bujía y se perdió como una sombra más en el reino de las sombras. Una sombra no proyecta sombra y el nombre de mi amiga sólo evoca oscuridad. No entiendo el temor de Augusto. El olvido es un dejar de ser. ¿Qué teme Augusto de algo que no es? A veces creo que Mariana sólo fue un sueño que soñamos entre todos y como todos los sueños interrumpidos nos sobresaltó, pues nos dejó sin respuesta. Tal vez esa respuesta es a lo que Augusto teme...

La última vez que vi a Mariana estaba acodada a la mesa de un cafetín anónimo situado en las cercanías de la Plaza de la Bastilla. Me citó con urgencia para que sacara un baúl verde que guardaba en su habitación para cambiarlo por otro exactamente igual, pero vacío. Era viernes y el domingo yo debía sacar ese baúl sin que Barnaby, su amante, sospechara la maniobra.

—A las cinco de la tarde saldré con Barnaby. Usted entra, saca el baúl que está frente a la ventana de mi cuarto y deja éste —me dijo guiñándome un ojo y mostrándome un pequeño baúl verde colocado junto a ella en la oscuridad del cafetín. La miré asustada y ella me entregó una copia de la llave de entrada de su piso.

Mi complicidad con su criada Raymonde me facilitaría la maniobra, pero me guardé de decírselo. Acepté la llave y la observé con atención: estaba asustada. Tan asustada como lo estaba tres años atrás en el vestíbulo de su casa, acompañada de su hija Natalia. Las dos iban vestidas de viaje y junto a ellas había una fila de maletas. Una llamada telefónica destruyó a Mariana en aquel día inolvidable. La vi salir del gabinete del teléfono intensamente pálida y se dirigió a su cuarto con paso vacilante. Las maletas quedaron en el vestíbulo. Clarence, el amigo íntimo de Augusto sonrió. Fue él quien llamó a los criados y ordenó recoger el equipaje de la señora.

—Augusto quiso ponerla a prueba. No podía permitir qué huyera con Vicente, ese gigoló sudamericano —dijo con los ojos brillantes y la sonrisa reseca.

—¡Infame! —contesté.

Abandoné la casa para evitar encontrarme con Augusto. "Mariana no soportará este golpe", me dije y la sonrisa malévola de Clarence, el aprendiz de periodista, me persiguió por la calle.

Durante muchos días me obsesionó aquel personaje que lamía los platos y las palabras de Augusto. La miseria lo empujaba al servilismo. Alguna vez lo visité en el cuarto que ocupaba cerca de la Porte Saint Denis y cuando supe que ése no era su verdadero domicilio me invadió el temor. ¿Por qué ocultaba que sus padres poseían una enorme fábrica de muebles y que él llevaba la vida de un gran burgués? Su figura negruzca disponiendo de la vida de Mariana me asustó y me encerré en mi vivienda. ¿Qué esperaba?

Dos meses más tarde Mariana se presentó en mi cuarto miserable y me anunció que había logrado que Augusto me diera un empleo modesto en su oficina. En adelante podía dormir tranquila. La escuché decir:

—Dejamos París la semana entrante...

La buena noticia venía acompañada de la mala nueva: Mariana se iba y tal vez no volvería a verla. Su figura delgada y sus mocasines usados me llenaron de afecto. De su gorrito rojo de lana se escapaban mechas de pelo rubio y juzgué que su presencia me era indispensable. No levantó la vista, jugaba con sus guantes y parecía indiferente a todo, como si hubiera empezado a morir. No mencionó a Vicente y yo ignoré a aquel hombre que había trastornado la vida de mi amiga. La vi bajar la escalera sucia y sentí que una parte hermosa de mi vida terminaba con la desaparición de la pequeña Mariana.

Esa misma tarde me presenté en la oficina de Augusto. El empleo existía y apenas me atreví a mirar a los ojos al marido de mi amiga.

Casi dos años más tarde encontré a Mariana en Nueva York custodiada por Augusto y por un nuevo personaje: Barnaby, que la seguía como antes la había seguido Ramón y que era además el mejor amigo de su marido.

—Barnaby es un hombre excelente —dijo Augusto.

Trabajaba para él y no pude contradecirlo, aunque me molestara el nuevo personaje. Creí adivinar en aquel millonario sudamericano un pasado sombrío y un presente dudoso. Entendí que su amor por Mariana era la justificación de su vida inútil. Quizá la presencia de Vicente en Nueva York explicaba la de Barnaby. La repetición del juego del gato con el ratón volvió a indignarme. "Está atrapada, no se salvará nunca", me dije en mi habitación del hotel neoyorkino, mientras la nieve se acumulaba en el alféizar de la ventana y las torres gigantescas se iluminaban irregularmente. Bebí un té y contemplé la ciudad fantástica envuelta en brumas y vendavales de copos de nieve. Hablaría con Mariana, aunque sabía que era inútil.

Al atardecer, en la pista de patinar del Centro Rockefeller me encontré con mi amiga. Al compás de los valses vieneses giraban los patinadores entre los que figuraba Natalia. Los árboles de Navidad sembrados de luces se mecían en el viento y se cubrían de copos de nieve. Me rodeaban mujeres líquidas envueltas en pieles preciosas y hombres dorados como capitanes de trasatlánticos de lujo. Mariana se movía con facilidad, también ella tenía algo metálico y elástico. Frente a nosotros el diamante gigantesco de la pista centelleaba y yo seguía con orgullo las medias rojas de Natalia. Acodadas a la mesa del

Longchamps hablamos. Hubiera querido decirle a mi amiga que todo lo amado se desvanece y que siempre hay alguien que lo destruye sin remordimientos. No se lo dije.

Nuevamente acodada frente a mí en la oscuridad del cafetín parisino, tuve la impresión de que Mariana iba a desaparecer, de que algo oscuro la acechaba, de que estaba en peligro y de pronto tuve miedo también por mí: "Tomo riesgos inútiles ayudándola", me dije. Pero no pude negarme a sacar el baúl pues le debía mi empleo con Augusto. Traté de leer su rostro risueño. ¿Por qué reía? Seguramente preparaba alguna trastada, pero ¿cuál? "Mariana no tiene un céntimo y a menos que robe, de lo cual no dudo, no podrá moverse. La pensión que le paso puedo suspenderla en el momento preciso", me explicaba Augusto con aire soñador. Aniquilar a Mariana era su objetivo y muchas veces estuve tentada a intervenir en favor de mi amiga, pero guardé silencio. En la oficina sabíamos que si Mariana pagaba el alojamiento no tendría para comer y si comía no tendría donde dormir. ¡Y ella continuaba riendo! Me ocultaba sus planes y la escuché parlotear.

En esos días Lisa Fugate pasaba por ser la mujer de Augusto, aunque ambos vivieran con Pierre, el marido de Lisa. La pareja Augusto-Mariana se había convertido en muchas parejas. Mi trabajo me obligaba a traicionar a mi amiga. La palabra traición es injusta, ya que sacrificarme por ella hubiera sido inútil. Mariana era una desclasada, se sabía colocada en una situación límite que fatalmente la empujaría a tomar soluciones también límites. Yo no podía salvarla.

Desde su lujoso escritorio Augusto manejaba con frialdad los destinos de su mujer y de su hija, las empujaba al abismo con una precisión aterradora, mientras que él permanecía en la orilla brillante. Fascinada, contemplaba su decisión de exterminarlas. Tal vez Vicente había precipitado el final, pues Augusto nunca perdonaría la humillación sufrida. Mariana se había convertido en un monstruo enemigo al enamorarse de Vicente. "¡No me gustaría estar en tu lugar!", me dije en la oscuridad del cafetín.

—Mariana pertenece a la picaresca, al mundo de los rufianes —afirmaba Augusto.

En el cafetín, al verla reír por su triunfo sobre mí, pensé que Augusto tenía razón en su juicio despiadado. Me arrepentí de mi promesa. ¿Qué tramaba? Hacía apenas tres meses que Mariana acompañada de Natalia convertida en una adolescente alta y silenciosa había vuelto a París. Pretendía encontrar trabajo. Sentada frente a mi escritorio, jugó con sus guantes con la boca abierta por la risa.

—¡Lástima, nunca tuve pecho de codorniz para lucir las perlas! —exclamó.

¿Cómo se le podía ocurrir aquella simpleza? ¿Qué iba a hacer en París sin dinero? No tenía papeles de trabajo y además parecía una millonaria...

En este momento en que la evoco me llevo la mano a la garganta y acaricio las perlas que debían ser suyas si no se hubiera equivocado. Esa tarde de nuestro reencuentro, cuando Mariana abandonó mi oficina me quedé triste. Mi amiga carecía de sentido histórico. En el mundo moderno no quedaba lugar para sus gustos, su fantasía, su ocio, sus supersticiones y sus creencias. El mundo se preparaba para los grandes cambios sociales y ella permanecía aferrada al juego de su imaginación. Sus valores, sus defectos, su personalidad misma, pertenecían al pasado y estaba condenada a desaparecer. "Entre la gente que pasea por París hay muchos ángeles disfrazados", me había dicho innumerables veces. Y lo creía. En otras ocasiones se enfadaba con la ciudad: "Es una cortesana, ofrece mucho y nos quita todo", decía. Era injusta, París era la única ciudad capaz de aceptarla.

Poco después llegó Augusto y ocupó el puesto más alto en la oficina. Inmediatamente me solicitó como secretaria particular. Abandoné mi viejo cubículo y pasé a la habitación confortable adjunta al despacho del director.

—¿Por qué vino Mariana a París? —me preguntó.

Guardé silencio. "Vine a París, porque Augusto me dijo que en Nueva York no había lugar para los dos", me había dicho Mariana el primer día que la volví a ver. No contesté a la pregunta de Augusto.

—Usted era su amiga y sabe lo que en verdad sucedió entre ella y Vicente —agregó Augusto.

El nombre del amante de mi amiga me hizo enrojecer. ¿Qué podía contestar a sus palabras? Me aferré a mi libro de notas.

—Todo sucedió en su imaginación... usted la conoce, Augusto... —murmuré.

—¡Helas! La mentira es su estado natural. Pero debió pensar en nuestra hija. Ya sé que inventó su aventura con Vicente para justificar su anormalidad frente a los hombres —concluyó.

Asentí, avergonzada por mi cobardía.

—Él es un vulgar don Juan sudamericano, que trata de justificar su matrimonio con una vieja rica y engaña a las jóvenes con complejo de sirviente —dijo Augusto aspirando el humo de su cigarrillo. Acepté su juicio. ¿Qué podía hacer o decir?

Unos días más tarde no me sorprendió encontrar a Barnaby sentado en la oficina de Augusto, estaba acostumbrada a saber que los admiradores de Mariana eran siempre los mejores amigos de su marido. Barnaby me lanzó una mirada sombría.

—Gabrielle, ¿ha visto usted a Mariana? —me preguntó Augusto.

—La encontré en el *Maitena*... —mentí.

—Y naturalmente usted pagó la cuenta.

—Sí...

Acepté la acusación de Augusto para no decir que yo misma invité a Mariana a mi estudio. Esa noche, contemplando a la madre y a la hija, tuve la extraña sensación de que las dos eran la misma y que una de ellas había inventado a la "otra" para hacernos creer que gozaba de alguna compañía. Digo esto y me parece estar aún en el mundo fantástico en el que se movía mi amiga.

—¿Sabe usted dónde vive? —preguntó su marido.

Negué con un gesto de cabeza.

—¿Le pidió a usted dinero?

Fijé la vista en el suelo, hacía apenas tres años que acusaba a su mujer de regalar el dinero a manos llenas y ahora la acusaba de pedirlo. Volvía de revés la imagen de Mariana. "Ayuda a cuanto miserable se le acerca", repetía una y otra vez. Delante de Barnaby lo escuché decir:

—Su sed de lujo es insaciable. No le basta el dinero que le doy. Soy un modesto funcionario y no puedo afrontar sus caprichos costosos.

Barnaby lo miró con aire resignado. Yo callé. Mariana no me había pedido ningún dinero, nuestros encuentros eran para evocar el pasado.

—Me preocupa mi hija... Comparte con su madre el odio feroz a los hombres. Mariana ya es vieja y ahora piensa utilizar a la joven...

Un silencio pesado cayó sobre esta acusación. Barnaby guardó sus palabras, yo enrojecí.

—¿Por qué no invita a Natalia a vivir con ustedes? —le pregunté conteniendo la indignación.

—Es como su madre, ¡odia a Lisa!

¿Y Mariana era vieja? Tres años atrás una

amistad íntima unía a Lisa y a Mariana, que por coquetería se complacían en lucirse juntas, ya que sus tipos eran opuestos, aunque su edad fuera la misma. En ese momento Lisa entró a la oficina y al ver a Barnaby soltó una carcajada discordante. Decidí que Lisa, al contrario de Mariana, no debía reír. La risa descomponía su belleza hecha para la quietud. Su hermosura opulenta era contraria a la de Mariana que parecía un personaje escapado de un circo. "Mariana es un paje de Marie Antoinette y tu hija una muñeca cruel de Hoffman", repetía Pierre, el marido de Lisa, a sabiendas de que su juicio enfadaba a Augusto. "Las dos están llenas de odio", contestaba Augusto bajando los párpados. En el despacho, Lisa y Barnaby se saludaron con efusión y mi presencia resultó inoportuna.

Dos días después acompañé a Lisa a la exhibición de modas en Dior. Mi compañera, haciendo oscilar sus enormes pendientes de oro, acercó su rostro al mío y exclamó:

—¡Barnaby y Mariana están viviendo juntos!

Así me enteré de que habían tomado el piso del que ahora debería sacar el baúl.

Después de la presentación de modas, Augusto me ordenó ir al piso ocupado por Mariana y llevar de sirvienta a su cocinera Raymonde. Yo debía callar que la mujer estaba a su servicio. Obedecí y llegué al piso alquilado por Barnaby, acompañada de Raymonde.

Encontré a Mariana en un salón de muros altos y blancos, cortinajes azules y muebles tapizados en azul muy claro. Aceptó a Raymonde con docilidad. Era fácil engañarla y me pareció injusto el espionaje al que la sometía su marido. Raymonde se dirigió a la cocina y a los pocos minutos nos sirvió un café humeante.

Raymonde era una mujer basta, de modales bruscos, a la que conocí en Marsella durante la Resistencia. Debajo de su apariencia tosca existía un ser dotado de un olfato especial para el peligro. Su físico vulgar y su falta de ambición personal la convertía en un ser precioso que obraba por su fe ciega en la causa. Desde muy joven militó en las filas del Partido Comunista y su conciencia era limpia como un lago tranquilo, aunque por debajo de la superficie apacible circularan corrientes violentas. No era cocinera y estaba dotada para misiones más altas que la de espiar a Mariana. Esa misma tarde Raymonde se instaló en el piso.

—¿Y Barnaby? —le pregunté a Mariana en voz baja.

Mi amiga miró los muros blancos y se llevó un dedo a los labios, se puso de pie y se acercó a una puerta alta y blanca que permanecía cerrada. Escuchó unos segundos y volvió a ocupar su lugar en el canapé azul. Estaba muy pálida.

—No sé por qué vino a buscarme —me confió.

La vi tan sola que me sentí culpable. No quise decirle que Barnaby visitaba a Augusto. Bebí el café y traté de olvidar que la víspera había cenado con Lisa, Pierre y Barnaby.

—Está furioso. ¿Qué le pasará? —me preguntó Mariana.

Le temblaban las manos y esperaba mi respuesta. Yo sabía que Natalia estaba en la casa de una amiga y quise hablar de la chica, pero vi a Mariana tan descompuesta que me incliné para preguntarle:

—¿Es feliz, Mariana?

Abrió los ojos, arqueó las cejas y se echó a reír. A veces parecía una niña cínica.

—¡Gabrielle!... usted todavía cree en los cuentos de hadas. Le tengo pavor.

—¿A Barnaby?...

—¡No! A Augusto. ¿No ve que los dos están de acuerdo? Me han puesto una trampa y no logro descubrirla...

—¿Quiénes? —pregunté temiendo que supiera mi complicidad.

—Augusto y Barnaby.

Me quedé consternada. ¿Sabría que yo estaba allí enviada por su marido? Quise hablar de Vicente, el hombre que la había abandonado en la tierra de nadie y a quien en esos momentos odié con violencia. Le pregunté por él.

—Vicente no vale nada. ¡Nada! Lo supe siempre, pero se necesitan fantasmas para sobrevivir —contestó con voz tranquila.

Sus palabras heladas sobre el único hombre que había amado me sobresaltaron. Muchas veces pensé que Mariana nos conocía mejor a nosotros, que nosotros a ella. Nos observaba y callaba sus juicios. Temí que adivinara que yo estaba en su salón alquilado con fines ajenos a nuestra antigua amistad y por primera vez dejó de gustarme mi amiga. Su voz indiferente no rozaba su vida rota. Me pareció verla reflejada en un espejo hecho astillas y que también ella contemplaba su imagen mutilada y multiplicada...

En la calle me envolvió la niebla húmeda y mi ira y mi pena se disolvieron en ella. Me detuve en un puesto de ostras, anuncio del invierno y traté de imaginar la tibieza de mi estudio y la tristeza de mi vida solitaria. Pero debía ir a visitar a Augusto, para comunicarle que Mariana era infeliz y que no creía en Vicente.

Mariana sentada frente a mí en el cafetín oscuro me miraba pensativa. Me pregunté qué sucedía en el piso alquilado por Barnaby. Hacía apenas tres semanas que mi amiga se había mudado a aquel departamento inhóspito como un refrigerador. Algo grave debía ocurrir si Mariana tenía tal urgencia por sacar aquel baúl y sustituirlo por otro exactamente igual. Tres días antes, Augusto, con la melancolía del artista en el momento en que termina una obra maestra, me había comentado:

—Tengo la impresión de que algo grave va a ocurrir, pues ella lo provoca peligrosamente...

El atardecer se filtraba gris a través de las cortinas de su despacho y su corbata de seda gris también adquiría tonalidades iridiscentes. Quise contestar, pero me paralizó la idea de perder mi empleo. Para obtener un puesto es necesaria una amistad y para conservarlo se necesita una complicidad.

Esa noche, al llegar a mi casa encontré a Mariana esperándome en la escalera. Era muy tarde y su presencia me molestó. Pretendía pasar la noche en mi casa y le negué la hospitalidad. Quiso marcharse enseguida, pero la detuve y le ofrecí un café. Ella ignoró mi rudeza y llevó la conversación al teatro: "*Los secuestrados de Altona* justifican al dictador totalitario", me dijo. Siguió conversando: "La toma de conciencia de Sartre es la explicación filosófica de la voluntad de poder adquisitivo en el burgués". Mariana pronunció "el burgués" con un tono tan despectivo que me sentí aludida. La escuché en silencio y la vi jugar con sus guantes. Al despedirme me besó en ambas mejillas y se fue sonriendo a la soledad de las calles vacías. Me dejé caer en un sillón y traté de adivinar adónde dirigiría sus pasos. Estuve segura de que nuestra amistad había terminado. Nunca pensé que tres días después estaríamos juntas en el cafetín oscuro. Miré con afecto sus ojos abiertos y separados como dos mariposas posadas sobre sus pómulos altos y supe que era la última vez que la vería...

El domingo, Raymonde me ayudó a sacar el baúl del piso de mi amiga y a depositar en su lugar el baúl que Mariana me entregó en el cafetín de la Plaza de la Bastilla.

—¡Son unos degenerados! Augusto es una sierpe y el de aquí un crápula —me dijo la sirvienta con brutalidad.

Raymonde se había pasado a la línea enemiga. Ella debía ir a ver a Augusto y yo debía alejarme antes de la vuelta de Barnaby y Mariana. Me costó mucho esfuerzo subir el baúl hasta la puerta de mi estudio, situado en un cuarto piso. Dormí mal, pues la idea de presentarme ante Augusto al día siguiente, me asustaba. El lunes no sucedió nada y decidí que el asunto del baúl era un juego de Mariana. "¡Una chiquillada!", me dije por la noche, cuando entré en la frescura de mis sábanas.

El martes, apenas llegué a la oficina Augusto me mando llamar. Lo encontré pálido de ira.

—Mariana huyó con Natalia. ¿Usted no sabe nada? Su actitud iracunda me hizo vacilar, el despacho giró a mi alrededor y sus ventanas se acercaron a mis ojos.

—Huyó...

Augusto me tendió un telegrama abierto. Traté de disimular el temblor de mi mano: "Te espero en el Hotel Plaza de Nueva York. Vicente". Leí la frase y la firma: "Vicente, Vicente". Quise ocultar mi turbación. ¡Al fin Mariana se había reunido con Vicente! Desconfió de mí en su salón alquilado cuando dijo: "Vicente no vale nada". Recordé su traje de color miel y me sentí alegre, pero la mirada de hipnotizador de Augusto me volvió a la realidad. ¿Y si no se hubiera ido con Vicente, en dónde podía estar? Invadida por presentimientos horribles busqué un apoyo en un mueble.

—Barnaby encontró anoche este telegrama en un cajón de su tocador —me dijo Augusto con voz severa.

—Anoche, lunes —dije recordando que apenas el domingo yo había guardado el baúl en mi casa.

Augusto hizo pasar a Raymonde que esperaba en la antesala. En efecto, contó la criada, la víspera, la señora Mariana estaba muy tranquila. Llamó por teléfono a Gerard, un jovenzuelo pederasta y le dio cita a las seis de la tarde para cenar con ella y con el señor Barnaby. Después de la cena los tres irían a escuchar a Marlene Dietrich. Por la tarde, la señorita Natalia se presentó vestida con esmero. También la señora se vistió con elegancia. Ambas llevaban trajes color té. Natalia estaba muy pálida y el señor Barnaby le recordó que no había billete para ella. "No tiene importancia, se marcha antes de la cena", contestó la señora. Charlaron amablemente y a las seis de la tarde llegó Gerard: "¡Mariana, usted es Alejandro el Grande!", exclamó el jovencito. La señora se echó a reír y le recordó a su hija que debía retirarse. Tranquila, fue a su habitación y reapareció con el abrigo sobre los hombros, los guantes y el bolso.

—Voy a acompañar a Natalia a tomar un taxi.

El señor Barnaby se intranquilizó, pues no quería llegar tarde a la función de la Dietrich.

—¡Vuelvo enseguida, mi amor! —le gritó risueña la señora desde la escalera.

Raymonde relataba en detalle la escena que había presenciado la noche anterior. El señor Barnaby y el joven Gerard esperaron en el salón. Al ver que la señora tardaba, el señor Barnaby se impacientó: "¿Qué hace Mariana?" A las ocho y media de la noche se lanzó a la habitación de la señora y revisó los armarios. Fue entonces cuando encontró el telegrama. Inmediatamente llamó al señor Augusto y éste le dio la orden de ir a Orly para impedir la salida de la señora...

Augusto despidió a Raymonde con un gesto.

—Eveline llamó anoche al consulado de Nueva York. No olvide, Gabrielle, que Natalia es menor de edad.

A partir de ese día Eveline y Augusto llevaron las pesquisas para localizar a las fugitivas que habían desparecido como por arte de magia. En los aeropuertos, en las estaciones, en las fronteras no se encontraron huellas de su paso. Los consulados tampoco tenían noticias suyas y Augusto se volvió más irritable. Su amor por Lisa, las fiestas y las conferencias no lo compensaban del disgusto que le produjo la desaparición de las dos mujeres.

—Mariana me persigue, me vuelve la vida imposible —contestaba cuando alguien le pedía noticias sobre la hermosa Lisa.

Yo escuchaba sus comentarios y trataba de encontrar una explicación lógica para su actitud. Confieso que no la encontré nunca. Las pasiones gozan de su propia lógica y ésta resulta incomprensible para los que no las compartimos. La pasión dominante en Augusto era destruir a Mariana. Yo callaba, la fuga de mi amiga me convirtió en una persona sospechosa ante los ojos de Augusto. Barnaby guardaba silencio en mi presencia. Lo acompañaba Gerard, que se había instalado en el departamento que antes habitara con Mariana. El muchacho, envuelto en su bufanda y aterido de frío, me miraba con una intención que no lograba descifrar. Sus ropas viejas y sus maneras inseguras acusaban su extremada pobreza. ¿En dónde lo había encontrado mi amiga?

—¡Usted sabe dónde está Mariana! —me dijo atrapándome en un pasillo de la oficina.

—¡No, no lo sé!

Gerard me soltó el brazo y me arrinconó contra el muro. Acercó su cara rubia a la mía y en voz baja me dijo:

—¡Sí! ¡Lo sabe! Avísele que la buscan para encerrarla en un manicomio.

Solté los expedientes que llevaba bajo el brazo y Gerard se inclinó a recogerlos. Sus movimientos eran nerviosos, estaba fuera de sí. Echó mano a su bolsillo y sacó una navaja de afeitar.

—¡La usaré! Acabo de salir de una casa de salud cerca de Suiza. No quiero que ella vaya allí. ¡No quiero!

Gerard se cubrió la cara con las manos sin soltar la pequeña navaja. Se limpió unas lágrimas y me miró con ojos extraviados. No logré explicarme su amistad con Mariana. Cuando le pregunté cómo la había conocido se llevó un dedo a los labios.

—Silencio. La encontré en el Café de Flore. No lo diga.

Guardó la navaja en el bolsillo, dio media vuelta y se dirigió al despacho de Augusto. Me dejé caer en una silla. ¿Por qué me dijo eso Gerard? Apenas lo conocía y era la primera vez que escuchaba su voz.

Habían pasado ya tres semanas desde la desaparición de mi amiga y el desasosiego del muchacho me llenó de inquietud. ¿Habrían encontrado alguna pista sobre mi amiga? Todavía me quedaban dos horas de oficina y me pareció que las manecillas del reloj iban hacia atrás. Apenas me vi en la calle llamé a Raymonde. Ésta me confirmó la noticia dada por Gerard: pensaban encerrar a Mariana en un manicomio. "Está con Vicente", me aseguró la criada. Sus palabras me tranquilizaron y esa noche pude conciliar el sueño. La felicidad sólo me duró esa noche pues al día siguiente Augusto me llamó a su despacho y me tendió una carta: "Anoche estuvo en lo de Vicente, hablamos de ti y de Mariana y al llegar a mi casa encontré tu carta..." La misiva era de

Pepe. Augusto le había escrito a aquel amigo de él y de Mariana para saber si ésta se había reunido con Vicente. ¡Y él vivía con Lisa Fugate! Supe que no sería feliz hasta haber destruido a Mariana por completo. "Está con él, se escapó de tus manos", me dije mirando el fulgor de triunfo que despedían sus ojos.

—¿Usted cree que esté con Vicente? —me preguntó como si hubiera leído mi pensamiento.

—No, no... Mariana es una frívola —dije cambiando la palabra astuta por la de frívola.

—¿Frívola? Es infame lo que le ha hecho a Barnaby —exclamó indignado.

Esa noche mi piso en el que había puesto tanto empeño, me resultó estrecho y sus paredes forradas de seda verde me desagradaron.

Quería recordar a Mariana, encontrar la causa de su fracaso, el origen de su pérdida. ¿Qué había sucedido? Al verla, tan rubia, tan alta y tan reidora, se hubiera dicho que había nacido para el triunfo y este final oscuro, esta desaparición mezquina y el empeño en hallarla para castigarla, me dejaron sobrecogida. Las apariencias eran muy distintas a la realidad. "Había en ella una fuerza imperativa que la llevaba a separarse de los demás", me dije. Ahora otra fuerza igualmente poderosa quería separarla hundiéndola en las tinieblas de un manicomio. No era ésa la separación que deseaba Mariana. Traté de reconstruir mi vida pasada cerca de ella, para hallar las causas del espantoso final que preparaban para mi amiga. ¿Mariana estaba loca? Caminé por mi estudio y recordé que hacía ya nueve años que oí su nombre por vez primera.

En aquellos días yo padecía hambre. Una amiga de la Resistencia me presentó con Romualdo, un viejo español amante de las bellas maneras, la buena mesa, la conversación erudita y las mujeres jóvenes. Mi figura vieja y mal vestida le disgustó, pero era inteligente y me ofreció un trabajo de traductora esporádica del italiano. Romualdo amaba a Dante.

En el París de la posguerra Romualdo se hallaba desorientado: venía de Sudamérica y buscaba a sus amigos exiliados en distintos continentes. Me convertí en una persona indispensable para él. Era yo quien le indicaba los mejores restaurantes del "Mercado Negro", le conseguía los taxis y le cuidaba los resfríos. Por su parte él me introdujo con algunos personajes que resultaron decisivos en mi vida. Él me llevó con Mariana. Fue en el *Berkeley* la primera vez que oí hablar de ella.

—¡Mariana es odiosa! Le hace la vida imposible a Augusto. ¡Es una frívola!

Las acusaciones las lanzó Pepe, un joven sudamericano que acababa de llegar a París y que se quejaba de su vida oscura. Al escucharlo, me dije aburrida: "¡Un sudamerican más!" Nosotros estábamos racionados, carecíamos de gas, de electricidad y de alimentos. Las huelgas necesarias para el cambio social que esperábamos se sucedían una a otra, y la dureza del invierno hacía estallar las cañerías. Nada de esto conmovía a Pepe, que al igual que todos los sudamericanos vivía en una dimensión imaginaria y aceptaba las comidas del *Berkeley* con simpleza.

Romualdo me llevó a la casa de Mariana. A priori, el personaje me resultaba antipático. Me encontré en un enorme salón, con la chimenea apagada y el frío de la calle instalado en los rincones o agazapado debajo de los muebles lujosos. Los grandes espejos aumentaban la sensación de hallarse en un glaciar. A los cristales biselados de las grandes ventanas francesas se pegaba la niebla y la llovizna invernal. Los *bibelots* de las vitrinas estaban congelados en sus gestos elegantes y los cristales de los enormes candiles parecían estalactitas. Romualdo no se deshizo del abrigo ni de los guantes. Yo lo imité. De pronto apareció Mariana. No era la mujer fatal que había imaginado. Llevaba el cabello rubio suelto sobre los hombros, usaba pantalones y calzaba unas viejas zapatillas de ballet. Ignoraba el frío y al vernos tan abrigados se echó a reír. Esa misma tarde, apareció su marido acompañado de varios sudamericanos. Augusto era un joven de ojos claros, dientes perfectos y gestos débiles.

—En Francia nos desconocen. El español es un idioma olvidado. ¡Es absurdo! —declaró.

Observé sus manos pequeñas y sus gestos imprecisos. El coro de amigos aplaudió sus palabras, mientras que él miraba con inquietud a su mujer. Ésta, sin decir una palabra, abandonó su lugar, abrió un balcón y se acodó a la barandilla de hierro para contemplar las ramas negras de los castaños desnudos. Desafiaba al frío y a la llovizna invernal.

—Es una anarquista —comentó Augusto para disimular su impertinencia.

—¡Es una majadera! ¡Una chica problema! —contestó Ramón, un joven rubio parecido a ella.

Esa tarde descubrí que los españoles y los sudamericanos forman una secta: todos se conocen y se reúnen para hablar de la vida de personajes esparcidos en el continente americano y en España. Me sorprendió su elocuencia y la abundancia de gestos. Estaban muy *à la page* en la actualidad francesa y hablaban de las excelencias de *Caligula*, de Albert Camus, y de *La question juive*, de Sartre.

—Libro ambiguo. Se diría que justifica el crimen —interrumpió Mariana entrando del balcón.

—Te prohíbo que hables —le ordenó su marido.

—¿Por qué? —preguntó Pepe con aire inocente.

—Porque leo a Maupassant, me gusta el ballet, creo en los fantasmas y amo a los santos —contestó Mariana.

—¡Usas el método Olendörff en la conversación! —replicó Ramón.

El coro de amigos se echó a reír. La muchacha guardó silencio y la conversación siguió su curso. Esa primera tarde salí desconcertada de la casa de Mariana. Me asombró el trato colectivo que le daban a la muchacha. Al llegar a la puerta de mi vivienda Romualdo me dijo con malicia:

—Le coqueteó a usted...

Me introduje de prisa en el pasillo oscuro y busqué la *minuterie* para evitar el interrogatorio de Romualdo, que siempre trataba de encontrar un matiz sexual en todas las relaciones. En efecto, Mariana en un rápido aparte, me pidió mi dirección y me rogó que la llamara por teléfono: "Que él no lo sepa", me dijo. "Él" era su marido.

Me convertí en una asidua al salón de Mariana, en donde se fabricaban teorías literarias, filosóficas, sexuales y sociológicas. Augusto escogía a su mujer para ilustrar los temas. En presencia de la muchacha se discutía su educación, sus tendencias autodestructivas, su frigidez sexual, su lesbianismo latente, su rechazo a la sociedad y su esquizofrenia, su falta de responsabilidad que la imposibilitaba para educar a su hija.

—Mariana odia al mundo. Odia el dinero, por eso lo despilfarra, odia al amor —afirmó su marido.

—¡No odio nada! ¡Qué cosas dices!

—¡Mientes! Sabes que estás llena de odio y de resentimiento.

Aquellos psicoanálisis públicos me dejaban atónita. El grupo de libertinos escuchaban a Augusto con deleite; adoraban al "Divino Marqués", como bautizó Breton a Sade, a su regreso de Estados Unidos en donde pasó la guerra. Los sudamericanos deseaban alcanzar una silla en la tertulia del café de la Place Blanche en la cual Breton se reunía con los elegidos.

—Es necesario extender entre las masas el culto a Sade —proclamó Augusto después de ejemplificar con su mujer la bancarrota de la educación burguesa.

—Ustedes son totalitarios. Creen en el mundo circular del horror. Creen en el tedio y niegan a las ideas para afirmar a la técnica. ¡Odian al amor! Me dan pánico... —protestó Mariana.

—¡Nunca has leído un libro! —dijo su marido.

—Una mujer tan bonita lo sabe todo por intuición —replicó Pepe.

Augusto se sobresaltó: era peligroso dejarse arrastrar por la seducción negativa de Mariana. Su capacidad para la mentira era alarmante y era preferible no escucharla. Sexualmente era patológica a pesar de su aspecto saludable. Los invitados lanzaron miradas lúbricas a Mariana que se negaba a practicar los placeres colectivos imaginados por Sade. Narciso, el cocinero de la casa fue llamado para atestiguar que la señora no leía jamás. Durante el juicio, Ignacio Rebes, un poeta de pequeña estatura y piel dudosa besaba los tobillos de Mariana calzada con esparciatas rojas. El cuadro resultaba insólito.

Había olvidado a Ignacio Rebes y a su amigo

Eulalio. Ahora los recuerdo, aparecen en el gran mosaico de personajes que conocí en la casa de Mariana. Ignacio llevaba siempre la misma camisa de color naranja, se proclamaba el mejor poeta de América, era católico, al igual que su compatriota Eulalio y admirador del marqués de Sade. La presencia de aquellos dos hombres diminutos era inquietante. Alguna vez, Ignacio me dio cita en el café del Pont Royal para decirme que Mariana sólo era una prostituta. Entonces, decidí hablar con mi amiga.

—Perdone, Mariana, no entiendo lo que sucede en su casa.

—Tampoco lo entiendo yo —contestó con simpleza.

Se hallaba acodada al balcón contemplando nostálgica las copas de los árboles y las luces pálidas de la tarde reflejadas en los tejados grises de las casas vecinas. Pensé que no me escuchaba y me pregunté si tenía familia y por qué continuaba viviendo en medio de aquel grupo que se mofaba de ella. Sin verme me preguntó repentinamente:

—¿Usted cree en el amor?

—Sí...

—Creo que mi amor será un violinista húngaro que aparecerá en la plazoleta para llevarme con él...

Volvimos al salón en donde Remy, un joven de voz engolada leía un poema a Braque, de quien se pretendía muy amigo. Lo acompañaba una joven de aspecto descuidado. Al ver a la pareja, Mariana retrocedió. Remy avanzó hacia ella con los brazos extendidos.

—Querida Mariana, una enfermedad venérea, es una enfermedad de Venus. Le ofrecí mi sexo, usted se enfadó, me acusó de sifilítico y se atrincheró en su habitación —le dijo a mi amiga al tiempo que le hacía una profunda reverencia.

Los invitados se echaron a reír y Mariana pálida de ira se dirigió a su marido:

—¡Échalo de la casa! —exigió.

Su petición produjo un grave silencio. Era la primera vez que Mariana protestaba airada. Augusto la miró con desprecio y le ordenó con voz fría:

—¡Pídele disculpas a Remy!

Permanecimos inmóviles y asustados ante la exigencia de Augusto que se limitó a repetir una y otra vez la misma orden en un tono de voz cada vez más exasperado: "¡Pídele disculpas a Remy!" "¡Pídele disculpas a Remy!" Mariana intensamente pálida, se puso de rodillas frente al insolente. Nadie pronunció una palabra y la tensión aumentó. Cuando Augusto levantó el castigo con un "¡Basta!", Mariana se puso de pie y abandonó el salón sin una palabra.

—¡Odia a mis amigos! —declaró Augusto.

La amiga de Remy acarició una mano de éste para consolarlo. Noté que estaba embarazada.

—¿De él? —pregunté.

—Creo que sí… —contestó bajando los ojos.

La violencia de la escena me disgustó. Me despedí y Romualdo se sintió en la obligación de acompañarme hasta la puerta de mi casa. Hicimos el trayecto en silencio.

—Una reacción típicamente religiosa. ¡Pobre Mariana! —lo escuché decir.

Romualdo disculpaba a Augusto y su complicidad con aquel grupo de sudamericanos me disgustó. Yo debería haber salido en defensa de la muchacha, pero ¿cómo desafiar a aquellos que impedían que muriera de hambre? Todos ellos ocupan ahora puestos importantes, se han convertido en personajes influyentes, mientras que Mariana ha desaparecido entre las sombras. Era una imprudente. Me digo que si ya se encontraba entre ellos, los vencedores, debería haber permanecido en su sitio y aceptar su amarga suerte, como lo hice yo. Creo que no visualizó el futuro o tal vez su voluntad de vivir la aniquiló. Era imposible vivir en solitario. Estamos dentro de una sociedad y para sobrevivir es necesario repetir sus gestos; ella se negó a plegarse a su círculo y el círculo, la estranguló. "¡Voy a domar a Mariana!", repetía Augusto mirando con fijeza un punto en el vacío. Me pregunto si la domó o si la chica murió en la doma. No lo sabré jamás. Aunque lo que sí puedo asegurar es que de aquella Mariana en rebeldía perpetua, no quedó ¡nada! Hemos perdido hasta sus huellas y su imagen risueña y alocada se ha convertido en el temible recuerdo de una arpía. La metamorfosis es un misterio que todavía no logro aclarar. "Para destruir a alguien primero hay que destruir su imagen", me repito. Eso lo ignoraba la pequeña Mariana, que segura de sus pasos se movía como en un escenario, sin saber que alguien había cambiado las luces de los reflectores, para proyectar sobre su figura clara, una luz negra que la desfiguraba, yo lo sé ahora, pues lo que sucedió en aquellos tiempos sólo eran preludios...

Unos días después de la escena con Remy, Mariana se presentó en mi casa. Venía descompuesta, temblaba a pesar de cubrirse con un abrigo de pieles.

—¡Ayúdeme, Gabrielle!

No vio a Stephan que le abrió la puerta de mi vivienda. Saltó sobre mi cama y permaneció quieta. Stephan le ofreció una taza de achicoria que preparó en el hornillo de gas que me servía de cocina.

—¿Cómo puedo ayudarla?

Mariana no contestó, mantuvo la taza con gesto ausente y Stephan se inclinó solícito ante ella. En ese tiempo Mariana creía que alguien podía ayudarla. Poco a poco la vi perder la esperanza y encerrarse en sí misma como un caracol arrojado lejos de la playa. Su presencia en mi cuarto miserable resultaba incongruente. Me di cuenta de que Mariana era una persona desplazada, sin lugar en el mundo. Obediente, contestó en orden a las preguntas de Stephan, a quien conoció esa tarde. Pedía ayuda porque su marido había enviado a Suiza a su hija e instalado en su casa a Ramón, su amante.

—Típicamente sudamericano. ¿Ramón es el amante de Augusto? —preguntó Stephan.

—¡No! Era el mío. Odio la promiscuidad y le pedí a Augusto que escogiera entre Ramón y yo, entonces me echó a la calle sin mi pasaporte. ¿Y sin documentación, adónde puedo ir?

Stephan era pederasta y se escandalizaba de muy pocas cosas, sin embargo la situación de mi amiga lo dejó pensativo. Observó a Mariana y siguió interrogándola. Ésta explicó que su marido deseaba que tuviera amantes y que su única aventura la había tenido con Ramón.

—Sólo deseo que me dé mi pasaporte para irme a mi casa...

Stephan la dejó hablar y ella nos miró a los dos y peguntó si sucedía algo. Ante nuestra negativa se echó a reír y nos guiñó el ojo. ¿Por qué reía? ¿Era una simuladora o una exhibicionista? Reanimada por su propia risa me pidió que fuera a pedirle a Augusto su pasaporte. Stephan esperaría en la calle, yo subiría por el ascensor principal y ella por el montacargas. Desde el comedor escucharía escondida mi conversación con su marido.

Me quedé anonadada. Yo debía pedirle a Augusto que echara a Ramón de su casa o que me entregara su documento. Mariana no confiaba en mí y quería escuchar mis palabras. Temía que la traicionara. Stephan me obligó a aceptar su plan.

Un taxi nos llevó hasta la puerta lujosa de su edificio. Augusto me recibió en el salón pequeño de cortinajes amarillos vecino al comedor. Estaba acompañado de Ramón y a mi llegada ambos se hallaban confortablemente instalados frente a la chimenea. No pareció sorprenderles mi visita. Me ofrecieron una copa de cognac y fijé la vista en la nitidez de la licorera que despedía luces azules mientras pensaba que era incapaz de cumplir la palabra dada a Mariana. Escuché la voz de Augusto.

—¡Es admirable! —repitió la lectura de un pasaje de *Justine ou les malheurs de la vertu,* de Sade.

—¡Hombre, y pensar que yo desconocía al Marqués! —exclamó Ramón.

—La moral cambia con el clima —dijo Augusto.

Pregunté por Mariana y noté un juego de miradas entre ambos. En la quietud del salón mis palabras cayeron inoportunas y el cristal del candil parpadeó, o quizá fui yo la que lo hizo avergonzada por mi indiscreción.

—Mariana salió.

El silencio del piso enorme me oprimió, me sentí incómoda observada por los dos hombres jóvenes que no esperaban mi visita. Era la primera vez que me colocaba frente a la mirada de Augusto.

—Mariana me invitó a cenar... —dije en voz baja.

—¿A cenar? Nosotros cenaremos fuera —contestó el marido de mi amiga y leí en sus ojos: "No intervenga en asuntos ajenos".

Turbada, traté de encontrar algún objeto que apartara mi vista de las pupilas de Augusto, convertidas en dos pequeños puntos oscuros. Miré la licorera que me lanzó destellos cegadores.

—Mariana debe entender, primero: que no acepto chantajes. Segundo: que no estoy dispuesto a permitir que siga persiguiéndome. Tercero: que no debe mentir.

Escuché sus palabras y vi que al pronunciarlas miraba la puerta de espejos abierta al comedor. Aterrada, contemplé reflejada en ellos a la propia Mariana escondida debajo de la enorme mesa del comedor y comprendí que su marido la había descubierto desde el principio y que hablaba para que ella lo escuchara. Enrojecí violentamente y Augusto sonrió ante mi confusión. "Es una enferma mental", escuché decir a Ramón. Augusto continuó:

—Necesito llevar una vida normal. Soy un intelectual. Ella se dedica a fabricar enredos. ¿Fue a buscarla a usted?

—Quería su pasaporte...

—¿Su pasaporte? ¡Ella lo tiene! —exclamó.

—Es patológica —coreó Ramón.

—Desea volver a su casa —dije asustada.

Augusto se indignó: "su casa" lo sacó de quicio, sabía que Mariana llamaba "la casa" al piso que compartía con él. Encendió un cigarrillo y me lanzó una mirada de desprecio.

—¿A cuál casa? Su padre, un viejo expatriado ya murió. ¿No le ha dicho que era un pobre fracasado? Mariana no tiene casa. ¡Ah, veo que calla la verdad! ¿No le ha dicho que la educó en el vegetarianismo, en el budismo, en el orientalismo más ridículo y en el catolicismo más cerrado? La pobre, leía los *Vedas*, *El Ramayana*, para sentirse diferente. Tampoco le ha dicho que le permitía todos los caprichos, ¡hasta el teatro! Le aseguro, Gabrielle, que Mariana es patética. Su odio proviene de su fracaso. Se creía artista y sólo es artista para la mentira.

En la puerta de espejos Mariana continuaba debajo de la mesa con los ojos muy bien abiertos y el rostro muy pálido.

—Imagine una casa llena de libros ridículos. Imagine usted a una Mariana amiga de un charlatán llamado Krishnamurti y además puritana, con una madre frígida y un padre rodeado de rusos blancos y alemanes fracasados...

Augusto se echó a reír con amargura. Ramón movió la cabeza disgustado. Tuve la certeza de haber caído en una trampa, encerrada en un salón extraño, interviniendo en un asunto que no me concernía, gracias a aquella muchacha desequilibrada. Perdería mi trabajo con Romualdo y mi incipiente amistad con aquel grupo que compartía conmigo las migajas que caían de sus mesas.

—Me odia porque no comparto su admiración por el ballet, ese arte decadente, síntoma de la posibilidad de un peligroso bonapartismo —agregó Augusto dispuesto a llevar la conversación a temas más universales.

Su mano pequeña hacía gestos vagos en el aire y recordé a Mariana en el trayecto a su casa: "Sólo le tengo miedo a Augusto". Noté que también Ramón había descubierto la presencia de Mariana y que sonreía con malicia.

—Gabrielle, cene con nosotros. Mariana volverá cuando se dé cuenta de la inutilidad de su chantaje. No tiene casa, ni tiene adónde ir —afirmó Augusto.

La imagen de Mariana agazapada debajo de la mesa había desaparecido de la puerta de espejos. Me sentí aliviada.

Cené con ellos en el *Berkeley,* su restaurante favorito. Frente a la perfección de la comida Augusto me habló con melancolía de Natalia: su deber era salvar a su hija del influjo maléfico de la madre.

—La religión es el opio de los pueblos y Mariana está drogada. Ni siquiera se permite amar a un hombre. Su padre la castró. Y su madre... Gabrielle, le aseguro que los dos eran diabólicos. Nunca aceptaron su mediocridad absoluta. Eso los llevó a la simulación. Mariana es una simuladora —terminó con voz trágica.

Escuché sus confidencias servidas al mismo tiempo que las *crepes suzette*. Llegué a la rápida conclusión de que mi amiga era un caso clínico. Ramón opinó que Mariana padecía un peligroso infantilismo que la conduciría al suicidio.

—Vivió encerrada en su casa. La conocí cuando entró ¡al teatro! —comentó su marido con despego.

—¿Por qué se casó con ella? —pregunté animada por los postres.

—Parecía un ser poético. "Los lirios podridos huelen peor que las hierbas podridas" —terminó citando a Shakespeare.

No se habló más de Mariana. Augusto saltó a su tema favorito: la arqueología y a la necesidad de hallar un remedio contra la sociedad burguesa que se caía a pedazos bajo nuestra mirada vuelta al pasado.

—Mariana, por ejemplo, se niega a aceptar que los nuevos príncipes somos nosotros, los intelectuales —aseguró, mirando la copa que contenía la crema de menta cuyo color guardaba toda la frescura de un pequeño bosque.

En mi habitación de muros manchados me esperaba Stephan. Había visto a Mariana salir corriendo de su casa. Él trató de alcanzarla, pero la perdió en una callecita vecina. Mi amigo estaba cabizbajo. Le conté lo ocurrido y mi conversación con Augusto y su amigo. Stephan me escuchó pensativo y después sentenció:

—¡Mariana no miente!

Yo era incapaz de formarme un juicio. "El capitalismo está condenado a desaparecer y Mariana sólo es un producto de ese capitalismo decadente", decía la voz de Augusto en medio de la bruma formada en mi memoria por los vinos que habían rociado la cena en el *Berkeley*. El marido de mi amiga, al calor de las ideas, olvidó los problemas artificiales creados por el desequilibrio de su mujer y me llevó a mi vida en Marsella y mis actividades políticas durante la ocupación alemana. Ahora veía a Augusto bajo una luz distinta y no pude menos de entender su tedio frente a su mujer. Pero era tarde para explicarle a Stephan el nuevo sesgo de la situación y preferí despedirlo. Lo llevé a la escalera que se abría como un pozo negro.

—La carrera de Mariana era suicida —me gritó Stephan desde la semioscuridad formada por la luz opaca de la *minuterie*.

Mi cuarto olía a humedad y a guisos. Por la ventana estrecha llegaban los ruidos habituales de Montparnasse. Me sentí atrapada por aquellos muros miserables y encontré mi cama helada. El viento de finales de invierno se colaba por rendijas invisibles y mi miseria me llenó los ojos de lágrimas. "Debo salir de aquí. Augusto tiene razón, los intelectuales somos los nuevos príncipes", me dije con firmeza. Mariana vivía en el lujo y sus problemas eran artificiales y profundamente egoístas.

No comenté nada con Romualdo, Mariana había dejado de preocuparme. Casi a la media noche, Stephan se presentó en mi cuarto. Acababa de ver a Mariana caminando por la calle Git-Le Coeur, acompañada de un joven rubio y elegante. La pareja entró en un restaurante árabe. Comentamos que la vida de Mariana estaba constelada de hombres y nos echamos a reír. Stephan buscó en la alacena un poco del pan grueso que nos servía en la posguerra y lo comimos recordando nuestros tiempos de Marsella y de Niza.

Durante varios días esperé una señal de Mariana o de Augusto, pero ésta no se produjo. Volví a su salón acompañada de Romualdo y me enteré de que mi amiga pasaba una temporada en Italia. Nadie se preocupó por ella, los amigos continuaron quejándose de la indiferencia francesa. Augusto estaba radiante, su entusiasmo por la cultura y la política resultaba conmovedor. Por las ventanas asomaban las copas de los castaños que empezaban a perder su negrura.

—¿Mariana es amante de Ramón? —le pregunté a Romualdo una noche.

—¡Lo fue por un breve tiempo! Por eso Augusto lo invitó a vivir en la casa. Es la mejor manera de anular a un rival inoportuno —contestó Romualdo con una sonrisa que me pareció diabólica.

Mi amigo me resultó intolerable. También me pareció intolerable la manera como manejaban entre todos a Mariana y la facilidad para aceptar que abandonara su casa para que la viviera su amante. Una vez a solas traté de comprender a aquel grupo que se emborrachaba con frases literarias y políticas y que ignoraba los rudimentos de la ética. Recordé a Mariana escondida bajo la mesa del comedor y me dije: "No me gustaría estar en tu lugar".

Pasaron más de dos meses sin que Mariana diera señales de vida. Los asiduos a su casa olvidaron su existencia. Una tarde apareció Natalia en el salón.

—¡Saluda! —le ordenó su padre.

La niña hizo una reverencia y permaneció quieta mirándonos a todos.

—La traje de Suiza porque voy a enviarla con mi madre —explicó Augusto.

Natalia guardó silencio. De pie, en medio de los mayores parecía una figurita extraña venida de algún lugar remoto para hacernos reproches.

—Te felicito por tu decisión admirable —dijo Ignacio Rebes.

—Con tu madre es con quien estará mejor —coreó Eulalio con la vista clavada en el suelo. Observé su figura desmedrada: tenía algo parecido a las aves de rapiña.

—Ya puedes retirarte —le ordenó su padre a Natalia. La niña abandonó el salón sin una palabra.

Su presencia minúscula me impresionó y quise ir con ella a su habitación, pero Augusto me lo prohibió con un gesto. Pregunté por Mariana y supe que continuaba en Italia. Tuve la certeza de que Augusto mentía.

—¡Qué responsabilidad te ha dejado esa loca! —exclamó Ignacio Rebes.

Pasé una noche inquieta. La cara de Natalia estaba demasiado seria y sus ojos infantiles nos habían mirado con un reproche difícil de traducir en palabras. Sucedía algo que yo ignoraba.

Al día siguiente, a las siete de la noche, Ramón se presentó en mi vivienda. Venía enfundado en su enorme abrigo de pelo de camello y la nariz la traía roja por el frío de la calle.

—Augusto desea que venga usted conmigo. Mariana se ha vuelto loca.

Me eché el abrigo y salí acompañada por el hombre que parecía extrañamente tranquilo. En la puerta nos esperaba un taxi. Durante el trayecto lo vi fumar distraído. No cruzamos ni una palabra. Al entrar al vestíbulo enorme del piso de Mariana me sorprendió el aire de tragedia que reinaba sobre las consolas y los enormes vasos de porcelana china. Eran de color azul pálido y brillaban como una bruma marina en las penumbras apenas rotas por un candelabro encendido sobre una consola. Los espejos reproducían la luz arrojándola a profundidades imprevistas. El criado en mangas de camisa estaba descompuesto.

Tomamos el pasillo circular que llevaba a las habitaciones y Ramón me hizo entrar a una de ellas, cuya tapicería y cortinajes han quedado en mi memoria como la imagen de una cámara de tortura. Sentada muy quieta en el borde de la cama de pilares altos rematados en piñas de bronce, estaba Mariana. Llevaba puestos unos pantalones estrechos y calzaba sus viejas zapatillas de ballet. Me pareció un arlequín roto. De pie, frente a ella, Augusto la miraba con fijeza. Al sentir mi presencia el hombre se volvió a mí:

—¡Mire! —me ordenó el marido de mi amiga señalando un viejo cordón eléctrico que colgaba amarrado al candil de cristales que reflejaba con frialdad las luces azules de sus prismas. No comprendí el significado de aquel cordón siniestro, ni la escena, y permanecí muda, mirando a Mariana que continuaba inmóvil con las piernas, los brazos y la cabeza colgantes.

—Se trató de ahorcar. Antes abrió el gas y quiso matarse y matar a la niña. Está completamente loca. Usted es testigo, Gabrielle —me dijo Augusto con voz glacial.

Mariana permaneció inmóvil, sin reconocerme. Ramón se colocó al lado de Augusto para observarla mejor, pasó la mano frente a los ojos de mi amiga y ésta no pestañeó.

—Apareció hoy en casa. Está loca —me dijo.

Busqué apoyo en el mármol de la chimenea, pues perdí el equilibrio al ver a aquella muchacha partida a un mundo diferente. Reflejadas en el enorme espejo colocado encima de la chimenea, vi las espaldas de los dos hombres y la figura miserable de Mariana. En el azogue, los hombres parecían avanzar hacia mí desde un túnel tenebroso y amenazador. Había algo infinitamente sórdido en la habitación de lujo. Quizás era la presencia del cordón eléctrico que pendía retorcido bajo los rayos azules de los cristales del candil. El cordón partía en dos al mundo visible y su silueta sinuosa marcaba los límites del horror que había invadido al cuarto. Supe que iba a quedarse para siempre en el interior de aquel espejo y me sentí incapaz de razonar. Ni siquiera escuché las palabras de Augusto y de Ramón que resbalaban por la superficie pantanosa y dentro de la cual me hallaba yo también, metida en mi modesto traje gris. "No entiendo quién pudo avisarle que Natalia se iba mañana con mi madre". Dentro y fuera del espejo los hombres hablaban y contemplaban implacables a Mariana, que continuaba ausente a lo que sucedía en las dos dimensiones. "¡Vaya manera de presentarse después de varios meses de ausencia!", comentó Ramón. La imagen de Augusto se movió hacia la cabecera de la cama y tiró de la campanilla, después volvió al lado de Ramón. En el espejo apareció la figura demudada del cocinero en mangas de camisa y no escuché lo que le ordenó su patrón. Éste avanzó hacia mí, mirándome con sus ojos despiadados.

—¡Escuche, Gabrielle! Narciso le explicará lo sucedido —ordenó el señor de la casa.

En un francés casi incomprensible. Narciso relató que la señora llegó de Italia a media mañana con la misma ropa con la que se había marchado. Por la tarde, apenas salieron de la casa el señor y el señorito, la señora le ordenó llevar un recado a Juana, una antigua sirvienta que vivía en La Villette. "Estaba muy apacible, pero había algo extraño en ella", dijo el criado con ese sexto sentido que poseen las gentes del pueblo. Una vez en la calle, Narciso tuvo una corazonada y antes de bajar a la boca del Metro, se volvió corriendo a casa. Entró por la cocina y se encontró con un olor insoportable a gas. La señora había abierto la enorme llave que surtía de gas a todo el piso y que se hallaba situada en el pasillo, frente a la puerta de la habitación del señor. El cocinero se precipitó a cerrarla y entró al cuarto. Allí encontró a la señora abrazada a la niña. Ambas estaban inconscientes. Natalia parecía estar muerta. Abrió las ventanas que Mariana había cerrado herméticamente y les dio de bofetadas a las dos. Las obligó a respirar, les echó agua fría y después llamó al señor a su despacho. Cuando éste llegó acompañado del señorito Ramón, él se retiró. Dos horas más tarde, se acercó de puntillas al cuarto de la señora y la sorprendió en el momento en el que se colgaba del alambre eléctrico, para ahorcarse, mientras el señor y el señorito discutían en el salón.

—¡Basta! Puede usted retirarse —le ordenó Augusto.

—¿Dónde está la niña? —pregunté.

—En su habitación. No se preocupe. En adelante no podrá permanecer cerca de su madre, la matará para vengarse de mí —aseguró Augusto.

—¿Vengarse?... ¿De qué? —pregunté horrorizada.

—De mi amor por la vida. Mariana odia la vida. Es destructiva como su padre. Usted no la conoce, Gabrielle.

Ramón encendió un cigarrillo y contempló a Mariana con despego. Su cara rojiza y sus cabellos rubios que comenzaban a escasear no traicionaban ninguna emoción. "¿Y éste es el hombre que la ama y que no permite que se le acerque ningún otro?", me pregunté observando su mirada pálida en la que no asomaba ninguna pena. Me pareció que lamentaba que Mariana no hubiera muerto. Era difícil permanecer allí, ante la presencia helada de los hombres y de Mariana que continuaba inmóvil, ajena a lo que se decía de ella. Sin maquillaje parecía una adolescente flaca y pecosa, de pelos sueltos y piernas largas. Comprendí que tampoco yo soportaría la presencia continua de aquellos dos hombres hostiles y traté de ocultar mi profundo disgusto. "Necesito domar a Mariana", era la frase predilecta de Augusto al referirse a su mujer. Al verla inmóvil en el borde de la cama, pensé que Augusto había logrado sus propósitos: Mariana estaba domada. ¿Hasta dónde había acorralado a aquella muchacha libre y salvaje? No lo sabía, pero la había roto. "Si sobrevive será una sombra", me dije recordando sus pasos largos y su risa contagiosa. Mariana con su aire de cirquera se había caído para siempre del trapecio...

—Ramón y Narciso me servirán de testigos para internarla. Usted es una mujer de calidad y me servirá como tercer testigo. Son necesarios tres —me explicó Augusto con voz firme.

—¿Internarla? —pregunté creyendo que se trataba de un hospital y que Mariana se había lastimado el cuello, pues mantenía la cabeza colgante como si se hubiera dislocado una vértebra.

—Sí. Internarla en un manicomio. ¿No ve usted que está loca? ¡Furor homicida!

Augusto había hecho estudios de abogado y aunque su profesión era la arqueología, era legalista y sabía que los actos cometidos por su mujer le daban el derecho de separarla de su hija y de encerrarla en un asilo. ¡Me había escogido de testigo y me sentí incapaz de desafiar su ira, que en ese momento, descubrí que era implacable! Pedí un cognac, pues me sentí mal y quise darme tiempo para aparecer ecuánime y calmada. Lo bebí en silencio tratando de encontrar alguna razón que pudiera salvar a Mariana, y al oír que Ramón buscaba en el libro telefónico los números de los hospitales psiquiátricos, me volví a Mariana que continuaba inmóvil, pero cuya palidez era alarmante.

—Tiene usted razón, Augusto. Ahora creo que sería conveniente sacarla a tomar un poco de aire. La veo mal y sería escandaloso que le sucediera algo… inesperado —dije, insinuando que Mariana podía morirse allí mismo.

—Tal vez habría una investigación policiaca... —agregué.

Augusto era refractario a cualquier escándalo que menoscabara su reputación de arqueólogo brillante y de humanista avanzado. Miró a su mujer y se apartó para hablar con Ramón. Éste se acercó y le tomó el pulso a mi amiga, mientras Augusto lo miraba inquieto. Después, ambos salieron de la habitación para volver con un abrigo de Mariana, que yo me apresuré a colocarle sobre los hombros.

—¡Vamos, Mariana! ¡Vamos! —le ordené.

La tomé por el brazo y la hice ponerse de pie. No ofreció resistencia y la conduje seguida por los hombros a través de los pasillos oscuros de su casa hasta llegar a la puerta de entrada. La introduje en el ascensor y el descenso me pareció eterno junto a aquella Mariana desconocida que no veía nada. Cruzamos el enorme vestíbulo de mármol alfombrado de rojo, y Pierre, el conserje, nos salió al paso y me ayudó a abrir la gran puerta de hierro y de cristal.

—Muy gentil la pequeña señora. Llegó a tiempo para quedarse con su niña —me dijo el hombre con el cigarrillo colgado de una esquina de la boca y como si supiera el drama que ocurría en el tercer piso. Tuve la certeza de que era él quien le había avisado a Mariana del viaje de Natalia.

Eché a andar rumbo al Trocadero y al cruzar la plazoleta recordé al "violinista húngaro" que esperaba mi amiga. "Si surgiera ahora de la oscuridad para salvarla", suspiré, mientras conducía a la muchacha que caminaba junto a mí como una autómata y miraba a las sombras nocturnas con los ojos absolutamente indiferentes, como si hubiera dejado de pertenecer al mundo que la rodeaba.

En la Plaza del Trocadero, escogí el café más solitario y ordené dos aguas de Vichy, lo único que se encontraba en aquellos días. Me incliné para observarla, pues tuve la impresión de hallarme frente a alguien que venía del otro mundo. ¿Qué había visto mi amiga en ese viaje interrumpido? Mariana venía del otro mundo. Narciso la había atrapado a bofetadas a mitad de camino para devolverla al café en el que se hallaba conmigo. Era claro que le disgustó el regreso, pues un rato después, el mismo Narciso la descolgó del alambre eléctrico que ella ató al candil de su cuarto y luego a su cuello delicado. Me incliné sobre ella:

—Mariana, los castaños pronto van a reverdecer...

Levantó la cabeza y contempló las copas de los árboles en las que los botones tiernos empezaban a cubrir las ramas negras de verdes delicados. Entre las ramas circulaba el aire helado de la primavera. Mariana sonrió y yo aproveché el momento.

—¿Es verdad que abrió el gas y quiso matarse y matar a su niña?

Me miró con frialdad. Su actitud me indicó que estaba dispuesta a empezar otra vez. Me incliné para preguntarle:

—¿Es verdad que quiso ahorcarse?

Mariana inclinó la cabeza y fijó la vista en el agua de Vichy.

—Augusto quiere meterla en un manicomio.

—Ya lo sé. Ya lo ha intentado...

Me sorprendió que estuviera dispuesta a hablar. Levantó los hombros con desdén y volvió a mirar las copas de los árboles. Su problema era que nunca hablaba de lo que le ocurría. Estaba amurallada y si alguien intentaba hacerla hablar o se reía o decía impertinencias, ocultaba una verdad que quizá ni ante ella misma quería confesar. Quise penetrar en el misterio que la envolvía. ¿Era su infancia o era su matrimonio? Adoptaba la actitud contraria a la de Augusto, que buscaba consejo, hacía confidencias dolorosas y no perdía nunca la cabeza. Los amigos confiaban en su buen juicio y en su carrera, traicionada sólo por la frivolidad de Mariana. La conducta de ambos era irregular, pero Augusto tenía en su favor la posición y el poder. ¿Cómo preguntarle a mi amiga en dónde pasó esos meses en los que estuvo ausente de su casa? Ramón había dicho: "Se presentó a media mañana con el mismo traje con el que se marchó". Quería preguntarle algo para iluminar las sombras que cubrían a aquel matrimonio irregular, pero mi amiga se había encerrado dentro de sí misma y era imposible saber de dónde provenía su desdicha y su decisión de matarse.

—Pequeña Mariana, piense usted en su padre...

La muchacha abrió mucho los ojos y se echó de bruces sobre la mesa. Escuché sus sollozos y soporté las miradas hostiles de las gentes sentadas en las mesas vecinas. Mariana continuó sollozando hasta que sus lágrimas parecieron agotarse. La Plaza del Trocadero se abría como un puerto de mar y al fondo la neblina dibujaba formas tenues pertenecientes a un mundo más delicado que el mundo en el que nos movíamos. Los clientes del café se retiraron uno a uno y Mariana continuó en la misma actitud.

—Yo soy como mis padres, una fracasada...

Quise explicarle que a su edad nadie es un fracasado y quise preguntarle a qué llamaba fracaso, pero no me atreví. Supe que no me diría nada.

A la media noche la acompañé a su departamento. "Para triunfar hay que pisar cadáveres, muchos cadáveres...", dijo en el camino. Augusto nos recibió en la puerta y me indicó que entrara al salón. Lo vi alejarse con su mujer. Encontré al amigo de la casa con una copa de cognac en la mano. Unos minutos después, Augusto se reunió con nosotros. Durante dos horas discutí con ellos sobre la necesidad de perdonar a Mariana. La decisión de ambos de encerrarla en el manicomio acabó por irritarme.

—¡De ninguna manera serviré de testigo! Mi testimonio será favorable a ella. Mariana no está loca. Hay algo que la oprime y la hace desdichada. Lo que hizo fue una niñería trágica, una crisis de adolescente...

—¿Adolescente? —interrumpió Ramón.

—Mariana cumple veinticinco años el próximo diciembre ¡y tiene una hija! —exclamó Augusto.

—A veces la adolescencia se prolonga o se producen situaciones maléficas... —contesté mirando a los dos amigos con malicia.

Ambos cruzaron miradas y prefirieron no contradecirme. Fue Augusto el primero en sonreír.

—¡Cómo lamento haberla molestado!... En fin, la amistad está hecha de sacrificios mutuos. ¿Sería mucho pedirle que guardara este incidente trágico?...

Prometí guardar reserva y así lo hice...

Esa noche abandoné el piso de Mariana con la impresión de haberme asomado a un abismo que me produjo vértigo. A pesar del frío que corría por la casa, el rostro de Narciso, lo último que vi en la puerta, estaba cubierto de sudor. Una vez que alcancé la planta baja, me aterró la idea de haber dejado solas a Mariana y a su hija. Los ojos claros del cocinero me habían lanzado una mirada cínica en el momento de cerrar la puerta. "Es siniestro", me dije, sintiendo que había llegado al fondo del infierno. Al cruzar el vestíbulo de mármol blanco, Pierre, el conserje, me vio por el juego de espejos y salió a abrir el gran portón de cristales y hierro.

—¡No me gusta ese homosexual! —me dije entre dientes.

—¿Cuál?...

—El cocinero. ¡Vaya crápula!

No supe qué contestar. Salí huyendo. En mi vivienda, recordé la costumbre singular de Augusto de llamar a Narciso para que atestiguara contra Mariana y no pude conciliar el sueño. Me pregunté si en verdad mi amiga había intentado suicidarse. "¿Y si hubiera intentado matarla y fingir un suicidio?". Mariana estaba sola con tres hombres en aquel piso invadido de tinieblas. Teo, la doncella había sido despedida por Augusto unos días antes del regreso de mi amiga. El suicidio, sólo presenciado por los hombres, les dio el poder de encerrarla en un manicomio. ¡Menos mal que me llamaron a mí de testigo! Hablaría con Mariana para que echara a Narciso.

Poco después del "incidente trágico", supe por Pepe que Narciso era un ex miliciano español refugiado en Francia y que fue Ramón el que lo colocó en la casa de mi amiga. Del intento de suicidio no hablamos. Recuerdo que poco tiempo después Pepe volvió a su país y dejó un hueco en el salón de la casa de Mariana. Así sucedía siempre: aparecían caras y desaparecían al poco tiempo. Ahora sólo pienso en aquellos que tuvieron influencia en la vida de mi amiga y que pudieron decidir de alguna manera su final inesperado. También Ignacio Rebes y su amigo Eulalio, dejaron de frecuentar la casa: "Están en un convento...", me dijo un día Mariana con los ojos abiertos por la sorpresa. ¿Cómo era posible que los dos fervientes adoradores de Sade se hubieran dedicado a adorar a Cristo? Mariana estaba perpleja y tenía remordimientos por haber sido desdeñosa con ellos. Yo me guardé de decirle lo que me dijeron de ella aquella tarde en el café del Pont Royal. También Narciso desapareció de su casa. Augusto le ordenó marcharse después de una orgía de homosexuales, que organizó el cocinero la noche en la que sus amos estaban fuera de la casa. El grupo de borrachos demolió las copas de cristal y las vajillas. Los vecinos presentaron una queja y el hombre se fue a Argelia. Teo, la doncella, ocupó su lugar en la cocina, Mariana la impuso contra la voluntad de su marido. Creo que Teo fue la única victoria en la vida de Mariana.

"Venga, Gabrielle, estoy muy deprimida", era el mensaje que mi amiga acostumbraba dejarme en el bar de Jacques, situado en los bajos de mi vivienda. Una tarde acudí a su llamado y me detuve en una florería de vidrios empañados por el vapor del jugo de las plantas y los perfumes de las flores. Le escogí una rosa de tallo largo y pétalos pálidos como la paja. Mi amiga contempló la flor de pie junto a la ventana de su cuarto amarillo.

—Gabrielle, ¿usted cree en los augurios?

No supe qué decirle ya que no creo en las supersticiones.

—¿Escuchó la tormenta de anoche? El viento entraba por las chimeneas y la casa se llenó de quejidos, de voces que me llamaban. Yo estaba sola y supe que alguien quería entrar en mi habitación y sacudía la cortinilla de lámina de la chimenea. Salté de la cama, levanté la cortinilla y la encontré muerta y cubierta de cenizas y de sangre.

Mariana me mostró una paloma con el pico abierto, estirada con violencia por una fuerza extraña y con las plumas erizadas.

—Es un mal augurio... —dijo.

Entró Teo sonriente, con una bandeja servida y anunció:

—El señor Vicente ha llamado otra vez. Le dije que la señora estaba fuera de la ciudad.

Fue la primera vez que escuché el nombre de Vicente. "Nombre modesto", me dije. Mariana me explicó que era un amigo de Pepe de paso por París. Cuando me retiré de su casa, me llevé a la paloma muerta, y al cruzar el Puente de Alejandro la arrojé al Sena. Más tarde comprendí que Mariana tenía razón: la paloma coincidió con la aparición de Vicente, era en verdad un mal augurio. Ahora estoy convencida de que la gente como ella debe dejarse guiar por esos signos antiguos que les revelan su destino. Sus amigos nos guiábamos por valores distintos y nunca la tomamos en serio. Esto lo ignoraba en aquellos días, y sin embargo me quedé preocupada. Existen personajes nefastos que determinan la vida de las gentes. Entre éstos no puedo contar a Ramón, que era un tipo intercambiable en las manos de Augusto. Ahora al recordarlo, me complace saber que sólo era un juguete manejado por el marido de mi amiga, ya que Ramón no decidió nada. ¡Absolutamente nada! En cambio Vicente fue quien marcó los límites.

Nunca olvidaré la desagradable sorpresa que tuve cuando Romualdo me preguntó si estaba enterada de las relaciones escandalosas entre Mariana y Vicente. Él y los amigos condenaban a la pareja. Me costó creer en esa noticia y escruté el rostro de Romualdo escondido por sus gafas verdes y sus manos enlazadas. Leí su profundo disgusto y escuché sus palabras: ¿acaso ignoraba yo que Vicente amaba a su mujer, Sabina, desde que era un niño? Era una hermosa historia de amor desesperado. Ambos formaban una pareja mitológica, indestructible y la intervención de Mariana no sólo era grosera, sino absurda.

—¡Pobre Vicente, se alivia de los celos monstruosos que padece y se defiende con otras!

Me dolió la última frase dirigida despectivamente contra Mariana. Romualdo continuó hablando, mientras yo me repetía con incredulidad: "¿Cómo es posible que ella no me haya dicho nada?". Desconfiaba de mí y confiaba en sus enemigos. "Sabina es una mujer admirable", repetía.

"Sabina es la belleza". "Es una pitonisa". Aturdida, me dejé llevar al Hotel George V. Al entrar, me avergonzó mi traje miserable, no debía haber aceptado comer con aquella "pareja mitológica". Los ricos gozaban de todos los privilegios, desde las sedas, las flores, los grandes espacios, los perfumes y el silencio para arrojar a los desheredados a lugares invadidos de olores y de ruidos promiscuos. No quise mirarme en los espejos. Llegamos a un sofá en el que descansaba una mujer vieja y vestida con extravagancia. Me llamaron la atención sus pantalones arrugados de color canela, sus calcetines blancos y sus zapatos negros de tacón alto. Llevaba los cabellos desordenados y mal teñidos de rubio y sonreía con beatitud. Romualdo le besó la mano, después hizo las presentaciones:

—Sabina, le presento a mi amiga Gabrielle.

Ofuscada por la inesperada apariencia de Sabina, a quien Romualdo había calificado de "sublime", apenas pude saludar. Sabina nos miró con sus ojos bobalicones, mientras Romualdo le explicó que yo era la mejor amiga de Mariana. Nos interrumpió un joven rubio, de aspecto atlético y sonrisa infantil. Decidí que era el hijo de Sabina.

—Vicente, nos hiciste esperar... —se quejó la mujer que estaba en el sofá.

No pude aceptar que aquel joven fuera el marido de Sabina, y me dije que la nueva pareja era más inquietante que la formada por Augusto y Mariana. La amabilidad imperturbable de Vicente ocultaba tempestades parecidas a las que Mariana disimulaba con risas. Como ella, estaba tostado por el sol y parecía un deportista. "¡Es muy pobre!", me dije. En Sudamérica los gigolós son frecuentes y Vicente poseía un poder venenoso de seducción. Su cortesía inmutable se podía comparar con la alegría inalterable de Mariana cuando actuaba en público. En ambos, bajo una juventud asoleada se ocultaba un nihilismo peligroso.

Vicente comió con exactitud un enorme filete y abandonó en el plato los berros húmedos en sangre. Me tranquilizó que nada en su actitud indicara un pensamiento para mi amiga. "Tenía razón en negarse a conocerlo", me dije. Apareció una mujer joven, de tez oscura y modales recatados, como los de una sirvienta de confianza que ocupó un lugar junto al marido de Sabina y los vi sostener una conversación en voz muy baja y enseguida retirarse. Tuve la seguridad de que eran amantes.

—Es Tana, mi sobrina —explicó la mujer de Vicente con una sonrisa.

Empezaba a conocer a los sudamericanos y sabía su empeño en rodearse de aduladores a los que colmaban de privilegios para procurarse un coro de alabanzas. Era evidente que Tana era una protegida de Sabina que ocultaba sus tendencias lesbianas bajo un disfraz de modestia.

—No se equivoque, Gabrielle. Tana es la hija de una hermana de Sabina y es inmensamente rica —me explicó Romualdo cuando nos vimos en la calle.

No quise mostrarle que me había escandalizado. Preferí admirar la luz verde que se filtraba jugosa a través de las ramas de los castaños. ¡Pobre Mariana! Decidí buscarla y decirle la verdad que le ocultaban todos. Era necesario impedir que cayera en aquel triángulo incestuoso.

La encontré en su salón, un halo radiante la envolvía, se había transformado en una criatura ligera, se había despojado de lastre y giraba feliz. Me confesó que estaba enamorada de Vicente.

Mi sobresalto la hizo reír:

—No me acosté con él. Me llevó a un albergue en el campo y me quedé dormida —dijo con malicia.

Deseaba que hablara y su silencio súbito me molestó. ¡Era insoportable! Tal vez debía dejarla sola e hice ademán de marcharme, pero ella me detuvo:

—Al despertar le vi una cara que hubiera deseado no verle nunca. Supe que ésa era la cara que le vería siempre si me acostaba con él... había algo... —y Mariana calló.

—¿Qué había? —le pregunté con impaciencia.

—Algo degenerado... pero no puedo impedir amar a su otra cara.

La pequeña Mariana no se dejaba engañar fácilmente. Me sentí contenta y bebí el té con gozo. Las tostadas preparadas por Teo estaban exquisitas y la tarde corría por el cielo con suavidad, el traje azul mar de la muchacha me recordó el viento salado de Marsella. Abstraída en mis recuerdos, escuché su risa y sus palabras terribles: "Le prometí un hijo. Usted se hará cargo de él y se lo llevará a su país". Dejé caer la cucharilla. ¿Estaba loca? ¿Por qué un hijo con Vicente? Tal vez el niño era el camino para escapar de Augusto... "¡Inventó su pérdida!", me dije y me quedé muy quieta. Las alfombras apagaban los pasos, ningún ruido llegaba de la cocina, Mariana vivía en una soledad aterradora, por eso había inventado esa nueva locura. Augusto la enviaba con frecuencia de vacaciones forzadas a hoteles de segunda o tercera categoría, para gozar del privilegio de llevar una vida libertina. "No pienso enviarle dinero para que liquide la cuenta. Debe quedarse allí más tiempo", contestaba su marido cuando alguien preguntaba por ella. Al contemplar la vida conyugal de mi amiga, aceptaba mi propia soltería con beneplácito. Yo no me casé nunca. Frente a mí había desfilado la vida de los otros, mientras que yo permanecía encerrada en una situación de la que no podía escapar: una mujer inteligente y sin dinero que debía buscarse la vida. Todas las mujeres de mi generación, menos mi hermana y yo, habían desaparecido envueltas en los velos blancos de las novias. Cuando encontraba a alguna de ellas desfigurada por el tiempo, lo único que me preguntaba era: "Y tú, ¿por fin te casaste?". El matrimonio era la única superioridad que tenían sobre mi hermana y yo. Negábamos con la cabeza, avergonzadas de nuestra soltería, que con los años llegó a convertirse en un delito. Nadie se acordaba de nosotras y estábamos condenadas a la miseria por el hecho de haber permanecido solteras. Mariana era la única mujer que me había incorporado a un grupo social. Al pensar esto, mi cólera provocada por la estupidez de ofrecerle un hijo a Vicente se disipó, le agradecí su amabilidad y me sentí triste por su suerte. Merecía algo mejor que aquella vida privada de afecto, que la conducía a hacer locuras. Quise entender a Augusto, ¿a qué se debía su bárbara crueldad con su mujer? La entrada repentina de Ramón que venía a hacer su ronda acostumbrada me interrumpió.

—Augusto y yo cenamos fuera. ¡Es hora de que duermas! —le ordenó sin apenas saludarme.

Me dispuse a marchar, pero esta vez Mariana le hizo frente y surgió una disputa terrible entre los dos. El furor de Ramón me dejó sobrecogida, nunca dejó de asombrarme aquella situación a mi juicio escandalosa. Ramón se marchó con violencia. Se apagó la alegría de mi amiga y el silencio cayó sobre la casa enorme. Natalia se encontraba en Suiza y Mariana estaba sola, inventando su destrucción. Apenas probó bocado.

—Hace mucho tiempo encontraba navajas Gillette bajo mi almohada —me dijo en voz muy baja.

—¿Navajas?...

—Sí. Hojas de afeitar. Yo deshacía la cama, buscaba entre la funda y la almohada, me obsesionaba cortarme la cara.

La escuché sorprendida. ¿Mentía? No, quizá Vicente había obrado el milagro y Mariana se decidía a hablar; la observé, estaba abstraída, ida a un mundo lejano; le pregunté si todavía las encontraba.

—¡No! Ahora no. Dije hace mucho tiempo... ¿usted sabe Gabrielle que las tortugas viven cientos de años? Por eso yo no tengo salvación. Viviré menos que la tortuga... Tiene un olor muy especial, y cuando entraba a mi cuarto los dragones desteñidos de su kimono japonés me aterraban. Me hacía la dormida... ¿sabe?

Mariana calló. La vi absorta, perdida en recuerdos tenebrosos que me parecieron irreales, sus confidencias eran fantásticas e incompletas. Nunca entendí el mundo por el que escapaba y esa noche cuando me reveló en clave algunos hechos pasados, no pude seguirla por esos pasadizos en tinieblas por los que me quería conducir. Hubiera deseado hacerle preguntas, pero me fue imposible, ponía siempre una distancia infranqueable entre ella y los demás. La escuché quejarse:

—No me cree usted. La gente cree con más facilidad una mentira que una verdad. Si ahora le mintiera me creería.

No pude explicarle que mi pasado era tan ajeno al suyo que su verdad me desconcertaba.

Tampoco quise decirle que era difícil seguir sus confesiones. Su reserva me cohibía.

No volví a verla en muchos días, la sabía ocupada con Vicente y ella no me hizo ninguna señal. Se diría que me había olvidado.

Vicente y Sabina decidieron el regreso a su país y Romualdo me llevó a despedirlos. Deseaba ver al muchacho que había enamorado a Mariana y complacida subí al automóvil para dar un paseo. Se acercaba el verano y la tarde tibia atravesada de ardillas y arroyuelos se deslizaba perfumada por la ventanilla del auto conducido por Vicente. El vuelo de las abejas dejaba caminos perfumados en el aire y los chopos plateados por el sol se dibujaban en la luz invitando al paseante a seguir los caminos trazados por ellos en el cielo. La belleza se apoderó de mí y de Vicente que, silencioso, ocultaba secretos legibles en su rostro. Me sentí aliviada al decirme que era la última tarde del muchacho en París. ¡Se iba! El mal que podía causarle a Mariana quedaba anulado con su partida. Contemplé su nuca poderosa y reconocí su peligro, también yo hubiera podido enamorarme de él, de toda su persona emanaba un extraño encanto viril y despiadado. Era inútil que tratara de esconder su vocación destructora detrás de su permanente cortesía y de sus frases inocentes, Vicente no era el pobre sapo o la terrible bestia que se convertiría en un príncipe al llamado del amor de una joven. Era exactamente lo contrario: el príncipe encantador que se convertiría en bestia al enamorar a una joven mal amada. Mi amiga estaba salvada. Contemplé los muros desbordados por la madreselva de jardines húmedos y aspiré con delicia la frescura de la tarde a sabiendas de que las cadenas invisibles que ataban a Mariana y Vicente se disolvían entre las ramas de los chopos y el agua siempre nueva de los arroyuelos. Sabina y Romualdo parloteaban sobre Drieu La Rochelle y su amigo Paul. Supe que Romualdo iba a relatar que Mariana almorzaba los miércoles en el palacete de Paul y que la música de Vivaldi servía de fondo a aquellas comidas íntimas, entre el viejo esteta convertido en misógino elegante y la joven. "¡Adoro comer con Paul!", me repetía ella, cuando a las tres de la tarde me presentaba en el portón lujoso del palacio de Paul a recogerla. Romualdo relató la anécdota para destruir la imagen de mi amiga. Necesitaba hacerlo en honor de Sabina.

—Gabrielle la recoge, ya saben que Mariana tiene horror de los hombres. Su encanto esconde muchas anormalidades...

Sabina escuchó divertida. Las palabras de Romualdo le produjeron risa y pidió más detalles que me negué a escuchar. La nuca de Vicente se cubrió de un rubor inesperado. Ante su cólera impotente yo preferí contemplar la tarde que huía por el cielo combado. "¡Vete y no vuelvas jamás!", le dije mentalmente al muchacho. Empezaba a creer en los conjuros...

Fue en esos días cuando Mariana decidió pasar el verano en Niza. "En Cimiez, adonde iban los rusos", me confió. "¿Qué busca en esa colina?", me pregunté inquieta. Tal vez algún rastro de mi pasado o quizá del suyo, puesto que yo no le había hecho confidencias. Todos sus amigos eran de izquierda, incluyendo a Sabina y a Vicente, que eran liberales; en cambio ella era apolítica, por eso su deseo de ir a Cimiez me pareció sospechoso. Metida en sus pantalones blancos y sus zapatillas de ballet resultaba inofensiva y me dije que exageraba mi suspicacia. Le pregunté por Vicente.

—No lo veo, me da miedo.

"Miedo" era su palabra favorita. Tenía miedo en su casa y fuera de ella. Miedo de Augusto. Miedo en los ascensores. Miedo en las plazas públicas. "Padezco claustrofobia y agorafobia", me confesó riendo. Siempre traté de descubrir el origen de su miedo permanente y cuando me confesó que tenía miedo del hombre que amaba la comprendí por primera vez. La miré y tuve la impresión de hallarme frente a un Pierrot de cara enharinada y ojos tristes.

Stephan, que sentía debilidad por Mariana, decidió conseguirle nuestro antiguo refugio en Cimiez, y mientras mi amiga preparaba su viaje a Niza, Vicente y Sabina se fueron de París. Mariana no comentó nada.

Fue un error mío invitar a Romualdo a Niza. Lo comprendí al llegar al aeropuerto y ver su disgusto al encontrarse con que ni Mariana ni sus amigos habían ido a esperarnos. Durante el trayecto hasta lo alto de la colina de Cimiez no logré deshacer su silencio. El taxi se desvió hacia la izquierda y ante mí aparecieron las rejas altas detrás de las cuales los macizos de acantos formaban dibujos renegridos y geométricos.

—¡Qué villa magnífica! —exclamó Romualdo.

El taxi entró a la villa por el camino de grava que conducía a las gradas de piedra. Allí nos esperaba Paula, una sirvienta polaca, que recogió el equipaje y nos miró sin simpatía. Romualdo y yo recorrimos los salones inmensos y pálidos en donde los clavicordios y los biombos nos contemplaron sin afecto. ¿Cuántos años hacía que nadie los tocaba? Tal vez, desde que sus dueños desaparecieron en la vorágine de la Revolución de Octubre. Sobre las mesas de los salones estaban los juegos de ajedrez tallados en marfil de aspecto enfermizo. Los comedores permanecían intactos. Busqué con la mirada las puertas secretas y recordé a los amigos de la Resistencia que se escurrían por ellas en los momentos difíciles. Paula nos condujo al segundo piso, en donde Mariana nos había reservado habitaciones en la misma ala que ocupaban ella y sus amigos.

—¿Cómo descubrió Mariana este palacete?

Me volví sobresaltada; era Romualdo quien interrumpía aquel momento de éxtasis y de recuerdos entrañables. ¡Mis últimos años de juventud se habían quemado entre aquellos muros tapizados de sedas ajenas a mi vida de pobre! No le dije a Romualdo que era yo misma quien había conseguido la casa y lo conduje a una de las terrazas de balaustradas de piedra para contemplar las avenidas del parque abierto a nuestros pies guardadas por estatuas griegas que convergían al templete de Diana cazadora. ¿A quién perteneció la casa? "Mariana siempre se rodea de amigos millonarios", escuché decir a Romualdo, que le guardaba rencor a la muchacha desde que tuvo la osadía de convertirse en amiga de Vicente. ¿Por qué le molestó tan profundamente aquella aventura de Mariana, mientras le divertía la continua presencia de Ramón adentro de su propia casa? Ahora sé que nunca hallaré la respuesta para tantos enigmas. Esa tarde le contesté disgustada:

—La casa pertenece a una agencia inmobiliaria. La construyó un zarista.

—Tiene un aire espectral...

Romualdo tenía razón: una melancolía indecible invadía los salones, las terrazas, los jardines y los muebles. El jardín tendido bajo la tarde apacible ocultaba fragmentos de un pasado que se desdibujaba como una acuarela sobre la cual hubiera caído el rocío. El palacio entero se cerraba para nosotros como en los años anteriores. No éramos bienvenidos.

Natalia y Mariana, doradas por el sol y vistiendo pantalones de color azul de Prusia, se presentaron rodeadas de un pequeño grupo de desconocidos sonrientes y jóvenes. Noté que la distancia entre Mariana y Romualdo se abría peligrosamente y desee no haber ido a Niza. En la mirada de Romualdo había la decisión de apoderarse de la alegría de la joven. El viejo miró a sus amigos con altanería, como si se tratara de intrusos insolentes y enseguida abandonó la terraza sin excusarse.

—Va a darse un toque de cocaína. Es adicto desde joven, me lo dijo Ramón. ¿No saben el escándalo que armó cuando?... —dijo mi amiga con una voz llena de antipatía.

Sus nuevos amigos: Toño, Beto, Nicole y Bruce se echaron a reír. Yo desaprobé sus palabras y adopté un aire de reproche. ¿Cómo podía hablar así? ¿Por qué no decir en voz alta lo que todos dicen en voz baja?", me contestó ella. Toño y Beto, dos muchachos extranjeros exigieron el final de la frase de Mariana, pero ella anunció que iba a echar un vistazo a la cocina y desapareció. No comprendí su crueldad para el viejo y preferí entregarme al espectáculo de los azules intensos surcados de manchas violetas, presagios de la noche. Dejé a Romualdo en compañía de los jóvenes y me deslicé por la casa en busca de Mariana.

—La señora no ha venido a la cocina.

Salí al jardín. Las primeras sombras de la noche caían sobre las copas de las acacias y de las mimosas. Caminé pensativa escuchando mis pasos solitarios sobre la grava de los caminillos.

Cerca de las rejas de entrada, escondida bajo las grandes hojas de acanto descubrí a Mariana con la cabeza sobre las rodillas y las piernas rodeadas por sus brazos. Me senté junto a ella, su absoluta soledad me asustó. La grava se volvió muy oscura y los acantos se hicieron muy negros.

—Me gusta estar sola. De recién casada tuve un sueño: el mundo había dejado de girar y yo había quedado en el lado oscuro. Nunca más vería el sol. Desde entonces me levanto a mirar la noche, las ventanas de los edificios parecen las cuencas de muchas calaveras, me recuerdan que soy mortal y que lo que me sucede es pasajero... —dijo.

Escondida bajo los acantos me pareció un ser maléfico disfrazado en un cuerpo flexible y en unos cabellos que brillaban en la noche con reflejos plateados.

—Nadie desconfía del sol y yo creo que el día oculta más crímenes que la noche. Las tinieblas también suceden bajo la luz del mediodía...

Hablaba para ella sola; de pronto levantó la cabeza y quiso encontrar mis ojos.

—¡Gabrielle!, odio a Romualdo, los odio a todos. Me quieren rebajar como rebajan todo lo que tocan. Hablan de libertad y son unos tiranos millonarios. ¡No creen en nada, excepto en su dinero y en su poder! Abusan de su fuerza, desprecian a los débiles, a los pobres, a los humildes, son fariseos. ¡No les crea nada!

No supe qué decirle, sabía que tenía razón,

pero no debía ahondar el disgusto entre ella y sus amigos, puesto que estaba condenada a vivir entre ellos.

Sí, fue un error llevar a Romualdo a Cimiez. Nicole, la amiga canadiense de Mariana me miraba con reproche, era callada, menuda y rubia. Siempre le fue fiel a mi amiga y en aquellas lejanas vacaciones tomaba su partido con calor cuando surgía alguna discusión entre ella y Romualdo.

—Le suplico, Romualdo, que no hable de eso —pedía Mariana, cuando Romualdo relataba con lujo de detalles las escenas escalofriantes que había presenciado en Rusia durante la época del hambre, cuando él era corresponsal de prensa. Romualdo la miraba con regocijo y continuaba su relato.

Esta escena se repetía todos los días, durante los almuerzos en *Chez Coco* y en el momento en que empezábamos a comer las langostas asadas con hierbas de campo. El restaurante estaba sobre las rocas y después del baño en el mar, el pan, el vino y el pescado resultaban deliciosos. Bruce, un gigante canadiense, miraba sorprendido a Romualdo, era psiquiatra y yo tenía la idea de que tomaba notas. Al ver el rostro descompuesto de Mariana le acariciaba los cabellos y le señalaba su plato, no debía ser tan sensible y la animaba a continuar comiendo ofreciéndole su copa rebosante de vino. En los días en que Mariana se levantaba indignada de la mesa, Natalia la imitaba y ambas se alejaban de nosotros, seguidas por Bruce, que se complacía en protegerla. Toño, su viejo amigo, pestañeaba con rapidez y trataba de excusarla con frases veloces y entrecortadas: "Es muy nerviosa, muy nerviosa", repetía. El joven Toño era un provinciano, siempre dispuesto a aplaudir los mayores disparates de su amiga, pero la presencia indignada de Romualdo debilitaba la admiración hacia su amiga y los obligaba a callar, después de la consabida frase: "Es muy nerviosa, muy nerviosa", frase que terminaba siempre con una gran risa forzada. Muchos años después, encontré a Toño convertido en un artista de moda: "¿Mariana? Tuvo el final que siempre buscó: ¡wagneriano!" y se echó a reír. Beto era más callado y en varias ocasiones noté su rubor ante la actitud de Toño. Él, sin una palabra reprochaba las provocaciones de Romualdo, tal vez esto lo llevó a estrechar su amistad con Bruce, o quizá fue Nicole, con la que se empeñó en una aventura amorosa que se prolongó hasta el momento de la partida de Romualdo y yo.

Una mañana escuché la voz de mi amiga en un grito muy claro: "¡Viejo asqueroso!" Entré a su habitación y encontré a Mariana tendida en su cama y cubierta con las sábanas hasta la barbilla. Romualdo inclinado sobre ella repetía: "¿Por qué no puedo acostarme con usted si se ha acostado con Vicente?" Acalorada saqué de allí a Romualdo y supe que nuestra estancia en Cimiez había terminado. Pero Romualdo se negó a volver a París. Se establecieron costumbres nuevas: Mariana comía a horas diferentes y se bañaba en playas distintas. Sus amigos nos guardaban compañía, pero no tenían ya la voluntad de reír. Toño anunció ruborizándose que Mariana iba a la Promenade des Anglais a charlar con una vieja que tomaba el sol en una banca pública.

—Es la Belle Otero —corrigió Nicole, que empezaba a convertirse en una joven sofisticada y amante de las artistas y del teatro.

—Todas las prostitutas terminan pidiendo limosna —comentó Romualdo echándose a reír.

Los jóvenes bajaron la cabeza y Beto juntó las cejas peligrosamente. Parecía un hermoso gitano y con voz mesurada tomó la defensa de la Belle Otero y de Mariana, mientras los demás miraban el fondo de sus platos.

—Mariana habla con ella, porque conoció a alguien muy querido —afirmó Beto con ojos centellantes.

Resultaron inútiles los esfuerzos de Romualdo por saber quién era la persona amada de Mariana a quien había conocido la Belle Otero, pues Beto guardó un silencio obstinado. Esa noche no imaginé que Toño y Beto me harían renegar de Mariana y de su estúpida conducta. Entre los innumerables personajes que aparecieron durante mi amistad con ella, los dos jóvenes se repitieron muchas veces en mi vida, ¡tantas que alcancé a verlos con canas! Durante la estancia en Cimiez, no les di gran importancia, se dirían dos hermosos frívolos, adoradores de mi amiga, pero la vida cambia los amores y las admiraciones y en regla general, nadie se alinea con los rechazados.

Desde la terraza en la que Romualdo y yo desayunábamos, vimos el momento en el que el cartero le entregaba a Mariana un sobre azul y otro igual a Paula. Mi amiga, montada en su bicicleta, rasgó el sobre y se entregó a la lectura de la carta, mientras que Paula llegó a nosotros y le tendió el otro sobre a Romualdo. Éste, sin quitar los ojos de la ciclista, le ordenó a la sirvienta:

—Diga a la señora Mariana que recibí una carta de Vicente que es vital para ella.

Paula obedeció. Todavía ahora veo con nitidez el momento en que la criada abordó a mi amiga y ésta, sorprendida, interrumpió la lectura de su carta para escuchar el recado. "¿Qué se propone Romualdo?", me pregunté, mientras vi a mi amiga alejarse en bicicleta seguida por Natalia.

—Volverá enseguida —vaticinó Romualdo.

Media hora más tarde, Mariana acompañada de sus amigos se presentó ante nosotros.

—Déme la carta.

—Déme la suya —contestó Romualdo sonriendo.

Se cruzaron las misivas. Mariana enrojeció ante la brevedad de la carta dirigida a Romualdo, mientras éste leyó con placidez las páginas escritas para ella.

—Mariana, ¿ignora usted que Vicente tiene amoríos baratos en todas las buhardillas? ¿Ignora usted que Sabina es su único y verdadero amor? —le preguntó divertido.

La muchacha no logró decir nada, el rubor le encendió el rostro. Devolvió la carta ajena, recogió la suya. Bruce no logró decir nada, el rubor encendió el rostro de nosotros. Los jóvenes salieron tras ella.

—Lo supe todo —comentó Romualdo.

Asustada, lo vi aspirar el aire mañanero perfumado de mimosas y laureles y sonreír satisfecho.

Por las noches los jóvenes nos dejaron solos. Los escuché llegar muy tarde y de puntillas me dirigí a la habitación de Nicole. Si era verdad que Mariana estaba loca, su locura era contagiosa: Nicole me comentó con voz suave que Mariana había organizado esa noche una ceremonia en una estatua de Niza. Antes les explicó a sus amigos su teoría sobre las ondas sonoras, luego se trepó a la estatua y desde allí gritó varias veces: "¡Amo a Vicente!" Nicole estaba segura de que el amante lejano de su amiga había recibido el mensaje.

Antes de las doce del día siguiente, Nicole me llamó con urgencia y me mostró un telegrama de Vicente: "Amo a Mariana", decía el mensaje. La imaginación de Mariana encontró eco en Nicole y ambas guardaron siempre la amistad y rivalizaron en su larga carrera de locuras. Ahora Nicole es una actriz importante en Canadá. Ese mismo día Romualdo y yo volvimos a París.

En la ciudad corrí a ver a Stephan para comunicarle mi decisión de alejarme de los sudamericanos. Me escuchó con incredulidad. Los sudamericanos tenían algo que a él y a mí nos faltaba: ¡dinero! Con el cinismo que sólo da la necesidad, Stephan me ordenó no apartarme del grupo, debía entender que una nueva clase empezaba a surgir en París y que yo me hallaba dentro de ella. Acepté su consejo.

Ese verano apareció en París la primera persona que decretó el ostracismo de Mariana. La mujer tenía un bisabuelo que había sido vicepresidente de su país y eso le daba una aureola de prestigio ante los demás. Se llamaba Carmen, nombre muy adecuado para sus grandes ojos negros y su afán de dominio. Poseía un enorme talento, escribía en inglés y recitaba sus propios poemas con los ojos entrecerrados y las manos colocadas sobre las rodillas. Era muy sensible.

—Augusto, prefiero que Mariana ignore mi llegada a París. No intento verla —dijo con suavidad.

Su súplica se convirtió en una orden y todos prometimos guardar el secreto. Observé el gesto decidido de sus labios delgados y la pesadez de sus tobillos, en los que había una voluntad de poder disfrazada en un barniz poético cultivado cuidadosamente. Sintió mi reproche y se volvió a mí:

—Mariana es una advenediza —me dijo.

Recibimos la consigna de no nombrar a Carmen delante de Mariana y las reuniones en su cuarto de hotel se hicieron a espaldas de mi amiga. Llevada por la necesidad me vi forzada a asistir a aquellas reuniones poéticas y a traicionar a Mariana. Creo que no le hubiera importado mucho, más bien se hubiera aburrido en esas fiestas modestas, en las que casi siempre sólo se habla de política, ya que Carmen soñaba con la implantación del comunismo, idea que producía bostezos en Mariana. Cuando Carmen se casó con un millonario mucho más joven que ella, Jacobo, y éste la instaló en un palacete, su presencia en la ciudad se hizo pública y no tuve la necesidad de ocultarme de mi amiga. Todavía ahora, asisto de vez en cuando a las reuniones en su hermoso salón. El tiempo casi nos ha igualado en aspecto físico, sólo que ella continúa utilizando afeites pesados para rivalizar con Jacobo que se conserva joven y galante. Tal vez la juventud de Jacobo se debe a la bondad que lo domina. Nunca imaginé que el ostracismo dictado por Carmen iba a tener efectos tan terribles. Ahora sé que el eco de las palabras es permanente y decisivo. Por ello me guardo mucho en la conversación, no deseo provocar catástrofes.

Por aquellos días temí que mi amistad con Mariana hubiera terminado después del incidente de Niza. Me equivoqué, Mariana no tenía memoria y nuestra amistad continuó inalterable.

Yo prefería encontrarme a solas con ella y una noche en la que debíamos reunirnos en el cuarto de hotel de Carmen, me aproveché para ir a visitarla a su casa. No estaba. Encontré a Teo y a Natalia merendando en la enorme mesa de la cocina. Las dos se alegraron al verme y me convidaron de su merienda. Debía esperar, ya que Mariana tardaría poco en volver a la casa. Ocupé mi lugar y contemplé la estufa gigantesca, los muros blancos y las alacenas casi vacías. En la despensa de Mariana no había nada, la compra se hacía todos los días y Teo procuraba hacer economías para evitar disgustos con Augusto, que vigilaba los gastos y pagaba personalmente las cuentas, de manera que por las manos de mi amiga no pasaba un franco.

—Gabrielle, mi papá se enojó con mi mamá porque habló de la tortuga —me confío la niña.

Recordé las confesiones de Mariana y su referencia a "la tortuga" y salté sobre la ocasión.

—¡Ah! la tortuga. Tú no sabes quién es. ¿Verdad?

—¡Sí! ¡Sí, lo sé! Es mi abuela, la mamá de mi papá. ¿Quiere ver su fotografía? —preguntó la niña, entusiasmada de contestar a mi pérfida pregunta.

Acepté su oferta y la niña se echó a reír. Todavía no mudaba de dientes. Cuando se disponía a correr en busca de la foto, un timbrazo nos dejó quietas a las tres.

—Es mi papá... —dijo Natalia en voz baja.

Teo se llevó un dedo a los labios, recogió mi taza y me ordenó seguirla. En silencio me introdujo en el cuarto de planchar situado al fondo del pasillo y me dejó sentada en el borde de una cama.

—¡No se mueva! Mi papá no quiere que usted nos visite —me dijo Natalia y salió corriendo de mi escondite.

Escuché los pasos de Augusto en la cocina. El cuarto de planchar era una caja de resonancias, hasta la que llegaban los ruidos y las voces que sucedían en ese lado de la casa. El corazón me latía con violencia. No podía huir sin arriesgarme a toparme con Augusto y esperé largo rato en la oscuridad. Oí cuando Augusto ordenó que se sirviera la cena a la niña en el comedor y continué esperando. Sentí un alivio cuando escuché la llegada de Mariana. Su marido la atajó en el pasillo y ambos entraron en la habitación de Augusto. Escuché su voz y presté atención.

—Mariana, a tus amigos Toño y Beto los detuvieron en el Cairo. Son espías. Quisiera que alguna vez me escucharás. Terminarás muy mal, aún estás a tiempo para salvarte, pero mientes, te mientes a ti misma. Actúas por desesperación. Te enamoraste de ese gigoló sudamericano y él te dejó para seguir con la vieja rica. ¡Te dio trato de criada! Lo sabes y no quieres confesártelo. Prefieres hacer locuras.

—No hables así —suplicó Mariana.

—¿Ves? ¡Lo sabes! ¿Estás dispuesta a reconocer la verdad? Me aterras, Mariana. Vas al abismo. ¿Vas a prometerme que nunca más le escribirás a ese don Juan sudamericano? Si no lo haces terminará por deshacerte... ¿Te acostaste con él?

Escuché que Augusto caminaba por la habitación para dar énfasis a sus palabras.

—No. No me acosté.

—Gabrielle es tu confidente. ¿Verdad?

—Sí...

—¿Qué le contaste?

Un sudor frío me inundó el cuerpo. ¿Mariana era capaz de delatarme? Aterrada, escuché su confesión completa, sin omitir al niño que le ofreció a Vicente y del cual yo debía hacerme cargo para una vez nacido llevarlo con su padre. Augusto la escuchó en silencio. Al final se mostró magnánimo.

—Trataré de que no salgas involucrada en el escándalo de Toño y Beto. ¿Te das cuenta de que has puesto en peligro mi carrera? ¡Están detenidos por espionaje!

—Tú me dijiste que los invitara —protestó Mariana.

—Es verdad... estabas tan desesperada por ese gigoló.

El silencio reinó en la habitación de los esposos y pensé que era el momento de escapar. También yo había estado en Niza y tenía miedo. Yo no tenía un marido poderoso, nadie saldría en mi defensa. Mariana era una verdadera insensata, ¡una egoísta! Augusto volvió a hablar.

—Mariana, estamos casados y si hubieras tenido a ese niño, legalmente sería mi hijo. En el caso de que hubieras entablado un divorcio, sólo después de un año de dictada la sentencia, el niño no sería mío, legalmente, por supuesto.

—¿Y si yo dijera la verdad? —preguntó ella.

—No importaría. El niño sería legalmente mi hijo.

—Entonces ¿la verdad no importa frente a la ley?

—Mariana, la ley es la verdad.

—No entiendo...

—Ése es uno de tus encantos... —dijo él.

Lo escuché dirigirse a la puerta principal acompañado de Mariana. Salí con rapidez de mi escondite y huí por la puerta de servicio. ¡Estaba indignada! Nadie podía confiar en mi amiga: había confesado sus relaciones con Vicente y me había delatado. No podía enfrentarme a Augusto nunca más. Y por si eso fuera poco, me había mezclado en un asunto de espionaje internacional. Ahora, ella se quedaba protegida en su casa, mientras que yo arriesgaba un juicio escandaloso. ¿Y todo por qué?, por la sencilla razón de que estaba triste por la partida de Vicente. Recordé sus risas en Cimiez, sus juegos, el telegrama que nunca llegó el día de mi partida y no pude evitar mi propio disgusto, mi terrible miedo. "Nunca me gustaron esos dos", me repetí en el camino a mi vivienda. Los ojos azules de Toño y los agitanados de Beto, me parecieron diabólicos. "No haré ningún gesto de temor si al llegar encuentro a dos agentes secretos esperándome. Reiré un poco. Tampoco negaré mi amistad con Mariana", me dije caminando de prisa. Nadie me esperaba, me encerré en mi cuartucho a rumiar mi cólera. Cuando llamaron a la puerta abrí de golpe con seriedad. Era Romualdo que venía a buscarme para asistir a la reunión en el cuarto del hotel de Carmen. Me dejé conducir, ahora más que nunca necesitaba la protección de aquel grupo, ellos jurarían mi inocencia. Además cualquier cosa era mejor que esperar aterrada en mi casa el curso de los siniestros acontecimientos. Ante mi enorme sorpresa, el centro de atención de esa noche en la fiesta de Carmen eran Toño y Beto que, exaltados, relataban una y otra vez su ruidosa aventura en el Cairo.

—¡Nos tomaron por judíos! Es esta narizota... —decía Toño riendo y tocándose la nariz.

Allí en el hotel de Carmen supe que a Toño y a Beto los detuvieron unas horas y que la aventura terminó jocosamente. ¡Y la simple Mariana había confesado sus faltas a Augusto, que ahora hablaba divertido con los "dos espías" y me miraba sonriente!

—Gabrielle, por favor no le diga a Mariana que ya estamos en París.

No dije nada, ya que todos estaban en el secreto y deseaban engañar a Mariana. Creí que habían formado un cónclave para hacerla desistir de Vicente y callé y fui discreta. Por desgracia, mi silencio no ayudó a mi amiga, que continuó muy sola y rodeada por aquel grupo que hacía mofa de ella. Pero no la abandoné, sabía que era una persona inútil, desplazada, sin lugar en su casa lujosa, sin lugar en el mundo y ese pensamiento me llenaba de angustia.

Encontrar el momento en que se decidió su suerte es muy difícil. Tan difícil como hallar a la persona que desencadenó la catástrofe. A veces pienso que es Vicente, otras que es el mismo Augusto, pero no estoy segura, por eso recorro los grupos y las personas que la frecuentaron con la esperanza de descubrir el detonador que la pulverizó. Me pregunto: ¿quiénes fueron sus mejores amigos? ¿Dónde y cómo los encontró? Entre ellos debe existir aquel que posee su secreto o aquel que provocó el desenlace. Nunca supe cómo conoció a Jean Marie, a pesar de la enorme amistad que los unía. Tampoco supe cómo encontró a Charpentier, al que me da miedo recordar...

Charpentier era un joven rubio, de aspecto rudo y maneras torpes. Su aspecto indicaba su origen humilde y sus ropas acusaban su pobreza. Yo imaginaba su existencia y la primera vez que lo vi fue en el salón de Mariana. Ambos merendaban sentados junto a una de las ventanas, cuando yo interrumpí, como acostumbraba hacerlo, es decir, sin previo aviso.

—Gabrielle, le presento a un francés que entra al mar con los zapatos puestos —me dijo ella.

El muchacho se ruborizó con violencia y al final optó por echarse a reír. La tarde era sueve, la luz se filtraba por las grandes ventanas, el rumor de los pájaros y el perfume de las verdes ramas nos produjo un bienestar apacible. Charpentier parecía deslumbrado con el lujo que rodeaba a mi amiga. No fue sin ruborizarse que explicó que carecía de trabajo:

—Usted sabe que mi padre se encuentra enfermo, por eso vine a París. En provincia es más difícil encontrar un empleo...

Mariana reflexionó unos instantes, la escuché decidir:

—¡Vamos a ver a unos amigos de Augusto, los Stein, yo apenas los he tratado, pero sé que son millonarios!

En el camino a la casa de los Stein me pregunté si era verdad que ignoraba las actividades extravagantes de ellos y del grupo que los rodeaba o si fingía ignorarlas. Yo no los conocía personalmente pero había escuchado rumores y acepté gustosa visitarlos. Charpentier caminaba con alegría, como buen pobre imaginaba que aproximándose a los ricos se enriquecería. Atravesamos la Avenue Foch y en una calle adyacente, Mariana se detuvo frente a un palacete.

Un criado de librea nos condujo a través de un enorme vestíbulo de muros blancos y candiles Meissen. Cruzamos una puerta alta y entramos a un salón de grandes ventanas francesas y cortinajes de brocado blanco. La chimenea de largas proporciones estaba encendida y lanzaba sus reflejos sobre la seda blanca de las paredes y de los muebles. En un diván gigantesco se hallaba echado y cubierto por suntuosas pieles blancas un hombrecillo minúsculo de cabellos rojizos, que al ver a Mariana exclamó:

—¡Mariana, ven junto a mí que quiero leer a Masoch contigo!

Ella obedeció y el hombrecillo la hizo sentarse a su lado. Charpentier y yo nos miramos sin saber qué hacer, pues Rudia Stein se empeñó en ignorar nuestra presencia. Un criado nos ofreció unos sillones mullidos y unos whiskies.

—Mariana, tú que eres una walkiria, puedes ayudarme a comprender sus aberraciones. Lee este párrafo —le pidió Stein.

Mi amiga empezó la lectura en voz alta, mientras Stein la observaba con el rabillo del ojo y sonreía complacido. La lectora se ruborizó y cerró el libro de un golpe.

—¡Ya no leo más! ¿Dónde está Sara?

—En el otro salón, con tu marido —contestó el hombrecillo con malicia.

Charpentier y yo comimos bocadillos y observamos los objetos preciosos que descansaban sobre los mármoles de las consolas o dentro de las vitrinas de cristales biselados. Todas las estatuillas, los vasos y los candelabros eran blancos. Creía descubrir algunos ángeles de De La Robia, pero no pude acercarme a ellos, ya que de acuerdo con la actitud del dueño de la casa, ni Charpentier ni yo estábamos en el salón. Admiré los ramos de rosas blancas colocadas estratégicamente y cuyos pétalos brillaban al color de las llamas de la chimenea, desprendiendo un olor a jardín que llenaba las paredes y producían un encanto envolvente.

—¿Cómo se llama tu amiga? —preguntó Rudia.

—Gabrielle…

—Gabrielle, Gabrielle, es un nombre blanco, Sara sabrá apreciarlo, ella ama la pureza —dijo Rudia observándome con sus ojillos penetrantes.

No preguntó por Charpentier. El muchacho enrojeció y clavó la vista en el suelo. Su turbación se interrumpió con la llegada de un joven de ojos negros y piel profundamente pálida, que al vernos se escondió detrás de un cortinaje ante la total indiferencia de Rudia, el asombro de Charpentier y el silencio de Mariana. Un rato después, Rudia tiró del cordón de seda colocado al alcance de su mano y ordenó al criado, que acudió respetuoso:

—Avise a la señora que Guy acaba de llegar.

Charpentier y yo miramos el cortinaje que ocultaba a Guy como a un espía de teatro. Un "¡Hola, queridos!", nos sacó del asombro. Vi avanzar a una figurita femenina enfundada en un traje blanco. Era Sara. Traía los cabellos negros sueltos hasta los hombros menudos. La seguía Augusto.

—Sara, todos tus amantes te esperamos —gimió Rudia.

Sara hizo un mohín y nos regaló una sonrisa beatífica. Vi sus labios arqueados cubiertos de carmín y sus ojos magníficos iguales a carbones encendidos.

—La sabiduría nace de la espera —sentenció.

Augusto estaba radiante.

—¡La obra de Sara es magnífica! ¡Magnífica! —repitió.

—Eres muy bondadoso. Traté de hacer una tragedia con ese crimen desperdiciado por otros literatos —contestó Sara bajando sus enormes párpados carbonizados.

—¡Sara, eres misteriosa como un espíritu nocturno! —exclamó Mariana fascinada por aquella criatura diminuta.

—Diurno, querida, diurno. Me nutro de esas rosas —replicó Sara señalando con un gesto los ramos espléndidos que perfumaban el salón.

Guy permaneció detrás del cortinaje y Rudia se quedó dormido entre las pieles. Mariana preguntó con voz clara.

—¿Y ese muchacho, por qué no sale de su escondite detrás de sus cortinajes?

—La timidez es la flor de la adolescencia —contestó Sara.

La anfitriona se llevó un dedo afilado a los labios, cerró los ojos, guardó un instante de silencio y volvió a su conversación privada con Augusto. Mariana, Charpentier y yo decidimos marcharnos, pero la aparición de una pareja de húngaros nos detuvo.

—Sergio y Vera —dijo Sara sin levantarse.

La pareja vestía de negro. Ella era rubia, alta y pálida. Él, de cabello negro y cuerpo atlético. Ocuparon sillones vecinos y se miraron con una intensidad asombrosa. Mariana ya los conocía, escuché su conversación.

—Ven a visitarnos —insistió Vera.

—Me da miedo tu cuarto. No me gusta pensar que duermes en un ataúd —contestó mi amiga.

—¿Qué haces entre nosotros, Mariana? No entiendes nada de lo nuestro —le dijo Sergio con afecto.

—Entiendo todo, ustedes están locos —y Mariana se echó a reír.

Nadie parecía enterarse de la presencia de Charpentier ni de la mía, en aquel salón magnífico donde se hablaba en clave. "Nos vamos", le anuncié a Mariana en voz baja. Ella decidió acompañarnos y nadie trató de detenernos. Fue en ese momento cuando Mariana recordó que Charpentier buscaba trabajo y lo dijo en voz alta.

—¡Venga mañana! —contestaron a coro Rudia, Sara, Sergio y Vera.

La cordialidad de sus voces nos reconfortó, no eran tan demoniacos como querían aparentar. Charpentier aceptó la cita y fijó la hora, sus nuevos amigos lo miraron sonrientes.

Al cruzar el enorme vestíbulo blanco, Guy atrapó a Mariana por la espalda.

—¡No te vayas! Necesitamos una bárbara —le gritó.

Mariana escapó de sus manos y yo observé el rostro lívido del muchacho que trataba de esconder sus ojos de nuestra mirada. Hubiera querido saber a qué se debía su palidez, su extraña conducta y el terror que esparcía su persona, pero Mariana no dijo nada. Pronto nos encontramos caminando por la Avenue Foch.

—¡Gente formidable! ¡Gente formidable! —repitió Charpentier.

—Formidable... pero qué aburrido —agregó Mariana.

Dos días después, Charpentier trabajaba en un altísimo cargo en la empresa Stein, viajaba en el Rolls Royce de Sara. El muchacho aceptó la buena fortuna con entusiasmo y para festejar el éxito nos invito a cenar en Montmartre. Esa noche me invadió una embriaguez desconocida. ¡Era la embriaguez del triunfo! Si el humilde Charpentier había llegado a la cima con tanta facilidad ¿por qué no podía yo alcanzar la fortuna alguna vez? Al paso del Rolls Royce, unos jóvenes que subían a pie la cuesta nos gritaron: "¡Cochinos burgueses!" Traté de no mirar al pueblo y por unos instantes imaginé a Marie Antoinette en la carreta que la llevaba al patíbulo. "Debieron ser unos momentos sublimes", me dije y traté de imitar la inmovilidad del chofer uniformado. Fue esa noche la primera vez que me sentí contaminada por el poder. Traté de imaginar lo que sería ser un personaje poderoso y sentí vértigo. Yo siempre me había colocado entre los de abajo y por ellos había luchado. Esa noche supe que entre el poderoso y el pueblo había una distancia infranqueable, una línea divisoria que igualaba al pueblo y singularizaba a aquel que ejercía el mando. Pero debía haber algo más, mis conclusiones eran simplistas, no era nada fácil descubrir el por qué de que unos pocos se hallaran colocados del otro lado de la línea divisoria. En ese momento decidí olvidar mi condición de masa…

Aquellos eran días excitantes: el racionamiento casi había terminado; Dior hacía tiempo que había lanzado el *new look*, yo me limitaba a admirar los trajes de falda larga y mangas ajustadas como del Renacimiento. Los escotes venían profundos, la variedad de sedas, rasos y gasas en colores pastel me recordaban los cuadros italianos, y las mujeres como Mariana lograban parecerse a sus figuras alargadas y rubias. Por mi parte, yo estaba condenada a mi eterno traje gris, que empezaba a gastarse peligrosamente. La cena, rociada con vinos de marca me produjo euforia. Hablé con entusiasmo del modelo carmesí que lucía esa noche Mariana y que atraía las miradas de los comensales del restaurante.

—Es un modelo prestado —confesó Mariana echándose a reír.

Charpentier la escuchó con aire de conocedor

cuando ella nos confió que los modelos que usaba eran siempre prestados, ya que su guardarropa era muy exiguo. A la hora de los postres entramos en el terreno de las confidencias; Mariana confesó que tenía un grupo de amigos que nunca iban a su casa. También supimos que Augusto no lograba romper la barrera colocada entre los parisinos y los sudamericanos y ese hecho lo llenaba de inquietud. Mariana hizo hincapié entre "sus amigos" y "los amigos de Augusto". Era curiosa la separación marcada por el matrimonio en el terreno de las amistades, y mientras él sentía la necesidad de penetrar en el terreno amistoso de Mariana, ella no hacía ningún esfuerzo para entrar en el campo enemigo. Nos confesó que los viernes por la noche iba al *Maxim's* con un viejo príncipe ruso y un pequeño grupo de amigos.

—Augusto me ha prohibido que vaya... —terminó.

—¡No le haga caso! —ordenó Charpentier.

Era difícil desobedecerlo, ya que la orden era estricta. Hicimos un plan para que pudiera reunirse con sus amigos el viernes siguiente: Mariana se vestiría en mi casa, Charpentier enviaría el Rolls Royce para llevarla al *Maxim's* y Augusto no se enteraría de su desobediencia. Los tres reímos satisfechos de nuestra astucia.

Aquel viernes por la tarde llegó a mi vivienda el enviado de Dior y me entregó una caja lujosamente atada. No me atreví a tocarla. Mariana se presentó en la noche, la vi abrir la caja y sacar un traje y una suntuosa capa blanca. Cuando se vistió, su transformación me dejó estupefacta. Charpentier y yo la vimos irse en el Rolls Royce convertida en una belleza resplandeciente. La belleza siempre produce melancolía y el muchacho y yo nos quedamos pensativos. Después cenamos una *bouillabaisse* en la *Coupole*, con el vino y la comida, el muchacho de entusiasmo, irradiaba felicidad y exageró su buena fortuna: Sara, Vera y Mariana eran sus hadas madrinas, como en los cuentos de hadas. Charpentier tenía una tendencia contagiosa al optimismo: el mundo se había convertido en algo maravilloso.

Volvimos a mi casa tarareando viejas canciones francesas. Muy tarde se presentó Mariana acompañada por dos hombres de edad madura y gesto risueño, que besaron mi mano con galantería y juzgaron imperdonable que Mariana no me hubiera llevado con ellos a cenar al Maxim's.

—El viernes próximo usted vendrá con nosotros —dijeron.

Sofocada por mi miseria traté de rehusar la invitación, pero terminé aceptándola. ¡Nunca había estado en aquel lugar reservado para los elegidos! Reímos amigablemente en el pasillo de muros sucios, mientras Mariana se cambiaba de traje. Reapareció al poco rato vistiendo su abrigo sport y sus acostumbrados mocasines. Los tres amigos bajaron la escalera torcida, mientras yo cuidaba la *minuterie*.

En los días siguientes Mariana se encargó de conseguirme un traje con sus amigos modistos. Trataba de no mirarme en los espejos de los vestidores, mi talle demasiado grueso y mi espalda curvada no iban en aquellos modelos de corte y sedas impecables. Al final, encontramos un traje que me favorecía. El viernes por la tarde llegó mi modelo exclusivo, provisto de una pequeña cola que murmuraba al rozar el suelo. Me vestí emocionada y me contemplé en el espejo colocado encima del lavabo amarillento situado en el fondo del pasillo. El reflejo ligeramente azul que la peinadora había colocado sobre mis canas me convirtió en un personaje encantador. Admiré la frescura de mi cutis, la dulzura de mi sonrisa, mi cuello suavizado por las cremas y esperé a Mariana. Ésta me encontró preciosa, me hizo girar sobre mí misma para admirarme y me colocó dos perlas en las orejas. Cuando llegó el chofer de Sara, me invadió una emoción que no olvidaré jamás: había logrado la seguridad que sólo produce la belleza. Cruzamos las calles de París y pronto nos encontramos bajo el toldo del *Maxim's*. Entramos al pequeño vestíbulo separado del salón por un espeso cortinaje rojo. El *maître* nos hizo una reverencia y nos condujo al interior de aquel reino al que nunca pensé penetrar. A la izquierda, situada un escalón más alto que la pista de baile, estaba la mesa ocupada por un grupo pequeño en el que reconocí a Mitia, el príncipe ruso y a Willy, el norteamericano de cabellos blancos. Ambos salieron a nuestro encuentro. Una vez en la mesa, me dediqué a observar a Mitia que reía continuamente. Era un príncipe ruso. ¡Un sobreviviente! "Un enemigo de clase", me dije incrédula. ¿Cómo escapó? Tuve la extraña sensación de que no era real. Sin duda se trataba de un impostor o de un fantasma. Sin embargo, sus maneras, su edad, su voz y la chispa de malicia que brillaba en sus ojos, me aseguraban que en verdad me hallaba frente a un príncipe ruso. "Son Altesse" lo llamaba el *maître* al tiempo que le hacía una reverencia. Yo trataba de imitar sus maneras.

La música era suave y embriagada de placer apenas me atreví a ordenar mi cena. Un círculo de mesas ofrecía un espectáculo deslumbrador de trajes, joyas y gestos delicados. Hubiera devorado los platillos pero lo juzgué de mal gusto a pesar de que mis nuevos amigos comían con un apetito sorprendente.

—Mitia, tienes tanta nostalgia que deberías volver a tu casa de Crimea —escuché decir a Mariana.

Mitia dio una palmada en la mesa y se echó a reír coreado por sus amigos.

—¡Stalin se opone! —exclamó sofocado por la risa.

Me sentí culpable: yo era una partidaria de Stalin, había luchado por su triunfo, continuaba luchando por los obreros y estaba frente a un auténtico príncipe ruso, que reía de nosotros. Lo miré como si se tratara de un ser sobrenatural y lo recordé en el pasillo sucio de mi casa, invitándome a compartir aquella cena. "Seguramente nunca ha estado en un lugar tan sórdido como mi casa", me dije ruborizándome. Recordé Leningrado, sus palacios, sus puentes y tuve vértigo, mi visita de cuatro días a la Unión Soviética, como miembro de una comisión se podía leer en mi rostro y entonces ¿qué sucedería? Sin duda me echarían de la mesa. Me pareció escuchar: "¡Expulsada! ¡Miserable!" El negro que llegó a servir el café interrumpió aquellos instantes de terror. Su presencia me transportó a un cuento de *Las mil y una noches*. Contemplé a Mariana charlando con Mitia, ella ignoraba mi visita a Leningrado y mi activa militancia en el Partido Comunista. En ese momento, recordé a Stephan, ¿cuál sería su reacción al enterarse de que yo había estado en el corazón mismo del círculo opresor? Una señora de ojos claros comentó:

—Mariana, traes el modelo que me prestaron hace tres semanas.

Mi sorpresa no tuvo límites cuando escuché que Mitia trabajaba... Durante la conversación, intuí que ninguno de los invitados a la mesa gozaba de una fortuna, excepto Willy, que corría con los gastos de la cena, como pude comprobarlo al final. Comparé su miseria dorada con el despilfarro de los amigos de Augusto y una vez más llegué a la conclusión de que el poder económico se había desplazado a América. Esto no se lo diría a Stephan. Han pasado los años y no olvido aquella noche espléndida en la que cené con un príncipe ruso. Su recuerdo me deja melancólica y me plantea problemas sobre los cuales prefiero no pensar. A veces me pregunto si no fue una debilidad mía admirar de esa manera descabellada al enemigo, pero puedo decir que pocas veces he sido tan feliz y asegurar que nunca estuve tan guapa, ni mi traje fue tan admirado. Los poderosos del mundo con los que me he codeado no me dieron jamás ese ambiente de encantamiento...

Creo que fue el siguiente lunes cuando recibí una llamada urgente de Mariana conminándome a presentarme en su casa. Sí, fue ese lunes, porque el encanto de la noche pasada en el *Maxim's* todavía estaba fresco y yo flotaba en luces y recuerdos de joyas. Encontré a Mariana esperándome en el vestíbulo.

—Sara me llamó dos veces, les ha sucedido algo a los Stein. Vamos.

Salimos rumbo al palacete de Sara. Esta segunda visita a los Stein tuvo caracteres muy distintos. Fue la misma Sara la que nos abrió la puerta y nos hizo entrar a su enorme vestíbulo, ahora vacío. Los tapices habían desaparecido y Sara se cubría con un abrigo para resguardarse del frío que surgía de los mármoles desnudos. Abrió la puerta del salón y lo encontramos también vacío: el diván, las pieles, los sillones, los ángeles de De La Robia, las vitrinas, las alfombras y las rosas habían desaparecido. Sólo quedaban los cortinajes blancos desde los cuales nos llegó la voz de Rudia.

—¡Quiero queso!... ¡Queso!... ¡Queso!... —suplicaba invisible.

—¡Allí! —dijo Sara señalando hacia el techo con su dedo perfecto.

Estupefactas, miramos en la dirección señalada y descubrimos a Rudia colgado de lo alto del cortinaje que cubría una de las ventanas dieciochescas.

—Cree que es una ratona —explicó Sara con voz seria.

Mariana y yo abrimos la boca para decir algo, pero ante lo insólito de la situación guardamos silencio.

—¿Y si te doy queso bajas a comerlo, mi amor? —le preguntó Sara.

La campanilla de la puerta de entrada sonó con insistencia, Sara nos miró con sus enormes ojos resignados y salió para volver con una cajita de queso camambert, mientras la campanilla continuaba llamando.

—Mariana, sube por la escalera y dale queso. Voy a ver quién llama —ordenó Sara, señalando una escalera de mano recargada sobre uno de los muros tapizados de seda blanca.

Mariana colocó la escalera sobre la ventana y subió algunos peldaños. Me sentí incómoda, se diría que el espectáculo había sido preparado de antemano. ¿Por qué? No lo sabía, aunque los Stein eran capaces de cualquier cosa.

—¡Sara!... ¡Sara!... ¡El gato! —gritó Rudia despavorido.

Entró Sara acompañada de dos señores elegantes que ante la escena permanecieron mudos. Mariana desde la altura miró a los desconocidos y Sara le ordenó que bajara. Después se volvió a los visitantes.

—Hoy por la noche llegan sus padres de Zurich y ellos se encargarán de ¡todo! —dijo Sara acentuando la palabra todo.

Los alaridos de Rudia aumentaron y Sara subió por la escalera para darle trocitos de queso, mientras que los dos visitantes y nosotras contemplábamos estupefactos la escena.

—Todo ha desaparecido... —murmuró uno de los hombres.

—¡Todo! Lo siento, otros llegaron antes que ustedes —contestó Sara desde lo alto de la escalera.

Rudia se agitó aún más y Sara nos hizo señas para que saliéramos. Acompañadas de los dos desconocidos nos encontramos en la calle, nos despedimos y tomamos el rumbo opuesto al que ellos llevaban. Caminamos hasta la casa de mi amiga, que parecía muy impresionada e hizo hipótesis sobre la locura y sus orígenes.

—¿No podría ser una locura fingida?... quiero decir, provocada por los acreedores —me aventuré a opinar.

Mariana me miró con reproche. ¡Acreedores y eran millonarios! Según mi amiga yo tenía la propensión a juzgar todas las situaciones, aun las más trágicas, desde el punto de vista económico. Me sentí incómoda y me resigné a hablar de la locura. Hacia las ocho de la noche aparecieron en el salón de mi amiga Vera y Sara. Ambas venían agitadas y se cubrían con abrigos viejos.

—¿Dónde está Charpentier? —preguntaron feroces.

—¿Charpentier?... No lo sé. ¿Lo sabe usted, Gabrielle? —me preguntó Mariana.

Su pregunta era absurda. ¿Cómo iba a saber yo en dónde se encontraba el muchacho? Negué con firmeza y observé asombrada a las dos mujeres que ocuparon sillones frente a nosotras. Con una energía que rayaba en la cólera nos exigieron que buscáramos al muchacho, ya que era él quien había firmado los documentos.

—¿Cuáles documentos? —preguntó Mariana.

Vera y Sara se impacientaron: no estaban dispuestas a perder un tiempo precioso.

—Él es el gerente. Su firma está en todos los documentos y es él quien debe ir a la cárcel —afirmó Sara con ferocidad.

—¿A la cárcel? —preguntó Mariana con aire estúpido.

—Sí, querida. No pretenderás que vaya mi marido.

—¿No está escondido en su casa? —me preguntaron las dos mujeres al mismo tiempo.

La sorpresa me dejó muda, me sentí desfallecer en el sillón. Vera y Sara se habían convertido en acusadoras sibilinas y exigieron de Mariana localizar a Charpentier y convencerlo de entregarse a la policía. Los padres de Rudia llegaban esa misma noche de Zurich y si el muchacho no se había presentado voluntariamente, irían ellos personalmente a buscarlo. Todos los documentos estaban en manos de las autoridades y el pobre Rudia había perdido la razón por el disgusto provocado por la conducta del amigo de Mariana. Se trataba simplemente de un chantajista peligroso y los mejores abogados de París iban a ocuparse del asunto. Mi amiga y yo nos miramos aturdidas.

Prometimos localizar al muchacho y acompañamos a Sara y a Vera hasta la calle en donde las esperaba un taxi. En el fondo del vehículo estaba Rudia enfundado en un grueso abrigo de obrero.

—Querida, te veré pronto, a mi regreso —anunció Sara en voz repentinamente dulce.

Mariana y yo quedamos en la acera, mirándolas partir en el taxi que se perdió en la calle adoquinada.

—No entiendo, Gabrielle. Nunca entiendo lo que sucede...

Yo creí entender que los Stein habían embarcado a Charpentier en una empresa fraudulenta, pero ¿cómo decírselo a Mariana? Le pregunté si podía localizar al muchacho.

—¡Claro que sí! Pero no voy a decírselo a esas dos. Aquí hay un error que no comprendo...

Un rato después, el mismo Charpentier nos llamó por teléfono. Salimos a buscarlo, encontramos un taxi que nos depositó en la Rive Gauche. Caminamos hacia un Quai y llegamos a una librería cerrada. Mariana tiró de la campanilla y un hombre grueso, de gafas espesas nos abrió y nos hizo pasar a la librería apagada. El hombre era Jean Marie, el librero amigo de Mariana y a quien conocí esa noche. Al fondo del establecimiento, escondida entre los anaqueles había una pequeña puerta que daba a una escalera de caracol que conducía al segundo piso. Subimos en silencio y entramos a un comedor modesto. Derrumbado sobre una silla estaba Charpentier.

—¡Pobre chico, lo engatusaron esos bandidos! —afirmó Jean Marie.

Tenía un fuerte acento del sur y sus gestos eran amplios y elocuentes. Charpentier se lanzó sobre nosotras, estaba muy agitado, con voz ronca repitió una y otra vez que hacía sólo tres semanas que trabajaba en la empresa Stein, que no había cobrado ni siquiera su sueldo y ya debía millones de francos que no había visto nunca. Mariana y yo le serviríamos de testigos.

—Los únicos testigos que tienes son los documentos que firmaste —le dijo Jean Marie.

—Hay un error en todo esto —insistió Mariana.

—El error, querida Mariana, son sus amigos.

¿No comprende que son gángsters? —contestó el librero impacientándose con la terquedad de los jóvenes.

Jean Marie buscó mi apoyo para convencer al par de imbéciles de la gravedad del caso y de la urgencia de actuar con rapidez. Cogí el vaso de vino de Charpentier y lo bebí de un trago, mientras pensaba en la frivolidad de Mariana. "Debo actuar con cautela, estoy segura de que le confesará a Augusto lo que tramamos", me repetí preocupada. No olvidaba que los padres de Rubadia llegaban esa misma noche provistos de abogados. Le pregunté a la muchacha si Augusto conocía a Jean Marie.

—¿Usted cree que quiero quedarme sola? ¡No estoy loca! —contestó con energía.

—¡De prisa! Apenas hay tiempo de llegar a la estación —ordenó el librero.

Charpentier nos miró aterrorizado, mientras Jean Marie le echaba un abrigo viejo sobre las espaldas. Salimos a la calle con muchas precauciones, como si fuéramos bandidos. La noche tranquila nos contempló cuando nos despedimos de los hombres. Mariana se echó a llorar.

—Charpentier, nunca imaginé esto...

—¡Yo tampoco!... ¿Verdad que eran muy generosos? Volveré pronto y ustedes sigan yendo al *Maxim's* —nos dijo con voz entrecortada.

Los vimos alejarse por el muelle. Iban de prisa, Jean Marie se volvió hacia nosotras varias veces, moviendo la cabeza con resignación. El Sena se deslizaba tranquilo.

El librero pagó el viaje del muchacho a la América del Sur, durante un tiempo recibimos noticias del fugitivo. Después, nadie volvió a escuchar ni a saber nada de él y Jean Marie le perdió la pista. "Debe de haberse encontrado con alguna criolla. Lo imagino meciéndose en una hamaca", decía el librero echándose a reír. ¡Se equivocaba! Unos años después se me acercó en París un mendigo borracho:

—¿Me recuerda? Firmé unos documentos... —y se echó a reír mostrando algunos dientes rotos.

En la cara rubia e hinchada del hombre envejecido prematuramente quedaba todavía una nariz delicada y alguna chispa maliciosa en la mirada clara. Asustada por su espantosa presencia lo invité a tomar algo caliente, pero se negó a entrar en un café. No llevaba calcetines y por sus zapatos agujerados asomaban los dedos de los pies. Su gabán era un viejo capote militar de algún ejército extranjero y el temblor de sus manos apenas le permitía sostener el cigarrillo que le ofrecí. Me preguntó por Mariana.

—Ha desaparecido —le confesé avergonzada.

—¡No me extraña! Era una chica ¡formidable!

Le agradecí el juicio benévolo sobre mi amiga, ya que nadie tenía ahora una palabra buena para ella, y le quise regalar un poco de dinero.

—¡No! ¡No! ¡No! Recuerde que fui millonario tres semanas... iba en Rolls Royce. Ahora nadie me lo cree. Es difícil huir... muy difícil... ¿eh?

Charpentier desapareció en la niebla como un verdadero fantasma venido de un lugar remoto para hacerme reproches. Nadie lo vio y nadie ha vuelto a verlo jamás. Existen personas que como las mariposas sólo viven unas cuantas horas, revolotean por los jardines o en los salones para dejar una pálida huella en la memoria. Se me ocurre ahora que nunca he visto a una mariposa muerta, en cambio las he visto harapientas y feas y me pregunto si las brillantes mariposas diurnas no se transforman a su muerte en mariposas nocturnas, parejas a la imagen horrible de Charpentier en aquella noche brumosa.

Por la mañana encontré a Augusto en su impecable despacho rodeado de prestigio, teléfonos y fotografías. No supe cómo empezar una conversación con él y casi sin pensar le dije:

—Augusto, ¿recuerda usted a Charpentier?

Guardó silencio, me observó con frialdad, parecía no recordar a aquel espectro del pasado. Repetí el nombre y esperé la respuesta.

—Sí, aquel amigo de Mariana que estafó a Sara. Lo recuerdo perfectamente bien. Mariana siempre se rodeó de pícaros. Usted y ella utilizaban el automóvil de Sara para ir al *Maxim's*... ¡Patético! —exclamó echándose a reír en mis narices.

El Rolls Royce de Sara que fue para mí la calabaza convertida en carroza maravillosa y que me condujo al corazón intocado del gran mundo transformándome en una nueva Cenicienta, se hizo en ese instante un objeto de escarnio. A pesar de mis años me sentí estúpida. Sus palabras me convencieron de que jugar con lo maravilloso no sólo implica peligro, sino ridículo. La realidad cotidiana medía las acciones y los hechos con la estrecha vara del llamado sentido común y el sentido común rebajaba la fantasía hasta el punto de convertirla en delito. Mariana me enseñó a despreciar a la gente que vivía de acuerdo con esa medida, quizás estaba equivocada, la habían condenado y su solo nombre provocaba reacciones despectivas. El engaño consistía en "poetizar" el sentido común, eso sí estaba permitido. "¡Burgueses!", exclamaba Mariana ante esta impostura. Era verdad: la burguesía aceptaba como síntoma de libertad la rebelión condicionada a sus necesidades de lucro. Abandoné el despacho de mi jefe y traté de no pensar en nada. Sin embargo el fantasma de Charpentier me persiguió durante mucho tiempo. Tuve la seguridad de que la ruta dejada por el joven podría conducirme a Mariana. El grupo en el que había naufragado tenía ramificaciones, ¿cuál camino tomar o qué personaje escoger para llegar hasta ella? La vida posee tantos vericuetos como la memoria, y si lograba descubrir en mis recuerdos algo esencial, podría quizá salvar a mi amiga. Pero su vida estuvo siempre abigarrada de personajes, de hechos entrevistos y de palabras apenas pronunciadas...

Creo que la fría primavera que decidió el destino de Charpentier, decidió también el de Mariana y el mío. La noche en que despedimos al muchacho en aquel *Quai* melancólico, no imaginé que Vicente se acercaba a París. Tampoco imaginé la presencia de una mujer inesperada y constelada de diamantes: Eugenia.

La vida de mi amiga no era su propia vida, estaba determinada por personajes que se acercaban a ella, dejaban su huella y desaparecían. Mis recuerdos de Mariana son dispersos y están siempre en relación con grupos o personas inesperadas, que la colocaban en situaciones imprevistas, quizá porque ella carecía de apoyos sólidos y se movía entre aquellas gentes con el sonambulismo de las personas sin raíces, sin dinero y sin familia.

Desde la primera vez que me encontré con Eugenia supe que la mujer anunciaba un peligro. Se desprendía de ella una fuerza poderosa e histérica, dirigida contra la inestable Mariana que no ocultaba su tedio frente a la grandilocuencia de la visitante.

—Te advierto que el gobierno no te quiere. Estás haciendo de tu hija una extranjerizante e impides que el genio de tu marido fructifique para la Revolución.

—¿Cuál revolución? ¡Hay tantas ahora! —contestó Mariana con tono despectivo.

Me pareció absurdo que fuera tan obtusa y que desafiara a Eugenia, encargada del avance industrial y cultural de su país. ¡Era incorregible! No se dio cuenta nunca de que era una náufraga, que formaba parte de los desechos arrojados a las playas solitarias por las mareas de las grandes transformaciones sociales de nuestra época. ¡Pobre Mariana, tuvo que pagar el precio de su completa insubordinación!

Eugenia cambió la vida de Mariana. Mi amiga se volvió invisible hasta para Natalia y Teo. Salía de su casa a las diez de la mañana y volvía a las cuatro de la mañana. No dormía. Su deber era acompañar a Eugenia, que no resistía la soledad. Augusto por su parte, la acompañaba de las cuatro de la mañana, a las diez, hora en la que lo relevaba su mujer. Él dormía de las diez de la mañana a las ocho de la noche y su hija y la cocinera se hallaban disgustadas ante este orden de cosas.

La nueva vida de Mariana me alarmó. Una mañana me acosté temprano en el vestíbulo del Hotel Ritz en donde se alojaba Eugenia. Vi salir a Augusto, iba desvelado y ya no volvería hasta las diez de la noche. La *limousine* que se lo llevó trajo a mi amiga. Le salí al paso y la noté muy desmejorada. Se alegró al verme y ambas subimos a la suite de Eugenia.

La mujer nos recibió envuelta en una bata de seda adornada de plumas de avestruz. Llevaba una copa de champagne en la mano.

—¿Un trago? —dijo mostrando la mesita rodante cubierta de botellas de licores.

En la suite reinaba un desorden desagradable: los ceniceros estaban derramados de colillas y la puerta abierta a la habitación de dormir mostraba la cama deshecha y botellas por el suelo. Eugenia se tendió en un sofá y lanzó sus anillos de diamantes al aire.

—Mariana, ese anillo cayó junto a la chimenea; dámelo que soy una niña ángel.

La miré con enfado y se dirigió a mí con una multitud desordenada de palabras, para pedirme que le ayudara a escribir sus memorias. Usaba adjetivos grandilocuentes en loor a sí misma. La dejé hablar mientras calculaba que quizá ganaría buen dinero ayudando a aquella megalómana. Vi que Mariana se quedó dormida en un sillón y Eugenia movió la cabeza disgustada. Procuré escuchar sus hazañas con suma atención para compensar el sueño de mi amiga. La llegada de Eveline con sus zapatos gruesos y un enorme ramo de rosas, animó a Eugenia.

—¡Menos mal que llegaste! ¡Mira a ésa! —y señaló con su boquilla de oro a Mariana dormida en el sillón.

Quise levantar a mi amiga, pero las mujeres se opusieron con violencia. Debía permanecer allí, debía disciplinarse...

Me marché y no vi a Mariana en muchos días. Supe que Ramón viajó a Alemania y a Bélgica por cuenta de Eugenia, quien planeaba grandes inversiones en beneficio de su país. También Remy y su amiga se habían unido a la corte de aquella extravagante. Recordé la escena en la casa de Mariana, cuando ésta tuvo que ponerse de rodillas delante de aquel insolente y traté de imaginar su cólera inútil. Yo me encontraba apartada de aquel círculo de poder: no le había sido grata a Eugenia y Eveline no deseaba competencia cerca de aquella mujer todopoderosa.

Un día apareció Mariana en mi vivienda para anunciarme con voz cansada que Vicente estaba de vuelta en París. Su presencia la dejaba indiferente. La ausencia de Romualdo me privaba de noticias y de invitaciones y la nueva dada por mi amiga me produjo esperanzas: quizá podría yo ir a visitar a Sabina, quizá Mariana necesitaba que la acompañara en alguna escapada.

—¿Qué dice Vicente?

—Apenas lo he visto...

Recordé la promesa hecha a Augusto. ¿Pensaba cumplirla? "Te trató como a una sirvienta", le había repetido muchas veces. La verdad es que yo no podía condenar a Augusto por su juicio sobre Vicente. Tal vez llevaba razón en este punto, tal vez le preocupaba su mujer, a pesar de los métodos brutales que empleaba para corregirla. Era todavía un hombre muy contradictorio respecto a Mariana: "Mire, Gabrielle, Mariana es como un reloj finísimo de precisión, el menor golpe puede alterar su funcionamiento, por eso me preocupa. ¿Comprende?", me había dicho muchas veces, cuando la ira lo abandonaba y se convertía en un brillante joven lleno de ternura y de preocupación por la rebelde Mariana. Ella, en cambio, era invariable, se diría que vivía en otra dimensión, escuchaba las reprimendas con humildad y hacía después su voluntad. ¡Era exasperante! Esa mañana habló con absoluta indiferencia de su amigo, de su marido y de Eugenia.

—Debería ver a Vicente. Creo que Augusto y Eugenia la han esclavizado mucho.

Levantó los hombros y fumó varios cigarrillos.

—¿Esclavizado? —preguntó con ironía.

Su debilidad empezaba a cansarme. Cambiaba de ideas como otras mujeres cambian de trajes. Ya no le interesaba Vicente.

—El adulterio es asqueroso. Usted no lo sabe porque no está casada. Después de todo es Augusto el que me alimenta, me da casa y llevo su nombre... ¿No se da cuenta? Lo he pensado mucho...

Habló con despego, no le interesaba nada ni nadie. Yo estaba en la miseria y no hacía un gesto para salvarme de aquella situación desesperada. Mi alacena estaba vacía, había vendido todo y busqué lo último que me quedaba: dos saleros de plata.

—Véndaselos a sus amigos ricos.

La muchacha los guardó con aire distraído, hizo algunos comentarios sobre Eugenia y sus gastos excesivos y dijo:

—¡Pobre Augusto que tiene que soportarla! ...estoy aburrida, aburrida de vivir...

Antes de despedirse me invitó a comer con ella y con Eugenia en la suite del Hotel Ritz.

—¡A las nueve en punto! A ver si puede lograr eso de sus memorias.

Decidí asistir. Si no lograba convencer a aquella mujer sobre la necesidad de escribir su autobiografía, cuando menos disfrutaría de una cena exquisita. ¿Cuánto podía pagarme aquella mujer tan rica?

No pude contar los ramos de rosas magníficas que había en la suite de Eugenia. Aspiré su perfume con delicia y ocupé un sillón cerca de la chimenea. Augusto, Mariana y Eveline, me saludaron sin entusiasmo como se hace en los funerales elegantes. Nos atendían lacayos y camareros de lujo. La mesa servida suntuosamente, me deslumbró. Los *hors d'oeuvre* casi intangibles e insaboros acompañados de vino del Rhin me hicieron olvidar mis zapatos viejos y mi traje estrecho.

Eugenia, ataviada en color verde, con las manos y la garganta consteladas de diamantes, llevaba la conversación. Yo, ocupada en los sabores delicados de la cena, olvidaba escuchar. De pronto recordé sus memorias.

—Serían importantísimas, Eugenia —le dije entusiasmada.

Mis palabras la animaron y su relato tomó caracteres inesperados.

—Habrá que explicar que los indios son unos perros. ¡Perros rabiosos! ¿Sabe usted que sus huesos craneanos miden siete centímetros de espesor? Imagine qué lugar les queda para el cerebro, ¡nada! —y se echó a reír.

Eveline la acompañó en la risa, mientras Augusto y Mariana guardaron silencio. La anfitriona continuó hablando disparatadamente:

—...me coloqué en la terraza de mi casa para ver cómo los ingenieros, ayudados por la tropa, sacaban con lanzallamas y bazukas a esos perros que se oponían al progreso...

Eugenia volvió a reír coreada por Eveline. Después continuó su relato.

—Salieron como ratas de sus agujeros. Pero esa misma noche, un grupito de ellos se metió al cuarto de hotel del ingeniero que ordenó la operación y lo mató a cuchilladas. ¿No lo leyeron en el periódico? ¡Fue un crimen asqueroso! Son unos sanguinarios, no entienden que el país debe ir hacia adelante y esos mugrosos no van a entorpecer el destino de la patria. Le ordené al jefe de la policía que agarrara a veinte de los desalojados. ¿Pueden creer que durante diecisiete días esos indios cabrones aguantaron la tortura y no confesaron quiénes eran los asesinos del ingeniero? Yo, personalmente, iba a la cárcel a ver cómo estaban, hechos unas hilachas de carne, pero no hablaban. ¡Son tercos como mulas! Entonces se me ocurrió darles pentotal para que vieran que de mí no se burlan veinte pendejos.

Sólo hablaron tres. ¡Así son de cerrados! ¡Ah! pero los que "cantaron" dijeron los nombres de los asesinos y el del pueblo adonde habían huido. Sin perder tiempo mandé a un grupo de la secreta a agarrarlos. ¡No saben qué triunfo cuando me trajeron a esos cuatro desalmados! Entonces sí que temblaban los cabrones. Le ordené al jefe de la policía que los torturara hasta que se murieran. Aguantaron muchos días, yo iba a verlos y a recordarles a su madre y al ingeniero. Al cabo de dos semanas seguían vivos, son animales y aguantan clavos, tijeretazos, todo. Entonces le dije al jefe de la policía que de una vez los quemara vivos, si no hasta el día de hoy seguirían allí, hechos una piltrafa...

—¡Malvada!, ¡malvada! ¡Te maldigo! —gritó Mariana dejando caer el tenedor sobre el plato. Empujó la silla y corrió hacia la puerta.

—¡Siéntate, histérica! —le ordenó Augusto.

Eveline se puso de pie y alcanzó a Mariana. Parecía dispuesta a someterla por la fuerza. Eugenia la miró con desdén y en sus ojos abultados leí amenazas que no quise descifrar. Empavorecida por la violencia de la escena, callé. Los camareros con las fuentes de plata en alto, contemplaron inmóviles la brutalidad de la disputa. Eveline detuvo a Mariana, Augusto arrojó su servilleta con ira y avanzó hacia su mujer.

—¡Siéntate, histérica! —y la sentó de un golpe.

Perdí el apetito. No entendí a Augusto: se decía un intelectual revolucionario y soportaba la anécdota sangrienta relatada por Eugenia. Me arrepentí de haber acudido a aquella cena, en mi fuero interno le daba la razón a Mariana pero no dije nada. Vi que los camareros nos miraban con un desdén magnífico y sentí vergüenza.

La cena transcurrió sin alegría. A la hora de los postres Eugenia insistió:

—Los indios son sanguinarios y asesinos. Por su culpa el país no progresa. Te aseguro, Marianita, que los vamos a domesticar, aunque grites y escandalices. ¿Quién eres tú, chiquita? ¡Nadie! ¡Nadie!

—Eso digo yo ¿quién eres tú para insultar a Eugenia? ¡Pobre loca! —dijo Eveline.

—Pero si Mariana es racista. Ha hecho este escándalo para hundir mi carrera —explicó Augusto.

Mariana se limitó a dejar la comida intacta y a guardar silencio, estaba pálida y de sus ojos brotaban llamas de ira. Eugenia aplastó su cigarrillo con violencia. Yo olvidé mi esperanza de ayudarla a escribir sus memorias.

—Gabrielle, venga mañana, le explicaré el proceso de desarrollo que estamos haciendo. No escuche a esta histérica —y la mujer dio un puntapié a la mesa rodante colocada cerca de la mesa donde comíamos.

Me fui de allí lo más temprano que pude. Eugenia me aterró y me dirigí a la casa de mi hermana. Yo era un testigo involuntario de sus crímenes. ¿Por qué escuché?, me pregunté en el camino y temí por la inconsciente de Mariana.

Decidí no compadecerla. Me involucraba en sus asuntos, me ponía siempre en peligro. ¿Qué le hubiera costado callar? Yo, por mi parte, callaría. Ayudaría a mi hermana a confeccionar sus horóscopos y viviría con esos francos miserables. Me dolía su presencia astrosa. Susana era impresentable y permanecía en la oscuridad, mientras yo frecuentaba a los ricos. Me avergonzaba su aire de perro apaleado. Tanto ella como yo pertenecíamos a la base del Partido Comunista y esa noche comprendí que el sacrificio es estúpido en cualquier bando político. Arriba, las cosas funcionaban de una manera muy distinta a la imaginada por nosotras las idealistas. Me sentí segura en su compañía y le conté que había cenado en el Ritz. Omití las confesiones de Eugenia y la disputa.

—¡Qué suerte tienes! Mariana es una gran amiga —me dijo Susana.

Sí, tenía una suerte enorme, pensé con amargura... Esa noche no entendí el poder de Eugenia que hacía correr el oro con la sangre. Más tarde comprobé que ella marcó el principio del éxito definitivo de Augusto, pues su carrera de arqueólogo brillante subió vertiginosamente. Así supe que el poder y la gloria van siempre juntos. En esos días la novela de Graham greene *El poder y la gloria* se comentaba en todas las tertulias y asocié el título a la carrera del marido de mi amiga. ¡El poder y la gloria!, me repetí al recordar a mis padres recluidos en un asilo municipal de ancianos. Con amargura me pregunté de qué les había servido su idealismo y su lucha desinteresada. No lejos de la casa de Susana, estaba el grupo poderoso al que yo había abandonado en un momento de ceguera. Mariana estaba perdida, no entendía el mecanismo del éxito. Augusto me había dado la primera lección para alcanzar el triunfo: saber pactar. En el pacto con el poder residía el secreto. Durante muchas semanas renegué de Mariana y de sus instintos impulsivos que no conducían absolutamente a nada, excepto al fracaso. ¡Y yo me había dejado contagiar por aquella nihilista! Debía encontrar el camino de regreso, pero temía la cólera de Eugenia.

Para recuperar mi sitio entre ellos, fui a ver a Sara que recibía a sus amigos en sus nuevos salones de la Avenue Matignon. Trataría de reincorporarme al grupo partiendo de un nuevo principio. Sara me recibió con afabilidad, me asombré otra vez del fasto de su nuevo palacete. No me preguntó por Charpentier. Me obsequió bombones y me habló de filosofía hindú. Sus ojos enormes parecían querer ofrecerme algo, pero recordé con miedo, que no me ayudaría sin antes mezclarme en algún asunto dudoso.

—Eugenia me parece muy enérgica y Mariana muy débil... —dijo.

—Infantil... —contesté mecánicamente.

—Ésa es una hermosa cualidad. ¿No lo cree usted, querida Gabrielle? —me preguntó con voz suave y mirándome hasta el fondo de los ojos.

—Sí, sí...

Yo no había ido a visitarla para hablar de Mariana. Estaba saturada de aquella muchacha incoherente, que había absorbido tantas horas de mi tiempo en banalidades. Decidí llamarla al día siguiente muy temprano, antes de que saliera para el Ritz.

Teo contestó el teléfono y le ordené que despertara a la señora. Mariana acudió al aparato.

—¿Por qué justamente hoy? —me preguntó con la voz llena de sueño.

No acepté ninguna excusa y a las cuatro de la tarde me presenté en su casa. Necesitaba dinero. Mi amiga no lo tenía, se apoyó en la chimenea, pensó y dijo:

—¡Espere! Voy al banco.

Salió corriendo a la cocina, para volver enseguida con algunos billetes de mil francos. Era dinero de Teo y me asustó la facilidad para obtenerlo. Nos echamos a reír, de pronto se puso seria y me confesó su amor absoluto por Vicente. Su silueta delgada se convirtió ante mis ojos en la imagen misma de la belleza. Se transformaba en un ser irreal, no mentía, por primera vez creí en el amor. "¿Así la verá él?", me pregunté asombrada. Luego me dije: "La escena del Ritz la empujó a Vicente". La miré con atención.

—¿Se acostó con él?

Desvió sus ojos brillantes y guardó silencio. Un olor repentino a agua de colonia nos dejó mudas. En el salón apareció Vicente. Había olvidado el encanto peculiar del personaje. Al verle nuevamente comprendí la adoración ciega que le tenía Mariana. Vicente, al verme, cruzó los brazos con ira.

—Me voy, Mariana. No sabía que era inoportuno.

Sus palabras me indignaron, en cambio, en Mariana produjeron pánico. Se puso de pie dividida entre el amor, la amistad y la cortesía. Cogió su impermeable.

—Vamos —dijo.

Me aplastó el despotismo de Vicente, lo supe duro e implacable, sólo podía adoptar su misma actitud. En la calle nos encontramos con la tarde desapacible, la lluvia barría las aceras, Mariana me invitó a entrar en el asiento posterior del automóvil de Vicente, mientras ocupó el lugar junto al volante. El muchacho con un aire de desgano ofensivo me pidió que le indicara la ruta. Con malicia lo llevé a la Puerta de Vincennes, después indiqué caminos alejados que llevaban al asilo donde se alojaban mis padres. Pronto se dio cuenta de que íbamos a un lugar diferente al que él había calculado y sus espaldas anchas inclinadas sobre el volante se cargaron de cólera. Mariana contemplaba la lluvia, se diría que había olvidado a Eugenia y a la pesadilla de acompañarla todos los días. Corrimos durante una hora. "Tú piensas que puedes hacer lo que te da la gana", le decía mentalmente al muchacho que, colérico, conducía el automóvil sin pronunciar una sola palabra.

Cuando llegamos al asilo perdido en el campo y aislado por la lluvia Vicente me regaló un "adiós" decidido. "¡Qué fácil es ser rico!", me dije con rencor, chapoteando en el fango. Iba convencida de que Mariana lo obligaría a esperarme. En el asilo organicé un pequeño festín con mis padres y los demás ancianos. La tarde lluviosa se convirtió en un momento de esplendor imprevisto. Salí ya de noche. Afuera me esperaba el automóvil escondido entre las brumas. Eran las nueve de la noche cuando Mariana y Vicente me depositaron en la puerta de mi casa.

Una vez a solas reconocí en Vicente a un enemigo. Antes de dormir recordé su maldad: el hecho de haberlo contrariado despertó en él una cólera sorda, callada, que me disgustó. "Tiene razón Augusto, la trata como a una criada". Ambos, Vicente y Mariana tenían rasgos parecidos: se dejaban arrebatar por el primer llegado lo que más deseaban, eso los convertía en seres anárquicos y peligrosos. Era evidente que esa tarde la habían reservado para ellos solos, sin embargo habían aceptado regalármela. Tenían algún resorte roto, era mejor no confiar en ellos. "A veces la belleza es la máscara del mal", me dije antes de dormir, cuando sus caras se me aparecieron juntas.

Esa tarde robada a los amores de Vicente y de

Mariana, así como el dinero de Teo, no corrigió mi situación angustiosa. Continuaba en la miseria, el repentino regreso de Romualdo no alivió mi penuria. Al viejo Romualdo sólo le interesaban las relaciones de Mariana con el marido de Sabina.

—Vicente abandonó a Tana y Sabina sufre mucho —me confió.

Mi amiga cometía un grave error enamorándose de aquel personaje que no ofrecía ninguna solución para su vida infortunada. Frente a Sabina no lograba descubrir su asombroso encanto: "¡Ah! el dinero, el dinero no tiene olor", me dije, mientras comía una alcachofa dulcísima en el *Ramponeau*. Creí ver su efigie en los billetes verdes de los dólares. ¿Acaso Sabina no se parecía a Washington? Mariana se hallaba dentro de un túnel oscuro, si corría en una dirección para hallar una salida se la tapaba la pareja Vicente-Sabina y si corría en la dirección opuesta encontraba a la pareja Augusto-Eugenia. ¡Estaba perdida!

Mi amiga se quedó sola cuando las dos parejas salieron de gira por Europa. Augusto y Eugenia a los Países Bajos y Vicente y Sabina a Italia y Grecia. No me buscó. Tampoco yo fui en su busca, la imaginé muy deprimida y mi miseria sólo me permitía tener compasión de mí misma. Por vez primera rehusé las invitaciones de Romualdo, estaba cansada de servir de interlocutora a aquel grupito de revolucionarios millonarios. ¿Qué ganaba con sus disertaciones brillantes y sus comidas suculentas? Nada. Debía regresar siempre a la humedad de las paredes de mi cuarto, al hornillo de gas y al lavabo colocado al fondo del pasillo. Mariana había olvidado invitarme al *Maxim's*. Tal vez ella misma ya no frecuentaba a aquel grupo de amigos encantadores, que cuando menos tenían el valor de no presentarse como libertadores y aceptaban con alegría su condición de privilegiados, aunque gozaran de menos privilegio que los otros. Me alarmó comprobar que iba llenándome de rencor. También Stephan me encontraba cambiada.

Recuerdo, como si sucediera ahora, la noche en que llegó Mariana a mi casa: Augusto la había echado a la calle. Al verla tan descompuesta le pregunté irritada.

—¿Por qué no se divorcia?

—Me quitaría a Natalia para siempre. ¿Cree que me gusta el infierno en el que vivo? Desde que nació la niña, vivo aterrada... usted no sabe nada, nada, nada...

Por la mañana consulté con Stephan. Tal vez él era capaz de arrancar el secreto de Mariana. Stephan movió la cabeza.

—Su secreto es que Augusto la odia y utiliza a la niña como arma. Él cree que su mujer sabe algún secreto suyo y la pobre lo ignora. La vida de Augusto son varias vidas superpuestas.

Stephan me explicó que el matrimonio no se limitaba a moverse dentro del círculo que yo conocía, sino que frecuentaba esferas mucho más altas, en las que la disparatada Mariana era apreciada. Su marido aprovechaba su encanto para subir en la escala interminable que conducía a la cúspide del éxito. Ella aceptaba su papel y cuando juntos cometían algún error, ella cargaba siempre con la culpa, calculando que en la mujer los errores son más disculpables.

—Son dos arribistas —dije con repugnancia.

—Sí, exactamente, pero el que llega es él —contestó Stephan con malicia.

Guardé silencio.

—Se divorciará de ella cuando ya no le sea útil. Mariana no sabe con quién se casó. Pregúntele ¿cómo es Augusto?

Prometí hacerlo. Estaba intrigada, no comprendía a mi amiga, a la que había dejado dormida en mi cuarto. A la hora en que le serví un plato de sopa caliente le hice la pregunta que me dictó Stephan. Mariana adquirió una expresión de sorpresa.

—No lo sé. Podría preguntarle a usted: ¿cómo es la mosca que se le metió en un ojo? ¿La vería? Su razonamiento era impecable y continué en tinieblas. Sin embargo insistí en que debería divorciarse.

—Toda la maquinaria gubernamental caería sobre mí y toda la cólera de su madre sobre Natalia. ¿Ha visto a Eugenia? Sólo es una pieza... Gabrielle, usted no sabe nada, nada, nada...

Stephan había dicho: "Mariana ignora que conoce un secreto de su marido". Tarde, muy tarde, yo también descubrí lo que ocultaba Augusto. Ahora sé que eso les ocurre a las jóvenes encantadoras y desheredadas, pero debo callar, ahora más que nunca. Hay personas parecidas a la Luna, con una cara siempre oculta.

Unos días más tarde, Mariana se hallaba de vuelta en su casa. Fue entonces cuando ocurrió aquel domingo que todavía me da vergüenza recordar y luego el lunes, aquel lunes lejano en el que me llamó Teo con urgencia. Acudí a ver a mi amiga, hablé con ella y me volví a mi vivienda invadida por una náusea desconocida. En la puerta de mi casa, esperaba Vicente. Con aire inseguro me invitó a un café. Acodado a la mesa, admiré su elegancia, su salud y me encendí de ira.

—Deje a Mariana. Usted no es ninguna solución para su vida. ¿Vino por lo que sucedió ayer domingo?

La actitud interrogante y humilde del muchacho me indicaron que ignoraba lo ocurrido. Mi cólera aumentó. Observé su traje azul impecable, su reloj pulsera de oro, su camisa blanca hecha a la medida, su corbata italiana y sus manos fuertes salpicadas de pecas pequeñas.

—¿Le parece poco? —le pregunté con acritud.

—Gabrielle, yo no sé nada. El sábado cené en su casa, fue muy triste. Ayer domingo la esperé en el jardín de Luxemburgo... no vino. Se fue con esa mujer y con su marido. No sé nada.

—¿Nada? —dije iracunda.

Imaginé que mentía y quise recordarle lo que

había sucedido la víspera, un hermoso domingo parisino. Augusto decidió un paseo por Chantilly acompañado de Eugenia, Mariana y Natalia. Insistí en el tedio insolente de Eugenia y en el regreso precipitado a París. La llegada al Ritz y la orden perentoria de Augusto para que su mujer llevara a la niña a la casa y volviera inmediatamente al hotel. Mariana volvió obediente y encontró la puerta de la suite de Eugenia cerrada a sus llamadas. Dejó un recado que metió por debajo de la puerta: "Espero en el bar". Apenas ocupó un lugar, el barman le transmitió la orden de subir nuevamente. Esta vez encontró la puerta de la suite entreabierta. Entró de puntillas, llamando en voz baja a Eugenia y a su marido y de pronto descubrió a los dos desnudos haciendo el amor. Quiso salir corriendo, una lluvia de insultos lanzada por la pareja la dejó sobrecogida. Le dieron la orden: "¡Espera frente a la ventana!" Mariana de frente a la ventana contempló la columna de la Place Vendôme hasta que cayó la noche. Le produjo horror lo que había escuchado en esas horas. Luego llegaron Eveline y algunos amigos, pero ella continuaba frente a la ventana, hasta el momento en que todos se fueron al *Monseigneur*. ¿Le parecía poco a Vicente? Mariana estaba aterrada.

—Mirando la columna de la Place Vendôme —repitió Vicente mirando al vacío.

—Usted es el culpable. No debe verla nunca más. ¿Comprende? —le dije.

—Mirando la columna de la Place Vendôme —repitió Vicente muy pálido.

De pronto el muchacho cruzó los brazos sobre el pecho y me miró con ojos de acero. Después habló muy despacio.

—Lo merece. ¿Por qué vive con Augusto? ¡No tiene dignidad! De adolescente me ocurrió algo parecido, sólo que el acto sucedía entre la mujer que amaba y otra mujer. ¡Yo era un imbécil! Sí, un imbécil porque estaba enamorado... ¿Me quiere decir que Mariana está enamorada de Augusto?...

La confesión de Vicente me dejó aturdida, por primera vez sentí afecto por él. Mariana no estaba enamorada de su marido, pero ¿cómo decírselo? Él no podría impedir que Augusto castigara a su mujer separándola de su hija si continuaba sus relaciones con él. Guardé silencio, evité mirar al muchacho, esperaba su decisión.

—No la veré nunca más... —dijo.

Mariana ignoraba que en aquel momento yo destrozaba su amor que empezaba a florecer. Me invadieron unos escrúpulos vagos, pero imaginé que era la mejor manera de salvarla de la cólera de su marido. Me dolió el abatimiento en el que vi caer a Vicente.

—Ella lo ama a usted... —dije sin mirarlo a la cara.

En mi afán por ayudar a Mariana quizá cometí un error, pero el imaginarla en aquella habitación en desorden, mirando la columna de la

Place Vendôme, me ofuscaba. Quería aliviar su humillación y hubiera deseado que olvidara lo escuchado en aquella tarde de domingo. El abatimiento de Vicente me produjo miedo. ¿Y si el muchacho le decía la orden de alejarse de ella que yo le había dictado? Me juré alejarme del grupo. No deseaba resultar la culpable si alguna tragedia se producía en aquel círculo de poseídos. Dejé de frecuentarlos. La presencia de Eugenia me paralizaba y compadecía a Mariana que debía soportarla, aunque tal vez mi amiga ya sólo era una sombra que vagaba entre nosotros.

Recurrí a mis viejos amigos europeos. Stephan acababa de lograr su primer puesto después de la guerra y prometió ayudarme. Todos se habían abierto paso, sólo yo permanecía en el aire esperando a que se cumplieran las promesas de los sudamericanos. ¡Me había cegado! Todavía me era posible encontrar trabajo. Debía olvidar el tintineo del oro de los amigos de Mariana. Traté de hacerme sorda a sus llamados. Hice lo mismo con Romualdo, mis tiempos con ellos habían terminado. Sólo frecuentaba a Stephan, que al ver mi decaimiento trataba de alegrarme invitándome al teatro y a buenos restaurantes. Así, llegamos una noche a la *Brasserie Lipp's* siempre concurrida por personalidades espectaculares, como las *vedettes* de moda. El restaurante se hallaba atestado de gente y tuvimos que esperar nuestro turno cerca de la entrada. De pronto, alguien bajó la escalera con precipitación. Nos rozó un remolino de gasa de color albaricoque y escuché la voz de Mariana: "¡Me voy!... ¡Me voy!" Mi amiga pasó junto a nosotros, la vimos alcanzar la calle seguida por Augusto, que la detuvo en la terraza. La pareja produjo sensación. Mariana se quedó muy quieta, después sonrió, consciente del escándalo. Su marido la tomó por el brazo y entraron nuevamente al restaurante.

—¡Gabrielle!... ¡Stephan! —exclamó al descubrirnos.

Nos condujo a su mesa en la que esperaba Eugenia cuajada de diamantes. La mujer sonrió satisfecha, ordenó champagne, echó la cabeza hacia atrás y miró desafiante a mi amiga. Augusto dedicó sus mejores frases a Stephan, que parecía aturdido por la juventud de la pareja. Mariana guardó silencio, por primera vez la vi hincharse de ira como si la envolviera una espesa marea. Eugenia le apuntó con su larga boquilla de oro y exclamó:

—Gabrielle, esta loca se ha enamorado de un gigoló sudamericano. Explíquele que ella no tiene dinero para comprarlo. ¿Sabe que quiere engañar a su marido?

—Ya lo engañé y pienso seguir haciéndolo —afirmó Mariana.

La situación se volvió insoportable, era mejor retirarse. Cuando Stephan y yo nos encontramos en la calle me aconsejó: "¡Es una lástima! Los dos son muy jóvenes y guapos, le aconsejo que no se mezcle en este asunto, Gabrielle". Le prometí alejarme del trío. A partir de esa noche me prohibí a mí misma recordar a Mariana. Fue entonces cuando se me ocurrió escribir una novela sobre su vida, recordé que la naturaleza imita al arte y decidí darle un final feliz, que cambiaría su destino. Me encerré a escribir, mi personaje era complejo, su vida era un inexplicable laberinto, pero yo la conduciría a través de aquellos vericuetos tenebrosos a una salida inesperadamente luminosa. Era lo menos que podía hacer por la pobre Mariana: un conjunto, una obra mágica, una pieza maestra. Escribí muchas cuartillas, modifiqué algunas de las situaciones que había vivido con ella para poder llegar al final feliz que me proponía. Y así, rebosante de felicidad reapareció Mariana en la puerta de mi vivienda.

—¡Gabrielle! ¿Albricias o regalos?

Nos echamos a reír. Ella me tendió las manos con los saleros de plata que le di para vender y un bulto de billetes de mil francos.

—Los saqué a remate en una cena. Los guardaré para continuar rematándolos —dijo volviendo a reír.

Las dos giramos por la habitación en un rapto de alegría. Estaba envuelta en un viento vital, no supe si por el éxito del remate de los saleros o por Vicente o quizá por ambas cosas, pero ella evitó las confidencias. Se dejó caer en el borde de la cama.

—¡Gabrielle!, ¿usted sabe que quise ser monja?

¡Qué vida tan feliz hubiera llevado! —me dijo a quemarropa.

La miré sorprendida: no mentía. Recordé a Jean Marie: "Mariana no tiene relaciones con Augusto", me había dicho. En otra ocasión el propio Augusto me confesó con simpleza: "Mariana me rechaza. Desde que nació Natalia hacemos vidas separadas". Muchas veces me pregunté qué era lo que conservaba a mi amiga casi intacta en medio de la promiscuidad de su grupo. "Tal vez es su vocación frustrada", me dije. La miré con atención, me pareció que tenía una capacidad magnífica de olvido, al verla nunca se diría que su vida matrimonial era un fracaso y que en el Hotel Ritz la esperaba Eugenia. Su verdadera vida era secreta: la de una inadaptada. Comprendí que los conventos estaban hechos para gente como ella, incapaz de enfrentarse con la dura realidad cotidiana. No eran personas comunes las que poseían la vocación religiosa, eran personas dotadas de imaginación o de alguna habilidad para practicar un arte menor o simplemente un lugar que las defendiera de los peligros del mundo. Las jovencitas sentadas alrededor de las mesas de los cafés, todas con pretensiones artísticas y destinadas fatalmente a la promiscuidad o a finales trágicos y miserables hubieran pertenecido antes a órdenes conventuales en donde hubieran sido felices cocineras, laboriosas bordadoras o pacíficas copistas. Sí, Mariana había cometido un grave error permaneciendo en el mundo; sin querer, me había dado el final feliz de mi novela. La convertiría en una clarisa y a Natalia en una joven novicia. En mi imaginación, mi amiga lucía ya la cofia de la orden fundada por la santa amiga de San Francisco. Continué escribiendo mi novela...

Empezaba el verano y por mi pequeña ventana no sólo entraban olores callejeros, algunas veces llegaban abejas extraviadas en su viaje. ¡Eran un lujo! Con ellas venían los prados, los jardines, las flores. Admiraba sus cuerpos gordezuelos y dorados. Escuchaba embelesada su zumbido, que me invitaba al campo. Con el dinero de los saleros rematados por Mariana arreglé pasar los meses de calor en la casa de unos panaderos, antiguos camaradas nuestros, en un pueblo de Normandía. Tenía nostalgia por la frescura de las manzanas y la bondad de la leche fresca, la ciudad me arrojaba de ella con violencia, estaba muy cansada, necesitaba agua y prados verdes. Susana preparó el viaje con entusiasmo y unos días antes de mi partida fui a despedirme de Mariana.

—La señora está en el salón —me dijo Teo.

Me molestó que no saliera ella misma a mi encuentro. Encontré a Mariana y a Augusto charlando con ceremonia cerca de la chimenea apagada. Ella llevaba el cabello recogido, vestía un traje negro de manga larga y cuello alto. Me miró con indiferencia, su frialdad me asustó. Augusto, en cambio parecía feliz, se puso de pie para darme la bienvenida y me besó la mano.

—Gabrielle, ¿no nos felicita? Vamos a tener un hijo...

La noticia me cayó como un rayo, me volví a Mariana que continuaba quieta. Apenas pude pronunciar la palabra: "¡Enhorabuena!" Augusto me mostró el certificado médico que aseguraba que mi amiga tenía un embarazo de dos meses. "¿De quién es el hijo, de Vicente o de Augusto?", me pregunté. "Mariana me ha engañado en todo", y le lancé una mirada de reproche. Ella no dijo una palabra. "Es una cínica", me dije. No sabía qué decir y turbada pregunté por Eugenia.

—¡Se fue! Era un volcán, una fuerza de la naturaleza —contestó Augusto riendo.

Me pregunté cuál de los dos era más cínico y cuál de los dos mentía. Recordé la conversación escuchada aquel atardecer en el cuarto de planchar en donde me escondieron Teo y Natalia. "Legalmente el hijo será mío"... Mi desconcierto aumentó, me sentí entre dos extraños a los que no me unía nada. Busqué la manera más airosa de salir del paso y desaparecí...

El dinero de los saleros nos proporcionó un verano inolvidable. El sol del norte nos regaló un nuevo tinte de piel hermosa, la lluvia y el viento nos procuraron noches apacibles, dormíamos sin el sobresalto inmediato del mañana, ya que apenas despertábamos nos servían grandes tazones de café con leche, tostadas, mermelada y una exquisita mantequilla. Susana y yo siempre fuimos golosas y la comida en la casa de nuestros camaradas era abundante y bien sazonada. A finales de septiembre volvimos a París con los pensamientos cambiados y llenas de proyectos optimistas.

Bajo mi puerta encontré un viejo recado de Mariana: "Gabrielle, le suplico que me llame". Esta vez me sentía fuerte, el mar me había revitalizado, no caería en ninguna de sus tretas y la llamé desde el bar de Jacques. Contestó Teo.

—Si la señorita quiere venir...

Me sorprendió el nuevo tono de su voz, fue esto lo que me hizo acudir a la cita. La cocinera me abrió la puerta del piso, detrás de ella se apiñaba el grupo de sirvientas que se reunía todas las tardes de los jueves en la cocina de Mariana a merendar. Las mujeres me miraron con reproche, ninguna de ellas me dio las buenas tardes. Yo seguí a Teo hasta el cuarto de Mariana.

—Mire la señora quién está aquí...

Entré de puntillas a la habitación. Había colocado el diván de tapicería amarilla muy cerca del balcón y sobre el mueble reposaba una Mariana desconocida que me vio entrar con absoluta indiferencia. Llevaba los cabellos muy cepillados, tenía los ojos hundidos en cercos oscuros, los labios rajados y la piel untada a los huesos. Se diría que estaba muerta. No supe qué decir, ella por su parte tampoco dijo nada. Ocupé un sillón a su lado y contemplé aquel despojo, envuelto en una bata de lana, se diría que tiritaba de frío. Vi sus manos esqueléticas, me sorprendió que uno de sus brazos colgara inerte. "¿Qué ha sucedido?", me pregunté asustada. Teo volvió con una bandeja provista de té y pastelillos. No me atreví a tocarlos. La tarde entraba placentera por el balcón abierto, la calle estaba silenciosa, pues los veraneantes de ese barrio elegante continuaban en las playas.

Teo me informó que Augusto y Natalia se marcharon de vacaciones el día en que Mariana empezó con la fiebre, hacía ya dos meses. Augusto se negó a acudir a los llamados del médico.

—La señora recibió los santos óleos...

Escuché en silencio. En la casa no quedaba sino aquella sombra echada en el diván. Mariana al igual que París había cumplido dos mil años en aquel verano. Las ramas de los árboles tomaban manchas rojizas, anuncio del otoño. Sobre la mesilla de noche había medicinas, una fotografía de Natalia jugando en la playa y muchas cartas de sobre azul sin abrir.

—Diga a la señora que abra las cartas del señorito Vicente. Él se marchó a su país hace tiempo.

La figura del diván no se movió. Las ramas de los árboles daban reflejos verdosos a su cabello... El grupo de criadas entró para mudar a la señora del diván a la cama. Advertí entonces que Mariana tenía la pierna y el brazo izquierdo casi paralizados, pero no tuve valor para preguntar nada. Los sirvientes sacaron los rosarios, durante un rato escuché sus rezos monótonos. Abandoné la casa dispuesta a no volver jamás. ¿Qué había sucedido? Tal vez como castigo a sus embustes y a sus fantasías Augusto y Vicente la habían abandonado a su suerte. Había jugado con ambos y ahora se vengaban. La palabra venganza me resultó terrible. Recordé la cena en el Hotel Ritz cuando también a mí, Mariana me puso en peligro al desafiar la cólera de Eugenia. ¡La había llamado asesina y me había colocado en la línea de fuego! ¡Era una insensata! Había gozado de belleza, dinero, amigos, posición social, amantes y todo lo había arrojado al fuego, en adelante no podría quejarse de lo que le sucedía. En cuanto a mí, colocada en tan precaria situación, debía tomar precauciones, alejarme, hacerle entender que jamás contaría nuevamente con mi complicidad.

A principios del año siguiente recibí una postal de Mariana deseándome felices pascuas. Se encontraba en Suiza, pero no renunciaba a mi amistad. Era obsesiva, tenía una fijación con mi persona. Le agradecí su gesto, pues también yo me encontraba muy sola. Unos meses más tarde acudió nuevamente a mí. Vicente la llamaba y había decidido irse con él llevándose a Natalia. ¡Estábamos otra vez al principio de la madeja! Era incorregible. Traté de hacerla entrar en razón: ¿no se daba cuenta de que nada había cambiado? Augusto no le dejaría a Natalia, y ella ¿a qué iba?

—No lo sé, sólo quiero verlo otra vez...

Discutí con ella toda la tarde, pero fue inútil. Volvía a equivocarse. Ante su terquedad e insistencia no tuve más remedio que ayudarla a organizar su nueva derrota. Arrastrada por ella volví a su casa...

En el círculo de amigos que frecuentaba su salón encontré a un nuevo personaje: Clarence, que parecía un gran devoto de Mariana. Se decía periodista, aunque su aspecto untuoso era el de un mercader de tapices. El nuevo personaje me produjo desconfianza: tenía algo feroz en la sonrisa, se pasaba la lengua constantemente por los labios resecos y se ajustaba los espejuelos para observar el efecto que causaban sus juicios sobre el rostro de mi amiga.

—¿Le gusta Emily Brontë? Sólo era una solterona que acostumbraba masturbarse. Los hombres no aman como ella pretende en su novela ridícula.

Mariana al escucharlo se ruborizó.

—Suecia es un país de homosexuales y de borrachos —declaró Clarence en otra ocasión en la que Mariana habló de *Gosta Berling*.

Comprendí que la misión de Clarence era la de actuar de ácido corrosivo sobre las opiniones y los gustos de Mariana. Durante mi ausencia se había convertido en su confidente y ejercía cierto poder sobre ella, en busca siempre de alguna muleta que la ayudara a caminar en su azarosa vida. Clarence no le profesaba ningún respeto: pronunciaba palabras indecentes en su presencia, contradecía sus aficiones y reía a mandíbula batiente de sus palabras. Delante de él, mi amiga parecía indecisa, se diría que cada vez se acostumbraba más a los ataques frontales que la iban dejando sin defensa. La enfermedad además, la había debilitado notablemente: se sentía acorralada, perdida en aquel amor por Vicente y trataba de encontrar un eco en alguien, yo había llegado tarde. Me asombraba su sumisión vulnerable, mi deber era el de oponerme a su fuga con aquel sudamericano. Ante mi gran sorpresa, supe que Mariana no pensaba fugarse: no, deseaba obtener el permiso de Augusto para llevar adelante su proyecto. En vano traté de detenerla. "Sin su consentimiento no podré llevarme a Natalia", me repitió una y otra vez.

El día en que Mariana decidió plantearle a su marido su decisión de viajar con Natalia a la América del Sur, Clarence se hallaba con nosotros. Augusto escuchó cabizbajo la súplica de su mujer, yo callé; ante mi sorpresa, Clarence tomó ruidosamente el partido de Mariana.

—¡Augusto, usted debe aceptar que se vaya con su hija! ¡El amor es sagrado! —exigió Clarence.

—Creo en la libertad, creo en el amor, pero no puedo renunciar a Mariana —confesó Augusto con humildad.

La discusión se prolongó toda la tarde, sentados alrededor de una mesa de café.

—Te suplico que me concedas el divorcio —pidió Mariana.

Clarence enarboló todos los principios amorosos de los surrealistas, tan en boga en esos días, y al final Augusto cabizbajo consintió en dejar en libertad a Mariana.

—No puedo obligarte a que vivas conmigo si tú ya no lo deseas...

A partir de esa increíble tarde, ayudé a mi amiga a preparar su viaje pagado por Vicente. Clarence visitó las agencias de viajes, escogió el trasatlántico que se llevaría a Mariana y a su hija y hasta nos acompañó a escoger el atuendo de viaje de la hija y la madre. Mariana parecía muy nerviosa.

—¡Ah! ¿teme usted ir al encuentro del doctor Jekyll y mister Hide? —le preguntaba Clarence echándose a reír.

—¿Por qué lo llama usted así? —preguntaba ella sorprendida.

—Hice mis pequeñas investigaciones, descubrí muchas cosas. Temo, querida, que cuando se encuentre usted en sus manos se lleve una sorpresa... desagradable —contestaba Clarence.

Mariana insistió varias veces en saber lo que había descubierto Clarence, pero fue inútil; el aprendiz de periodista se negó a revelar su secreto. Siempre he creído que las cosas deben ser dichas totalmente o permanecer en la oscuridad, las medias verdades dichas por Clarence me enfurecían. "Son insidias", me decía. A Mariana en cambio la hacían temblar. "Gabrielle, yo sé que a veces detrás de las personas se esconden monstruos...", me decía en voz baja. Poco a poco perdió entusiasmo para abandonar a su marido, pero no se retractó de su propósito, ya que en ella el amor por Vicente era más fuerte que cualquier otro sentimiento. Estaba enajenada. Vivía sólo para aquel terrible amor que devoraba sus días. Muchas veces tuve la extraña impresión de ver superpuesto sobre el rostro rubio de Mariana el rostro rubio del sudamericano. Imaginé que el pensamiento de mi amiga proyectaba aquel rostro lejano sobre el suyo para hacerla olvidar lo que la rodeaba. Supe entonces que el poder de amar lo poseen muy pocas personas, y supe también que era una especie de maldición que me hacía exclamar: ¡Pobre Mariana! Han pasado los años y continúo repitiendo: ¡Pobre Mariana!

Augusto abandonó muy temprano la casa el día de la partida de su mujer para evitarse la pena de la despedida. "No concibo la vida sin ella, Gabrielle"... Los momentos eran tensos, también yo estaba conmovida; no concebía mi vida futura sin la pequeña loca de Mariana. Contuve las lágrimas que acudieron fáciles al pensarme otra vez sola, en la gran ciudad que ignoraba mi existencia de solterona pobre.

Teo colocó el equipaje en el vestíbulo, también ella estaba emocionada: "Me marcharé de aquí en cuanto se marche la señora", me dijo en voz muy baja. Las dos pensamos que el destino de Mariana cambiaba de rumbo y sentimos temor. Recordé la alusión de Clarence a *doctor Jekyll y mister Hide*. En realidad, ignoraba la vida del sudamericano: lo había visto algunas veces, lo sabía guapo y seductor... visualicé a Sabina enfundada en sus pantalones arrugados, los ojos bobalicones y los cabellos teñidos. Su afán de dominio me produjo temor. ¿Por qué debía ir mi amiga al encuentro de aquella pareja discordante? "¡No la dejaré irse...!", me dije. El azul pálido de los tibores chinos me trajo a la memoria la noche en que Ramón y Augusto quisieron encerrar a Mariana en un manicomio y entonces decidí que debía marcharse. "No, ahora es cuando la debían encerrar", me corregí. En París había hombres guapos que no estaban casados con una anciana millonaria, ¿por qué misterio Mariana había escogido a Vicente? Todo era profundamente triste. El violinista húngaro que debía esperarla en la plazoleta se había escondido para siempre. Tal vez Mariana sabía que había vuelto a equivocarse, pues sólo a Nicole le avisó de su partida. La chica estaba emocionada: "Es una verdadera historia de amor, como Ana Karenina... ¡Ah!, ¡pero Karenina se suicidó...!", dijo Nicole la víspera, a la salida de un teatro experimental en donde daba sus primeros pasos. Es curioso que al mismo tiempo se piensen cosas tan diversas y opuestas: los recuerdos gratos se mezclan con los recuerdos desafortunados... en esos momentos de espera en el vestíbulo de la casa de mi amiga toda nuestra vida en común desfiló ante mis ojos en desorden y me dejó perpleja. Cuando aparecieron Mariana y Natalia ataviadas con sus trajes de viaje, me parecieron seres irreales y en peligro. Un peligro que no logré adivinar, pero que me produjo escalofríos. Tal vez era el anuncio de lo que sobrevendría más tarde. Hubiera deseado en ese momento que desistieran de aquel viaje. ¡Desistir! ¿Para qué? ¿Acaso Mariana podía seguir viviendo en una casa donde era tan infortunada? La detuve.

—Mariana, ¿viven sus padres?

—No... ¿por qué? —me respondió asustada.

Cogí el maletín que traía para quitarle peso, pues tenía débil el brazo izquierdo a pesar de los tratamientos recibidos en Francia y en Suiza. Quise reír para simular que era un momento feliz. Fue justamente entonces cuando Augusto llamó por teléfono para anunciar que había cancelado el viaje de su mujer y de su hija. Mariana, terriblemente pálida, se dirigió a su habitación apoyándose sobre la pierna derecha de una manera visible.

—Augusto quiso dejarla llegar hasta el final para comprobar su locura. No podía permitir que se fuera con ese gigoló sudamericano —dijo Clarence mostrando sus dientes resecos.

—¡Infame! —exclamé y salí huyendo.

Augusto jugaba con Mariana como el gato con

el ratón, no respetaba sus sentimientos, hacía escarnio de su amor por Vicente, la colocaba en la picota, entregaba su destino en las manos de Clarence, su cómplice. Los dos habían estado siempre de acuerdo, Augusto no prescindiría jamás de subalternos, de lacayos a sueldo para exterminar a Mariana. Se complacía en degradarla.

Pasé la tarde encerrada en mi cuarto, abrumada por la escena que había presenciado. Por la noche me asaltó la duda: ¿y si el marido de mi amiga estuviera en lo justo? Los sentimientos de Mariana eran variables, aquella mañana pudo dar un paso irreparable: Vicente era un burgués, un desconocido, con una vida organizada en su país. Él no perdonaría lo que Augusto había perdonado en el verano anterior. Sentí compasión por el marido de mi amiga. ¿De qué la acusaba? De ser inestable e impedirle con sus caprichos el desarrollo normal de su talento. El pobre hombre debía reeducar a una persona irreductible, encantadora y peligrosa para sí misma. Era verdad que castigaba con dureza sus fantasías, pero pensándolo bien, vivir con una embustera patológica resultaba vergonzoso. Pero ¿en verdad era una embustera? Hubiera deseado decirme: Mariana es inofensiva. No pude, ya que Mariana cometía disparates cada vez más gigantescos. ¿No era una locura imperdonable que, apenas recuperada de una enfermedad que casi la había paralizado, quisiera embarcarse en la misma aventura? ¿Y si Vicente la amaba tanto, por qué no venía a su encuentro? Me hundí en un mar de confusiones, recordando la frase apenas musitada por Augusto: "Gabrielle, si Mariana se muriera podría decir que fue la criatura más encantadora"... Era más prudente alejarme de aquel matrimonio.

Un tiempo después Mariana vino a despedirse: dejaba París con su marido y su hija. "Me espera la tortuga", me dijo en voz baja. Cambió de humor y de tono de voz para anunciarme que me había conseguido un trabajo en la oficina de Augusto. Con seriedad me rogó que me presentara ante él y que le recordara devolver a Vicente el dinero del viaje fracasado. A ella le faltaba valor para hacerlo.

Esa misma tarde me presenté ante mi futuro jefe. Augusto me recibió con cordialidad. Al final de la entrevista y ruborizada traté el tema del dinero de Vicente.

—El dinero era mío, Gabrielle. ¿No sabe usted que era yo quien corría con los gastos del viaje? ¡Pobre Mariana, no dejará nunca de mentir! Quiere arruinarme. ¿Sabe usted lo que he gastado en médicos y sanatorios?... Creo que nunca le perdonaré lo que me hizo.

Yo misma creí haber visto el cheque que Vicente envió para el viaje. "No, no puedo estar loca yo también", me dije confusa. Recordé el momento en el que Mariana y yo cambiamos el talón en el banco. Asustada, me encontré con los ojos de Augusto mirándome inflexiblemente.

—Gabrielle, no quiero diabolizar ni deificar a Mariana, pero después de lo que ha hecho no sé si es un ángel o un demonio. No lo sé, estoy en tinieblas...

Recordé a Mariana: "¿Usted sabe cómo es la mosca que se le metió en un ojo?"...

Afortunadamente Augusto, Mariana y Natalia desaparecieron de mi vida, perdiéndose del otro lado del océano. Mi nuevo trabajo me permitió abandonar Montparnasse y regularizar mi vida en mi nuevo estudio. Al poco tiempo Clarence y yo nos convertimos en los traductores de los ensayos arqueológicos de Augusto y Sandro, un hermoso italiano amigo de Mariana, empezó a publicarlos en su importante revista. "¡El poder y la gloria!", me repetía, citando el famoso libro de Graham greene...

Tres años después visité Nueva York por vez primera. Una reunión internacional de arqueología me llevó a esa ciudad merced a las gestiones hechas por Augusto. No olvidaré jamás mi impresión casi cinematográfica al descubrir, entre las brumas, la famosa estatua de la Libertad. Con orgullo recordé que fuimos los franceses los que habíamos regalado a la ciudad esa obra gigantesca. Al atracar el barco me sentí provinciana en la ciudad enorme. Agradecí la presencia de Augusto y de Natalia, que me esperaban en el muelle.

—¿Y Mariana?

Me dijeron que Mariana había preferido permanecer en su país. Estaba cansada de viajar. Confieso que sentí un alivio, ya que su presencia era siempre conflictiva. Sin ella mi trabajo se convirtió en una cómoda rutina; Augusto exigía de mí muy poco, de manera que gozaba de libertad para visitar tiendas, recorrer calles majestuosas, admirar los museos o ir a los cines y a los teatros acompañada de Natalia, que con sus medias rojas de lana empezaba a convertirse en una adolescente sonrosada. También ella se hallaba más tranquila lejos de su madre. Augusto le concedía muchas horas libres, que la chiquilla utilizaba en tomar clases y en patinar en la pista de hielo de Central Park.

—Sólo me exige que le prepare el desayuno —me dijo sonriendo.

Augusto me invitaba a cenar con personajes fascinantes o a *cocktails* internacionales, mi mundo empezó a ensancharse. Mi jefe ya no circulaba únicamente entre sudamericanos, su fama obtenida gracias a sus brillantes estudios sobre Karnak lo llevaba a la cúspide con una velocidad vertiginosa. No podía ocultar mi orgullo cuando lo acompañaba a aquellas reuniones elegantes. Augusto no había perdido su aspecto de juventud extremada; en cambio, había adquirido una experiencia cultural que lo convertía en una persona admirable.

Fue en Nueva York en donde me compré mi primer abrigo de pieles, parecido a alguno de

Mariana. La prenda, ligerísima de peso, me dio un aplomo inesperado, comprobé en mi persona la importancia del lujo; Augusto me felicitó por mi adquisición. Nos preparábamos a brindar cuando apareció Mariana en el restaurante elegido por los congresistas. Su súbita presencia cargó el aire de presagios. ¿Cómo y por qué aparecía en Nueva York? Nos regaló un beso acompañado de una sonrisa, ocupó un lugar en la mesa y sacó un cigarrillo.

—Llegué esta mañana... —repitió varias veces.

Nosotros la escuchamos sorprendidos, la vimos distraída, fumando sin cesar; estábamos verdaderamente estupefactos. Unos minutos después apareció Vicente, intensamente pálido. Mi amiga no se inmutó.

—¡Vicente!... qué sorpresa —exclamó con voz tranquila.

—Llegué esta mañana... —repitió Vicente varias veces.

Cuando ocupó un lugar en la mesa supe que mi felicidad había terminado. Mariana y Vicente estaban allí para destruir mi dicha, el éxito de Augusto y la tranquilidad de Natalia. El padre y la hija los miraban con la misma acusación que yo deseaba lanzarles a la cara: "Ustedes dos están en Nueva York, desde hace muchos días. Riñeron, y tú, Mariana, viniste a pedir auxilio. Tú, Vicente, trataste de atraparla antes de que llegara aquí"... La situación se volvió insoportable, a pesar de que la conversación transcurría inofensiva, pero ambos estaban demasiado pálidos para ser inocentes. En cuanto a nosotros, nos sentíamos arrastrados por una corriente invisible y terrible que emanaba de la pareja. Augusto sonreía... Preferí no ver su sonrisa torcida por la ira. Natalia estaba boquiabierta. A la salida atrapé a Mariana para reñirla.

—¡Gabrielle!, él me citó para hoy en el Plaza. Llegué, no lo vi y salí huyendo. Creí que había querido vengarse porque no fui aquella vez...

Le lancé una mirada de desprecio. La situación extravagante no terminó ahí; al atardecer llegó a Nueva York un personaje desconocido: Barnaby. ¿Quién era aquel hombre elegante y de gesto sombrío?

—El amigo de Mariana. Una persona excelente —me explicó Augusto.

¿Se repetía Ramón bajo otro nombre? En efecto, comenzó una larga pesadilla, mi estancia en Nueva York se volvió insoportable. No pude asistir más al Congreso de Arqueología. Durante la jornada debía permanecer con Mariana para que no se entrevistara con Vicente. Mi amiga lograba a veces escapar a la vigilancia de Barnaby, pero no lograba su objetivo de llegar al hombre que amaba. Barnaby aparecía en el momento justo y mi deber era evitar las escenas violentas.

¡Cuánta locura! Los días transcurrían tensos, Barnaby ponía un empeño extraño en llevarnos a los lugares más caros, Mariana se negaba a entrar, yo creí morir de vergüenza después de una escena ocurrida en una cafetería de lujo. Mariana intentó escapar para reunirse con Vicente, mientras que Barnaby después de atraparla de una manera escandalosa, continuó comiendo su ensalada rusa.

—Dígale a esta rubita que es inútil que trate de escapar —me dijo Barnaby con voz burlona.

Al escucharlo, Mariana se puso de pie sobre la mesa, saltó después por encima de todas las mesas en las que los comensales aceptaron asombrados su inesperado paso entre tenedores, copas y flores. Aterrada, la vi alcanzar la puerta, allí la atrapó nuevamente Barnaby. "¡Es como un gato, no ha roto nada!", exclamaron a coro los clientes de la cafetería, mientras que yo permanecí petrificada con el tenedor en la mano. Mariana temblando de ira regresó a su lugar. ¿Por qué le imponen siempre al hombre que no ama?, me pregunté nuevamente indignada con Augusto y con su amigo. La convertían en un payaso, al que no me atreví a mirar a los ojos.

Por la noche nos reunimos con Augusto, al que pareció divertirle el juego. En general íbamos al teatro después de una cena ligera. Fue Barnaby el que me dijo que Vicente nos seguía: en los teatros podía localizarlo detrás de alguna columna o en algún palco. Yo evitaba volver la cabeza, pues si lo hacía encontraba al solitario Vicente observándonos. Se había resignado a contemplar de lejos a Mariana, que permanecía quieta, aburrida e ignorante de la presencia de su amigo en el mismo local. Barnaby y Augusto se cruzaban miradas llenas de malicia, mientras mi amiga se desintegraba físicamente. Yo no entendía aquel juego sangriento, es más, todavía no lo entiendo. Barnaby no la amaba, su marido tampoco. ¿Por qué entonces su empeño en retenerla? Recordaba a Stephan: "Augusto es muchas vidas superpuestas".

Y volví a sentir mi antigua compasión por Mariana.

—Gabrielle, ¿no le parece absurdo que los tres hombres más guapos de América Latina corramos detrás de la pobre Mariana? —me preguntó riendo el marido de mi amiga.

No supe qué decir. ¿Por qué no le concedía el divorcio? ¿Por qué Barnaby corría tras ella? Quizás era verdad que Mariana había descubierto algún secreto. "¿Cuál secreto?", me dije mirándole hasta el fondo de los ojos. Comprendí que estábamos como años atrás, sólo había cambiado la ciudad y el nombre del "amigo íntimo". El anterior, Ramón, continuaba en Bélgica, al frente de una casa de exportación e importación establecida por los socios de Eugenia. En dos ocasiones lo había visto en París, guiando un hermoso automóvil Mercedes de color azul claro. Sus negocios iban viento en popa. Me invitó a pasar en Bruselas un fin de semana y acepté su invitación. Mientras comíamos una suculenta langosta hablamos de Mariana: "Pienso ir este verano a visitarla...", me confesó. Debía preguntarle a mi amiga si Ramón había cumplido su palabra...

Mariana no llegó a la conferencia de clausura del simposium. Barnaby se presentó solo muy tarde. Iba descompuesto. Dijo que había tenido una escena violenta con Mariana, quien se metió en una puerta giratoria y dio vueltas sin parar impidiendo el paso a los clientes y a los porteros. Cuando éstos lograron detener la puerta, Mariana acusó a gritos a Barnaby:

—¡Auxilio! Me persigue este hombre. ¡Es un gángster latino!

Mi amiga se alejó de prisa, mientras Barnaby tuvo que identificarse. "¡Vendrá aquí directamente!", afirmó colérico su marido, pero Mariana no llegó. Después de la conferencia, cuando Augusto mantenía una brillante conversación con Robert Graves, sobre la diosa Luna, observé inquieta las puertas de acceso a la sala de conferencias, mientras que Barnaby llamaba al hotel para saber si Mariana ya había vuelto. Abandonamos aquel lujoso salón acompañados por un grupo de amigos, a los que Augusto invitó a la cafetería situada enfrente del hotel. Ya era noche cerrada cuando vi avanzar a Mariana entre las brumas espesas de la calle. Su marido salió a su encuentro para traerla a la mesa. Ella miró a Barnaby con desgano.

—Espero que la lección de hoy te haya sido útil. En Norteamérica no se puede perseguir a las señoras, y menos si son rubias...

Siempre decía lo que no debía decir. Los profesores sudamericanos y españoles la miraron con disgusto.

—Usted es racista —le lanzó uno de ellos.

—¿Qué es eso? —preguntó indolente.

Augusto le pidió que dijera el motivo por el cual no había asistido a la conferencia.

—¡Un incendio! Iba en camino y de pronto vi unas llamas enormes y me acerqué. Acuérdate que soy pirómana...

Hubo algún entusiasta del fuego, que preguntó dónde y cómo había ocurrido el incendio.

—En Broadway. Fue terrible. Lo triste es que cuanto más feroz es un incendio más cenizas deja. Mire, vengo convertida en una estatua de ceniza —y Mariana mostró su impecable abrigo negro en el que todos creyeron descubrir rastros grises.

Unos días después nos dispersamos: Vicente y Mariana no se vieron nunca más...

¿Nunca más? El telegrama que encontró Barnaby dos años después en el piso alquilado por él y que desató la última catástrofe me hace dudar de mis palabras, ya que lo cierto es que al recibirlo, Mariana salió corriendo de París. ¿Hacia dónde?...

Nueve años antes Ramón me buscó para anunciarme que Augusto pensaba encerrar a su mujer en un manicomio. Ahora era el casi desconocido Gerard quien me lo dijo en el pasillo de la oficina. "Debo actuar con rapidez", me dije. Tenía que encontrar a Mariana, pero ¿en dónde? Traté de recordar sus escondrijos y descubrí que uno de ellos era mi casa. Crucé la ciudad con la certeza de encontrar a Mariana esperándome en las escaleras. Al no hallarla me sentí desfallecer, ella era una de las pocas amigas que había tenido durante mi larga existencia. Si no la encontraba llevaría siempre un hueco irreparable y permanente.

Mi salón estaba demasiado quieto. Por las ventanas contemplé el jardín de la casa vecina, en el que los árboles de ramas desnudas erguían su gracia dividiendo a las sombras grises encerradas entre los muros de piedra. ¿En dónde estaba Mariana? La suavidad de la noche invernal y la calma del jardín interior que se ofrecía a mis ojos, me hicieron pensar con claridad: "No. No está con Vicente. Él nunca tomaría la responsabilidad", me dije convencida de que mi amiga vagabundeaba por algún lugar desconocido, mientras Augusto abría para ella las puertas del asilo de locos del que jamás saldría con vida. Seguramente él ya conocía su escondite, y si él lo sabía también Raymonde estaría al corriente. Salí a buscar a la cocina, preguntándome cuál sería la suerte que Augusto le reservaba a Natalia.

La casa de Raymonde se hallaba en un barrio industrial. Si la sirvienta estaba todavía en el piso de Barnaby, encontraría a Ivonne, su protegida. Estacioné el auto y entré al viejo edificio. Desde la escalera me atacó el violento olor a gato que salía del departamento de la cocinera. En el primer descanso me salió al paso Boris, el viejo oficial ruso que provocaba el odio de Raymonde: "¡Borracho como toda su clase!", comentaba la mujer, para agregar sonriendo: "Ahora pasa las hambres que le hizo pasar al pueblo". Un día me contó: "Lo vi con la cabeza abierta y su sangre es tan roja como la mía". El viejo ruso con su gorra de oficial del zar gastada por los años me hizo un gesto amable.

—No hay nadie, sólo los gatos. Yo les llevé la comida esta mañana —me dijo en un francés impecable.

Sus ojos viejos dotados de una malicia infantil decían que era normal que alimentara a los gatos de "su enemiga de clase". A pesar de las riñas existía algún rasgo de amistad entre los dos. Pensé que quizá podría decirme algo sobre Mariana. Algo que la misma Raymonde podía ocultarme. En voz baja le pregunté por mi amiga y por su hija.

—¡Claro que la he visto! También a Natalia. Las dos han probado mi vodka. La preparo en la bañera —me dijo guiñándome un ojo, gesto que me recordó a Mariana.

—¿Por qué no me invita a mí?

Con galantería me hizo pasar a su departamento, compuesto por una habitación desnuda, de piso astillado lavado con lejía. Me ofreció la única silla; él ocupó un catre de campaña abierto en una esquina del cuarto. En los muros blancos sólo figuraba un cuadro que enmarcaba una leyenda bordada en caracteres hermosos: "Se prohíbe que hable la mujer". Lo miré confundida y él se echó a reír y me ofreció un vaso de vodka magnífico.

—La mujer primaria sólo habla de chismes. Eso no reza para una dama —explicó mirándome con atención.

¿Era una advertencia para que guardara silencio sobre Mariana? Bebí el vodka. Él dio varias vueltas por la habitación antes de plantarse frente a mí. Me sorprendió su gran estatura. Sí, conocía a Mariana. Por cierto, una noche llegó muy tarde a llamar a su puerta, pues alguien le había negado la hospitalidad y la muchacha tenía miedo. Ambos hablaron de la vieja Rusia. Se vieron muchas veces. Traté de hacerle precisar la última visita de mi amiga, pero Boris dio un trago a su vodka, ocupó una esquina del catre y se empeñó en mirar al suelo.

—Le regalé una foto mía tomada hace muchos años en San Petersburgo...

—¿Cuándo? —pregunté ansiosa.

Boris hizo esfuerzos para recordar, disimulaba mal, tuve la seguridad de que me engañaba, de que callaba algo importante. Sus ojos azules y risueños me ocultaban la verdad.

—No la busque. Le será imposible encontrarla —me advirtió.

—¿Raymonde le presentó a Mariana?

Boris se echó a reír, negó con la cabeza: No,

la pobre Raymonde estaba llena de prejuicios de clase, sólo le dirigía la palabra cuando se trataba de alimentar a sus gatos. La cocinera ignoraba su amistad con Mariana, para mi amiga había sido una calamidad que su marido la enviara a servir al piso de Barnaby. A Boris lo visitaba a la hora en que trabajaba la mujer o a media noche cuando ya dormía. Lo escuché boquiabierta y enrojecí hasta la raíz de los cabellos: ¡Mariana siempre supo mi complicidad con Augusto! Boris me miró sonriente.

—No se preocupe, Mariana le tiene una confianza ciega. Sabe que lo hace para conservar su trabajo.

—Dígale que Augusto la quiere encerrar en un manicomio —le dije con la vista baja.

—Es natural, muy natural, conociendo a ese hombre —afirmó Boris con un énfasis que no entendí.

"Esta vez jugó bien la pequeña Mariana", me dije observando a su cómplice. El peligro consistía en Raymonde, que podía traicionarme con Augusto. Volví a leer: "Se prohíbe que hable la mujer". Boris tenía razón, mi deber era impedir que hablara Raymonde. El catre de Boris tenía el mismo verde que el baúl de Mariana. Me sobresalté. Eveline podía llegar a mi casa en cualquier momento y descubrirlo. Quizás a esa hora estaba buscándome o me esperaba dentro de su automóvil frente a mi edificio. Debía deshacerme del baúl, pues a Eveline era imposible hacerla callar.

¿Dónde guardarlo? El cuarto de Boris estaba vacío, Raymonde podía entrar y descubrirlo.

—¿Tiene una alacena? —pregunté.

Boris me condujo a su cocina estrecha, en donde una puerta entablerada ocultaba una alacena, oscura.

—¿Servirá ésta, señora?

Calculé el tamaño del baúl y vi que era suficientemente grande. Acepté el ofrecimiento y pregunté por cuánto tiempo podía ocuparla con algunos objetos míos.

—El tiempo que necesite.

Quise irme enseguida para pensar en mi actuación frente a Augusto si de repente reaparecía Mariana. Boris me acompañó a la puerta de su piso, atisbó por la escalera, encendió la *minuterie* y me ordenó:

—¡Salga! No hay nadie, tiene tres minutos para alcanzar la calle.

Bajé de prisa y llegué a mi Citroën. Estaba segura de encontrar el Jaguar de Eveline al llegar a mi edificio. Nadie me esperaba, subí la escalera pensando en mi amiga que me hacía pasar esos terrores.

Una vez sentada a la mesa y mientras comía unas rebanadas de salmón ahumado recordé la noche de su doble intento de suicidio. Frente a mis ojos apareció el viejo cordón eléctrico colgando retorcido del candil de cristales, que partió mi habitación en dos: en un lado estaba el pasado, en el otro el futuro, exactamente igual al pasado, como un simple reflejo del primero.

El cordón estaba en mi casa y de él pendía la vida de mi amiga y la mía. La habitación de Mariana, de tapicerías y cortinajes amarillos, se presentó con una precisión disciplinada y creció hasta no dejar espacio para mi estudio. No me moví, pues aun el roce de las migas de pan sobre el mantel de mi mesa retumbaron como rocas cayendo dentro de aquella habitación de reflejos amarillos, con un eco estruendoso, como si el cuarto se hallara en el fondo de un túnel gigantesco. Escuché la promesa que me hice aquella noche: "No volveré a frecuentar a esta pareja", me dije en el dintel de la habitación que ahora se había posesionado de mi casa. Por la puerta apareció Jean Marie, el librero amigo de Mariana, envuelto en su bata rojiza: "Usted sabe que Mariana no tiene relaciones con Augusto". Después, enfocando sus gafas sobre mí, anunció: "Mariana se va a Lavandou". Sí, Mariana estaba en una playa aislada, batida por el mistral de la primavera. Se reflejaba en el espejo de la chimenea de mármol blanco de su cuarto, tostada por el viento en una playa abandonada. Avanzó hacia mí para decirme: "Me hice amiga de las ocas". Una oca enorme corría a su alrededor. Por el espejo avanzó entonces el automóvil blanco de Estela, vestida de gris, y entró en el comedor del piso de Mariana, en donde los candiles encendidos iluminaban la seda azafranada de los muros.

Estela, la hermosa sudamericana entrada en años, presidía la mesa: "¡Qué rica es Mariana, pasarse tanto tiempo en una playa helada!", y la voz de Augusto resonando adentro del azogue: "¡Mariana odia al amor!" Las gafas verdes de Romualdo brillaron desde su estatura enana: "¡Es Lilith, es Lilith!", su copa roja se alzó adentro del azogue y un círculo de copas exactamente iguales se levantó sobre las cabezas. Allí estaba también la mía, brillando como una cabeza antigua de peluca empolvada, mirando a Estela, la amante de Augusto y del arte moderno. Una fuerza poderosa brotaba del espejo y me arrastraba, aunque no podía precisar hacia qué dirección. Estaba en el cuarto de mi amiga y ella sin maquillaje, con el pelo en desorden repetía: "Me han revuelto como a un rompecabezas, no puedo juntarme, hay una pieza que me falta". Las cartas revolotearon en el espejo, Teo se inclinó sobre mi amiga: "¡Carta de Natalia!" Por la puerta lateral del *boudoir* entró Augusto: "Insistes en no venir al salón". El cuarto de sedas amarillas se hundió sin estrépito en el azogue y éste desapareció como un charco al calor del sol.

Sobre mi plato estaban los trozos de salmón ahumado, tenía las manos húmedas y en el pequeño espejo suspendido en el muro vi mi rostro pálido y mis cabellos blancos. ¿Por qué me había visto a mí misma como un personaje de la Corte de Luis XV en el espejo de la habitación de Mariana? No encontré explicación. Tal vez debería haberme negado a participar en aquellos festines celebrados en su ausencia, presididos por las amigas de Augusto. En ellos se le condenaba, se le cubría de anatemas que yo escuchaba en silencio. Aquel círculo preparaba su destino. "Ahora ya es tarde", me dije. Mis ojos cayeron sobre el baúl verde, quieto en mi estudio como un reproche. "¡Augusto sabe que lo tengo!", me dije poniéndome de pie, pues no pude evitar el terror. Lo arrastré a la cocina, lo escondí bajo la mesa, debía sacarlo al día siguiente y después olvidar a Mariana. Mi amiga era irrecuperable...

Mi cama ardía como un desierto inhóspito y al igual que Mariana me sentí perseguida por aquel círculo de sudamericanos que había visto en el espejo y que amenazaba con destruirme como la habían destruido a ella. El rostro cubierto de acné de Ignacio Rebes y el de su amigo Eulalio confundiendo el catolicismo con el marqués de Sade, me sorprendieron desagradablemente. Yo había luchado por la Revolución, y sus rostros confusos me atemorizaron. Supe que de alguna manera rondaban a Mariana. Me asustaba aquella pareja minúscula que condenaba lo que no compartía. Mi ira repentina contra los metecos, se convirtió en cansancio. Me dejé caer en un sillón para poner orden en mis pensamientos.

Mi situación era difícil. "Mañana en la noche llevo el baúl a la casa de Boris"... "Sí, necesito olvidar estas tonterías". Tomada esta decisión volví a la cama, pero una vez allí, cambié de idea: era más seguro llevarlo muy temprano cuando todos dormían. Aunque Eveline o Augusto podían sorprenderme en la maniobra. Me invadieron pensamientos atroces, al final dormí un rato, para enseguida saltar de la cama a la hora precisa. Un rencor oscuro se instaló en el centro de mi conciencia: era Vicente el que lo provocaba. ¡Me había engañado! Nos había engañado con su presencia rubia y risueña, detrás de la cual se escondía el meteco, el inevitable destructor. ¡No, Mariana no estaba con él!

Las cuatro de la mañana era la mejor hora para bajar el baúl y esconderlo en la cajuela de mi coche. Con sigilo empujé el baúl hacia la escalera, pesaba más de lo que supuse cuando lo transporté a mi casa. Lo hice rodar sobre los escalones alfombrados de los cuatro pisos. La calle estaba desierta y me fue fácil esconderlo en mi coche. ¿Qué guardaría allí Mariana? Era demasiado tarde para formularme la pregunta, en otra ocasión rompería la cerradura para revisar su contenido. Volví a mi estudio, tomé un baño caliente, bebí té acompañado de tostadas, y me sentí aliviada. A esa hora ya Boris habría prevenido a Mariana sobre los designios de Augusto. "Sé que me va a suceder algo horrible", me había repetido en varias ocasiones. "Alguna vez desapareceré...", agregaba profética. Recordé sus heroicas defensas de Casandra hechas en el salón de su casa... "Mariana cree en Casandra porque debutó en el teatro", interrumpía Augusto poniendo un énfasis ridículo en la palabra ¡debutó!...

En general mi amiga y yo reíamos, ahora eso me parecía imposible, también yo tendría que desaparecer si su marido descubría mi complicidad. A las seis y media de la mañana salí rumbo a la casa del ruso. Boris apareció a mi llamado, me dejó sin una palabra, como un conspirador.

—¡Puntual! —y me guiñó un ojo.

Le entregué las llaves de mi automóvil y esperé su regreso. "No, no puedo llegar a esto", me dije mirando la habitación desnuda. Boris había pertenecido a una clase limpia, era como Mariana. Ambos habían permanecido en su condición parasitaria. En cambio a mí me habían escogido ellos y arriesgaba el todo por algo que me era ajeno. Me dolió decir "ajeno" pero yo sabía que Mariana era reprobable. Jugaba al escondite y era amiga de rusos destronados. Recordé la frase de Augusto: "Los intelectuales somos los nuevos príncipes". ¡Era verdad! Sin embargo, mi amiga prefería los augurios, los milagros, el ocio, la Iglesia y los mendigos. Yo pertenecía al presente, no era como Boris o como ella, un objeto antihistórico. Comprendí la amistad entre los dos: la búsqueda de algo que ya sólo existía en los libros. "¿En los libros?", y escuché la risa de Mariana. "Gabrielle, el pasado está escrito en el tiempo y sólo es la imagen del futuro". Aquella tarde estábamos en Versalles y Mariana caminaba pensativa por las avenidas abiertas a la infinidad de los estanques. Nuestros pasos sonaban tristes sobre la grava helada. Nos detuvimos frente a los tritones escarchados por el invierno, que desde el centro de la fuente asomaban sus rostros mitológicos absortos en producir belleza, bajo el sol, los torbellinos de hojas doradas o las borrascas de nieve. Subimos las escalinatas tendidas como abanicos abiertos. Una vez dentro del palacio, Mariana se negó a cruzar la Galería de los Espejos. "Allí están ellos, no quiero poner mi imagen grosera entre las suyas", me confió. La miré extrañada: "¿Quiénes?" Mi amiga se volvió a mí: "¡Los reyes!"...

—No es un azar nacer rey. El rey es todos nosotros. La tragedia griega es tragedia porque sucede entre los elegidos, que son la esencia de todos nosotros. Por eso el magnicidio es aterrador. El burgués ha cortado sus ligas con su origen sagrado y es ¡matable! Nadie se conmueve cuando asesinan a miles de ellos. Nos hemos convertido en seres anecdóticos.

La escuché sorprendida, era en verdad anacrónica. A mi pregunta: "¿Es usted monárquica?" Contestó:

—¡Naturalmente! Es la única manera de ser trascendente. Los reyes llegan al poder en estado de inocencia y son responsables de nosotros ante la Iglesia y ante Dios. Los presidentes llegan manchados de sangre, gozan de un poder que empieza y termina en ellos. ¡Un poder ilimitado!

El pueblo no tiene a nadie a quien presentar sus quejas cuando se le atropella... ¡Odio al burócrata de la ventanilla, su ideal es ponernos a todos en jaulas!

—También yo los odio... —respondí.

La entrada de Boris con el baúl al hombro me devolvió al presente.

—Hemos servido a Mariana con limpieza —dijo satisfecho.

Noté que nos conducíamos como criminales, a pesar de que ninguno de los dos había cometido ningún delito. Mariana tenía razón: no había nadie ante quien presentar nuestra queja. Augusto era un burócrata poderoso, detrás de él había un ejército de hombres colocados tras las ventanillas dispuestos a pulverizarnos. Boris me llamó a la cocina para ver que "el baúl había quedado como una alhaja en su estuche". Luego me ofreció un café.

—Mariana sabe que es de "ellos" —me dijo con voz clara.

"Ellos" me produjo desasosiego. ¿A quién se refería? Tal vez a los burócratas odiados por Mariana o tal vez ambos ocultaban algo que yo ignoraba y decidí que Raymonde vigilara al ruso. "¡No puedo! Me he convertido en su cómplice", me dije. Había entregado el baúl sin enterarme de lo que contenía. Boris me pareció un ser enigmático, le pregunté si hacía mucho tiempo que era amigo de Mariana.

—No puedo medir en tiempo mi amistad con ella. Hay almas que se conocen desde siempre.

Traté de encontrar otra pregunta que me iluminara, miré al techo en busca de ella y me pareció escuchar algún ruido.

—Es Raymonde. Anoche llegó muy tarde. Algo sucedió en el piso de Barnaby —me dijo Boris.

Bebí el café, no me quedaba más remedio que aceptar que aquel personaje tenía grandeza: se mantenía intacto en medio de su miseria. "La gente que sobrevive a una catástrofe es insoportable", me dije, pues el ruso me miraba con condescendencia. Carecía de compasión para sí mismo. Antes de despedirme prometí visitarlo. Era indudable que sabía todo de Mariana, desde la puerta vi la inscripción: "Se prohíbe que hable la mujer"...

Al llegar a la oficina Augusto me mandó llamar a su despacho. No era su costumbre llegar tan temprano y temía que supiera la verdad sobre Boris y el baúl. Lo encontré sonriente.

—Gabrielle, ¿podría usted darme una explicación sobre ese baúl?

Seguí con la vista el gesto de su mano y encontré el baúl que acababa de depositar en la casa de Boris.

—¡Ábralo! —me ordenó.

Traté de no caer cuando me dirigí al baúl, medio oculto entre los cortinajes de la ventana. Lo abrí y lo encontré lleno de periódicos.

—Observe que todos llevan la fecha de la desaparición de Mariana —explicó Augusto.

—No entiendo...

—Ese baúl lo tenía Mariana en su habitación. Ni Barnaby ni yo creemos que lo tenía para llenarlo de periódicos justamente el día que escapó. Es claro que los compró ese día y los colocó dentro por algún motivo. ¿Cuál puede ser?

—No sé... quizás una broma —contesté aliviada al ver que se trataba del otro baúl.

—¡Se equivoca usted! El contenido del baúl no era ése. Lo llenó de periódicos para no despertar sospechas dejándolo vacío.

—¡Ah!...

—Barnaby y yo nos preguntamos qué contenía el baúl y adónde llevó lo que guardaba, pues ese día salió a comprar muchos diarios. Cuando se fue llevaba sólo su bolso de mano.

—Tal vez no contenía nada...

—¡Absurdo! Raymonde aceptó que Mariana la envió a comprar diarios y que Natalia llegó también con un enorme paquete de periódicos —explicó indignado.

Su despacho giró a mi alrededor, temí caer redonda al suelo, no acerté a decir una palabra.

—¿Sabe usted a quién pertenece este número de teléfono? —me preguntó tendiéndome un papel con una cifra telefónica situada en Passy.

Examiné el número desconocido y Augusto me ordenó que fuera a mi oficina y por mi carnet de direcciones. Al volver a su despacho, me pidió que lo revisara minuciosamente, mientras él se entregaba a la lectura del diario.

—Barnaby escuchó por la extensión cuando una voz femenina le dictaba el número a Gerard. ¿Usted sabe que Barnaby deja París esta tarde? —lo escuché decir.

—No. No lo sé... —dije mientras buscaba en mi libreta el número solicitado.

—Barnaby llamó a ese número y pertenece a un ruso.

La palabra "ruso" me dejó sin aliento, las páginas de mi carnet se convirtieron en una mancha confusa. "No. No puede ser Boris, él no vive en Passy", me dije para tranquilizarme. Pero algo me dijo que Augusto seguía la buena pista para localizar a Mariana. De pronto mis ojos descubrieron la cifra que buscaba seguida del nombre Vasily. Estaba escrita por la mano de mi amiga. ¿A quién pertenecía? ¿De quién era el número y el nombre? Escuché la risa de Mariana en una tarde veraniega, junto a una ventana abierta a un jardín húmedo, de hortensias azules y ramas tupidas de castaños. Me quedé muda. Estábamos dentro de una habitación semejante a un caldero bruñido en donde sucedían gestos sepultados y perfumes intensos. La irrealidad del recuerdo me dejó atónita. Volví a mirar la página del carnet: sí, la escritura era de Mariana, la exactitud de la cifra telefónica me probó que no soñaba, que mi recuerdo confuso provenía de algún momento de mi vida con Mariana y de algún lugar preciso que había olvidado. Escuché que Augusto doblaba el diario.

—¿Nada? —preguntó.

—Nada... —dije, mientras el piso se hundía bajo mis pies.

—Barnaby y yo pensamos que Mariana se comunicó con Gerard y le dejó este número.

—Me inclino a creer que Mariana no está en Francia.

—Se equivoca. Mariana no tiene dinero, pero tiene compinches. Gerard desapareció después del disgusto provocado por ese número y el baúl...

—Quizás el teléfono pertenece a algún amigo del muchacho; usted sabe, su profesión...

—No. El número se lo dictó una mujer, creemos que Gerard tiene algo que ver con lo que Mariana guardaba en el baúl.

Me sentí aliviada al escuchar que las sospechas recaían sobre el muchacho. Gerard no tenía nada que perder, sólo era un pederasta que frecuentaba el Café de Flore y *La Reine Blanche*.

—Eveline investigó anoche entre los vecinos de ese ruso que dos primas suyas llegaron a su casa hace tres semanas. Las señas corresponden a Natalia y a Mariana.

Palidecí. La investigación de Augusto se aproximaba peligrosamente a Boris. Era muy posible que Eveline me hubiera visto entrar la noche anterior a la casa de ese personaje, pues Augusto me miraba con una fijeza irritante.

—Entonces, todo está solucionado —dije.

—¿Todo? ¿Y el contenido del baúl? Quiero que vaya usted a la casa de ese individuo y haga la pequeña investigación. Deseo evitar el escándalo. Tome de pretexto a Gerard.

Fumaba de una manera curiosa: sostenía el cigarrillo entre los dedos, muy cerca de la palma de la mano y al acercársela a los labios casi se cubría el rostro. Acepté ir a aquella dirección.

Me invadieron sentimientos contradictorios, tenía vergüenza, me sentía culpable ante mí misma. No podía presentarme en la casa de aquel Vasily a preguntar por Mariana, ya que si estaba allí nunca la entregaría a las manos de Augusto. ¿Y mi amiga, qué pensaría de mí? "¡No podré hacerlo!", me dije a sabiendas de que lo haría. Si Mariana no se encontraba allí, de esa casa llegarían fácilmente a la de Boris, encontrarían el baúl y yo encontraría mi pérdida. "Este sabueso no va a soltar a Mariana hasta que la triture", y recordé su quijada ancha y su mirada de hipnotizador. Ella era una imprudente. ¿Por qué había llamado a Gerard al piso de Barnaby? Su marido estaba tan seguro de encontrarla que esa misma tarde Barnaby regresaba a su país.

Me encontré en la rue Faustin Helie en donde vivía ese Vasily al que no recordaba. Mariana me había llevado con tanta gente disímbola que era normal que hubiese olvidado a alguna. Me asaltó una duda: ¿y si Vasily fuera Mitia, el príncipe ruso con quien cené en el *Maxim's*? Mi amiga era una embustera, tal vez me había engañado dándole una personalidad falsa a aquel personaje. Augusto tenía razón al encarnizarse con aquella desquiciada. ¿Qué actitud tomaría yo si el tal Vasily resultara Mitia? La repentina desaparición de Charpentier me había privado de frecuentar a aquel grupo. Nunca más había visto al viejo Willy, el norteamericano que pagaba la cuenta en aquel lugar de lujo. Estuve segura de que todos eran gente sospechosa, de ahí que Augusto se opusiera a su amistad con Mariana. Mi ambición personal se volvía contra mí para aniquilarme. Miré por el retrovisor para ver si nadie me seguía, pues decidí ir primero a la casa de Boris para prevenirlo del número de teléfono descubierto por Barnaby, pero cambié de idea: temí encontrarme con Raymonde. ¡Era el colmo que ya no confiara en mi vieja camarada! Quizá, Lisa Fugate me podía ayudar, ya que si Augusto encerraba a Mariana en un manicomio no obtendría el divorcio y no podría casarse con ella. "Le explicaré la situación...", y me dirigí a su casa... inmediatamente supe que Augusto no me perdonaría la intromisión y regresé a la oficina para consultar con él.

—Le di unas instrucciones. No admito ninguna cuestión sobre mi vida privada. Además ¿quién le dijo a usted que quiero encerrar a Mariana en un manicomio? —me dijo con voz glacial.

—Nadie...

—Mariana es una vieja desahuciada, yo pienso en Natalia, que empieza a vivir.

Lo miré estupefacta. La llamaba "vieja desahuciada". Mariana apenas llegaba a los treinta y cinco años, él debía cifrar en los cuarenta, aunque ambos tenían la facultad de mantenerse demasiado jóvenes para su edad. Eran dos seres engañosos y malévolos. Natalia tironeada entre esos dos personajes equívocos resultaba la víctima evidente, aunque todos trataran de ignorarlo o de callar el hecho.

Sus palabras me llevaron al pasado, a su salón, a sus invitados, a su mujer oprimida por algo más profundo que el odio. "¿Mariana, por qué no se divorcia?" Se volvió a mí: "¿Divorciarme? Usted no lo conoce, nunca me dará el divorcio". Una semana más tarde le hice la misma pregunta a su marido: "¿Divorciarme? Usted no conoce a Mariana. ¡Nunca me concederá el divorcio!" Las respuestas idénticas me hicieron pensar que existía un juego diabólico entre ellos. Yo estaba llena de problemas, me agobiaban las deudas, mis padres se hallaban en un asilo, mi hermana ganaba algunos francos haciendo horóscopos bajo un seudónimo que ocultaba su identidad y su indigencia. ¿Qué podía importarme esa pareja que nos reunía en su salón para mostrarnos sus querellas y sus amantes?

—¡Quiero vivir mi vida! Comprenda, Gabrielle.

La voz de Augusto se había vuelto quejumbrosa, me volvió a la realidad. Debía ir en busca de Vasily. Sin proponérmelo, juzgué que la frase de mi jefe: "Quiero vivir mi vida" no era digna de un hombre de su edad ni de su posición social. "Frase de mecanógrafa", me dije y lo miré divertida.

Eran las diez y media de la mañana cuando rehice el camino a la rue Faustin Helie. El número que me indicó Augusto correspondía a un pequeño hotel particular. La puerta de entrada estaba abierta. No había conserje. Subí por una hermosa y pequeña escalera y de pronto, recordé con una precisión aterradora la puerta de roble que daba al primer descanso. Era tarde para huir, tiré de la campanilla, a mi llamado acudió un hombre viejo de aspecto bondadoso, cabello rubio encanecido y cuerpo alguna vez atlético.

—¿Busca usted a Irina?

Ante mi afirmación el hombre me hizo pasar a un vestíbulo minúsculo en el que había una mesa pequeña con un ramillete de flores frescas; estanterías repletas de libros muy usados, escritos en caracteres rusos y una percha de la que colgaba un chaquetín militar de color desvaído por el tiempo. Pasamos a un estudio pequeño, en donde el color cobre en todos sus matices producía la impresión de hallarse dentro de un caldero bruñido. Busqué la ventana que ahora se abría al misterio de un jardín oscurecido por el invierno.

—Irina llegará enseguida.

Ocupé un lugar en uno de los divanes de colores ardientes. Vasily se deslizó hacia la ventana y desde allí me observó con los ojos entrecerrados.

Sobre una mesa de avellano, un vaso de color azul intenso recogía la luz que despedían las paredes y los muebles brillantes. En las vitrinas había *bibelots* de colores lujosos estriados de oro que producían destellos hipnóticos. En las repisas se acumulaban cristales, libros y fotografías de personajes hermosos y elegantes: ellas con trajes de encajes blancos y ellos en uniformes de una historia pasada.

—Recuerdos… —dijo Vasily.

La alfombra era rica, se extendía bajo las patas de los muebles pequeños colocados a manera de permitir el mayor espacio libre. Sobre una mesita cercana tres canastillas Meissen rebosaban de golosinas; atrás de ellas, las licoreras altas ofrecían sus colores variados.

—¿El jardín les pertenece?

—Es de la casa de atrás, pero nos regala sus cuatro estaciones.

No se me ocurrió hacer ninguna otra pregunta. Sobre un muro lateral estaba la fotografía del zar Nicolás II acompañado de la Zarina, las grandes duquesas y el Zarevitch. Prefería mirar fotografías menos ilustres, entre las que creí descubrir una de Ana Pavlova inclinada y blanca, "como la paloma que Mariana descubrió en su chimenea", me dije asustada.

—¡Pavlova!… fue compañera de Irina en el Mariinsky —explicó Vasily.

Hice un gesto admirativo, aunque ignoraba qué era el Mariinsky. ¿Cuál era la conexión entre Mariana y aquellos rusos? Si Augusto, al oír que el teléfono pertenecía a un ruso había tenido la seguridad de encontrar a Mariana, era que existían nexos desconocidos para mí, entre ellos y mi amiga.

—Creo que alguna vez vine aquí con Mariana... —dije.

—¿Quién es Mariana?

La pregunta indiferente de Vasily me dejó atónita. Me lancé a dar explicaciones sobre la repentina desaparición de mi amiga, la inquietud de su marido, mi misión de encontrarla sin escándalo, la ansiedad de un padre por salvar a su hija de las posibles penurias que podría sufrir debido a la acción alocada de su madre. Hablé de prisa y el rostro de mi huésped caminó de la curiosidad a la preocupación más intensa.

—Comprendo su angustia, pero no comprendo por qué la busca usted aquí.

Mi turbación aumentó. No podía confesarle que Barnaby había escuchado por la extensión telefónica su número privado cuando una mujer se lo dictaba.

—Se comunicó con un amigo y dejó este teléfono... —dije.

—¿Quién se comunicó?

—Mariana...

—¡Es imposible! No conozco a Mariana. Hay

un error, ese amigo anotó mal la cifra telefónica —afirmó Vasily.

Barnaby ¿se había equivocado? Pero ¿y Boris? ¿Y mi recuerdo de haber estado en esa casa? ¿Y la aparición de las primas de Vasily en la fecha en que Mariana desapareció? Con tacto, le expliqué la presencia de aquellas primas suyas en su casa.

—¿María y Tatiana? Sí, se parecen mucho a mí... Ahora están en Sudamérica. María va a casarse con Vicente.

—¡Vicente! Mariana tiene un amigo llamado Vicente —exclamé desconcertada ante la repentina confesión de Vasily.

El hombre se levantó de un salto, dio varias vueltas y palmadas de alegría y se enfrentó a mí con los ojos chisporroteantes.

¡Los dobles! La confirmación de mi teoría. No existe un caso singular o una persona única. Los hechos y las personas se repiten en otros hechos y otras personas exactamente iguales, una se salva y la otra se pierde. Dios nos crea, nos echa a andar en circunstancias iguales, uno se desvía y se pierde, el otro sigue las huellas dejadas por su ángel y se salva. Hay otro Vasily cumpliendo mi destino, tal vez ya está muerto, mientras yo sobrevivo...

Vasily se dirigió a la ventana, después de unos minutos de silencio me dijo sin volverse.

—Soy una llama casi apagada... Deje usted a esa otra María alcanzar a su Vicente. ¿Por qué la sigue? ¿Cometió algún delito? En ese caso la ley la encontrará...

Su voz sonó cansada, yo sentí vergüenza. Vasily se acercó a observarme con ojos penetrantes.

—¿Es usted detective? ¿O policía? No me gusta la policía del pueblo, persigue a los inocentes y extermina a los elegidos. Entrega el poder a los convictos, destruye la belleza, la cultura y el orden.

Me humillaron sus palabras dichas con gravedad, pero me sentí incapaz de decirle que no era policía, ya que la misión que me había encomendado Augusto era policiaca. Su mirada no se apartó de mí, me congratulé de llevar zapatos Chanel. "¡Qué curioso que la gente examina siempre los zapatos!", me dije, súbitamente avergonzada al recordar los que llevaba cuando conocí a Mariana, suela de corcho y cuero rajado. Sentí que los ojos de Vasily me miraban tal como era antes. ¿Y cómo era antes? Recordé mi imagen encorvada, mis descuidados cabellos blancos, mi traje de lana gris, mis pies escondidos bajo las mesas elegantes a las que me invitaban los amigos de Romualdo y de Mariana, que me iniciaron en el lujo. Tal vez yo también olvidé mi destino, pues en ese momento los viejos ideales me parecieron extraños. "No. La Revolución no se hace desde abajo, se hace desde el poder". Yo había estado equivocada, la renuncia es un vicio pequeñoburgués, sólo el pueblo bajo, adherido a sus vestigios cristianos puede aceptar el sacrificio. Nosotros, las gentes del futuro, debemos abolir al capital situándonos en su mismo centro, controlándolo sin vacilaciones ni sentimentalismos burgueses de culpabilidad", me dije.

Escuché la voz de Vasily:

—Lo siento, señora no puedo colaborar en ninguna pesquisa. Mi oficio no es el de perseguir, y menos a una señora y a una niña.

Sus palabras carecían de sentido, eran campanadas en campo abierto, sin campanario y sin feligreses. Siempre fui alérgica al tañido de las campanas, heraldos de desdichas. "Ahora, en muchos países están mudas", me dije. Miré a Vasily, perorando en su estudio en donde cada objeto preciosamente guardado, poseía secretos y efectos inútiles. "También tú deberías quedarte muda", pensé. Era un personaje ridículo, creía haberme engañado con su teoría sobre los dobles para borrar las huellas dejadas por Mariana. Aquel despojo histórico sobrevivía para ver el triunfo absoluto de nosotros sus adversarios, que marchamos hacia adelante sin volvernos atrás, como la mujer de Loth o como el desdichado Vasily convertido en estatua de sal. Bastaba un soplo ligero para que cayera sobre la alfombra, igual a un salero derramado. Su insolencia me irritó: me había llamado ¡policía! Decidí fulminarlo.

—Yo estuve aquí con Mariana —dije con energía.

—Lo creo. Hay lugares que visitamos sin visitarlos. Son lugares en donde alguna parte de nuestra vida va a suceder. Quizá Mariana es demasiado importante en su vida.

Las palabras de Vasily me trajeron un vago recuerdo de Pascua, en el fondo de mi memoria se dibujaron huevos azules y violeta acompañados de frases infantiles de Natalia. Mi repugnancia por la celebración cristiana, borró los colores que empezaban a dibujarse en mi memoria apagada y el eco de la voz de la niña. Me invadió el desconcierto, el hombre que estaba frente a mí sabía más de mi vida que yo de la suya. "¿Quién eres?", me pregunté. La puerta que comunicaba con el vestíbulo se abrió para dar paso a una mujer parecida a una monja. Llevaba el cabello oscuro recogido en la nuca y calzaba zapatillas de ballet muy usadas.

—Irina, la señora busca a María y a Tatiana.

Irina no pareció sorprenderse, me miró largamente desde las cuencas oscuras de sus ojos profundos y ocupó un lugar vecino al mío. Era delgada, se movía con severidad, pero todos sus ademanes eran precisos.

—¿María y Tatiana?, se fueron. Escríbales y recibirá una carta tan feliz como la que recibimos nosotros. Vasily, ¿le leíste la carta? —preguntó en tono comedido.

Ante mi asombro, Irina buscó en una mesita y con gesto amplio me tendió un sobre azul dirigido a ella y escrito por la mano de Mariana. La misiva venía de Sudamérica.

—¡Léala! —me ordenó con amabilidad.

La vista de la carta me dejó aturdida, me rehusé a leerla, juzgué conveniente retirarme, ¿qué más podía hacer en aquel piso melancólico? Irina me besó en ambas mejillas y me invitó a volver a su casa.

Una vez en la calle, no estuve segura de encontrarme en París. Desorientada, me dirigí a un objeto oscuro que era mi Citroën. No podía decirle nada de lo ocurrido a Augusto. Le diría simplemente que aquel ruso tenía dos primas que se habían marchado de París, de ahí la confusión de los vecinos y de Eveline. Arranqué de mi carnet la dirección de Vasily escrita por Mariana y decidí hacer mi investigación privada, pues era evidente que mi amiga tenía conexiones con aquellos rusos blancos. Por la tarde me enfrenté a Augusto.

—Son demasiadas coincidencias: Barnaby se equivocó de número, Gerard desapareció, ese individuo tiene dos primas parecidas a Mariana y a Natalia. Ambas salieron de viaje... Yo me pregunto ¿quién sacó los papeles y quién los tiene? —la voz de Augusto era severa.

La entrada de Lisa Fugate interrumpió sus cavilaciones. Lisa venía lujosamente ataviada, pues ambos iban a la exposición surrealista. Sonriente y orgullosa de su belleza la mujer me invitó a acompañarlos.

Nos dirigimos al piso de Barnaby, que se marchaba al oscurecer. Yo iba triste, pensando en la suerte oscura de mi amiga. Lisa parloteaba, mientras Augusto hundido en el asiento mullido del automóvil guardaba una actitud preocupada. Raymonde abrió la puerta del piso en el que Mariana vivió algunos días. Sentí la hostilidad de los muros blancos, los muebles de color celeste colocados al azar y el frío de la enorme chimenea apagada. Barnaby, enfundado en su gabardina vigilaba los movimientos de Raymonde. "Buscan los papeles", me susurró la criada. Augusto le dio de golpecillos en la espalda a Barnaby, lamentándose de su marcha precipitada.

—Me esperan. Tú lo sabes —suspiró Barnaby con fatiga.

Quedé excluida de la conversación, me limité a levantar mi copa para desear al viajero un feliz retorno y guardé silencio. Nadie mencionó a Mariana. Sentí un alivio cuando conducidos por el auto de Augusto nos encontramos en la Gare d'Orly. Hubo abrazos, adioses conmovidos, pronto la figura alta de Barnaby se perdió en la fila de viajeros.

—¡Es repugnante lo que Mariana le hizo al pobre Barnaby! —exclamó Lisa.

—Me pregunto cuánto dinero le estafó —contestó Augusto.

En el trayecto a la exposición comentaron la miseria de los delitos cometidos por mi amiga. ¿A quiénes engañaban? Quizás al chofer, pues todos sabíamos que Mariana había huido sin dinero. "Está con Vicente... o con los rusos", me dije mirando con rencor a la pareja que se dirigía a la exposición de moda.

Me encontré aislada en el corazón mismo de los elegidos y estúpidamente me sentí el blanco de todas las miradas. Me esforcé en admirar a la mujer desnuda acostada sobre un túmulo de algas marinas y a la que los camareros colocaban ostras en el sexo. Ostras, que los invitados se apresuraban a devorar en medio de grandes carcajadas. La muchacha era una prostituta alquilada para la ocasión y su rostro reflejaba cansancio. ¿Cuántas horas debería permanecer en ese lecho? Un pintor peruano al que conocí en el salón de Mariana se acercó a la mujer y le tiró los pezones al mismo tiempo que repitió: "Je t'aime, Je t'aime", a imitación del altoparlante colocado en el techo cubierto de trapo rojo y que daba la hora erótica repitiendo: "Je t'aime, Je t'aime", simulando el jadeo del acto sexual.

—¡Fernando, eres un genio! —le gritó su mujer.

Sacudía su enorme cantidad de pulseras de oro con el mismo ritmo que sacudía su cuerpecillo oscuro y engrasado. La esposa del pintor continuó haciendo aspavientos, me pareció estar frente a un pigmeo alegre y exhibicionista, que curiosamente se llamaba: Clara. Siempre me fascinó la contradicción entre su nombre y su figura y perseguí con la vista a aquel ser gordezuelo y salvaje cuya fealdad quedaba fuera de los cánones comunes. ¿Cómo había llegado allí aquella criatura extravagante? La escuché gritar: "¡Augusto, eres divino!, ¡divino!", al tiempo que se colgó del cuello de mi jefe como un pequeño mono. Los labios gruesos maquillados de un rojo violento, se le iban hacia una oreja, formando un agujero aterrador. Notó mi sorpresa y me lanzó miradas agresivas con sus enormes ojos saltones, que bizqueaban al mirar con fijeza. Procuré alejarme de ella. Al poco rato noté que me seguía, acompañada de un hombre rojizo, cuya mano recorría con descaro las curvas sueltas y opulentas de su pequeño cuerpo. Después, ambos se engancharon en una escena amorosa adosados a una pared de la que pendían lanzas negras, máscaras salvajes, objetos eróticos, consoladores, cinturones con clavos, ungüentos, fotografías agrandadas de sexos femeninos y masculinos y plumas verdes.

—¡Se han rotos los tabúes! —gritó Augusto al contemplar el coito público de Clara con el hombre rojizo.

Yo tenía una idea diferente de aquel cuerpo, al que imaginaba hermoso, joven, poético, dotado de una imaginación prodigiosa y de una rebeldía admirable. El salón semejaba la carpa de una vieja gitana, su clientela era discordante, aunque de sus muñecas colgaran lujosas pulseras de oro. Me asombró la belleza de Lisa entre la multitud fea y harapienta. Su rebelión estaba condicionada a la aceptación burguesa, la presencia patricia de Lisa era el único toque subversivo en aquella reunión en la que había demasiados periodistas. Escuché que se hablaba de una ceremonia íntima en honor del marqués de Sade y me escurrí a la calle.

Sentadas en las bancas públicas había parejas inocentes de amantes que no tenían ninguna relación con el grupo reunido en el salón forrado de rojo. Mariana tenía razón al escapar de aquel mundo artificial y peligroso. ¿Cómo se había atrevido a desafiarlos?

Agotada por el día cargado de sobresaltos casi le agradecí a Mariana que hubiera tenido la cortesía de desaparecer. En la exposición nadie la nombró, Barnaby se había marchado, se diría que el horizonte empezaba a despejarse. "El tiempo lo borra todo", me dije. Recordé a los tres cómplices de mi amiga: Boris, Vasily, Irina, traté de recordar cómo y cuándo había visitado su casa, un chispazo me vino a la cabeza: "*¡Novy!*" "*¡Novy!*"... el restaurante ruso al que me invitaba Mariana. El *Novy* se hallaba cerca de la casa de Vasily. Miré mi reloj, eran las once y media de la noche, podía ir para echar un vistazo. Mariana sí se hallaba en peligro, quizá por eso todo parecía tranquilo esa noche. Recordé la actitud y la advertencia de Gerard: "También él ha desaparecido", pensé, quizá lo habían encerrado en el manicomio de la frontera suiza para borrar huellas. "Los dandys son peligrosos", me dije refiriéndome a Barnaby y a Augusto, que tenían poder y dinero suficiente para cometer atropellos con toda impunidad. Me temblaron las piernas. Debía ir al *Novy*, se trataba de una carrera contra el reloj para salvar a Mariana.

En la puerta del *Novy* colocado bajo el toldo estaba un hombre alto vestido de cosaco. El hombre se inclinó sobre mí:

—Se prohíbe que hable la mujer.

Era Boris, que me hizo un guiño y me cedió el paso. Aturdida por la sorpresa me dejé llevar entre un grupo elegante, que me impidió hablar con él, pues su presencia y sus palabras me indicaron que iba tras la buena pista. "El rompecabezas empieza a tomar forma", hubiera dicho Mariana. Un joven vestido de ruso recogió mi abrigo y me buscó una mesa pequeña. Me sentí muy incómoda: yo era la única mujer sola. El lujo de la clientela, la música de los violines y mi búsqueda de Mariana, me convencieron de que yo estaba más loca que mi amiga. ¿Qué diablos hacía allí? Miré el techo, segura de que sola y a mi edad sólo hacía el ridículo. "¿Qué pensarán de mí?", me dije en medio de aquella gente que parloteaba en voz baja. "Tal vez dirán que busco una aventura", y enrojecí. Traté de no mirar hacia ninguna parte, creí ser el blanco de todas las miradas, pero resultaba difícil ignorar aquellas mesas y aquellos personajes, algunos de los cuales me hacían señales a través de las luces colocadas sobre las mesas. El lugar era pequeño y no podía hurtarme a los ojos de los comensales.

Un hombre joven se inclinó ante mí, iba a rechazarlo con dignidad cuando descubrí que se trataba de Jacobo, el marido de Carmen. "¡Ah! Carmen, la primera persona que decretó el ostracismo de Mariana", me dije con ira. Me sentí impotente: él y su mujer se lucían en público mientras mi pequeña amiga huía de nosotros. Disimulé mi rencor y traté de sonreír. Impotente, vi cómo Jacobo recogía mi bolso, me tomaba del brazo y me conducía con amabilidad a su mesa, presidida por Carmen, convertida en una matrona enjoyada y prematuramente marchita. "Los tiburones rondan a Mariana", me dije. Observé los pendientes de diamantes que llevaba la mujer de Jacobo, casi del tamaño de una avellana, me invadió la tristeza de la derrota: Mariana había perdido la partida para siempre, carecía de fortuna personal y su marido la había desposeído de dinero, dignidad y derechos. La había arrojado a la calle. ¿A la calle?, me dije esperanzada; si sólo fuera a la calle...

—Gabrielle, ¿qué hace usted por aquí? —me preguntó Carmen con voz suave y con los ojos entornados como era su costumbre.

No supe qué decir y me volví a su marido que parecía más joven que cuando se casó con ella. "Debes de darte una vida regalada", pensé con rencor. "Mariana jugó mal, se equivocó en todo". Miré a las parejas que se deslizaban en la pista. "¿Cuándo empezó a equivocarse?". Debía encontrar el principio para hallar el final. "Gabrielle,

¿qué hace usted por aquí?", insistió Carmen. Quizá le parecía demasiado para una simple secretaria aquel lugar de lujo y me negué a contestar. Los músicos se acercaron, nos rodeó un círculo de violines. Un violinista se inclinó sobre mí, asustada reconocía a Vasily, que con los ojos chispeantes me daba órdenes de callar, mientras su música desgarradora casi me produjo llanto. ¡No, yo no diría nada, pero qué fácil era encontrar a Mariana! Vasily ignoraba que también yo estaba rodeada de enemigos. Cuando los violines se alejaron de nuestra mesa, escuché que Jacobo y sus amigos hablaban de cibernética. Para ocultar mi enorme quebranto fingí interesarme en aquel tema que me pareció descabellado. Carmen, por su parte, insistió en mantener una charla privada conmigo.

—¡Pobre Augusto! Hace mucho tiempo que le pedí que se divorciara de Mariana. Ahora es un hombre al agua. ¡En la vida no se puede ser tan generoso!

Vasily me observaba desde lejos, tuve la impresión de que conocía al grupo que me rodeaba. Le agradecía a Jacobo que insistiera en la tortuga robot que hacía cálculos matemáticos. ¡La tortuga! Natalia me había dado la clave de aquel ser mitológico que aterraba a su madre y que a ella le producía risa.

—Carmen, ¿conoce usted a la madre de Augusto?

—Es una mujer divina, él me ha mostrado fotos.

Jacobo se volvió para mirar con ironía a su mujer.

—Ustedes los sudamericanos no son objetivos. Es una mujer gordísima, que odia a Mariana. Yo encuentro divina a Mariana a propósito, Gabrielle, ¿sabe usted algo de ella? —me preguntó Jacobo.

—Creo que salió de viaje...

Jacobo asintió con un signo, Carmen guardó silencio, le resultaba imposible nombrar a mi amiga y el desenfado con el que su marido dijo "Mariana", la molestó. Tuve la certeza de que no se encontraban en el *Novy* por un azar. No, seguían sus huellas. Carmen sabía algo de mi amiga que yo ignoraba. No en vano era una de las confidentes asiduas de Augusto. A mí me ocultaban la verdad, era considerada miembro del bando enemigo o quizá sólo un testigo inoportuno. Me di cuenta de que nunca me consideraron persona de confianza. Enrojecí: Mariana al conseguirme el empleo con su marido, me vendió a su causa. Ahora era tarde para retroceder.

La noche se prolongó interminablemente; cuando una está rodeada de enemigos como era mi caso, el tiempo se detiene para atormentarnos. ¡No se iban nunca! ¿Qué esperaban? Muy tarde y contra mis deseos abandoné el *Novy* con ellos. "Impostores", me repetí hasta que alcanzamos la calle. Una vez allí no tuve valor para mirar a Boris.

—No entiendo por qué Carmen se empeñó en venir a este lugar, sabe que me molesta y esos violines me producen dolor de cabeza —se quejó Jacobo con acritud.

Supe entonces el motivo de su presencia en el *Novy* y callé. Boris abrió las portezuelas de los automóviles y permaneció en la acera mirándonos partir. Maldije a Raymonde. ¿Por qué me había ocultado que Boris trabajaba allí? Los rusos me habían visto en compañía de los enemigos de Mariana y desconfiarían más de mí…

Augusto se presentó en la oficina por la tarde. La ceremonia en honor del marqués de Sade se prolongó hasta el amanecer y terminó en una fiesta loca y promiscua. Un sudamericano se desnudó, bailó la danza de la tortuga y se marcó el pecho con una "S".

—Gabrielle, lástima que usted no fue… —terminó Lisa en el teléfono riendo estrepitosamente. "¡Terminarán mal!", me dije sin hacer ningún comentario. Ignoraba que entrábamos en una nueva era. Augusto me llamó para tomar un dictado urgente.

—Se ha aficionado usted a los rusos —me dijo divertido.

Para disimular mi sorpresa, traté de parecer mundana dando una explicación tonta: "Tuve el capricho de escuchar música"… La mirada de

Augusto provocó que mi libreta de apuntes se cayera al suelo.

—¿Y qué relación encontró usted entre esos rusos y Mariana?

Dudé antes de contestar, opté por reír como hubiera hecho mi amiga y decir cualquier tontería.

—Yo qué sé… tal vez son de su familia o quizá sus amantes…

—¿Qué dice usted?

La cólera súbita de Augusto me paralizó la risa. "Estoy perdida", me dije, mientras él tocaba el timbre con energía. Eveline entró solícita.

—¿Investigaste los vuelos a Sudamérica?

—Sí, no figuran en ninguna lista de pasajeros.

Eveline se sentó sobre el brazo de un sillón, encendió un Gauloise y se dirigió a mí con voz aguardentosa.

—¿Sabe usted, Gabrielle, que Mariana se robó los papeles de Augusto y los de la oficina?

Ante la revelación me quedé anonadada. La fuga de mi amiga se volvía cada vez más tenebrosa, comprendí que mi empleo estaba en peligro. Iría a buscar a Boris y devolvería los papeles. Pero ¿cómo hacerlo sin que notaran que yo misma los había escondido? La sangre se me fue a los pies, evité cruzar la mirada con la de Eveline. Me volví a la ventana, descubrí un enorme montón de sedas y de rasos azules, que me parecieron conocidos. La secretaria los señaló con gesto despectivo.

—Mariana está perdida después de esto. La policía la busca.

La palabra policía me produjo vértigo. No pude preguntar lo que significaban aquellas sedas. La voz de Eveline me llegó desde un túnel y temí caer desvanecida.

—Anoche se metió en el piso que alquiló Barnaby y destrozó todo. Tenía llaves dobles. Aprovechó el viaje de Barnaby y que Augusto se hallaba en la exposición, alguien debe haberla informado. Esta vez se equivocó, el señor Dubourg, el propietario va a demandarla.

—Está loca de odio —afirmó Augusto.

El nombre Dubourg era conocido: había colaborado abiertamente con la Gestapo, a la que entregó sus casas para ser utilizadas como cárceles. Durante algunos años sus edificios estuvieron clausurados, últimamente había logrado recuperarlos, remodelarlos y ponerlos en alquiler. Yo ignoraba que Barnaby fuera su inquilino y al saber que Dubourg había acordado con ellos demandarla, supe que estaba perdida. Pedí un cigarrillo. Tuve que examinar la colcha azul que Eveline extendió ante mis ojos para que yo pudiera apreciar la magnitud de los destrozos. En efecto, la colcha no sólo estaba desgarrada sino cubierta de inmundicias.

—Esperamos detenerla antes de que incendie la oficina o que asesine a Natalia —dijo la secretaria. "Desapareceré algún día", escuché la voz de Mariana. En ese momento quise que mi amiga hubiera cumplido su promesa. ¿Por qué no iba a lograrla? Era muy astuta, tenía muchos amigos, Jean Marie acostumbraba llamarla: "el animal más rápido de la selva". Ante el desastre de las sedas guardé silencio. Iría a ver a Raymonde para desentrañar aquel misterio. Estaba segura de que mi amiga no había hecho aquel destrozo y sin embargo iban a castigarla con la policía. Guardé la calma, convenía no mostrar que estaba de su parte, la situación se complicaba cada vez más y de maneras inesperadas. Al salir de la oficina, me encontré con Lisa, que me llamó desde su automóvil.

—Gabrielle, yo no creo que lo hizo Mariana... la mierda y el semen no van con su locura. Pero Augusto está seguro de que fue ella. Me preocupa Dubourg, es un homosexual peligroso...

Las palabras de Lisa me hicieron huir a mi Citroën. No quería opinar, no estaba segura de Lisa, tal vez me ponía a prueba, aunque su rostro respiraba sinceridad. ¡Mariana estaba perdida! Recordé que mi amiga tenía un juego de llaves de aquel piso, me las había prestado para sacar el baúl. Dudé: ¿Y si hubiera sido ella la que había cometido aquella locura obscena? La palabra obscena me indicó que yo estaba equivocada. ¡Lisa era más inteligente! En efecto, la locura de Mariana no iba "con la mierda y con el semen". Sus cómplices se hallaban en el *Novy* a la hora en la que alguien hizo los destrozos. Carmen era testigo... ¡Carmen pertenecía a la misma secta de Augusto Me sorprendí llamando "secta" a aquel grupo elegante. La presencia de Carmen en el *Novy* casi me convenció de que habían tendido una trampa a Mariana. querían estar seguros de que sus amigos se hallaban ocupados. No, nunca habían aceptado a Mariana... pensé que empezaba a exagerar, aunque algo me decía que no andaba desencaminada de la verdad. Corrí a ver a la cocinera...

Raymonde estaba sentada en su cocina, la encontré muy vieja y con los ojos apagados. Me recibió sin entusiasmo y sentí que me tenía recelo. Sí, la habían llamado muy temprano para mostrarle el aspecto asqueroso que presentaba la casa y especialmente la habitación en la que había dormido Mariana. La víspera, cuando salimos para acompañar a Barnaby a la Gare d'Orly, Raymonde había limpiado el piso con esmero y puesto orden en la cama. La vista del desastre la tenía postrada.

—¿Usted cree que fue ella? —pregunté.

—¡Claro que no! Pero ¿quién puede enfrentarse con esos personajes importantes? Usted olvida que vivimos en un régimen clasista...

La cocinera comió trozos de pan y preparó un café, se diría que no deseaba mi compañía. Mientras lavaba los trastos me explicó que todos tenían llaves del piso. Además, ella no estaba segura de que Barnaby se hubiera marchado de

París. Ante mi negativa, me preguntó con violencia:

—¿Usted lo vio subir al avión?

—No... lo acompañamos a la Gare d'Orly —dije pensativa.

—La policía anda tras de la señora, pero no la encontrarán jamás —afirmó.

El tono de su voz era agresivo y preferí retirarme. Una vez en mi casa pensé que la mujer me daba pistas falsas; sucedía algo que nos separaba, ya no confiaba en mí, Mariana había conquistado a su espía. ¡Era magnífico que siempre encontrara aliados! Me dolió la traición de mi vieja camarada. La larga lucha que habíamos llevado juntas se borraba para dar paso a la desconfianza fría y separadora. Comprendí que todo era inútil, hasta mi búsqueda de Mariana y al igual que Raymonde, me dejé caer en una silla para pensar. ¿Pensar? Si Mariana estaba acabada. Recordé al otro desaparecido: Gerard. Mi amiga lo había recogido en el Café de Flore. Me puse de pie y salí a buscarlo. Cenaría más tarde.

La terraza del Flore estaba cubierta por los cristales de invierno; la estufa de carbón apenas calentaba, no vi al muchacho. Adentro tampoco lo encontré. Esperé un rato perdida en presentimientos trágicos. ¿Cuántas veces había estado allí con Mariana? Me sentí una intrusa entre los desconocidos que ocupaban las mesas. "Nadie ha notado nuestra ausencia", me dije con amargura y recordé a Stephan diciéndole a Mariana la primera vez que se fue de París: "Se romperán todos los espejos en el instante en que usted abandone la ciudad"... Llamé a Renato, que con la bandeja en alto y la corbata torcida se me acercó de prisa.

—Hace varios días que ese muchacho no viene por aquí. Tampoco la señora Mariana...

Me volví a casa. Mariana se había convertido en una persona conflictiva y me había dejado sin amigos. Este pensamiento me asustó: no deseaba que me sucediera lo que le había sucedido a ella, me rebelé contra el mundo. Pero ¿acaso no había estado siempre en rebeldía? Sí, pero por otras causas, yo no merecía la suerte de mi amiga; yo no despertaba pasiones violentas, yo era una persona ecuánime, sensata, tampoco me rodeaba de personajes disparatados, brújulas seguras para caer en el abismo, no me había enamorado de Vicente, ni me había casado con Augusto. Hasta que la conocí, mi única meta era ayudar a la Revolución. La muchacha me había puesto el mundo boca arriba, me había dejado sola, me había cubierto de sospechas. Me dejé caer en mi cama, pues las paredes se estrecharon a mi alrededor. Todo lo que hiciera para salvar a mi amiga era inútil, existían demasiadas voluntades dispuestas a destruirla. ¿Por qué?... ¿Por qué? Quizás únicamente porque tenía algo distinto. "Mariana es el único ser libre que conozco", me había repetido Augusto muchas veces. Y ¿ahora quería exterminar a ese ser libre? ¿Qué podía hacer yo, si sólo era una vieja asustada? Raymonde no era nadie y Gerard había desaparecido. ¿Cómo logró Mariana llegar a esa situación límite? No tenía salida, el poder estaba contra ella. ¡El poder! Y la muy estúpida se reía siempre del poder. "Me gustaría saber qué opina ahora", me dije. Busqué los motivos de la cólera implacable de Augusto y el nombre Vicente me pareció banal. Vicente tal vez justificaba su ira, pero ésta tenía razones más profundas. Sin embargo, Vicente era el único aliado poderoso que le quedaba a mi amiga, pero tampoco se podía contar con él, yo lo sabía... Me levanté, me fui al salón para cambiar de pensamientos, pues Mariana se me había convertido en una obsesión. Alguien llamó a la puerta con golpes cadenciosos y ligeros. Me estremecí. ¿Quién podía llegar a mi casa a esas horas? ¡Ella! La certeza me paralizó, mientras los golpes se repitieron.

—¡Abra!... soy Gerard —me llegó la voz del muchacho.

Dudé, tuve miedo de aquel muchacho desequilibrado. Él repitió la orden: "¡Abra, soy Gerard!". Me encontré frente a la figura anhelante del chico, que antes de decidirse a entrar miró desde la puerta al interior del salón para ver si me encontraba sola. Después cerró la puerta de un golpe, sacó la hoja de afeitar Gillette y se dejó caer en un sillón. Lo miré estupefacta. El chico llevaba un traje de Barnaby y al cuello su bufanda roja.

—Me regaló sus trajes... quiere mi silencio.

—¿Por qué? —pregunté en voz baja.

El muchacho clavó sus ojos azules en los míos y habló también en voz baja.

—Porque se aloja en el Hotel Continental. Es un secreto. Hoy por la tarde tomé el té con él y con Augusto, abajo entre las plantas de sombra.

Me rehusé a creer sus palabras, miré al chico con temor, tal vez ellos lo habían enviado para probar mi lealtad o para obtener de mí alguna confidencia en relación con Mariana. Estaba claro que desconfiaban de mí. Atemorizada guardé silencio.

—¡Escúcheme, Gabrielle, son los poseídos! ¿Ha leído usted *Los poseídos* de Dostoyevski? ¡Son ellos! ¡Ah, el poder, el poder del crimen es embriagador! Les gusta la caza humana... —dijo con voz afiebrada.

Preferí no sentarme, me sentía más segura de pie, no sabía si en un momento dado necesitaría huir de aquel muchacho que pronunciaba palabras terribles. Esperé a que se calmara un poco.

—Y ¿usted que lo sabe todo, de casualidad sabe en dónde está Mariana? —le pregunté con cierto temor.

Gerard entrecerró los ojos y repitió el nombre de mi amiga en voz muy baja. Me miró con sospecha y me señaló con la hoja de afeitar. Permanecí quieta fingiendo valor.

—¡Ah!... Yo escucho todo y sé todo. Usted quiere saber en dónde está Mariana. ¡No se lo diré!

—Es usted un injusto. Yo he sido su mejor amiga —le dije con voz suave.

—¡Ajá! ¿Su mejor amiga? La noche señalada para su muerte, ella llegó sola al piso, abrió y ¡up! de atrás de la puerta le saltó el homosexual desnudo con el cuchillo en la mano. ¿Qué le parece? Mariana huyó como un gato, ella es el animal más rápido de la selva, y corrió a pedir asilo en un lugar que yo sé. La encontraron sentada en la escalera y le negaron la hospitalidad... ¿Ve cómo lo sé todo? No tenía defensa... también estaba cansada, la víspera Barnaby fingió una crisis de locura, entró a su habitación y cuando ella trató de calmarlo la golpeó en la cabeza con el teléfono...

Gerard guardó silencio y me lanzó miradas acusadoras. Yo era la que había encontrado a Mariana en la escalera y le había negado hospedaje, un tumulto de emociones y de recursos se me agolparon en la garganta, en el pecho y el terror que me infundía la cólera de Augusto y la mirada aceitosa de Barnaby me paralizaron.

—¿Un homosexual desnudo con un cuchillo en la mano?... ¿Por qué desnudo? —pregunté temblorosa.

—Usted es una vieja señorita que prefiere ignorar todo. Ha renunciado a pensar, a hacer deducciones que estorben para continuar al servicio de Augusto, si usted ignora su conciencia no la perturba, ¿verdad? Querida señorita, el homosexual iba desnudo para no manchar sus ropas con la sangre de Mariana. La acuchillaría, después tomaría una ducha y saldría con su ropa puesta en perfecto orden. Augusto discutió si no sería mejor el empleo de un punzón para evitar la sangre...

—¡Calle!... —grité.

Tenía la horrible sensación de que la voz y el relato del muchacho me llevaban al fondo de un pozo negro del que jamás volvería a salir. Mariana nunca me contó aquella escena aterradora y Romualdo tampoco lo supo. Miré a Gerard y tuve la seguridad de que aquel homosexual desnudo y armado de un cuchillo era él, Gerard. Me quedé muda, mi salón giró vertiginosamente, ahora lo enviaban a matarme a mí. No pude decir nada, sentí que un temblor casi convulsivo se apoderaba de mí y sólo logré mirarlo con ojos suplicantes. Gerard se aproximó para observarme con malicia, después pareció darse cuenta de mis pensamientos y aseguró con calma:

—No. Yo no era ese homosexual desnudo. Al contrario, le supliqué que leyera *Los poseídos*, pero no hizo caso. Tuvo razón, pues logró escapar. ¡Se escapó! —y Gerard se frotó las manos con mucha satisfacción.

El muchacho era inquietante con su pequeña navaja sobre el brazo del sillón y sus ojos escrutadores, que se encendían cuando hablaba, además conocía demasiados detalles. Con delicadeza le pregunté.

—¿Y usted cómo lo sabe? ¿Quién se lo dijo?

—Yo escucho todo y observo, sabía que querían deshacerse de ella. Se lo dije. Era un crimen perfecto: yo era amigo suyo y si había necesidad de un culpable, yo era el indicado, si todo pasaba bien, se culparía a algún amante oculto de Mariana. ¿Comprende? Buscaron a un muchacho de confianza, le dieron dinero y las llaves del piso, todos se fueron a cenar a un restaurante conocido. Mariana debía llegar sola, abrir y ¡up! ¿Quién era el sospechoso?, el amante por si lo veían salir los porteros o yo, a quien Mariana había dado su confianza y amistad... ¡Así de simple!

Las manos me sudaban copiosamente algo que nunca me había sucedido, la pesadilla era larga e incomprensible como son todas las pesadillas. Para romper aquel tiempo espeso y disimular mi turbación, quise ofrecerle algo caliente a aquel personaje que me mostraba con brutalidad el mundo sombrío del crimen. ¿Y por qué el crimen contra Mariana? El chico saltó de su asiento, ¡no!, él mismo se prepararía el café. Lo dejé entrar en la cocina y lo vi volver al cabo de un rato con una taza de café servida. No se fiaba de mí. Ocupó su lugar y bebió el café a sorbitos pequeños sin quitarme la vista de encima.

—Usted, señorita Gabrielle, sabe que Mariana vino aquí esa noche y que usted se negó a recibirla.

Y usted sabe, señorita, cuántas cosas le debe a Mariana —me acusó con voz reposada.

—No me dijo lo que sucedía... —repliqué.

—No era necesario; usted, señorita, estaba en deuda con ella... ¡Pobre Mariana! Quieren deshacerse de ella, creen que es un testigo importante de algo que ella debe ignorar. Eso es muy peligroso, saber algo sin saberlo, ser testigo. Ahora después de la mierda que hicieron en el piso de Dubourg, la han acusado de perversión de menores...

—¿Perversión de quiénes?... —pregunté sin voz.

—De Natalia, por supuesto. Dirán que la hizo participar en una orgía. Yo podría atestiguar, pero no puedo nada contra ellos... tienen el poder y... yo estuve en un manicomio —Gerard se cogió la cabeza con ambas manos, se sentía realmente impotente ante la fuerza avasalladora de Augusto y de Barnaby juntos.

—¿Quiénes participaron en la orgía? —pregunté tiritando de miedo.

—Homosexuales, sólo homosexuales, llevan zapatos blancos... Todo es inútil, los poseídos tienen el poder. ¡El poder! ¿Nosotros, qué somos?, usted es una vieja asustada y yo soy un... delincuente. ¡Ah!, eso lo ignoraba usted, como ignora dónde está Mariana...

—¿Dónde está?... ¿Raymonde lo sabe? —pregunté ansiosa.

—La vieja Raymonde sabe algo, pero recuerde que los poseídos la despachaban muy temprano del piso para que no se enterara de nada y dejar a Mariana sola. Por eso ella me llamó y cuando la espía Raymonde se iba yo entraba a hacerle compañía y a cuidarla, por eso siempre voy armado con esta navaja. ¿No lo sospechaba usted, verdad? Raymonde no supo lo del homosexual con el cuchillo. Era mejor para Mariana, la vieja podía asustarse, se iría y traerían a alguien peor. Ese golpe fallido obligó a los poseídos a precipitarse… y Mariana huyó.

En la penumbra de mi estudio la voz adolescente de Gerard me aterró. Sus revelaciones eran espantosas y tuve la impresión de que el muchacho estaba en mi casa para vengar a Mariana. Conocía perfectamente mi complicidad con "los poseídos" y con Raymonde, y mi conducta no tenía disculpa. Si le dijera que ignoraba el propósito de Augusto y de Barnaby de deshacerse de Mariana no me lo creería y podría excitarse. Me sentí avergonzada delante de aquel chico que se confesaba un delincuente, yo en cambio trataba de hallar razones para justificar mi conducta cuando hacía ya tiempo que sabía el odio de Augusto para su mujer. En el fondo no estaba tan sorprendida, la conducta del marido de mi amiga había sido siempre la misma: destruirla. Había esperado el suicidio de su mujer, la había empujado a la locura, había tratado de encerrarla en manicomios, la hostigaba continuamente, la había echado a la calle innumerables veces sin proporcionarle medios de vida, no era extraño que ahora se hubiera decidido por el asesinato y yo me había prestado a encubrirlo, como se prestaban todos. ¿Por qué hacía yo aquello? La respuesta me vino con suavidad: "el dinero no tiene olor", había oído decir desde pequeña y ahora era yo misma la prueba viviente de que el dinero no tenía olor. Mariana era testigo de algo que yo ignoraba y yo era ahora testigo de la venganza que se ejercía sobre ella. También a mí podía ocurrirme algo atroz, miré al muchacho, pensé que era el ángel de la venganza y volví a temblar con desenfreno. Gerard sintió mi miedo, se puso de pie y se acercó.

—No me tema. Renato me dijo que usted deseaba verme y vine. Pensaba que se trataba de Mariana... —afirmó con desprecio. Abrumada por el tono despectivo de su voz y su gesto apenas pude murmurar:

—Gerard, quería decirle lo de las cortinas y la colcha desgarrada, me las mostraron en la oficina y creí que ella debía saberlo enseguida —dije bajando la cabeza.

—Eso ya está hecho. Ahora debo engañar a Barnaby para que él engañe a Augusto. ¡Mire!

Gerard sacó del bolsillo de su americana un carnet de direcciones y empezó a leerme una larga lista de nombres entre los que había algunos conocidos.

—Es la cadena. ¿Ve usted? Todos tienen algo que ocultar. Yo suelto algún nombre y digo que puede ser testigo de la conducta depravada de Mariana, pero ninguno de ellos deseará enfrentarse a la policía —dijo mirándome con suficiencia.

—¿Vasily o Boris figuran en la lista? —pregunté.

El muchacho me lanzó una mirada iracunda, levantó un brazo y avanzó hacia mí en actitud amenazadora.

—Esos dos nombres no figuran. Sé que fue usted a molestarlos. ¡No tiene idea de quiénes son! Si algo le sucede...

Se dejó caer en una silla y se cogió la cabeza entre las manos; habló como para sí mismo:

—Sería fácil vivir, pero la gente busca el maldito poder y para ello se convierten en homicidas. Dígame, ¿hay alguien con poder que no esté batido en sangre? ¡Caín está en el trono! Y Mariana no quiso leer a Dostoyevski, hubiera sabido que los crímenes se cometen para obtener el poder, ella no lo cree; usted no lo ignora ¿verdad? ¡No!, no lo ignora, también usted está salpicada de sangre...

Gerard se levantó como un sonámbulo, avanzó hacia mí y luego se dirigió a la puerta arrastrando los pies. Él y Mariana estaban definitivamente derrotados.

—Nunca la encontrarán. Hemos dejado muchas pistas falsas —me dijo antes de irse.

Quería amedrentarme con una falsa victoria, me trataba como a una enemiga. Lo escuché bajar las escaleras muy despacio. Si el muchacho no había mentido y Barnaby continuaba en París quería decir que Mariana tampoco había podido abandonar la ciudad y la pista se hallaba cerca de los rusos, pues Gerard me amenazó para evitar que me acercara a ellos. Vi mi reloj, era demasiado tarde para ir a buscar a Boris o a Vasily. Pensé que quizá Barnaby se había marchado aquella tarde en que lo despedimos en Orly y que yo era víctima de la imaginación calenturienta del muchacho y decidí llamar al Hotel Continental para salir de la duda.

—El señor Barnaby ha salido. ¿Quiere dejar algún recado? —me dijo la telefonista.

Me quedé aturdida. Gerard me había dicho la verdad, Barnaby se ocultaba en el hotel con la aprobación de Augusto. Mariana estaba perdida. Quise imaginar la trampa que le habían colocado entre los dos hombres y me hundí en la desesperación. Comprendí que la impotencia ante la injusticia era la fuente de la depresión. "No podré volver a la oficina", me dije y al instante decidí que debía volver al trabajo a pesar del crimen proyectado contra Mariana. "No, no puedo vivir otra vez en la miseria, yo no soy la culpable de que Mariana se haya casado con Augusto", razoné. ¿Por qué la ciencia no inventaba una droga llamada Antimemoria? Si lograra olvidar lo que sabía, mi vida futura no tendría problemas. Recordé que los antiguos filósofos sostenían el principio de que el conocimiento era peligroso y que debía ser reservado únicamente a los iniciados, el vulgo debía permanecer en la ignorancia, "lo que yo sé es mortal". Mariana también sabía algo y huía para escapar a la cacería humana organizada por su marido y su amigo. Nadie podía salvarla, a nadie le interesaba un peligroso testigo, aunque éste fuera inocente. La imagen de Natalia me vino a la memoria: su testimonio, aunque fuera favorable, para su madre era nulo. La acusación se fundaba en una madre que explota a su hija menor y la entrega al desenfreno. O tal vez una madre entregada al desenfreno y que descuida a su hija menor de edad. Desde cualquier ángulo Mariana estaba perdida ante la ley. Vi todo con gran claridad: no encontraban a Mariana y recurrían a la policía para descubrir su escondite. Tenían poder para silenciar el escándalo y Mariana debía desaparecer legalmente, sin dejar huella alguna. Cuando amaneció yo continuaba divagando en el saloncito de mi casa, buscando a alguien que pudiera ayudarme. Recordé a Sara, aquella mujer diminuta parecía tener algún afecto por mi amiga. La iría a buscar enseguida, tomé una ducha para despejarme la cabeza y salí de mi casa, me parece que apenas eran las siete de la mañana.

Un criado elegante, sorprendido por mi agitación, me condujo al piso superior del palacete que ocupaba la pequeña Sara. Allí, una doncella asustada por lo temprano de la hora me condujo a la habitación de la dueña de la casa. Sara desde sus sábanas preciosas tendió los brazos en gesto de bienvenida.

—Querida amiga, sé su preocupación por nuestra Mariana.

Asentí con un gesto y miré con desconfianza a la mujer hundida entre almohadones. Alargó una mano y tomó un cepillo montado en plata para pasarlo por sus cabellos.

—¡Pobre Mariana! ¿Qué podemos hacer por ella? Sírvase un café...

—Encontrarla...

Temblorosa, me serví una taza de café y olvidé las tostadas y la mermelada servidas en una mesilla rodante. Hipnotizada por aquella mujer diminuta, apenas di unos tragos. Si Sara lo quería, me diría el secreto de Mariana; y esperé...

—Mariana es una criatura muy rebelde. Yo acepto las cosas como vienen. Mire, vivo aquí con Rudia... ¿le gusta mi habitación o la encuentra demasiado fastuosa?

—La encuentro muy bella —dije de prisa.

—Es el gusto que padecen todos los rusos. ¿Sabe que Rudia es ruso?

—No. No lo sabía...

—Judío ruso. Yo soy amiga de Augusto. ¡Pobre amigo! Es encantador. ¿No le parece? Sí, encantador y malvado. Lo admiro, lo adoro, aunque reconozco que él no quiere a nadie.

Sara mordisqueó una tostada y bebió dos tazas de café, me arrepentí de haber ido a buscarla para pedirle noticias de mi amiga. Me puse de pie, se hacía tarde y los nervios ya no me sostenían, había pasado la noche en blanco cavilando.

Quise dar de alaridos delante de aquella mujer delicada cubierta de encajes, perfumada y ajena a mi desdicha y a la de Mariana.

—Siéntese, querida. Podemos inventar algo que justifique su retraso con Augusto. A mí me preocupa Mariana. Hasta hace dos días estuvo en un lugar seguro y ahora hemos perdido su pista.

—¿Quiénes han perdido su pista?

—Sus protectores. Son gente de teatro. ¿No sabe que Rudia es empresario? Todo lo que me rodea es falso. ¡Decorados! Se necesita un escenario para poder contemplar al público abajo, es la mejor manera de distinguir las caras. Eso lo sabe muy bien Mariana, en cambio el pobre Augusto lo ignora. ¿Está usted de acuerdo, querida amiga?

—Sí, sí. ¿Y Mariana estaba en un lugar seguro?

—Exactamente. Estaba, ahora hay que empezar nuevamente la búsqueda.

—¿Augusto lo sabe?

—Supongo que sí. Por eso desapareció Mariana. Imagino que debido a eso sucedió el incidente del piso. ¡Qué desagradable! Rudia está desolado, él adora a San Petersburgo. Nunca se le ocurra decir Leningrado en su presencia. Rudia es así, un nihilista profundamente conservador, como todos los nihilistas. La necesidad de la destrucción proviene de la impotencia para conservar todo intacto. Los nihilistas quisieran detener el tiempo y como fracasan, lo destrozan. ¿No está usted de acuerdo conmigo, querida amiga?

—Sí, sí, claro... ¿Rudia se preocupa por Mariana? Sara mordisqueó la tostada; bajó sus párpados enormes, parecía reflexionar antes de dar la respuesta. Se recostó en los almohadones y esperé.

—Querida, para Rudia, Mariana es un símbolo y, o lo mantiene intacto, o lo destruye. Se siente unido a ella por las razones que usted conoce.

Iba a gritar: "No las conozco", pero preferí callar. La táctica de Sara era decir las cosas que nadie decía partiendo del supuesto que todos las conocían. Era la mejor manera de ser indiscreta. Admiré su sabiduría y callé. Me había dicho que buscara a Mariana entre la gente de teatro. También me dijo que si Rudia no lograba salvar a Mariana sería el primero en destruirla y que ambos participaban en la cacería de mi amiga. Saboreó la mermelada y vi que no era golosa.

—Augusto quiere creer que Mariana tiene copias de los papeles y los documentos sobre Karnak. ¡Pobre Mariana! ¿Usted cree que sabe lo que es Karnak? ¡No le interesa! Además, es tan inhábil que ni siquiera pudo distinguir entre sus amigos y sus aduladores. Por ejemplo: Toño sólo la utilizó. ¿Lo recuerda?, es un fotógrafo que se hacía acompañar por un amigo suyo, Beto. Trabajaba para Augusto y en Egipto hubo una "confusión" y lo tomaron por espía y la tonta de

Mariana... Perdone que la llame tonta, pero no encuentro otra palabra para calificarla, le servía de marco brillante. Así es la vida, a las locuelas generosas las utilizan los oportunistas más evidentes...

Había olvidado a aquellos dos jóvenes que llegaron a Cimiez. Era verdad que Toño elogiaba desmesuradamente a Mariana y que mi amiga lo introducía entre la mejor gente, pero ¿qué tenía que ver Toño en lo que ahora sucedía?... Sara comía gotas de mermelada y quise ser impasible como ella.

—¿Ese Toño trabajaba para Augusto? Entonces ¿por qué Mariana tenía esos documentos? —pregunté para saber un poco de la importancia de los documentos de Karnak.

—Sí, trabajaba o trabaja para Augusto. Es muy astuto. ¿Se ha fijado en sus ojos? Hay que ser astuto como la serpiente y dulce como la paloma... pero aquí tenemos un caso diferente: Toño es astuto o sea la serpiente, y Mariana es la paloma boba o idiota, aunque esta palabra sea algo fuerte. Los documentos son el producto de varios años de investigaciones científicas y la carrera de Augusto puede venirse abajo, si otra persona los publica. ¡Egipto siempre ha guardado los misterios más antiguos de la historia! Querida amiga, ¿sabe usted que Augusto es arqueólogo?

—Naturalmente, trabajo para él —contesté sorprendida.

—Lo había olvidado. Mariana tiene la buena

costumbre de no trabajar. ¡Es admirable su pereza! Siempre pensó que Toño era su gran amigo. ¡Error!

—¡Gran error! —dije convencida.

—Querida amiga, ¿puede decirme algo de Mariana que no sea un grave error?

La sabiduría de Sara me asombró. Tenía razón: Mariana misma era un error. Un grave error histórico. Vivía en una dimensión imaginaria, se negaba a ver la realidad y ahora huía como una colegiala en vez de afrontar los hechos. ¿Cuáles hechos?... Sara acababa de decirme que los papeles de Karnak eran el fruto de varios años de trabajo de Augusto y alguien los había robado: o su empleado o Mariana.

—Los documentos son valiosísimos. Cualquier centro arqueológico daría mucho dinero por ellos —dijo con voz tranquila.

Justifiqué la cólera de Augusto: había sido demasiado complaciente con Mariana, le había faltado energía con aquella chica insubstancial y desequilibrada. Lo justo era entregar el baúl a su marido. Huyendo, sólo excitaba su cólera y comprendí que todos estuvieran en su contra. Sara la calificaba de perezosa y de idiota y ¿por una persona entregada al ocio yo sufría terrores y ponía en peligro mi vida? Monté en cólera: entregaría el baúl ese mismo día a su marido.

—No se enfade con ella. Nuestro deber es buscarla y ayudarla... por supuesto que ella no robó nada. Los papeles los tiene Augusto y las copias las guarda Toño. Eso lo sabemos todos…

Sara encendió un cigarrillo y lo fumó con calma. Sus últimas palabras me dejaron atónita; "eso lo sabemos todos", había dicho sin cambiar el tono de voz al que podría comparar con el tintineo de la plata y que pareció que iba a romperme los tímpanos.

—Ahora se ha entregado a ese delincuente y su vida está en peligro. ¿Quiere decirle que evite a Gerard?

Debía retirarme; mareada, comprobé que ya eran las nueve y media de la mañana, me puse de pie y quise dejarle mi número de teléfono.

—Querida amiga, tengo su teléfono en mi agenda.

Di algunos pasos torpes, estaba descompuesta: "un delincuente, un delincuente", me repetí, sin hallar la salida de la espaciosa habitación.

—La puerta está a la izquierda, amiga mía. Y ahora voy a dormir, me robó usted mi sueño mañanero —la escuché decir.

Una vez en la calle no estuve muy segura de lo que había hecho. Recordé a Charpentier… subí a mi Citroën y me quedé quieta mucho rato: Sara sabía dónde se ocultaba Mariana y se había negado a decírmelo. El grupo entero estaba al corriente de la suerte de mi amiga y el grupo entero me engañaba. La belleza de la Avenue Matignon me dejó indiferente. Tuve la desagradable impresión de haber traicionado a mi amiga y miré hacia las ventanas cubiertas por cortinajes espesos que ocultaban a Sara. No fui a la oficina, me fui a la casa de Raymonde. Hablaría con Boris.

El ruso me abrió la puerta sin sorpresa, en su cuarto desnudo releí: "Se prohíbe que hable la mujer". ¡Cuánta razón tenían aquellas letras primorosamente bordadas! Sara y yo habíamos hablado demasiado. Ocupé la silla que me ofreció mi huésped y él ocupó la orilla de su catre de campaña.

—Boris, supe que Mariana estuvo en un lugar seguro hasta hace dos días.

Boris guardó silencio, las chispas maliciosas de sus ojos habían desaparecido. Esperé en vano su respuesta.

—Dicen que acusan a Mariana de tener unos documentos importantes… —agregué.

El hombre permaneció imperturbable y en el silencio escuché los ruidos de Raymonde en el piso superior.

—No se preocupe, es esa buena mujer, ustedes los burgueses no conocen el corazón del pueblo —me dijo con voz tranquila.

Me indigné. ¿Quién era él para hablar del pueblo? ¡Él, un explotador! ¿Ignoraba que Raymonde era comunista? La pobre mujer había dedicado su vida a luchar contra las gentes de su clase. Esa buena mujer era mi amiga. Quise levantarme, pero recordé el baúl y me quedé quieta, necesitaba revisar aquellos papeles que Mariana había escondido en él.

—Le molesta que la llame burguesa. Mírese a usted misma, luchando y explotando a inocentes, admitiendo los crímenes para guardar su puesto parasitario, como dicen ustedes. Dígame, ¿qué produce? ¡Papeles, papeles, papeles!

Me puse de pie. En efecto la palabra "papeles" bailaba en mi cabeza desde el día anterior y volví a sentarme, pues era verdad que buscaba papeles.

—¿Quiere un café? Siempre tengo un poco para las señoras, yo bebo achicoria. A Raymonde también se lo preparo —dijo con simpleza.

Le seguí a la cocina y mientras él preparaba el café en el hornillo de petróleo, abrí la alacena y contemplé el baúl, que ahora estaba fuertemente atado y lacrado con flejes. No me atreví a pedirle que lo abriera. El humo del petróleo me irritó los ojos.

—Algún día vendrá Mariana a buscarlo —dijo el hombre mientras me guiaba nuevamente al cuarto de duelas astilladas.

—¿Vendrá? —pregunté.

—Así tiene que ser.

—¿Aunque la metan a la cárcel o la encierren en un manicomio?

No hubo respuesta y después de un rato me atreví a preguntarle si no tenía idea de dónde se escondía, pues era necesario encontrarla. Boris pareció muy cansado.

—La hemos buscado y temo que hemos perdido esta batalla... era previsible. ¿No lo cree usted?

Quise decirle que nunca había que aceptar la derrota y que tarde o temprano hallaríamos a Mariana, pero Boris me miró con cansancio.

—Mariana era como yo, un ser inútil. La historia está contra nosotros, pero la historia no es Raymonde, son ustedes los burgueses, los que sólo desean obreros y patrones y odian lo inútil. Dígame, ¿para qué es útil una rosa?, ¿para hacer un perfume inútil? ¿Qué más da que las personas huelan a sudor o a rosas? ¡Bah!, ustedes han hecho un mundo horrible. ¡Horrible! Invivible... ¿qué más da que Mariana haya muerto?...

—¿Muerto?...

Quise embarcarme en una discusión dialéctica, Boris no había comprendido que el capitalismo era la última etapa de la burguesía. Por esa incomprensión pensaba que era igual que Mariana hubiera muerto. Boris me escuchó apenas.

—Voy a confiarle algo, ayer un amigo supo de Mariana y cuando usted llegó creí que nos traía noticias de ella... aunque fuera la de su muerte... —dijo.

—¿Quién era ese amigo?

Boris no contestó a mi pregunta, buscó en su americana una fotografía y me la mostró. Era una mujer muy hermosa.

La perdí en 1918... yo estaba con el almirante Kolchak. Algún día la veré... —hizo un gesto vago con la mano, como si señalara el techo, yo comprendí que Boris se refería al cielo.

Los pasos pesados de Raymonde bajando la escalera interrumpieron el diálogo. El ruso me llevó a la cocina y desde allí escuché parte de la conversación.

—Escuché voces, camarada, y bajé para saber si había noticias —era la voz espesa de Raymonde.

—¡Nada! Estoy a la espera y le haré la señal convenida. No pierda los nervios. En las batallas hay que guardar la cabeza muy fría —aconsejó Boris.

—Ya puse en la maleta las blusas planchadas de la señora y de la señorita...

—¡Magnífico! No pierda los nervios.

—El que está a punto de estallar es el chico...

—Suba a su casa. La veré más tarde, hay varios detalles sueltos. Temo que vamos a cambiar el lugar de la cita —exclamó Boris con impaciencia o quizá temeroso de que Raymonde continuara hablando.

Casi estuve segura de que Boris le había guiñado un ojo para advertirle mi presencia en la cocina, pues Raymonde no dijo una palabra más y subió a su casa.

Me despedí de Boris, no era bienvenida, no confiaban en mí, la noche anterior Gerard me lo dijo sin decírmelo, en adelante no contaría con Raymonde, la raya divisoria entre ella y yo estaba trazada. Sin proponérmelo me había colocado en lo que llamé durante algún tiempo "el centro del poder" y no supe quién se había mudado de bando, si la cocinera o yo misma. Raymonde llamaba camarada a aquel zarista pordiosero, se había unido al mendigo Gerard. "El pueblo aplaude al último llegado", me dije con amargura.

Me encerré en mi casa y al anochecer sonó el teléfono. "¡Es Mariana!", me dije y sólo era Sara que me pedía noticias de mi amiga. También ella estaba en el complot contra Mariana. Una soledad inmensa invadió mi estudio, me sentí perdida, sin nadie a quien confiar el miedo repentino que se apoderó de mí. Busqué vertiginosamente el nombre de algún amigo que no me traicionara y descubrí que no tenía ninguno.

Me fui a la calle, busqué un bistrot y tomé un caldo desgrasado. Después recorrí los lugares por los que había andado con mi amiga. La ciudad envuelta en brumas se alejaba de mí y las figuras negras de los árboles me desconocían. En las esquinas quedaban todavía algunas vendedoras de castañas asadas. "Brujas benéficas", las llamaba Mariana. Pensé en llamar a Lisa Fugate, pero deseché la idea. Estaría con su marido y con Augusto celebrando... ¿celebrando qué? Tal vez la derrota de Mariana. Boris lo había dicho: "Temo que hemos perdido esta batalla". Asustada me di cuenta de que sólo me quedaban ellos: los enemigos de Augusto, que también me rechazaban. Si no podía ver a Boris iría a buscar a Vasily.

Me encontré en el salón de Irina y Vasily, sentada en un diván y sin palabras.

—Un vodka, parece usted muy cansada —dijo Irina.

Vasily sirvió los vasos, era difícil hablar, por la noche el salón parecía una hornaza, los colores cobres chisporroteaban bajo la luz de los candelabros encendidos y poco a poco el frío que invadía el interior de mi cuerpo se fue disolviendo en una tibieza entrañable. Los rusos me dejaban observar su salón y guardaban silencio.

—Alguna vez estuve aquí con Mariana... —dije.

—¿Tiene alguna noticia de su amiga? —preguntó Irina.

—Sí. Estuvo hasta hace dos días en un lugar seguro... ahora ha desaparecido. Me lo dijo Sara...

Recordé las palabras de la mujer de Rudia: "Gente de teatro", miré el retrato de Pavlova y de pronto mi visita a aquella casa se me presentó con precisión. Sí, años atrás estuve allí para recoger a Natalia de una clase de ballet. Mariana me suplicó que no dijera que su hija estudiaba baile. "¡Nunca, Gabrielle, nunca!", su orden fue cumplida hasta el punto de que yo misma olvidé aquella visita.

—¿Por qué no debía saberse que Natalia estudiaba baile? —pregunté.

—Augusto odia el baile. No quería que Natalia tuviera nada que le recordara a su madre.

Hasta hace muy poco, Natalia continuó estudiando conmigo, era mi futura *vedette*. Para eso volvieron a París —contestó Irina golpeando el piso con el pie.

—¿Por qué "era"? ¿Por qué no decir es mi futura *vedette*? —pregunté asustada.

—Porque Natalia era, ya no es...

—No ha muerto, ¿verdad? —pregunté aterrada.

—No sabemos... desaparecieron. Las cambiamos de lugar el día que usted vino a buscarlas. Rudia descubrió el nuevo escondite y salieron de allí y no las hemos visto más... Gerard los espía, él nos informa —me confió Irina con voz decidida.

—¿Están seguros de ese muchacho? —pregunté recordando a Sara.

—Sí, seguros —dijeron los dos al tiempo.

Los amigos de Mariana habían perdido la esperanza de encontrarla y prefirieron no hacer comentarios. Sus silencios resignados apaciguaron mi angustia. Irina me mostró fotografías de bailarines ilustres que yo desconocía, traté de entender aquel mundo cerrado de la danza, tan ajeno a mí. Era viernes y al día siguiente no iría a la oficina, de manera que me quedé hasta muy tarde con los rusos, temía encontrarme sola en mi estudio...

El sábado y el domingo los pasé encerrada en mi casa, Irina y Vasily no me llamaron, lo hubieran hecho de haberse producido alguna novedad.

El lunes encontré a Augusto muy afable, me hizo un dictado y vi que el bulto de sedas azules había desaparecido del despacho. Nos interrumpió Lisa Fugate.

—Anoche sonó el teléfono varias veces, yo contestaba y del otro lado guardaban silencio. Acabé aterrándome —dijo Lisa haciendo grandes gestos.

—¡Fue Mariana! —acusó Augusto.

—¿Mariana?... yo creía que...

—Vamos a hacer esas compras, Lisa. Te prometí un regalo —interrumpió su amante.

Me rogaron que los acompañara. Recorrí tiendas de lujo y después me llevaron a visitar el piso en la avenida Henry Martin en el que pensaban instalarse con Pierre, el marido de Lisa. "Si van a vivir juntos abiertamente, es que ya atraparon a Mariana", me dije observando a la pareja que recorría los salones calculando los muebles y los colores con los que pensaban decorarlo. El piso estaba situado muy cerca del piso que habían ocupado Mariana y Augusto y en cuyos salones transcurrieron tantos días de mi vida. Me asomé a sus balcones para contemplar a los mismos árboles y hasta mí llegó el eco de la voz estridente de Lisa. Traté de escuchar. "Le tengo miedo a Gerard, fue él quien llamó, ¿sabes que usa navaja?"... "Calla. Está neutralizado...", dijo Augusto. Volví a acodarme al balcón, temiendo que se hubieran dado cuenta de que escuchaba y quise irme enseguida. Tuve que esperar todavía una buena media hora, antes de que decidieran volver a la calle. Me despedí de la pareja en la acera cristalizada por el frío. En la mirada de Augusto brillaba el triunfo, el triunfo que preferí ignorar.

Me fui directamente a la cocina de Raymonde. La vieja me sentó a su mesa y vi que junto a ella estaba preparada una maleta. Continuaba esperando a Mariana. Boris tenía razón, no conocíamos el corazón del buen pueblo. Con el mango de la escoba golpeó el piso varias veces y a los pocos minutos apareció su vecino ruso.

—¡Ah!, es usted... Creí que era la señal para la marcha —dijo el viejo Boris.

—No hay marcha, ya dije que estamos jodidos —exclamó Raymonde.

—Jodidos, camarada, jodidos —repitió Boris dando un puñetazo en la mesa.

—En el teatro me aseguraron otra vez que la señora no llegó allí. No hay duda, la cogieron el miércoles, cuando salió del teatro Odeón —dijo Raymonde.

Boris no contestó, ambos habían envejecido, se diría que una capa de ceniza había caído sobre los dos personajes.

—¡Ese Rudia!... ¡Ese judas nunca me gustó! —dijo la mujer en voz muy alta.

—No fue Rudia. Él está con nosotros, recuerde que les ofreció trabajo a Mariana y a Natalia...

Supe que la madre y la hija habían dormido

aquellas noches de su huida en varios teatros de París. Hacían la ronda, iban de un teatro a otro y regresaban al primero donde habían pasado la noche. Los conserjes las conocían y ambas habían pasado días felices entre bambalinas, tramoyistas y reflectores. Irma y Vasily encontraron ese refugio para las fugitivas a raíz de que Gerard olvidó el número de teléfono, o más bien, cuando Barnaby revisó los bolsillos de su vieja chaqueta. El último miércoles desaparecieron sin dejar huella.

Boris estaba resignado, en cambio Raymonde se hallaba fuera de sí. Nunca la había visto tan exaltada y sentí compasión por mi vieja compañera de lucha.

—Las monjas siguen esperando —me dijo señalando la maleta.

Boris me miró sin alegría, con voz cansada me informó que Irina había encontrado aquel refugio seguro en la Saboya, pero ni Mariana ni Natalia llegarían allí jamás...

Boris tuvo razón. Pasaron varios meses y ninguno de nosotros logró tener noticias de ellas. Se diría que la tierra se las había tragado. ¡Era increíble la facilidad con la que podían desaparecer dos personas que circulaban escandalosamente por el mundo y cuya existencia nadie ignoraba! A través de algunos amigos hice gestiones discretas para saber si estaban detenidas o si Natalia se encontraba en alguna institución para menores. Mis amigos no lograron saber nada. Su nombre no aparecía en ninguna parte. Un amigo de Stephan investigó discretamente en los manicomios y casas de salud de París y sus alrededores y tampoco encontró los nombres de Natalia o de Mariana. Su desaparición estaba rodeada de un misterio completo.

Durante muchos meses acostumbraba preguntar a Augusto:

—¿Sabe usted algo de Mariana?

—¡Es infame! Nadie puede controlarla. ¿Qué puedo hacer para salvar a mi hija?

Su esperada respuesta ya no me sorprendía. Alguna vez pensé que estaba loco al oírle repetir con la terquedad de un reloj que da la hora: "Mariana odia al amor"... "Persigue a Lisa"... "Odia la belleza"... "Siempre fue frígida". Cuando rompió con Lisa culpó a la invisible Mariana de su ruidoso fracaso sentimental. Fue en esos días cuando creí padecer un peligroso delirio: ¿Era yo sola la que escuchaba las acusaciones de Augusto, o éramos muchos? Quizá mi amistad con Mariana me condujo a una obsesión dramática que distorsionaba las conversaciones y las vidas de los personajes que rodearon a mi amiga y su nombre empezó a producirme miedo. Era muy peligroso haber compartido su amistad.

—No tema, Gabrielle; nunca más verá a Mariana —me aseguró Stephan una tarde, mientras pasaba distraído las hojas de un libro en mi estudio.

—¿Cómo lo sabe? —pregunté inquieta.

Stephan movió la cabeza y sonrió enigmático.

—Lo sabe usted muy bien, Gabrielle; pero tiene miedo. Stephan cerró el libro de golpe y me miró con dureza.

—¡Así!, de un golpe, se cerró la vida de Mariana. Querida Gabrielle, lo sabemos todos...

Dos años después Mariana continuaba extorsionando a Augusto. "Usted la conoce, Gabrielle"... En efecto la conocí alguna vez pero continuaba ignorando sus acciones criminales. "¿Las ignora o es usted cómplice?" Esta acusación me impedía conciliar el sueño, los documentos robados los había vendido a unos agentes anticomunistas amigos suyos y le servían de arma contra el pobre Augusto. La historia circulaba en todos los círculos culturales europeos, pero eso no impedía que Augusto continuara relatándola una y otra vez. Además temía por su vida. Había recibido amenazas de muerte de los asesinos que controlaban Mariana y Natalia, que operaban desde Nueva York al frente de una vasta organización de espionaje. Sus amigos estaban preocupados por su suerte y procuraban custodiarlo. En los restaurantes buscaba siempre lugar con la espalda contra la pared para evitar ser sorprendido por una ráfaga asesina. Viajaba de incógnito y anunciaban su visita cuando ya había abandonado el país. Eran precauciones simples pero necesarias. En los hoteles donde se hospedaba había órdenes estrictas de negar su presencia. Cuando en el *Excelsior* de Roma me lo negaron, supe de labios del mismo Augusto estas medidas de precaución.

—Es necesario, Gabrielle, perdone, pero usted sabe que mi vida está en peligro, mientras esa sierpe ande suelta —me confesó con humildad.

Me expliqué así la desaparición de Mariana, su organización la había rescatado y la madre y la hija estaban a salvo. "Mariana se ha hecho la cirugía estética para disimular su terrible vejez"..., me dijo Augusto con pena en la voz, después bajó los ojos:

—En cuanto a Natalia, para compensar la sequedad de su vida sentimental devora bombones, y toda clase de golosinas y se ha convertido en una mole de grasa... ¡Imagínese, Gabrielle, mi única hija!... Supe también que ambas vivían en el lujo en un piso de Manhattan.

—¿Recuerdas que sólo le interesaba el dinero? —preguntó Augusto a Pepe, el viejo amigo de la pareja que en aquella noche romana presenciaba nuestra conversación.

Pepe, visiblemente envejecido, escuchaba impresionado la historia infame de Mariana.

—¡Frívola!, ése fue mi veredicto —afirmó Pepe con gesto preciso.

Su antiguo marido develó la vileza definitiva de Mariana, era una reaccionaria, se casó con él para espiar a las fuerzas de izquierda y merced a sus acciones nefandas se perdieron muchas causas nobles. Su nombre sólo evocaba víctimas inocentes y la carrera política, impecable y limpia de su marido se vio manchada por ella. La pequeña Mariana había puesto en peligro a la Revolución mundial. Augusto estaba deshecho. ¿De qué servían sus innumerables sacrificios a la causa? Durante años había luchado por el triunfo de la Revolución de Octubre y su mujer había terminado con todo...

Pepe y yo escuchamos horrorizados y ambos decidimos que el nombre de mi antigua amiga era un nombre impronunciable. Únicamente Barnaby se atrevió a nombrarla por su nombre y publicó su libro titulado *Mariana*. La novela fue un éxito entre sus amigos, aunque la heroína no era nada grata.

Yo traté de olvidar a aquella mujer y a su hija. El tiempo salvador se acumuló en mi memoria y nuestra amistad se extinguió con la melancolía con la que se extingue un hermoso cirio. Sin embargo yo continué frecuentando a los rusos, pues nunca perdí la esperanza de recuperar el baúl de Mariana. Ese baúl que guardaba tantos secretos y que estúpidamente escondí en la casa de Boris. "Nunca hay que actuar bajo el influjo del miedo", me repetí varios años después, ya que Boris se negó a devolvérmelo.

—Algún día llegará Mariana —me repetía mirando el suelo astillado de su cuarto.

Cinco años después de la desaparición de Mariana y de Natalia, Vasily llegó muy temprano a mi casa a avisarme la muerte de Boris. La noticia me afectó, corrí a su cuarto destartalado y ayudé con dinero a la compra del féretro. Conmovida contemplé a Boris, pálido y apacible, el misterio de la muerte me inquietó, y ¿ahora dónde se hallaba Boris? Por la tarde asistí a la ceremonia religiosa efectuada en la Iglesia Ortodoxa y me sorprendió la solemnidad y la melancolía de los pocos asistentes al acto, entre los cuales creí descubrir a Mitia, el príncipe amigo de Mariana. Me sentía una intrusa y traté de ocultar mi presencia, tal vez resultaba ligeramente indecente mi intromisión entre aquella gente abandonada de todos... Al día siguiente, al oscurecer, Vasily y yo regresamos al piso solitario de Boris y no pude evitar que me invadiera una tristeza sutil y aguda. Contemplé su viejo catre de campaña ahora inútil y sobre el muro volví a leer por última vez: "Se prohíbe que hable la mujer". Boris se había ido, su desaparición me pareció insoportable... Guardado en la alacena de la cocina y cuidadosamente pulido estaba el baúl de Mariana.

—Llévelo a su casa, Mariana la quiso tanto a usted... —me dijo Vasily.

Me avergonzaron sus palabras y me rehusé. No deseaba complicaciones con Augusto después de tanto tiempo y preferí llevarlo a la casa de Irina.

Colocamos el baúl en el salón de colores cobrizos. ¿Qué hacer con él? Irina decidió abrirlo. Rompimos los flejes y levantamos la tapa. Un fuerte olor a naftalina invadió la habitación. En su interior encontramos a varias muñecas viejas envueltas en papel de seda; algunas eran de Natalia y otras orientales. Habían pertenecido a Mariana, según me explicaron los rusos. Las colocamos sobre la alfombra, dos o tres tenían manchas en la cara y sus trajes estaban arrugados y húmedos. El espectáculo era inesperado y el atuendo exótico de las muñecas de Mariana volvió a plantearme el misterio de la vida de mi amiga. Me quedé pensativa. Vi que Irina sacaba del baúl varios pares de zapatillas de baile, algunas más pequeñas que las otras. Reconoció dos pares y los contempló con amor.

—Las primeras puntas de Natalia... —exclamó.

—¿Y esas otras? —pregunté señalando unas muy viejas atadas a las de Natalia.

—Son las primeras puntas de Mariana. La costumbre es conservarlas...

De aquellas zapatillas de seda desgarrada se desprendía una enorme tristeza que invadió la habitación y la pobló de fantasmas. Me sobresaltó la voz de Vasily.

—¡Nina y Vladimir! —exclamó mostrando una fotografía.

Irina se precipitó a contemplarla, mientras yo pensé en el invisible pasado de Mariana.

—Natalia era el retrato de Vladimir... —comentó Irina con voz melancólica.

Por el salón cruzaron pasos tan leves como el aroma del té que reposaba en las tazas delicadas.

Una melancolía infinita cubrió las luces distribuidas armoniosamente sobre las mesas y las consolas. Mis huéspedes guardaron silencio y sobre sus cabezas inclinadas sopló un viento triste y extranjero que los dobló como a personajes irreales. Habían llegado a París desde muy lejos y en esos instantes su pasado desfiló en instantáneas fugaces, así supe que Mariana era la hija de un oficial zarista y de una señora de San Petersburgo que huyeron al extremo Oriente después de la derrota sufrida por el ejército blanco. Irina los encontró en Shangai cuando la pequeña *troupe* de ballet de Ana Pavlova pasó por esa ciudad y se prendó de la pequeña Mariana, espectadora harapienta que seguía a los bailarines por todas partes. Hubo una reunión y decidieron adoptar a la pequeña familia perdida en la miseria. Mariana se convirtió en su discípula predilecta. Entró primero en los coros y enseguida pasó a segunda figura. Empezaba su brillante carrera, cuando en una gira a Sudamérica, Augusto la conoció y se empeñó en casarse con ella, después de prometer solemnemente que no se opondría a que Mariana continuara en el ballet. ¡Fue el fin! Mariana no salió de aquel país. "Sus padres fueron a buscarla y nunca salieron"..., escuché decir a Vasily. Nos quedamos en silencio. Irina para romper aquella pausa triste, pronunció nombres rusos, mientras colocaba con delicadeza programas de teatro y fotografías de bailarines sobre la alfombra. Su voz sonaba monótona, se podría decir que recitaba una larga letanía. Preferí no mirar a los dos viejos inclinados sobre su pasado, me pareció estar en un lugar insólito en donde se corría un telón para dejar ver un hermoso espectáculo invisible: el sencillo y trágico misterio de la vida de Mariana.

Las muñecas me miraban con fijeza y de pronto una de ellas me guiñó un ojo. Creí sufrir una alucinación producida por la melancolía de aquella tarde inolvidable en que enterramos a Boris. También para él se había corrido el telón definitivo y deambulaba sin ruido entre la luz y la sombra de algún lugar remoto o quizás estaba allí entre nosotros. "La vida es un cerrar y abrir de ojos", dijo Vasily. Volví a mirar a la muñeca oriental de ropas harapientas y comprobé que continuaba mirándome con fijeza y con una malicia sólo comparable a la de Boris; volvió a guiñarme un ojo.

—¡Le hizo un guiño! —gritó Irina.

La sorpresa la hizo soltar un enorme paquete que se desparramó en el suelo llenándolo de cartas azules y todos supimos que eran las cartas de Vicente. Ruborizados por invadir aquel último secreto de Mariana, las recogimos de prisa.

—¡Guárdelas usted! —me pidió Irina.

Volví muy tarde a mi casa. Los años me pesaron como piedras enormes cuando subí las escaleras empeñadas en no terminar nunca. Hubiera deseado continuar subiendo hasta alcanzar el sitio reservado para todos nosotros cuando ya no somos nadie, sino un nombre escrito sobre una losa. También mi pasado había llegado a un punto final y en adelante sólo me quedaba llenar los espacios vacíos en mi vida ya vivida. Yo sólo había luchado por el éxito de la Revolución mundial y a ella lo había sacrificado todo. En la escalera supe que millares de jóvenes subían detrás de mí y que mi trabajo había terminado. ¿Acaso no era yo tan vieja como mis enemigos vencidos a los que acababa de abandonar en su casa de la rue Faustin Helie? Al llegar a la puerta de mi estudio supe que ahora mi deber era conocer a los vencidos y hacerme conocer por ellos, después de todo estábamos unidos como la corteza al árbol desde el momento de nuestro nacimiento. Sin ellos yo no hubiera sido yo y sucedía lo mismo en su caso. Ya sólo éramos sombras unidas en una misma historia. Ya sólo ellos eran capaces de entenderme y comprendí la amistad entre Boris y Raymonde, los irreconciliables enemigos, supervivientes de una tragedia superior a nosotros mismos. También Raymonde estaba muerta y oculta en una tumba de tercera clase. No quise llorar. Mi descubrimiento me llenó de una alegría antigua, pareja a la alegría que une a los héroes en su muerte y desde esa noche mi amistad con Irina y con Vasily se convirtió en un afecto entrañable. No era posible imaginar la vida sin ellos y quise penetrar en el mundo que tanto había combatido.

Acompañada por ellos dediqué mis noches a

asistir a las funciones de ballet y me convertí en una experta del baile. Cuando los ballets soviéticos visitaban París, una locura extraña se apoderaba de nosotros tres. Gracias a mi posición privilegiada podía conseguir billetes para el Kirov y el Bolshoi. El espectáculo era deslumbrador y entraba en mi cuerpo como un filtro mágico. El ballet era el único espacio en donde sucedía lo maravilloso y comprendí la infinita desdicha de Mariana y de Natalia, arrancadas brutalmente de aquellos paisajes lunares, visitado por príncipes silvestres y en los cuales los lagos ondulantes están vigilados por personajes maléficos. Hechizados en nuestras butacas contemplábamos a la belleza que nos visitaba y buscábamos a nuestras amigas separadas de la magia. ¿Quién les había arrebatado aquel destino efímero y luminoso? ¡Nadie! Ahora que han pasado tantos años, puedo confesar que nadie las arrancó del teatro en donde se escondieron, pues la verdad y única verdad es que casi todas las noches las veíamos en escena, confundidas entre las figuras blancas de los coros de baile. A veces nos hacían alguna seña desde el escenario. Sus señales eran delicadas como los brillantes hilos de araña que colgaban de las ramas de los sauces o las brumas del lago.

Y así supimos Irina, Vasily y yo que continuaban girando y viviendo felices.

—No han perdido el don —afirmaba Irina.

Hace muy pocos días mi tranquilidad se nubló. Dormía cuando sonó el teléfono y una voz anónima y amenazadora me anunció: "¡Aquí Viena! ¿Acepta usted pagar la conferencia? La llaman de parte de Mariana". La broma siniestra me aterró y colgué el aparato.

Quise correr a ver a Irina. No pude, pues recordé que Irina murió el año pasado y que su nombre reposa muy cerca del de Boris y en el mismo lote en el que está escrito el de Raymonde. Le escribí una larga carta a Vasily que vive retirado en el sur de Francia con un grupo de ancianos exiliados rusos. Espero su respuesta y cavilo. Trato de olvidar la voz aterradora del teléfono.

Ayer, apenas ayer, un hombre se presentó en la oficina y pidió hablar con Augusto. Lo examiné con atención y sus ojos vivaces me inquietaron: podía tratarse de un artista o de un anarquista. Parecía muy impaciente, se diría que traía una mala nueva, llevaba los cabellos en desorden, era muy alto y daba grandes zancadas. Con voz atropellada, me explicó que era el hermano menor de un amigo de Mariana. También me dijo que era austriaco y repitió:

—Hermano del mejor amigo de Mariana...

Hablaba con rapidez y tenía un fuerte acento extranjero. Su cara ancha y sus ojos claros me simpatizaron y fui de prisa a llevarle su recado a Augusto. El desconocido me dijo que se llamaba Harald. Mi jefe me miró con frialdad y sus cejas adquirieron más desorden del acostumbrado.

—No puedo recibir a ese individuo, que le diga a usted lo que desea —me dijo con una voz que me heló la sangre.

Volví al encuentro del visitante y le di la respuesta de Augusto. Harald se llevó una mano a los cabellos, enrojeció de ira, dio varios pasos precipitados por mi oficina y se plantó frente a mí.

—Diga usted al señor director que encontré a una mujer pidiendo limosna a las puertas de la opera de Viena... me pareció que era Mariana, quise hablar con ella y huyó. Creo que hay que hacer una investigación, y si es Mariana, ayudarla...

Me quedé petrificada, estoy muy vieja para recibir una impresión tan fuerte. Reflexioné unos instantes y volví al lado de Augusto.

—Gabrielle, para mi estabilidad mental le suplico que no pronuncie el nombre de Mariana —me contestó con severidad.

No pude llevar esa respuesta y envié a Eveline a hablar con el visitante, Augusto odia el escándalo. Anoche, después de su visita fui al teatro acompañada de Gerard y para alegría nuestra, Mariana y Natalia nos hicieron un signo desde el escenario del Bolshoi. Gerard las descubrió en el coro de *Gisèlle* entre las *willis* y puede asegurar que no miento. Los dos cenamos en un buen restaurante y hablamos de ellas.

—Gabrielle, somos los únicos que conocemos el secreto de Mariana... sólo ignoramos algo:

¿Fue Rudia el que las llevó a los coros del ballet?...

—Eso no lo sabremos nunca...

—Rudia guarda muchos secretos, quizás ese Harald debería hablar con él —insistió Gerard.

—Debemos deliberar sobre el asunto...

Yo sé que Harald no debe hablar con Rudia ni con Sara, el tiempo los ha hecho olvidar a Mariana, además Harald quedaría tan triste como quedé yo después de hablar con ellos. No puedo acusarme de cobarde. Mariana fue una desequilibrada y su sombra se ha convertido en nada. Algunas veces compro rosas color té y se las ofrezco a su fotografía y a la de Natalia... También guardo el diario de Mariana, estaba en el fondo del baúl, se lo dejaré a Gerard cuando yo muera, será hermoso que alguien sepa la trágica verdad sobre una bella desconocida, antes no se lo daré a nadie, no se deben tomar riesgos por unas mujeres cuyas vidas fueron completamente inútiles y ¿para qué colocar una piedra en el camino de Augusto y en el mío?... Es mejor que Mariana aparezca a sus amigos en las puertas de la Opera de Viena o en los coros de ballet. Yo sé que a Natalia le gustaría más este final imprevisto...

3

Siempre envidié la facilidad de mi primo Bertrand para rodearse de amigas. Él no le daba importancia a esa facultad suya y era generoso. Cuando lo visitaba en su piso de balcones abiertos a la Tour Eiffel, estaba seguro de encontrarlo con alguna hermosa amiga.

—Mariana... —me dijo una tarde Bertrand.

Una joven fumaba sentada en un canapé de terciopelo de color tabaco. Calzaba mocasines y me miraba con ojos desparpajados. En esos días de la posguerra las mujeres llevaban zapatos de suelas altas, como las de los antiguos coturnos y los cabellos levantados en torres complicadas. El *sweater* y los cabellos lisos y sueltos me confirmaron que la nueva amiga de mi primo era extranjera. Una de las primeras llegadas a París después de la ocupación alemana. Mariana me ofreció un cigarrillo suave.

—Natalia, su hija —agregó Bertrand.

Me volví. En una esquina del salón, una niña muy pequeña vestida a la inglesa y que era la reproducción de Mariana se puso de pie y me hizo una reverencia. Después volvió a inclinarse sobre un libro de estampas.

A pesar de la aparente naturalidad de Mariana, me fue imposible establecer un diálogo con ella. Había algo que la aislaba de nosotros y frente a ella tuve la impresión de admirar desde la calle un hermoso automóvil guardado por el vidrio del escaparate. Bertrand parecía estar en la misma situación que yo: imposibilitado para comunicarse con su amiga, que se limitaba a reír de todo lo que decíamos. Por algunas frases creí entender que se habían conocido en la costa vasca durante las vacaciones que acababan de terminar. En efecto, Mariana estaba dorada como una nuez y sus cabellos rubios desteñidos por el sol marino. Mi primo le mostró algunos dibujos que ella no apreció y creí adivinar que sólo le interesaban los deportes. Bertrand le explicó que era él quien iba a decorar los escaparates de *Hermes* y Mariana simplemente se echó a reír. Su fama de arquitecto joven y buen decorador fracasaba ostensiblemente frente a su visitante.

Cuando decidió irse, me ofrecí a acompañarla y salimos los tres, Mariana, Natalia y yo, dejando a Bertrand en la penumbra de su salón. Al despedirnos, me susurró en voz baja: "No trates de quitármela". En la puerta estaba la bicicleta de Mariana, pero se opuso a montarla y a dejarme ir a pie. Echamos a andar, ella conduciendo el vehículo por el manubrio y con Natalia sentada en la rejilla trasera, como si fuera una cestita.

Caminamos por en medio de la calzada silenciosa. La guerra nos dejó sin automóviles y las calles estaban quietas, envueltas en las primeras nieblas del otoño. Cruzamos el Sena y Mariana se detuvo a contemplar su corriente. De pronto se volvió hacia mí:

—Él se va... —dijo.

Miraba el río con intensidad y al sentirse observada, se turbó y se echó a reír. El viento de octubre era frío y hacía correr las hojas caídas con un ritmo de polka que súbitamente me llenó de tristeza. Descubrí que Mariana llevaba el camino de mi casa. Me explicó que vivía en una avenida vecina a la rue de la Faissanderie, donde yo habitaba con mis padres. La dejé frente a la puerta de hierro y de cristales de su edificio y me dijo vagamente que estaría muy feliz de volver a encontrarme. El conserje recogió la bicicleta y vi a la madre con la niña de la mano, cruzar el vestíbulo de mármol blanco y tomar el pequeño ascensor. El criado me miró con curiosidad y huí precipitadamente. En el corto camino a mi casa me di cuenta de que Mariana no me había dicho absolutamente nada sobre ella y al llegar a mi habitación me precipité al teléfono para hablar con Bertrand. "¿Mariana?", la había conocido en Guethary, era solitaria, pasaba el día con su niña y él la había incorporado a un grupo de amigos y habían pasado todo el verano juntos.

—¿Es tu amante?

—No... —contestó después de unos instantes de excitación.

Me confesó que le hubiera gustado afirmar lo contrario pero Mariana no se había acostado con él ni con nadie durante los tres meses del verano.

—¿Es sólo una provocadora? —pregunté con cierta intención en la voz.

—¡No seas ridículo!

Oí su risa. Le expliqué que la actitud de Mariana me parecía escandalosa. ¿Qué edad podía tener, veinticinco años?, parecía más joven. ¿Y cómo no se había acostado con nadie durante tres meses? Bertrand no pudo explicármelo. Admitió que él también había tratado de convencerla mientras paseaban de noche sobre las rocas, que había fracasado, Mariana sólo contestaba con risas.

No olvidé a Mariana. Algunas veces cuando volvía tarde a mi casa pasaba frente a su edificio. No sabía cuáles eran sus ventanas y miraba esperando descubrir en alguna de ellas su silueta. Pero a través de los cristales bien pulidos y de los cortinajes echados nunca logré distinguir nada. Me preguntaba qué hacía y dónde se escondía. Llamé a Bertrand.

—Algunas veces la llevo a *Diable Rose* a tomar el té —me contestó Bertrand, y por su tono de voz supe que Mariana seguía en su decisión de no convertirse en la amante de mi primo.

Entonces, decidí que no era desleal mi intervención. Aprovechando la ausencia de mis padres organicé una pequeña fiesta. Me pareció que era el único pretexto que tenía para hablarle por teléfono. La llamé un domingo por la mañana y la invité a un *cocktail* ese mismo día. Deseaba parecer natural y moderno, frente a ella que era ultramoderna. Al escuchar su voz sorprendida temí que no aceptara. Más tarde supe que Mariana estaba siempre sorprendida y que tal vez de eso partía su extrañeza. Aceptó la invitación y me precipité a invitar a los demás. En domingo era difícil conseguir amigos y sólo encontré a tres chicas inglesas que formaban parte de un *show* y a tres compañeros de estudio de la Escuela Politécnica. Tal vez no eran los compañeros ideales para una invitada como Mariana, pero la escasez me hizo aceptarlos con beneplácito.

Al oscurecer eché una ojeada sobre las bandejas de pastelitos y bocadillos comprados en el mercado negro y comprobé que los salones de la casa de mis padres eran exiguos y oscuros para Mariana. Robert, el mozo, me miró con aire burlón mientras preparaba los vasos y el hielo para el whisky.

—¡Ojalá que no lleguen el señor y la señora! —me dijo con malicia refiriéndose a mis padres.

Las chicas inglesas trajeron discos de jazz. Las luces de la escalera y del salón eran tenues y los ramos de flores frescas parecían más vivos junto a los tapices antiguos que colgaban de los muros. Mariana vestía un traje corto y escotado.

No le pareció escandaloso que mis amigos besaran a las chicas inglesas, ni que buscaran los rincones en penumbras ni los divanes sedosos. Se movía sola con naturalidad como si toda su vida hubiera asistido a fiestas íntimas. Yo no logré besarla. Es decir, ni siquiera lo intenté y apenas si me atreví a bailar con ella. Mariana se escurría por la penumbra del salón como una gota de ámbar, se alejaba de mí a pesar de mi deseo de estar con ella. Junto a los tapices, su figura alargada se confundía con las figuras ocres que tanto me gustaba contemplar en mis ratos de soledad. Me acerqué y besé su hombro desnudo. Ella permaneció indiferente, tan indiferente que me sentí ofendido. Se volvió a mí:

—¿Son auténticos? —dijo refiriéndose a los tapices.

—Algunos —contesté de mala gana.

Me miró y no supe si era malvada o simplemente fría.

—Dejé dicho en mi casa que estoy aquí. No sé si pueda quedarme con ustedes mucho rato.

Me sentí ofendido. Sólo había venido por cortesía y no pensaba prolongar su estancia en la fiesta. Mariana tenía tres años más que yo, cosa que me resultaba bastante humillante. En ese momento hubiera deseado ser veinte años mayor. Iba a decirle algo, cuando vi a Robert que avanzaba acompañado por dos desconocidos. Ambos tenían un gesto de disgusto profundo. Me acerqué a ellos.

—Soy…

El hombre no tuvo tiempo de presentarse. Mariana se precipitó a su encuentro y dio un beso en la mejilla a cada uno de los intrusos.

—¡Augusto!… ¿Viniste? —preguntó aterrada al hombre que había tratado de presentarse. Éste la miró con frialdad.

—Vine —contestó con voz cortante.

—No sabía a qué horas volverían y pensé que podía venir aquí un rato —dijo ella.

—¡Mientes! —contestó el hombre mirándola con ojos fríos.

Su acompañante permaneció impasible. Era notable su parecido con Mariana. Ambos eran rubios y tenían el aire fácil de los deportistas, aunque el recién llegado era muy bajo de estatura y tenía la piel rojiza. Se diría un pariente mayor de Mariana y bastante raquítico.

—Soy su marido —me explicó el otro, a quien ella había llamado Augusto.

Al decir esto se volvió para observar con curiosidad el salón, los muebles y los invitados. La fiesta continuaba indiferente a su llegada. Augusto exclamó:

—¡Qué hermosa casa!

Mariana trató de disculparse con el acompañante de su esposo.

—Pensé que como siempre llegan tarde, podía venir aquí un momento —dijo tratando de reír, aunque parecía confusa.

Su marido se volvió a ella y la miró con disgusto.

—¡Mientes, Mariana! —repitió con simpleza.

El hombre rubio permaneció impasible ante las explicaciones que ella trató de darle y Augusto se acercó a contemplar los tapices con aire de conocedor. Yo, de pie en medio de ellos, no supe qué decir. Robert se acercó con una bandeja y Augusto aceptó un whisky y sonriendo me preguntó por la biblioteca. Me disponía a llevarlo, cuando me detuvo con un gesto cordial:

—No. Es injusto que moleste a los jóvenes. ¿Por qué no me presenta con sus amigos?

Detuve a las parejas para presentarles al marido de Mariana y Augusto bailó con Suzy tres veces. Era un hombre joven, con las facciones delicadas de algunos sudamericanos. Me sorprendieron sus manos pequeñas y el brillo claro de sus ojos en contraste con su piel aceitunada. Su presencia interrumpió el ritmo de la fiesta, yo me sentí turbado y apenas me atreví a mirar a Mariana, que había ido a sentarse en el primer peldaño de la escalinata y permanecía sola, con una sonrisa apenas esbozada. Me dirigí a ella y el rubio me interceptó el paso.

—Mariana es insoportable. ¡Un verdadero problema para el pobre Augusto! Tiene puntos ciegos en el cerebro —agregó tocándose la cabeza.

Me incliné a escuchar las confidencias de

aquel hombre pequeño de estatura y mucho mayor que yo en años.

—Una chica problema. Necesita un psiquiatra —dijo con brutalidad.

No quise escucharlo. Decepcionado, se dirigió a otra de las chicas y yo fui al lado de Mariana y la invité a bailar.

—¿Su marido es muy celoso?

—¿Celoso?... ¿De qué? —preguntó sorprendida.

Bailaba tan bien que me pareció una profesional. Noté que el hombre rubio a quien Mariana llamaba Ramón la seguía con la mirada por encima del hombro de su pareja y que le disgustaba que bailara conmigo. Mariana tenía algo equívoco, bailaba demasiado bien y también se escotaba demasiado. Cuando traté de cerrarla contra mí se alejó con un movimiento ligero y me miró asustada.

—Soy muy nerviosa... perdone.

Se echó a reír y me miró con aire confidencial.

—Por ejemplo, lo oscuro me asusta. La casa es tan grande y tan quieta, que en las noches me da miedo y me voy al cuarto de Natalia...

La miré sin entenderla. Tal vez Ramón estaba en lo cierto. ¿Había dicho puntos ciegos?

Mariana no mentía, en sus ojos hallé sombras de miedo a pesar de encontrarse en una reunión en donde la música y las flores producían un ambiente protector. Su marido bailaba ceñido a

Suzy. Al día siguiente Suzy me explicó el recorrido que hicieron juntos esa noche por los lugares de moda. Augusto era encantador y le había dado una verdadera cátedra de arqueología.

—¿Y su mujer? —le pregunté.

—Una histérica que le hace la vida imposible —declaró Suzy con aire pensativo.

Esa noche Mariana se rehusó a seguir bailando conmigo y prefirió volver a su puesto en la escalera. Tal vez, la mirada de Ramón la cohibía. Desde lejos vi que llevaba el ritmo de la música con un pie mientras contemplaba un punto fijo con los ojos muy abiertos.

—Está de mal humor —me dijo sonriendo su marido.

Miré hacia Mariana que permanecía inmóvil en el escalón mientras su marido desde lejos la contemplaba con fijeza.

—Le molesta que le impida mentir. Toda su familia fue como ella: mentía como respiraba. No hay solución para este problema, André.

Parecía preocupado. No supe qué contestar. Observé su perfil delicado y él se pasó una mano por los cabellos. Se volvió a mí con los ojos sombríos.

—Al principio creí que era una forma de la imaginación, ahora sé que simplemente es una falta total de ética. ¡En fin!... ¿Sabe usted de algún buen internado?

La pregunta me sorprendió tanto, que debí

poner una expresión muy extraña y Augusto se apresuró a aclarar.

—No es para ella. ¡No! Es para la niña...

No pude recordar el nombre de ningún pensionado. Busqué ansioso el nombre de la escuela de mis hermanas, sin poder hallarlo en mi memoria.

—Tenemos una hija y quiero alejarla de su influencia nociva —concluyó Augusto con voz trágica.

El hombre me dio pena. Era doloroso que un hombre mayor que yo y prácticamente un desconocido, me hiciera confidencias angustiadas en medio de la banalidad de una fiesta íntima. Augusto debería cifrar en los treinta años, lo miré y tuve la impresión de que en alguna parte había escuchado su nombre.

Lo oí insistir en la urgencia de separar a la niña de Mariana.

—Me informaré con mi madre —prometí.

Me dio una palmada cordial en el hombro y apuntó mi teléfono para llamarme, pues deseaba evitarme molestias. Avergonzado por su debilidad, llevó la conversación hacia temas más generales, le apasionaba Sartre y desarrolló una teoría sobre la arqueología y el existencialismo que me resultó ininteligible. Me limité a aprobar sus palabras con movimientos de cabeza.

—Vivimos aprisionados por los objetos, el problema reside en recuperar la libertad. Hablo de la libertad en el amor, no sólo del amor a la libertad —me dijo sonriendo y asombrado de sus propias palabras.

Asentí sin dejar de escuchar la música al compás de la cual bailaban mis amigos.

—La mujer objeto nos aprisiona, nos obliga a llevar una vida artificial. Yo, por mi parte, viviría en una buhardilla entregado al amor y a mis estudios, pero no puedo. Mariana y la niña me encadenan al dinero, a lo cotidiano y a la vida artificial —agregó pensativo.

Augusto se volvió a su mujer que continuaba sentada en el peldaño de la escalera. Ella al verlo acercarse se puso de pie y sonrió.

Hablaron en voz baja y se fueron. Me costó un gran esfuerzo disimular mi disgusto. Ramón permaneció en la fiesta, de pronto lo vi avanzar hacia mí acompañado de Suzy.

—¿Adónde vas? —le pregunté a la chica con violencia.

—Al *Maxim's* con Ramón y con Nancy. Allí nos esperará Augusto que sólo fue a llevar a casa a su mujer —me explicó la muchacha.

Lo último que vi de Mariana antes de que abandonara mi casa fueron sus piernas y su espalda dorada. ¿Por qué una persona radiante como ella podía ser peligrosa para su hija? Atajé a Ramón que se preparaba a irse con mis dos invitadas.

—Ya le dije, Mariana es un problema. ¡Cosas de la infancia! —explicó con petulancia el hombrecillo.

No volví a ver a ninguno de los tres. Augusto no me llamó nunca por teléfono y Ramón dejó de salir con Nancy. Por ella supe que Ramón no estaba emparentado con Mariana, pero nunca pude descubrir cuál era la relación tan íntima que lo unía al matrimonio. Quizás era sólo la costumbre sudamericana de ir siempre en grupo. Por amigos de Bertrand, mayores que yo, oí hablar de Augusto y de Mariana, una pareja llamativa que levantaba comentarios a su paso. Él era cordial y un apasionado de la cultura francesa, ella, en cambio, era frívola e inestable; le interesaban sólo los deportes y observaba una conducta extraña que atormentaba a su marido. Dos veces creí verla en bicicleta en el Bois de Boulogne y en la Porte Maillot, llevaba pantalones y se cubría la cabeza con un gorrito rojo.

Una noche al volver de una de aquellas fiestas de la posguerra, se me ocurrió caminar a lo largo del Sena. Se acercaba el final del invierno terrible y esperábamos la primavera para liberarnos de la bruma instalada en las casas por la ausencia de calefacción. Pensé en Mariana y me pregunté qué sería de ella y cuál sería su problema. ¿Era una mentirosa y una loca? Esa noche tuve la seguridad de que Mariana era como cualquiera de nosotros y de que su extrañeza provenía de algo que actuaba fuera de ella y no de algo que residía dentro de ella misma. Su imagen patética sentada al pie de la escalera de mi casa me pareció perturbadora, parecía demasiado sola. "Es una criatura que uno no encuentra todos los días", me dije. Pero no pude alejar su imagen, que a cada paso se volvía más precisa.

Fui dejando atrás los puentes del Sena. El recuerdo de Mariana me seguía nostálgico y caminaba junto a mí, mientras yo miraba la corriente en la que se reflejaban luces distantes y móviles. Antes de llegar al puente Mirabeau, vi la silueta de una mujer acodada al pretil de piedra. ¿Qué haría allí a esas horas? Debería ser casi la una de la madrugada. Pensé que podía ser una aparición, pues la silueta brillaba con gran claridad en medio de la noche. Tal vez era una ahogada que contemplaba el lugar desde donde había saltado. Sentí temor, la silueta estaba rodeada de una soledad amenazadora. Dudé antes de acercarme a ella que pareció no escuchar mis pasos. Una fuerza superior a mi deseo de huir, me colocó junto a ella y vi sus cabellos claros y recordé su perfume. No me asombró, la llamé por su nombre.

—¡Mariana!

Mariana se volvió despacio y trató de reconocerme entre las brumas.

—Soy André, el primo de Bertrand.

Ella no hizo ningún movimiento de sorpresa, me lanzó una mirada indiferente y siguió acodada al pretil de piedra. Saqué dos cigarrillos y le ofrecí uno. A la luz de la cerilla vi su rostro pálido y sus ojos demacrados.

—Es muy tarde, Mariana. Es peligroso...

—¿El río? —preguntó ella sonriendo y volviéndose a acodar sobre el pretil para contemplar el agua oscura y luminosa que corría a nuestros pies. Yo hice lo mismo, me pareció que debía guardar silencio.

—Siempre se va —dijo con simpleza.

Estuvimos callados largo rato. Después me ofrecí a acompañarla a su casa, pero ella permaneció inmóvil, como si no hubiera escuchado mi proposición.

—Vamos, Natalia puede despertarse —le dije para convencerla.

—Natalia está en un internado —dijo tranquila.

No supe qué agregar y permanecí junto a ella silencioso. En realidad no podía decirle nada más. Sabía muy poco de ella. Me pareció milagroso el encuentro y tuve la certeza de que mi presencia en ese lugar se debía a razones ocultas que nunca descubriría. Apesadumbrado por la profunda indiferencia de Mariana, extendí una mano y rocé la manga de pieles de su abrigo claro. Ella se volvió a mí.

—¿Conoce usted algún hotel en donde no necesite pasaporte para inscribirme?

La pregunta me cayó como un premio inesperado aunque merecido.

—Hay hoteles en los que no son necesarios los pasaportes —dije aturdido.

—No es un hotel de paso lo que pido… en fin, si no hay otro…

Vi que sus propósitos no se debían al deseo de tener una aventura, sino a algo que trataba de no decirme. Pensé arduamente, mientras ella me observaba con ojos ansiosos y con los brazos cruzados sobre el pecho delgado. Recordé a Castel, el corso que me surtía de cigarrillos americanos, licores y café del mercado negro. Castel compartía la regencia de un hotel en el boulevard Raspail. El hotel era grande y anónimo.

—Conozco uno, es decir podemos tratar.

Mariana se puso en marcha. Me coloqué a su lado y volví a rehacer el Sena. Ella caminaba a pasos largos y seguros sin buscar mi apoyo. Sus cabellos humedecidos por la bruma revoloteaban alrededor de su rostro que atravesaba la noche con tranquilidad. Hablamos de tonterías que la hacían reír.

—¿Verdad que soy una mujer fácil? —dijo riendo.

No supe qué contestar, me limité a mirarla, se había vuelto a mí y me mostraba su rostro abierto a la risa.

—Augusto pretende que soy muy difícil —agregó riendo.

No supe qué contestar. La observé entrar al hotel, no pareció inmutarse, esperó impasible a que yo hiciera las gestiones. Descubrí a Castel cerca de los elevadores. Mi amigo miró a Mariana con ojos de conocedor y me felicitó con un gesto de malicia.

—¡Alta y rubia! Te envidio, muchacho.

Castel nos inscribió a los dos bajo mi nombre, como marido y mujer. Un mozo nos condujo a una habitación enorme y sin calefacción que comunicaba con un cuarto de baño grande, cubierto de losetas blancas. Mariana se dejó caer en un sillón y me regaló una larga mirada conciliadora.

—Gracias, André.

No supe qué decir. Admiré sus piernas cruzadas y estuve quieto, mientras ella se despojaba de sus guantes color marfil. Era tres años mayor que yo y ese hecho tan simple la convertía en un ser irremediablemente superior a mí. Su conducta extravagante la explicaba dando las gracias con una simpleza que me desarmó.

—No sabía que la habitación era para usted —dije por decir algo.

Mariana levantó la cara y con la luz blanca de la habitación pude ver sus ojos hinchados por el llanto reciente.

—¿Algún problema? —pregunté estúpidamente.

—Sí, aquí… no entiendo… —dijo tocándose la sien con la punta de los dedos y sonriendo para decir excusas.

Vi que le temblaban las manos y que su mirada acusaba un terror repentino, que no me confesó.

—¿Pasa algo?

Mariana se cubrió los ojos como si fuera a llorar. Hizo un esfuerzo visible y contuvo el llanto, luego volvió a mirarme y me pidió un cigarrillo. Ya encendido se lo coloqué en la boca y esperé a que me dijera algo.

—Sí, André, sucede que soy mala... y...

No terminó la frase, miró el humo del cigarrillo y buscó un cenicero que me apresuré a acercarle. Cuando terminó de fumar, aplastó la colilla y se puso de pie, con la misma decisión un poco tímida de un joven alemán al que traté durante la ocupación. Cortés, me acompañó hasta la puerta.

—¿Cómo puedo pagarle tantas bondades? —dijo con voz impersonal.

—Si quiere le avisaré a Augusto —le dije recordando que tenía un marido.

—¡No! ¡Júreme que no lo hará! Pensé que era usted amigo mío.

Dijo la palabra "mío" con una intención que no pude descifrar. Después trató de encontrar la compostura y de sonreír. Me tendió la mejilla para recibir el beso de despedida y cerró la puerta de su cuarto. Me encontré desconcertado, en el pasillo solitario y abandoné el hotel tratando de no ser visto. No quería que nadie contemplara mi situación ridícula. Me fui al Hotel del Pont Royal y ahí después de una espera me consiguieron un taxi. Una vez en mi casa me vi como un perfecto idiota. Mariana me había hecho llevarla a un cuarto de hotel, era evidente que buscaba una aventura y yo me había conducido como un estúpido tratando de entender problemas que no existían sino en mi imaginación. A un hombre con más experiencia nunca le habría ocurrido lo que me había sucedido a mí. La espléndida Mariana debía estar de vuelta en su casa después de haberme invitado a pasar la noche con ella. Sin duda se estaría riendo de mí. Llamé al hotel y pedí mi cuarto, una voz aterrada me contestó.

—Sí, soy yo…

—Pensé que podía llevarle una pijama —dije como disculpa.

Mariana aceptó. Bajé las escaleras con sigilo y saqué el automóvil de mi padre, para volver al hotel del Boulevard Raspail. Me introduje de prisa, alcancé el elevador tratando de no ser visto y llegué a la puerta de la habitación. Llamé con cuidado.

—Pase —contestó mi amiga.

La luz de la mesita de noche estaba encendida y ella, Mariana, envuelta en su abrigo escribía algo sobre unas hojas de papel timbrado del hotel. Estaba de rodillas sobre la cama, inclinada sobre su tarea. Le tendí el paquete con mi pijama. Vi sus piernas desnudas y comprendí que sólo llevaba puesto el abrigo, su ropa yacía sobre el sillón. Sonriendo se levantó y se dirigió al baño. Al poco rato volvió enfundada en mi pijama y como un muñeco de trapo se dejó caer en una silla.

—Estoy cansada.

Yo aplasté adentro del bolsillo de mi saco, una de las hojas que ella estaba escribiendo a mi llegada, y que yo robé cuando entró al baño a ponerse mi pijama. Me quedé quieto, sin saber qué hacer o qué decir. Era difícil encontrar a una mujer que diera más facilidades que Mariana y al mismo tiempo nunca había encontrado a una mujer que se colocara en un terreno más inaccesible. Con cualquiera otra me hubiera acostado inmediatamente; con ella era distinto, no me atrevía siquiera a dar un paso para aproximarme a ella. Tal vez Mariana no estaba allí para acostarse, tal vez me pedía algo que yo desconocía y que me convertía en un intruso. Admiré sus espléndidos cabellos rubios.

—Mariana… —le dije en voz baja.

Me miró largo rato esperando el término de mi frase, pero no pude agregar ni una palabra. Ella no despegó sus ojos de los míos, levantó una mano y me dijo.

—La vida es triste y adentro de mi cabeza hay muchos pájaros muertos…

Las rayas blancas y azules de la pijama le daban el aire de una prisionera. ¿De quién o de qué estaba presa Mariana? No supe qué contestar y dejé de mirar su sonrisa mecánica. Le encendí un cigarrillo y se lo coloqué en la boca, le pregunté si deseaba mi compañía y ella negó con la cabeza. La dejé fumando y salí de la habitación sin haberla tocado y con la extraña sensación de que Mariana caminaba en la frontera de la luz y la sombra. Me sentí terriblemente oprimido, pensé que debería haberme quedado con ella y entrar abrazado a su cuerpo al extraño mundo por el que ella transitaba. En la calle eran las seis de la mañana. Adentro, en la habitación de mi amiga, el tiempo corría con otro ritmo que ella misma provocaba con sus ademanes y con sus palabras. Una vez en mi casa recordé sus palabras: "adentro de mi cabeza hay muchos pájaros muertos". Había hablado con una voz terrible, de niña, que me pareció el augurio de la locura. Tal vez Augusto y Ramón estaban en lo cierto y Mariana estaba loca. ¿Qué hacía a la una de la mañana acodada al pretil del Sena? ¿Por qué podía pasar la noche fuera de su casa? No encontré la respuesta, el sueño me venció y me quedé dormido hasta la tarde. Al despertar, le conté mi aventura a Robert mientras me servía el café. El criado me miró con severidad.

—La señora fue a ese hotel a suicidarse y aparecerá con su pijama puesta —dijo con la seguridad de un oráculo.

Dejé caer la taza. ¡Era verdad! Sólo un imbécil de veintidós años en busca de aventuras fáciles podía ser tan frívolo y no darse cuenta de la gravedad de la situación. Bajo la mirada acusadora de Robert, llamé al hotel. El cuarto de Mariana no contestaba. Pedí hablar con Castel, pero el turno de mi amigo había terminado a las seis de la mañana y no se presentaría hasta las siete de la noche. Nervioso, busqué en el bolsillo de mi saco el papel que le había robado a mi amiga en el que estaba escribiendo algo, lo leí: "Augusto es perverso", "Augusto es perverso", la misma frase estaba repetida hasta cubrir la página entera. La acusación lanzada contra su marido me dejó atónito y me dio la respuesta que buscaba: Mariana había ido al hotel a suicidarse. Tal vez en el momento en que la hallé junto al Sena se preparaba a lanzarse al agua, por eso había buscado un paraje tan solitario como la vecindad del puente Mirabeau. Me aterré al recordar que también yo había llegado hasta ese mismo paraje. ¿Por qué lo había hecho? No era mi costumbre aventurarme por esos lugares a tan altas horas de la noche. Algo incomprensible me había empujado a llegar ahí la noche anterior. Alguien me había escogido para salvar a Mariana. ¿Y yo, qué había hecho? Abandonarla en un hotel vulgar para que cometiera ese acto atroz que es el suicidio. Ahora era tarde y necesitaba pagar mi descuido, mi egoísmo. Robert apareció frente a mí. Había conseguido que una vecina, madame Legrand, me dejara su automóvil por una hora, pues en esos días era casi imposible conseguir un taxi. Dejé a Robert en la puerta de mi casa y crucé París en unos minutos. Sabía que me esperaba el escándalo, pero me animaba la idea de llegar a tiempo y salvar a Mariana. Me pareció que el ascensor era demasiado lento y cuando al fin llegué a su puerta, me costó trabajo la decisión de llamar con los nudillos. No quería la respuesta del silencio, ni ver lo que me esperaba en ese cuarto. Llamé y sentí que mi corazón golpeaba en mi pecho más fuerte que mi mano en la puerta.

—Pase... —dijo la voz de Mariana.

La encontré sentada sobre la cama vistiendo mi pijama. Tenía el cabello húmedo. Me dejé caer en un sillón y la miré agradecido. Me explicó que tal vez estaba en la ducha fría cuando la llamé por teléfono y a eso se debió que no hubiera escuchado los timbrazos. Cerca de ella mi angustia se desvaneció y me eché a reír. Ella me acompañó en la risa. Todo se volvía natural junto a Mariana, hasta las circunstancias extrañas en que nos encontrábamos.

—Pensé... pensé que te podías suicidar —le dije tuteándola.

Mariana me miró tranquila y luego se echó a reír. No pareció sorprendida de mis temores.

—Eres muy inteligente —me dijo tuteándome a su vez. Me acerqué invadido por una felicidad súbita y le pasé la mano por los cabellos húmedos. Ella levantó los ojos para verme.

—Es una vocación terrible... el peor de los pecados para nosotros los católicos —dijo como para sí misma.

"¡Una vocación terrible!", había dicho. Sentí que debía regañarla, era una manera varonil de salir de la turbación que me causaron sus palabras.

—Ahora te vistes y te vas a tu casa.

Mariana me miró sosegada y supe que mi orden era inútil. Me senté frente a ella y le hablé con tono duro para sacudirla y hacerla volver a la sensatez. Ella guardó silencio y supe que mis palabras resbalaban inútiles y que ninguna de ellas era capaz de convencer a mi amiga. En cuclillas frente a ella le tomé las manos para transmitirle mi decisión de vivir.

—¿Y tu marido? —terminé preguntando.

—Por ahí anda —dijo levantando los hombros con gesto desdeñoso.

—¿Quieres explicarme qué demonios sucede? —dije exasperado.

—No sé explicarme. Me vuelvo odiosa, por eso prefiero callar —contestó mirándome con sus ojos separados.

Era inútil tratar de sacarle la verdad. Llamé al mozo y le ordené café con pan y mermelada, pues Mariana no había probado bocado desde la noche anterior. Cuando le trajeron la bandeja le expliqué que debía ir a mi casa a devolver el automóvil de madame Legrand, y que volvería inmediatamente después. La hice prometer que no se movería de ahí, ni haría ninguna locura durante mi ausencia y me fui preocupado. Los peatones me estorbaban, iba inquieto y la vista de la ciudad ajena a lo que me sucedía me excitaba los nervios. ¡Qué me importaba en esos momentos la ciudad que me deslumbraba cada día como a cualquier provinciano!

Al volver junto a Mariana la encontré vestida y con los guantes puestos. Humildemente le pregunté en qué podía servirla. Me dolió que estuviera lista para irse y que mi aventura con ella terminara así, en un adiós banal. Al oír mi pregunta, Mariana se puso de pie, me hizo un guiño y me tocó la punta de la nariz con los labios.

—Quiero que Augusto me dé mi pasaporte para irme. Es mejor. ¿No crees?

No supe qué contestar. Ella me explicó que su marido guardaba sus documentos de identificación y se negaba a dárselos. Sin ellos no podía viajar, ni inscribirse en un hotel de la ciudad, por eso me agradecía que le hubiera hallado alojamiento. La vi risueña y la invité a salir. Caminamos a buen paso entre la bruma húmeda y vi que Mariana se dirigía a Notre Dame. Me invitó a entrar con ella a la catedral, mientras sacaba de su bolso un velo para cubrirse los cabellos. Las bóvedas enormes volvieron minúscula a Mariana que caminaba por las naves pisando fuerte como si hubiera entrado en su propia casa. La vi persignarse, hincarse y rezar con fervor. También le vi las piernas y me arrodillé a su lado muy cerca de ella esperando recibir algún beneficio de los que pedía.

—Tienes las piernas más bonitas de París —le dije al oído.

Se volvió enfadada, su cara estaba tan cerca

de la mía que con rapidez le di un beso en la boca abierta por la sorpresa.

—Nos estamos casando —le dije con la remota esperanza de que mi deseo por un milagro se convirtiera en realidad.

Ella se llevó un dedo a los labios y continuó el rezo, luego inclinó la cabeza sobre mi hombro y abandonamos la iglesia cogidos de la mano. Los rosetones estallaron en luces que salpicaron a la piedra de las naves de diminutos arco iris. Supe que algo muy secreto acababa de ocurrirnos. El misterio empezó a esfumarse en la calle en donde las voces y el ruido de las suelas de madera sobre los adoquines nos interrumpieron. Los puestos de libros se hallaban llenos de lectores que se volvían al paso de Mariana.

—No me gusta París, es una ciudad egoísta. Una cárcel —exclamó de improviso.

Me ofendió y la miré con reproche: no agradecía la admiración con que la gente mal vestida la observaba. Tampoco agradecía mi compañía, ni mi afecto. Apretó el paso ignorándome, abstraída, olvidando lo que había sucedido en Notre Dame.

—París sólo cree en el triunfo y yo soy de los vencidos —agregó convencida.

Era una ingrata. Me volví varias veces para mirarla caminar a pasos largos, separada de mí y recordé nuevamente al oficial alemán que frecuentaba mi casa durante la ocupación. Quise imaginar qué había sido de él. Tal vez Mariana tenía razón y pertenecía a los vencidos. Movido por una ternura inesperada, la tomé de la mano y la conduje al restaurante *La Perousse*. Sentada en la mesa frente a mí me miró sin saber qué decir, mientras se despojaba de sus guantes. Le ordené un aperitivo y la obligué a comer. Con la comida se volvió sonrosada y reidora, me tomó una mano y me besó la punta de los dedos. Me sentí confuso y pensé que debía regañarla nuevamente.

—¡Vamos, Mariana, déjate de chiquilladas!

Cuando nos sirvieron el café decidió llamar a Augusto por teléfono para pedirle sus papeles. La vi alejarse seguida por las miradas de los demás comensales y los miré con rencor. "En verdad que los parisinos somos pueblerinos", me dije indignado.

—Me dio cita a las seis de la tarde —me confió Mariana al volver a la mesa.

No dije nada. ¿Qué iba a decir? Encendí un cigarrillo y se lo puse en la boca ante las miradas envidiosas de los hombres de las mesas vecinas. Mariana estaba preocupada y yo era incapaz de sostener una conversación. La idea de que se iba a las seis de la tarde me dejó profundamente triste. "Deben creer que somos amantes que han reñido", me dije para consolarme de nuestro silencio y de la curiosidad que despertábamos. Pagué la cuenta y al ponerle el abrigo lo hice con un gesto de intimidad para deslumbrar a los demás. Salimos y caminamos a lo largo del Sena deteniéndonos de vez en vez para ver pasar a las barcazas que entraban o salían de París. El aire era muy frío y los adoquines estaban todavía cristalizados por la última escarcha del invierno.

—¿En dónde te citó? —le pregunté fingiendo indiferencia y lanzando mi cigarrillo encendido al río.

—En *Chez Francis*; me gusta ese lugar. Está en un cruce de caminos.

La niebla subía del Sena y las luces se habían encendido cuando llegamos al Puente de Alejandro. Allí nos despedimos pues su marido la esperaba en el café de enfrente. Iban a parlamentar sobre algo que yo desconocía.

—Gracias, André —me dijo ofreciéndome ambas mejillas.

La besé rápidamente, iba a alejarse y me pareció insoportable la idea de perderla. Hubiera querido besarla largo rato y se iba de mí sólo con aquellos dos besos inocentes y el beso robado en Notre Dame, sin una palabra, sin ninguna pena. Le tomé las manos enguantadas.

—¡Ojalá que Augusto no te dé el pasaporte, así no podrás irte!

Me lanzó una mirada de reproche, se rió y luego bajó a los adoquines. La vi cruzar la avenida con aire marcial y volví a pensar en los vencidos. La contemplé desde lejos cuando inspeccionaba las mesas de la terraza cubierta de cristales. No encontró a Augusto y entró al restaurante. Esperé largo rato. Deseaba que su marido no acudiera a la cita. Crucé la calle y me coloqué al lado de la cartelera teatral que anunciaba *Caligula* de Camus, interpretada por Gerard Philippe. Estuve allí mucho rato perdido en sentimientos confusos y dolorosos. La gente pasaba junto a mí sin mirarme ni compartir mi ansiedad. Me sentí un pobre diablo. Era noche cerrada cuando vi aparecer a la pareja en la terraza iluminada. Salieron a la calle en dirección al lugar en el que me encontraba. Quise ocultarme, pero me di cuenta de que Mariana y Augusto venían absortos en su problema y que mi temor de ser visto era vano. Se detuvieron en el borde de la acera en silencio. Mariana me daba la espalda y Augusto miraba obstinadamente la calle, como si su mujer no se hallara a su lado. Ella le habló y de pronto él le tendió la mano y partió raudo. Pasó casi rozándome, iba tranquilo, como si no hubiera sucedido nada, ni la escena que se había desarrollado ante mis ojos, ni la noche pasada. "¡Le dio el pasaporte, se deshizo de ella!", me dije. Lo vi alejarse tranquilo y su seguridad me llenó de rencor. Me volví a ver a Mariana que continuaba inmóvil y con aire extraviado en el lugar en donde Augusto acababa de abandonarla. Permaneció en la misma postura largo rato sin notar que los clientes de la terraza miraban con avidez su silueta delgada envuelta en el abrigo de castor. Luego de unos minutos pareció tomar una decisión, dio media vuelta, cruzó la calle y echó a andar por la Course de la

Reine. La seguí de lejos. Caminaba a paso firme bajo las ramas desnudas de los árboles. Cruzó para caminar a la orilla misma del río. Su cabello liso brillaba bajo la luz de gas y la mancha clara de su abrigo se confundía con la neblina. Apreté el paso y la alcancé. Se volvió sin sorpresa.

—¿Eres tú?

La tomé por los hombros, era casi tan alta como yo, quería besarla, reponerme del sufrimiento pasado junto a la cartelera, pero no me atreví, había algo en ella que me detuvo.

—¿Te dio el pasaporte? —me limité a preguntar.

Mariana movió la cabeza, negando.

—¿Vas a volver a tu casa?

Mariana repitió el gesto negativo. No entendí nada. Nervioso, encendí un cigarrillo y la miré con intensidad: Mariana caía en mis brazos sin que yo hubiera movido un dedo para lograrlo. Ahora estaba en mis manos, no le quedaba más camino que el mío. Sin embargo me asaltó una duda y traté de razonar: ¿Por qué si Augusto quería deshacerse de ella no le entrega su pasaporte? ¿Qué pretendía? ¿Y quién era Mariana? No sabía nada de ella. La miré preocupado y lo más sorprendente era que ella no estaba sorprendida, aceptaba la situación con naturalidad. Su indiferencia me produjo vértigo. ¿Sabría que yo esperaba fuera del café? Se lo pregunté y ella afirmó con la cabeza. ¡Sí, lo sabía! Pensé y le pregunté:

"¿Lo sabía Augusto?". Mariana afirmó nuevamente con la cabeza. ¡Sí, lo sabía! Tuve la seguridad de que eran dos aventureros. París estaba lleno de ellos, desconocidos con pasados dudosos y actividades oscuras. Recordé que Augusto gozaba de un renombre modesto entre los gacetilleros que se ocupaban de las revistas culturales de arqueología y que disfrutaba de un puesto brillante en una organización internacional que estaba a punto de abrir sus puertas oficialmente. Le ofrecí un cigarrillo y al encenderlo vi lágrimas que brillaban en sus ojos. No eran lágrimas de pena; una ira oculta y feroz se escondía en el fondo brillante de sus pupilas.

—¿Y qué pretende que hagas?

Mariana levantó los hombros y echó a andar despacio, mirando al río que corría luminoso a nuestro lado. La seguí y seguí su mirada.

—Sabe que me gusta el río... —dijo con voz tranquila.

No quise entenderla, tampoco quise entender sus palabras ni el tono frío en que las dijo. Caminamos largo rato perdidos en nuestros propios pensamientos. Cruzamos un puente y continuamos la marcha, yo ya no preguntaba nada, sólo sentía su proximidad peligrosa. Dejamos el río para internarnos por la callejuela Git-Le-Coeur en donde sus tacones retumbaron eróticos sobre los adoquines oscuros. Quise detenerme allí mismo y decirle que la amaba, pero me asustó pensar que también el amor la dejaría indiferente. Por unos instantes me alegré de que Augusto no le hubiera dado el pasaporte. Mariana era ahora para mí solo y me sentí en la obligación de protegerla.

—Conozco un *bistrot* adonde no va nadie —le dije con voz banal.

Ella se volvió riendo y me besó la mejilla.

—Vamos —dijo.

Cenamos en un *bistrot* árabe, solitario y oscuro en donde el cus-cus estaba bien sazonado a precio de mercado negro. El dueño nos miró con simpatía. En un viejo fonógrafo colocó un disco americano: *Candy,* y se nos acercó sonriendo y mostrando sus encías.

—Se lo cambié a un soldado americano por una comida —nos dijo el viejo árabe.

En un rincón oscuro del *bistrot* bailé muchas veces la misma pieza abrazado al cuerpo delgado de Mariana y bajo la mirada benigna del hombre.

—¿Tienes muchos amantes? —le pregunté celoso de aquel cuerpo escurridizo.

—No.

Volvimos a la mesa. El hombre nos obsequió con dulces almibarados y nos contó retazos de un amor que tuvo.

—En ese tiempo yo era tan joven como ustedes —agregó melancólico.

Me pareció imposible que ese viejo desdentado hubiera compartido alguna vez conmigo el sentimiento furioso que yo tenía por Mariana en aquellos momentos. El viejo me miró con simpatía y creí descubrir en él una especie de compasión que me ofendió. "Se ha dado cuenta de que soy un idiota", me dije humillado. Me levanté, pagué la cuenta y dije en voz alta.

—¿Nos vamos?, anoche casi no dormimos...

El árabe me hizo un gesto de admiración. Ayudé a Mariana a ponerse el abrigo y aproveché para rozarle la oreja con los labios, después la tomé por los hombros y salimos, fingiendo yo una victoria de mi derrota total.

Una vez de vuelta al cuarto del hotel Mariana se sentó en un sillón y yo permanecí cohibido ante su absoluta confianza. Supe otra vez que no era la aventurera que esperaba y traté de acercarme a ella. Encendí un cigarrillo y di varias vueltas por el cuarto buscando la manera de abordarla. Me planté frente a ella.

—Dime, tu marido ¿no te ama?

—No.

—¿Y cómo puedes vivir sin amor? —insistí mirando su cuerpo flexible.

Alzó los hombros y guardó silencio. La vi tan sola que no me atreví a acercarme a ella. ¿Qué era lo que producía aquel efecto de soledad que impedía cualquier contacto con ella? Después, cuando ya no la veía, pensé que sólo era mi timidez. Esa noche la observé largo rato, perdida en pensamientos desconocidos. Levantó la vista y me miró de hito en hito.

—Podrías ser mi hermano... mira tus cabellos —dijo.

Recordé las palabras de Augusto: "Es como su familia, miente como respira", y la miré iracundo. Augusto tenía razón, no era tan inocente como parecía, enseñaba demasiado las piernas, ofrecía demasiado la mejilla y estaba en un hotel con alguien que no era su marido.

—¿Tienes un amante?

—No.

—¿Con quién te acuestas?

—Con nadie —dijo mirándome con desafío.

Le vi las piernas, la vi sonriendo, lejana e intocable y me sentí engañado, burlado ante su negativa. Me acerqué y en vez de besarla y movido por los celos irracionales que me invadieron le grité:

—¡Mientes! ¿No te acuestas con nadie? Mientes. ¿Mientes, Mariana?

Los ojos de Mariana se llenaron de pánico y ocultó el rostro entre las manos como si fuera a echarse a llorar. Me quedé consternado.

—Nunca miento, nunca… —repitió varias veces entre sollozos.

Lloraba como una niña, hecha un ovillo y frotándose los ojos con las manos. Estupefacto, la contemplé unos minutos y luego me acerqué a ella para besarla, pero huyó hasta tocar la pared con la espalda. Me miró con los ojos enrojecidos por el llanto.

—¿Te mandó Augusto?

¿Cómo se le podía ocurrir semejante disparate? Volví a indignarme, era una ingrata y se lo dije. Mariana me dio la espalda y se quedó frente a la pared, una avalancha de pensamientos confusos pareció aturdirla; me acerqué a ella y la tomé por los hombros.

—Me voy a dormir —me dijo cuando la hice girar para verle la cara. Me hablaba desde el fondo de un pozo profundo y era como si ya no me viera.

—Perdóname —le dije asustado.

—Gracias, André, gracias —y me tendió la mano.

No podía abandonarla, temía que se suicidara, su mano tendida parecía salir de debajo de un montón de piedras. La tomé y besé sus dedos fríos. Ella me condujo a la puerta con gesto irrevocable, la abrió y me cedió el paso. La miré por última vez, muy sola, muy extraña, sonriendo por encima de alguna desdicha terrible que yo desconocía. Aturdido me pareció imposible seguir en esa puerta abierta y bajo su mirada definitiva. Olvidé todas las palabras y avancé por el pasillo hasta el elevador, luego crucé el vestíbulo de prisa. Ya no me importaba que Castel viera mi derrota, tenía la seguridad de que Mariana era la mujer de mi vida, que con ella me había jugado todas las cartas y que la había perdido por imbécil.

No pude dormir y por la mañana recapacité, fue en el momento en que le dije que mentía cuando Mariana pareció enloquecer. Augusto tenía razón, Mariana estaba loca y su locura residía en la mentira. ¿Hasta dónde podría llegar? En mi traje quedaba su perfume y su recuerdo me llegó preciso. Sentí un dolor insoportable, sería terrible que me hubiera enamorado de ella. Nunca me perdonaría mi brutalidad de la noche anterior. Todo era fácil, ella estaba sentada mirándome, esperándome y yo había actuado como un canalla, la había insultado, me había erigido en fiscal. Me contemplé en el espejo y me hallé ridículo, con los cabellos rubios en desorden cayéndome sobre la frente.

Robert me observó mientras me servía el café.

—¿La señora Mariana se encuentra bien?

No quise contestarle. El fracaso repetido me humillaba. Tampoco quería confesarle que otra vez había abandonado a Mariana en el hotel. ¿Y si ahora hubiera cumplido lo que tanto me asustó la víspera? Robert repitió su pregunta.

—No, Robert, no se encuentra bien —le contesté con amargura.

Robert ya no podía ayudarme. Si Mariana se había suicidado nada me salvaría, todos sabían en el hotel que era yo quien había tomado el cuarto. Figurábamos como marido y mujer. Ya no me importaba el escándalo, me asustaba el amor agudo que tenía por ella y me invadía como una enfermedad desconocida. Bebí el café en silencio. Iría a buscarla y le pediría perdón. Actuaría con naturalidad, con la misma simpleza con la que ella actuaba, y la llamé por teléfono.

—¿Eres tú, André? —me preguntó con voz soñolienta.

No había sucedido nada y Mariana había olvidado la escena de la noche anterior. Sólo me reprochaba que la hubiera despertado.

—¿No sabes que la otra noche no dormí?

Le pedí perdón y le aconsejé que fuera buena y volviera a dormir. Yo iría a buscarla para comer juntos. Aceptó de buen grado.

—No te sientas sola, Mariana, yo estoy contigo siempre, siempre —le aseguré.

Cuando colgué el teléfono, me sentí agitado y llamé a Bertrand, necesitaba hablar con alguien. Mi primo me dio cita a las doce de la mañana en la terraza del *Fouquet*. Ambos llegamos puntuales. La terraza abierta a la avenida pareció disipar el hechizo de Mariana. Los grupos sentados a las mesas vecinas charlaban alegres bajo la luz pálida de un sol invisible. Sólo yo estaba angustiado.

—¿Has visto a Mariana?

Bertrand me miró por encima del hombro y se volvió a mirar a los paseantes. Quería pensar antes de contestarme.

—Sí. Hace unas noches me llamó...

No parecía dispuesto a hacerme confidencias.

—¿Te llamó?

Me sentí traicionado por ella y vi con fijeza a mi primo. Éste adoptó un aire serio, apoyó los brazos sobre la mesa y dijo disgustado:

—No debes verla, está loca. Me telefoneó angustiada desde el *Maxim's* y me rogó que la recogiera. Era más de media noche. Al llegar la encontré en la puerta acompañada del negro que sirve el café. Me echó los brazos al cuello y me besó. ¿Sabes para qué me quería? Para que bailara con una sudamericana ruidosa amante de su marido —terminó Bertrand con disgusto.

Bebí el vermouth y traté de entender la conducta de Mariana y me di cuenta de que mi primo tampoco la entendía.

—Estaban las dos con un grupo de hombres viejos. Augusto había plantado a la amiga. Bailé con Mariana y le expliqué que yo no era un gigoló y le cerré la boca con un beso. Al final cedí a sus súplicas y bailé con la mujer y luego la acompañé a su casa.

—¿Por qué hizo eso? —pregunté anonadado.

—Tenía miedo. ¡Miedo de esa especie de extra de cine sudamericano! —exclamó Bertrand.

—Me parece que debería ser la otra la que tuviera miedo de Mariana —dije sin comprender la estupidez de mi amiga.

—Con Mariana todo está al revés. Deberías haber visto cómo la trataba esa mujer, que además de ser gorda, era una impertinente... Mariana me pareció abyecta —terminó Bertrand.

—Abyecta... —repetí dolido.

Mi primo se arrepintió de esa palabra y fijó en mí sus ojos claros.

—¿También tú estás enamorado de ella?

Evité contestar directamente a su pregunta y

me limité a contarle mi aventura con Mariana. Bertrand pareció asustarse, se puso de pie y decidió ir inmediatamente al hotel del boulevard Raspail. No era posible dejarla sola en aquella situación: algo o alguien la empujaba a hacer locuras.

—No sé lo que sucede. Está aterrada. ¿Por qué?... ¿Por quién? —se preguntó.

En el hotel nos informaron que Mariana había pagado la cuenta a las once de la mañana y había salido sin dejar ningún mensaje. No pensaba volver. La llave estaba en el tablero y el cuarto se hallaba disponible. Bertrand y yo nos miramos sintiéndonos inútiles. Salimos e hicimos toda suerte de hipótesis. Bertrand me reprochó haberla abandonado.

—No se la deja sola. ¿No comprendes?

Su reproche me llenó de amargura. ¿Cómo explicarle que su mano tendida era irrevocable? Guardé silencio y nos detuvimos en un estanco de tabaco para que Bertrand llamara a la casa de mi amiga, tal vez ya estaba de vuelta, pues no podía ir a ninguna parte desprovista de documentación.

—La señora está en Italia desde hace dos meses —le dijo la voz del criado.

—¡Miente usted! —gritó Bertrand.

El criado lo comunicó con Augusto y escuché a Bertrand sostener una conversación banal con el marido de Mariana. Luego le pidió hablar con ella.

—¿No está?… ¿Se fue hace tiempo a Italia?… —preguntó mi primo mirándome con fijeza.

Colgó el teléfono con decisión. ¿Cómo podía yo inventar una historia tan extraña? "Inventar cuentos sobre personas conocidas y meterlo en mis fantasías". Me quedé atónito. ¿Dudaba de mí? Enrojecí violentamente y me puse furioso.

—¡No miento! Estuve con ella anoche y anteanoche —le grité.

Al hacerlo recordé la ira de Mariana cuando le dije que mentía. Ahora era yo quien se indignaba y estaba dispuesto a llegar a los golpes con Bertrand que me ofendía llamándome embustero. Mi primo me miró preocupado, reflexionó perplejo ante mi ira y encendió un cigarrillo para darse tiempo a ordenar sus pensamientos. De pronto exclamó convencido:

—Entonces uno de los dos es un canalla.

—¿Cuáles dos? —pregunté atontado.

—Mariana o Augusto. ¿No lo ves? Alguno de los dos miente, aunque ambos parezcan inocentes. Tú viste a Augusto en *Chez Francis* y la viste a ella ¿verdad? ¡Pues uno de los dos es un canalla! —repitió indignado.

Era mejor olvidarlos, no frecuentarlos nunca más. Mi primo me hizo prometer que me abstendría de ver a Mariana pasara lo que pasara, pues la consideraba peligrosa.

No volví a ver a Mariana. De tarde en tarde, oía hablar de la pareja por terceras personas, pues su grupo y el mío coincidían en algunas ocasiones, aunque Augusto tenía fama de ser un revolucionario, no sólo en materia arqueológica, sino en política y la izquierda lo apoyaba abiertamente para abrirse camino en su carrera y mi círculo era más bien conservador. El recuerdo de Mariana dejó en mí una nostalgia duradera, a pesar de las tendencias comunistas de su marido y de sus amigos. "Parecía tan perfectamente desvalida", me repetía Bertrand. Nunca olvidé el amor furioso que tuve por ella durante el corto tiempo que duró nuestra aventura. Después nunca más escuché hablar de ellos, tal vez abandonaron Francia y yo olvidé a Mariana. ¿Completamente? No. Su rostro se quedó dibujado en mi memoria con una terquedad asombrosa, como el de un milagro entrevisto.

Fue diez años después de mi primer encuentro con ella, cuando la vi a ella y a su doble en la terraza del Hotel Carlton en Cannes. Me acerqué incrédulo y las observé a las dos. En efecto, era Mariana, vestida como siempre de color té. La jovencita que estaba con ella vestía el mismo color y ambas inclinaban las cabezas rubias sobre unos vasos de refresco.

—¡Mariana! —le dije emocionado por su milagrosa presencia.

Ella volvió a mí su rostro y me miró con ojos vacíos. ¡Me había olvidado! Ignoraba que para mí la aventura del hotel del boulevard Raspail había sido definitiva.

—No me recuerdas... —le dije con reproche.

Para Mariana yo no había significado nada. La miré con tristeza y reconocí cada una de sus pecas.

—Soy André...

Ella buscó en mi rostro algún rasgo que pudiera ligar a mi nombre. Repitió con voz vaga "André, André...", mientras la jovencita sentada junto a ella levantó la vista y me miró con los mismos ojos vacíos de Mariana.

—Es Natalia... Siéntate, qué gusto verte, André...

—¿Y Augusto?...

Mariana me regaló una sonrisa, repitió el nombre de su marido como si fuera la primera vez que lo escuchara y alzó los hombros en señal de tedio. Era la misma Mariana. Una mezcla de sentimientos confusos me ataban a ella: impaciencia, curiosidad y un amor oscuro y contrariado. Nunca me perdoné por no haberme acostado con ella. En la terraza de Cannes podía confesármelo sin miedo. Miré su cuerpo tan cercano al mío y me llegó su perfume. Natalia miraba al mar, pues mi presencia no le interesaba. Me incliné sobre Mariana.

—Tienes los hombros más bonitos de Cannes.

Ella clavó su mirada en mí y por sus ojos pasaron las noches en que no dormimos juntos. Bajó los párpados arrepentida por haberme mirado de aquella manera.

—¿Los hombros? Antes decías que eran las piernas —y se echó a reír.

Entendí que recordaba todo lo sucedido entre nosotros con la misma precisión con la que yo lo recordaba y guardé un silencio conmovido. La vi extender la mano y recoger su bolso dispuesta a abandonar la terraza. Me sobresalté y la tomé por la muñeca.

—Nos íbamos cuando apareciste —dijo.

Se puso de pie y Natalia la imitó. Era tan alta como su madre. Retuve a Mariana, siempre por la muñeca.

—Te invitó a cenar hoy —le supliqué.

Con gesto melancólico negó con la cabeza, no podía aceptar mi invitación. Me pareció injusta y se lo dije, pero no logré que cambiara su decisión. Continuó negando, meciendo sus cabellos rubios.

—¿Mañana? —supliqué.

—Mañana...

—¿Dónde estás para ir a recogerte?

—¿Dónde estás tú? —me preguntó.

Tomó el nombre de mi hotel y prometió llamarme al día siguiente para fijar la hora y el lugar de la cita. Temiendo perderla nuevamente le apunté también mi nueva dirección en París. Ahora vivía solo en un piso de soltero en la margen izquierda del Sena. Me miró preguntando: "¿No te has casado?" No pude explicarle que mi experiencia con ella había sido definitiva y que me había convertido en un solitario escéptico. Me incliné y le besé el hombro desnudo. Vi aparecer su viejo pánico y me arrepentí de mi impulso. La obligué a repetir que me llamaría y la vi desaparecer alta y rubia acompañada de Natalia. El mismo aire de soledad las envolvía a pesar de que ambas caminaban a pasos largos y seguros. "Yo soy de los vencidos", me había dicho años atrás al salir de Notre Dame. Ahora, si no hubiese sido por la asombrosa presencia de Natalia, testimonio irrefutable del paso del tiempo, hubiera jurado que el reencuentro había ocurrido al día siguiente de nuestra separación en el hotel del Boulevard Raspail. Cuando la perdí de vista me reproché por haber permitido que se fuera sin obtener la seguridad de verla nuevamente. La verdad era que su repentina aparición me dejó atónito. Bertrand se hubiera impuesto, la habría hecho reír, se hubiera precipitado a besarla y la hubiera convencido.

Al oscurecer recorrí la Croissette esperando encontrarla. Cené en la terraza del *Festival* para observar a los pasantes. Estaba deprimido. Nunca venía a Cannes en verano, pues me disgustaba la multitud ruidosa y la algarabía excesiva de los extranjeros que invadían los cafés y las calles de colores llamativos y voces con acento insolente. Prefería la soledad de Les Cevennes. Sin saberlo me había convertido en un misántropo. ¿Qué era lo que me había empujado a ir a Cannes? Me asustó la respuesta: Mariana. Y recordé la noche en que mis pasos me llevaron hasta la vecindad del puente Mirabeau. Tal vez ahora como en aquella ocasión Mariana me necesitaba y yo acudía a su cita a ciegas. Al decirme esto, vi de lejos su silueta alta y solitaria acompañada de Natalia caminando al borde del mar. Sus trajes ocres ondulaban sobre sus cuerpos ligeros y sus cabellos rubios flotaban en la brisa marina. Tuve la impresión de que Mariana se había desdoblado en su hija y de que eran la misma persona. Pedí la cuenta y salí en su persecución, pero las perdí en una bocacalle, como si hubieran desaparecido a través de un muro ocre también. Desconcertado deambulé por la Croissette y luego me encerré en mi hotel con la vaga esperanza de que Mariana me hiciera alguna señal. Al día siguiente esperé en vano su llamada y al oscurecer salí a buscarla en las calles y por las terrazas. Fue inútil. Desapareció sin decirme por qué me había dado cita.

A mi regreso a París traté de tener noticias sobre ella, pero nadie pudo decirme nada y mi búsqueda resultó infructuosa. Fue a mitad del otoño cuando oí en una fiesta que se hablaba de Mariana: "Esa loca no deja de perseguir a Augusto", aseguró Guy Lammont, frunciendo su pequeña nariz surcada de arrugas muy finas. Guy había ensayado todos los géneros literarios sin ningún éxito y ahora dedicaba sus esfuerzos a la crítica musical. Años atrás había aparecido escoltando a la riquísima Judith Tessier y desde entonces permanecía bajo la protección de su vieja amante. Bertrand lo ayudaba también y yo le guardaba cierta simpatía. Me apenaba su traje azul marino raído por el uso y la estrechez de la vida que llevaba con su hermana en un modesto piso de dos piezas en la vecindad de los Inválidos.

—Ella y su hija vagabundean por los cafés —terció la vieja Judith Tessier.

—Quiere la posición y el dinero de Augusto, es pobre como una rata —agregó Guy sin darme la oportunidad de intervenir en la conversación dirigida para un público más amplio.

Consternado me alejé de la pareja, a la que la diferencia de edad y de fortuna convertía en una especie de artículo cultural. No quise discutir con ellos, no tenía nada que hacer en aquel grupo que manejaba, dirigía e imponía a la vanguardia de la cultura y que en esos días se reunía para lanzar al músico Varenne, moderno y estridente, que había estado esperando cuarenta años la llegada de su Mecenas. Durante esas décadas Varenne había grabado ruidos callejeros y domésticos de lo más variado para mezclarlos después en lo que el llamó: *Sinfonías paralelas*. Deposité mi copa y me dispuse a partir. Al despedirme, supe que Augusto se había incorporado a aquel grupo y que no había podido asistir al *cocktail* en honor de Varenne por culpa de Mariana. ¿Qué había hecho? Judith no pudo explicármelo, pero a última hora Augusto la llamó para excusarse pues debía calmar a Mariana. Abandoné la reunión y caminé solitario por la avenida Henry Martin. La noche era fría y sus ruidos me llegaban como el sonido de cristales rotos. Las hojas caídas corrían con el ritmo de polka que había escuchado con Mariana la tarde en que la acompañé a su casa después de mi visita a Bertrand. Las noches quebradizas del otoño siempre me llenan de nostalgia y esa noche lo que escuché sobre Mariana me produjo un sobresalto amargo. No creí en las palabras de Judith y de Guy y llamé a Bertrand.

Unos días después Bertrand y yo comimos juntos. Mi primo se sorprendió al escuchar que había estado con Mariana en la terraza del Hotel Carlton. Quiso saber todos los detalles de la entrevista ya que, según me explicó se hablaba mucho de Mariana pero nadie la veía. En cambio a Augusto se le encontraba en todas las reuniones de moda y llevaba vida marital con Lisa Fugate, la mujer de Pierre, un viejo niño terrible autor de relatos eróticos que empezaban a ponerse de moda y que practicaba una vida sexual complicada de adolescentes masculinos y de mujeres muy maduras. Bertrand los frecuentaba, ya que ambos pertenecían al círculo estrecho del escándalo elegante.

—Oí decir hace tiempo que Mariana se había suicidado —me confesó Bertrand mirándome con atención.

—¿Cuándo? —pregunté sobresaltado.

—Hace dos o tres años —contestó y supe que otra vez mi primo me tomaba por un embustero.

—¡Es ridículo! Te aseguro que la vi este verano —le dije turbado por su actitud.

Ante mi seriedad, Bertrand aceptó que la historia del suicidio de Mariana sólo eran rumores, que algunos difundían para explicar su desaparición, mientras que otros daban versiones opuestas. El mismo Augusto, apenas unas noches atrás le había rogado que interviniera con Mariana para que ésta le devolviera a Natalia, pues ambas llevaban una "conducta irregular". Él, Bertrand, desde mi aventura en el hotel del Boulevard Raspail le había tomado desconfianza a la pareja y escuchaba los rumores que corrían sin prestarles atención. La súplica de Augusto le resultó ridícula. ¿Cómo podía intervenir él en un asunto tan privado? De la charla con Bertrand sólo me quedó la frase: "conducta irregular", y se la reproché con amargura. Ambos la habíamos conocido y la acusación viniendo de Augusto resultaba sospechosa.

—¡Augusto miente! —dije indignado.

—No lo sé. Sólo tú y Augusto la han visto —dijo Bertrand mirándome con fijeza.

—Tal vez sólo esté loca... —agregó Bertrand pensativo.

Me pareció insoportable que hablara de ella con esa crueldad. Hacía tiempo que Augusto había reaparecido en París, ahora envuelto en una pequeña aureola lograda con sus investigaciones arqueológicas. Unido a un grupo de sociólogos buscaba en las culturas desaparecidas la vida colectiva del hombre primitivo, sus costumbres sexuales y sus hábitos eróticos, como ejemplo a seguir por el hombre occidental, portador de una cultura extinguida. La exaltación de esa sociedad promiscua hecha por él y por su grupo me pareció amenazadora para Europa.

—No olvides que Augusto no es europeo —me recordó sonriente mi primo.

Guardé silencio, pues Augusto me producía sentimientos de desagrado. Recordé su intrusión en mi casa la noche en que organicé la fiesta para Mariana con las chicas inglesas del *show* y su preocupación por Natalia que seguía siendo la misma. ¿Cómo un padre tan celoso de la dicha de su hija no había podido actuar en su favor teniendo a la opinión pública y al poder en sus manos? Yo había visto a Mariana y a su hija en Cannes como a dos náufragas solitarias. Ambas tenían el aire trágico de los que afrontan la soledad desde un lugar sin esperanzas. No parecían aventureras y estuve seguro de que sucedía algo que como siempre escapaba a mi entendimiento. No creí en las buenas intenciones de Augusto respecto a Natalia y se lo dije a Bertrand.

—Algún día sabremos la verdad —sentenció mi primo.

Lo miré escéptico, la verdad tenía tantas caras como la mentira, y en la vida de Augusto y de Mariana había embustes entretejidos con verdades oscuras, que ni Bertrand ni yo podíamos descubrir. Mi amiga había pasado a la sombra mientras que su marido surgía a la claridad sin más tacha que la que su mujer proyectaba sobre su apariencia de sabio impecable. Contaba con la opinión favorable de la gente mundana que lo sostenía en la batalla sórdida contra Mariana, que se hundía en el fango y trataba de arrastrarlo en su caída. De pronto Bertrand y yo no tuvimos nada más que decimos, sólo el tiempo podía darnos la respuesta que buscábamos.

Una semana más tarde en un estanco de tabaco de la rue Montalambert compré cigarrillos y algo me hizo mirar hacia el interior del café adjunto a la tabaquería. Allí, sentada junto a la pared vi a Mariana con sus cabellos rubios y su aire de caballista. Miraba con atención un huevo duro colocado en un plato de porcelana grosera, sobre la cubierta de mármol de la mesa. Me acerqué a ella, que continuaba abstraída.

—Mariana...

Levantó la vista y me pareció descubrir en sus ojos una sombra de locura. Me senté junto a ella y la vi jugar despectivamente con el huevo duro. Tuve la certeza de que no lo comería delante de mí. No quise preguntarle qué hacía en aquel lugar, tampoco ella parecía dispuesta a darme ninguna explicación.

—Tengo que hablar contigo —le dije tomándole las manos.

Mariana me miró con ojos interrogantes, parecía venir de otro mundo y mis palabras resultaron inútiles frente a su ensimismamiento.

—Necesito hablar contigo —repetí.

Mariana guardó un silencio obstinado. Llamé

al camarero y ordené pastelillos. Necesitaba ordenar mis pensamientos y mis palabras.

—Te veo triste, André... —dijo repentinamente.

—¿Qué piensas hacer este invierno? —le dije nervioso.

—No lo sé...

No quería herirla. Debía abordar el tema con displicencia, casi como un juego para no lastimarla.

—¿Por qué no vas a Chamonix?... Tengo una casa y la montaña te hará mucho bien...

Me pareció que mi voz sonaba natural, pero Mariana guardó un silencio ofendido y se empeñó en no mirarme.

—Encontrarás amigos... —agregué.

—¿Amigos?

—Sí. Te divertirás... te invito —dije con vehemencia.

—No puedo.

Insistí y al ver su rechazo definitivo recordé a Natalia. ¿Dónde la dejaría? ¡Yo era un estúpido!

—Es decir, las invito a las dos... yo no iré —dije para quitar un obstáculo y que no pensara que deseaba sacar ventajas de ella.

—No puedo —repitió.

Discutí largo rato. Le expliqué las ventajas de unas largas vacaciones en la nieve pero ella permanecía imperturbable. Me impacientó su obstinación y me dolió su rechazo. No quería nada que viniera de mí.

—Te alejarías de la maledicencia... ¿Sabes lo que se dice de ti?

Mariana escuchó atenta, como si esperara una revelación importante.

—Se dicen cosas horribles...

—¿Las crees?

—No, Mariana, yo no las creo.

Guardó silencio y perdió la mirada entre los parroquianos mal vestidos que ocupaban las mesas vecinas.

—¿Qué piensas hacer? —le dije tomándole las manos.

—Nada...

Vi sus ojos cadavéricos y oprimí sus manos adelgazadas. Me llegó su perfume y recordé el abrigo de pieles que llevaba en el hotel del Boulevard Raspail. Ahora llevaba uno parecido echado sobre los hombros. Vi su traje color miel en el que se dibujaban sus clavículas y sus pechos pequeños y solté su mano para ocupar un lugar más cercano a ella. Le eché un brazo sobre los hombros y la atraje hacia mí; después, según nuestra vieja costumbre le coloqué un cigarrillo encendido en los labios y avergonzado ante mi propia bajeza le pregunté.

—¿De qué vives, Mariana?

—André, yo nunca te ofendería...

El tono de reproche en su voz me desesperó. Le dije que sólo quería ayudarla y volví a insistir para que aceptara la invitación a Chamonix. La atraje hacia mí con violencia y me di cuenta de que mi actitud parecía una vulgar proposición y dejé caer los brazos. Nunca encontraba el gesto necesario para convencerla. Sólo hacía estupideces. Mariana se puso de pie.

—Me voy…

No logré detenerla. Apenas abandonó el cafetín decidí seguirla. No fue difícil, caminaba distraída y la luz del atardecer la recortaba con precisión. ¿Habíamos estado juntos varias horas? Me pareció increíble ya que tenía la sensación de haber permanecido junto a ella sólo unos minutos. La vi acodarse al pretil de piedra del río y contemplar las aguas que corrían a sus pies. Era la misma Mariana, sólo que sus gestos se habían acomodado en una indiferencia tan perfeccionada que producían escalofríos. Cruzó el puente y la vi entrar a un hotel de segunda categoría. Miré el nombre del hotel y luego me fui en busca de un anuario telefónico. La llamaría para decirle que necesitaba verla inmediatamente para pedirle perdón por mi actitud grosera. ¿Qué más podía hacer? ¿Confesarle que la amaba? No era el momento de decirle que no había olvidado nuestra aventura incompleta en el hotel del boulevard Raspail. Nervioso, marqué el número del hotel en el teléfono de un café. Me contestó un empleado: "Aquí no vive ninguna señora con el nombre de Mariana". Hice su descripción física, pensando que tal vez se escondía bajo nombre falso. "No, no hay ninguna señora que corresponda a esas señas", me dijo. Mariana se había vuelto a esfumar.

Poco después un escándalo ocurrido en una galería de arte, me hizo pensar nuevamente en ella. La noticia venía con grandes titulares en los diarios: "Un arqueólogo a cuatro patas". Augusto había reñido con un poeta compatriota suyo y en la pelea a bofetadas provocada por Lisa Fugate, había intervenido primero Pierre, su marido y después algunos invitados. Los columnistas mezclaban con malicia los apellidos del marido de Lisa y el de Augusto y decían la vida en común que llevaban los tres personajes. El escándalo se convirtió en la comidilla de París durante varios días. La victoria la llevaba el compatriota de Augusto, que obtuvo gran publicidad al hacer caer a cuatro patas al marido de Mariana. Lisa luciendo unos pendientes de oro y un traje de india sudamericana, aparecía retratada frente a unas ruinas en la Isla de Pascua, como la instigadora de la pelea.

Llamé a Bertrand para comentar la noticia. Él había sido testigo del encuentro surgido cuando Lisa insultó a la mujer del contrincante de Augusto. Bertrand me aseguró que el ataque se debía a la vieja enemistad entre las dos mujeres. Sin embargo la versión que hacían correr los amigos de Augusto era distinta: en la conversación surgió el nombre de Mariana y su marido le reclamó al otro los términos despectivos e injuriosos con los que calificó a Mariana. Los golpes surgieron de inmediato y Augusto se convirtió nuevamente en la víctima de su mujer, cuya conducta merecía tan duros epítetos por parte de aquel hombre. El deber de sus amigos era defender su actitud caballerosa y protegerlo de Mariana. "No nos deja vivir esa mujer", se quejaba Lisa en voz muy alta, mientras Augusto guardaba un discreto silencio. ¿Cuál era la verdad? Bertrand me miró sorprendido.

—La verdad es que Lisa quiso pegarle a Ivonne, la mujer del otro —dijo.

—¿Y en dónde está Mariana? —pregunté.

—Se esconde y sólo aparece para lanzar amenazas —respondió Bertrand pensativo.

A continuación mi primo me explicó que Eveline, la secretaria de Augusto, se encargaba de manejar a Mariana. Se trataba de una mujer de impermeable modesto y cabello corto y grueso que circulaba al amparo de su jefe en los círculos culturales y financieros y cuya honestidad estaba garantizada por una fealdad hombruna. Fue el mismo Bertrand quien me presentó a la mujer unas noches más tarde en un restaurante de moda, en donde la secretaria cenaba con un grupo de compatriotas de Augusto. La cara ancha y ruda de Eveline me miró con recelo cuando le pregunté por Mariana.

—Es mejor no nombrarla. ¡Es simplemente una desgracia para nosotros! —dijo con voz gruesa.

Observé sus manos rojizas de uñas sucias

manchadas de nicotina que sostenían un cigarrillo Gauloise y guardé silencio, mientras los compatriotas de Augusto movieron las cabezas con disgusto al escuchar el nombre de Mariana. En efecto, era una desgracia que la gloria de aquel hombre conocido se oscureciera con el impudor de su mujer, que le negaba el divorcio honorable y arrastraba al vicio a su hija menor.

—Los errores de juventud se pagan siempre muy caros —comentó uno de los comensales con voz aflautada.

El error de Augusto era Mariana y Eveline prefirió cambiar el tema de la conversación por uno más agradable: el del último ensayo de su jefe: "El erotismo en la raza pigmea". Los hombres escucharon complacidos y a la hora del café opinaron que Eveline debía llevarlos a conocer Pigalle. La secretaria hizo un gesto de rechazo.

—Podríamos encontrarla... —dijo mirándome con fijeza.

Después de esa insinuación sobre Mariana, no tuve deseos de ver a nadie en esos días. Me encerré en mi estudio a pensar en los mundos oscuros que pueden actuar en personajes aparentemente luminosos. Si era verdad que en Mariana existían fuerzas sombrías, yo había caído, sin saberlo, bajo un poder destructor, pues su imagen no se apartaba de mí desde nuestro encuentro en Cannes. ¿Por qué no me llamaba? Descuidaba mi trabajo y en la revista esperaban las fotografías de las gárgolas de Notre Dame que debían ilustrar una parte del número dedicado a la demonología. Moulinot en persona, con su cámara al hombro, vino a sacarme de mi soledad. Lo vi pequeño y rubio, metido en su impermeable dándome prisa. ¿Acaso había olvidado que era yo quien debía seleccionar las caras de las gárgolas? Me vestí de mala manera y salí con él a la humedad de la calle. Echó a andar su automóvil con energía. Moulinot creía firmemente en la eficacia y esta creencia suya me irritaba.

Estacionamos el vehículo en la plaza de Notre Dame a esa hora bañada por una luz opalina cuyos reflejos eran inapreciables sobre la piedra. "Los demonios iluminados", me dije con ironía. Algunas palomas se desprendían de los relieves de la fachada, revoloteaban unos instantes y volvían a las cornisas, como si formaran parte de la piedra tallada. Dos mujeres con una mano alzada y una paloma posada en la muñeca permanecían inmóviles mirando a las palomas y ajenas a nosotros. Eran Natalia y Mariana.

—Toma una fotografía de esas mujeres —le ordené a Moulinot.

—¡Turistas! ¿Para qué las quieres?

No podía explicarle la historia que ocultaban. Tampoco podía decirle que necesitaba su fotografía para mostrársela a Bertrand. Preparé mi cámara y tomé varias fotos sin hacer caso de la indignación de Moulinot.

—Sólo te interesan las mujeres. Serás siempre un principiante.

Me sentí ridículo y esto calmó un poco su irritación y corrí hacia mis dos amigas, pues no quería que se extraviaran otra vez. Moulinot me siguió con las mejillas encendidas por la ira.

—¿Quieres perder la luz? —dijo cuando yo apenas saludaba a Mariana.

—No, justamente no quiero perderla.

Recordé que Mariana guardaba un velo ligero en su bolso y quise arrodillarme junto a ella, como en aquella remota mañana en que entramos juntos a la catedral. Moulinot me dio prisa.

—¡Vamos, que se cambia la luz!

Natalia y su madre lo miraron con curiosidad y se echaron a reír en vez de enfadarse con su falta de cortesía.

—¿No entran? —le pedí a Mariana.

—No podemos...

Surgió una discusión: nunca podía hacer lo que yo le pedía. Natalia intervino: no debía enfadarme, era verdad que su madre no podía entrar a Notre Dame. Moulinot se desinteresó de la discusión y me obligó a seguirlo y a abandonar a mis amigas. Alcanzamos las escaleras de prisa y con mal humor evidente. Nunca más invitaría a Mariana a nada, me prometí furioso. Traté de no escuchar las frases indignadas de mi amigo que descargaba la cámara con ira. Reconocí en las gárgolas los dientes tachados de nicotina de Moulinot y sentí un rencor profundo contra él, que había estropeado mi encuentro con Mariana. "¡Turistas!", había dicho con suficiencia. Con una palabra se negaba a lo extraordinario, era igual a todos. Lo imaginé tomando parte en las manifestaciones políticas, tenía el físico y las características necesarias para confundirse con la masa. Su mundo íntimo estaba poblado de hechos áridos y cotidianos. Recordé a su mujer, con la nariz brillante sentada a la mesa de los *bistrots* de moda. Sin embargo él tenía el poder otorgado por los millones de sus iguales, en cambio yo estaba en inferioridad numérica ya que creía en lo singular. A la salida le entregué mi rollo de película en el que sólo figuraban Natalia y Mariana y le hice prometer que lo revelaría esa misma noche. Deseaba mostrárselo a Bertrand. Por la mañana me llamó Moulinot:

—Lo siento, tu rollo se veló y tus turistas desaparecieron.

Había satisfacción en su voz con dejo de barriada. Pensé que escondía las fotos para vengarse. ¿Vengarse de qué? No lo sabía, pero me era imposible ir al encuentro de Bertrand, que apenas hacía un rato había aceptado ver las fotografías de Mariana con una condescendencia que me molestó. Ahora no me creería.

El éxito del número de la revista dedicado a los demonios me dejó indiferente y me negué a cenar con Moulinot y con el director. Prefería la soledad compartida de un cine y me dirigí a los Campos Elíseos a ver la película de un actor que causaba sensación: James Dean, en *Al este del Paraíso*. Me gustaba el título y paciente me coloqué en la cola que se alargaba interminablemente. Unos pasos adelante de mí se hallaban Mariana y Natalia. Las vi imperturbables, como los dibujos de los personajes de la Revolución francesa que de pie en la carreta que los llevaba a la guillotina en medio del regocijo de la plebe, guardaban la cabeza en alto y la mirada vacía. Estaban marcados por la ignominia y ambas mostraban un orgullo que me pareció malsano. En el interior del cine me senté en la fila posterior a la que ocupaban. Noté que no se interesaban en el *film*. Durante el intermedio comieron un helado de vainilla con la disciplina de quien cumple con un rito. Hasta los menores gestos los hacían con una precisión mecánica, esforzándose en ejecutarlos con una exactitud premeditada. Me asustaron sus caras inmóviles. A la salida fingí encontrarlas.

—¡Mariana!

Me tendió las mejillas para recibir el beso con la misma precisión con la que comió el helado. Natalia hizo lo misino. Caminé junto a ellas hablando de banalidades.

—No deberían haberse bajado de la rueda de la fortuna —dijo Natalia refiriéndose a la película.

Por primera vez descubrí en los ojos de Natalia la desesperación indefensa que sólo sufren los jóvenes y sentí una compasión aguda por ella, siempre tan silenciosa. Su madre repitió la frase.

—Es verdad, no deberían haberse bajado de la rueda de la fortuna.

—¿Adónde las llevó?

Me ofrecí galante y decidido a no perder a Mariana y a su hija, que repentinamente me parecieron irreales.

—Vivimos muy cerca, aquí mismo —dijo Mariana señalando la esquina de la rue du Colisée.

Me empeñé en llegar con ellas al portón de su casa y subí hasta el quinto piso. No había elevador. Subieron con una ligereza increíble los cinco pisos. Mariana ocupaba un departamento de dos piezas, amueblado con cierto lujo: un salón pequeño con gobelinos y sillones de época y una habitación de dormir. Natalia preparó un café que bebimos en el pequeño salón de cortinajes azafranados. Mariana se acercó a los ramilletes de flores que había sobre las consolas y separó con delicadeza los pétalos marchitos. Luego se volvió a su hija que permanecía quieta, envuelta en su abrigo de pieles claras.

—¡Qué pena que las flores se marchiten!

Natalia sonrió y Mariana se volvió a mí.

—A veces me siento frente a las flores y las observo para ver en qué instante pierden su frescura… y no lo veo. La destrucción se ejecuta en secreto. Todo lo terrible sucede así, en secreto. ¿Verdad? Sus palabras eran simples y su tono de voz indiferente, sin embargo me produjeron horror.

—Un crimen de sangre es tan obvio que casi

no es crimen, aunque también requiere del secreto —agregó Natalia.

Observé a la joven que en ese instante se servía un cubito de azúcar blanca. La muchachita agregó:

—Los verdaderos crímenes se cometen sin dejar huella, son como eso —y señaló con una sonrisa a los pétalos que su madre sostenía en la palma de la mano.

—¿No conoce a gente muerta? Hay muchos asesinados que caminan junto a nosotros.

La voz de Natalia no se alteró al hacer esta afirmación. Su madre no hizo ningún gesto. Su conversación y la atmósfera que las rodeaba era quebradiza. Sin saber por qué me sentí en peligro frente a aquellas dos mujeres casi transparentes. Quise interrumpir el diálogo y observé la mano tendida de Mariana y los ojos claros de su hija mirando sin ver los pétalos que ella parecía ofrecerme. Me puse de pie y me acerqué a los balcones desde los cuales se veían los techos grises de París dibujados sobre el cielo oscuro. Me dispuse a abrir una ventana para romper el hechizo encerrado en el salón.

—¡No! —ordenó atrás de mí la voz decidida de Natalia.

Sorprendido me volví a ellas. Nunca olvidaré a Mariana de pie junto a una consola mirándome con ojos aterrados, mientras Natalia me miraba con fijeza, suspendida en el terreno solitario del terror. Mariana trató de sonreír ante mi sorpresa, se levantó unas mechas rubias que caían sobre sus ojos y suplicó.

—No lo hagas, André.

—El vértigo puede provocar suicidios —agregó Natalia.

—También el que abre las ventanas te puede arrojar por ellas... o por ejemplo decirte: "Anda, tírate, tírate, tírate"... ¿No lo sabes, André?

—No, no lo sé, Mariana. ¿Y ustedes abren los balcones? —pregunté asustado.

Me pareció increíble que dos mujeres jóvenes y de cuerpos elásticos, a quienes yo había conocido como deportistas, tuvieran miedo del aire o del vértigo, como cualquier campesino supersticioso. También me pareció extravagante el miedo de Mariana por "el que abre las ventanas". La escuché responder a mi pregunta.

—Sí, los abrimos, pero de noche los balcones se vuelven peligrosos —y al decir esto Mariana desvió la vista de mis ojos.

—Ni siquiera cerrados son seguros, la gente puede levantarse dormida, abrirlos y lanzarse al vacío —comentó la más joven.

—Ya ha sucedido... lo leí en Liverpool. Por eso en la noche coloco una cómoda contra la ventana de mi cuarto, si la muevo me despierto —concluyó Mariana sonriendo.

—Hay que tener las ventanas muy aseguradas, sobre todo si hay un hombre en la casa y nadie sabe que está con nosotras. ¿Sabes que se obedecen las órdenes? —preguntó Natalia mirándome con sus ojos claros.

Guardé silencio, me sentí oprimido, Mariana atravesó el pequeño salón y ocupó una silla mientras Natalia colocó la azucarera que había quedado fuera de la bandeja. Ambas parecían presas de un poder hipnótico y decidí romper el hechizo abordando el tema con naturalidad.

—¿Y alguna vez te has sorprendido moviendo la cómoda mientras estás dormida?

—¡Claro!, muchas veces —dijo Mariana con simpleza.

—El camino de la ignominia lleva al vacío... así te lo indican —agregó Natalia.

Sus palabras me llegaron como escritas con hielo y me dolió la cabeza. Las miré: eran dos palomas con las alas rotas posadas en el filo de una cornisa. "Su vida está en peligro", me dije sin quitarles la vista de encima, atrapado por sus voces y sus gestos.

—¿Te pasa algo? —preguntó Mariana.

Me miró con sus ojos brillantes, se echó a reír, se puso de pie y se acercó a mí. La vi avanzar luminosa, como si estuviéramos en una reunión mundana y nunca hubiera pronunciado las palabras terribles de unos momentos antes. Le tomé la mano y se la besé. Hubiera querido besarla largamente, desquitarme de los años de espera. Ella me miró con los ojos húmedos, se inclinó y me rozó los labios con la boca. Después pasó la punta de los dedos por mis cabellos.

¿Cómo decirle que la amaba? Tuve la certeza de haber tocado una fibra secreta de Mariana, pero también supe que nos separaba un designio secreto contra el cual yo debía luchar. Antes de despedirme me sentí deprimido, la hice prometer que me llamaría y guardé largo rato sus manos entre las mías. De pie, en la puerta de roble de su casa las dos mujeres me dijeron adiós con una cortesía exasperante. En la calle empezaba a amanecer.

Mariana nunca me llamó. Hubiera querido olvidarla pero su rostro se me aparecía en el sueño y en la vigilia. Hice muchas veces el número de su teléfono sin obtener respuesta; por fin, una mañana me contestó la voz de una inglesa que me aseguró que acababa de alquilar el piso de la rue du Colisée. Exasperado me fui a Chamonix a pasar el final del invierno. Me consolaron las tormentas de nieve y las largas carreras en esquí. Jenny vino a alcanzarme y juntos pasamos las veladas en las fiestas ruidosas de los hoteles. No quería estar solo, me oprimía la luminosidad de la noche, los reflejos imprevistos en la nieve y el viento helado quieto entre las ramas negras de los árboles. Estaba seguro de que Mariana me observaba desde la nieve y a cada instante esperaba su aparición milagrosa. Cuando Jenny venía a mi cama, la imagen transparente de Mariana se interponía entre los dos y anulaba la dicha modesta, que podía darme aquella chica de mejillas rosadas. Por las mañanas Jenny me servía el café con una solicitud que me avergonzaba. No podía decirle que la había invitado de reemplazo. ¿Reemplazo de quién?, ¿de una sombra llamada Mariana a la que yo perseguía como un maniático desde hacía diez años? Jenny ignoraba su existencia y el hecho de pasar aquellas vacaciones conmigo la hizo pensar que estábamos comprometidos. Decidí volver a París y buscar abiertamente a Mariana para obtener de ella una respuesta definitiva. En París le rogué a Bertrand que me ayudara a encontrarla y mi primo consideró alarmante mi fijación en Mariana. Con un dejo de ironía en la voz me sugirió visitar a un psiquiatra. Discutimos, él amable, yo indignado. Al final aceptó invitarme a todas las reuniones en las que hubiera gente que conociera a Mariana.

—Tal vez te cure la decepción. Mariana no es lo que tú piensas —aseguró Bertrand.

A principios de la primavera me encontré frente a Judith Tessier en la inauguración de una galería de moda. La conversación giraba sobre el erotismo y los problemas sociales. Aquellos elegantes se pronunciaban contra la estrechez de la sociedad burguesa encerrada en sus prejuicios y culpaban a Hollywood de la moral del final feliz y la condena rústica del mal.

—*Delenda est Hollywood!* —exclamó Guy Lammont.

Sus palabras fueron coreadas por risas de aprobación.

—Nuestro problema es crear una revolución

con rostro humano —explicaba Judith moviendo sus dedos viejos cubiertos de diamantes.

—¿Quieres decir una revolución que nos acepte? —preguntó Bertrand risueño.

—No exactamente. Quiero decir una revolución que podamos aceptar nosotros —refutó Judith con pedantería.

—¿Y no podemos dejar a los revolucionarios que hagan la Revolución y nosotros ser simplemente lo que somos: burgueses? —preguntó Bertrand divertido.

—¡No! Perderíamos nuestro lugar en la historia. Además compartir la Revolución es excitante, una aventura inesperada, ¿no te parece? —insistió Judith sacudiendo sus joyas.

—Bertrand habla de la Revolución con el concepto equivocado del mal y del bien establecido por la burguesía —terció Guy con voz decisiva.

Fingiendo indiferencia provoqué la conversación sobre Mariana. ¿Acaso no representaba el mal? ¿Acaso no la condenaban por no pertenecer a la alta burguesía? Según ellos desafiaba a los principios establecidos y era evidente que no practicaba el final feliz que ellos deseaban destruir en el nombre de la nueva moral revolucionaria. Era evidente que Mariana iba a la vanguardia, había roto todas las estúpidas convenciones burguesas que a ellos tanto les repugnaban. Judith y Guy me escucharon con impaciencia, me interrumpieron: ¿por qué hablaba de aquella desclasada? Ellos estaban tratando del tema de nuestro tiempo, no de personajes marginados por la sociedad.

—Mariana sería una heroína revolucionaria si se lo propusiera, es el ejemplo claro de que la burguesía no acepta la libertad de la persona…

—¿Qué dice? Mariana se niega a darle el divorcio a Augusto. Es una pobre aspirante a burguesa y se ha convertido en un problema para todos nosotros —me explicó con violencia Judith mirándome con sus viejos ojos castaños.

—Se ha colocado en una situación lamentable, es lo que los comunistas llaman en su argot lumpen… lumpen no sé qué —agregó Guy apoyando las palabras de Judith.

—¡Eso es! Lleva una vida irregular, frecuenta lugares inconvenientes, y le suplico que cuando hablemos de temas trascendentes no nombre a esa mujer. ¡Es de mal gusto! —terminó Judith.

Los observé con ira y medí sus palabras: Guy era un fracasado y proyectaba su situación penosa sobre Mariana. En cuanto a Judith, su largo enredo sentimental con Guy, veinte años menor que ella, la colocaba en una posición no sólo irregular sino ridícula. Su afán para acomodar a la Revolución en su favor significaba su voluntad de poder ahora simbolizado por los millones que guardaba en el banco, o quizá contaba con manipular a través de su dinero a algunos dirigentes de la Revolución. Decidí que ninguno de los dos merecía una respuesta y les volví la espalda para encontrarme frente a Augusto, que me miró como preguntando: ¿En dónde nos hemos visto antes? Mis ojos lo acusaron y temeroso de hallarse frente a un testigo imprevisto, me obsequió con una sonrisa tímida. Me alejé de él y a distancia estudié sus gestos imprecisos y su mirada que parecía pedir disculpas al grupo elegante y revolucionario que lo protegía. Parecía perseguido por algo que yo califiqué inmediatamente de culpa, aunque el grupo poderoso y subversivo en el que se movía hubiera abolido el concepto de culpa, por considerarlo un prejuicio burgués, un concepto que debería caer en desuso para que ellos pudieran cometer sus crímenes, sus adulterios y sus caprichos con toda impunidad. Fue en ese instante cuando decidí que la burguesía era simplemente abominable y me aterró saber que proyectaban introducirse en las filas bárbaras de los comunistas romos. Me sobresaltó este pensamiento, yo pertenecía a la alta burguesía y estaba dispuesto a defender mis derechos y principios frente a mis enemigos de clase. Ahora, después de hablar con Judith y sus amigos no supe cuáles eran los enemigos de clase. Distinguí un traje de mujer muy vistoso y vi que Augusto se refugiaba cerca de ese traje y parecía sentirse seguro. Lo rodearon sus amigos, algunos de los cuales llevaban insignias raras en la solapa. Lisa Fugate rió a carcajadas al verlas y se volvió a su amante para reprocharle que no llevara alguna. Augusto enrojeció y miró con disimulo en mi dirección. ¡No, ellos no perderían jamás! "Corriendo detrás de la diosa perra del éxito", me dije, citando mentalmente a D.H. Lawrence. "Yo soy de los vencidos", me había dicho Mariana y ahora sabía que era verdad, aunque ignoraba el motivo de su derrota. Me volví a Guy y le pregunté con voz insolente.

—¿Usted ha visto a Mariana?

—¡Ah, no! No frecuento los barrios bajos.

Su respuesta me hizo abandonar la galería. Bertrand me alcanzó en la calle pero tampoco tenía ganas de hablar con él. Mi primo se negaba a aceptar que había algo muy oscuro en la vida de Mariana y de Augusto, una laguna ignorada por todos nosotros. ¿Acaso no habían desaparecido ambos durante varios años? En ese espacio de tiempo estaba la clave que nadie deseaba encontrar. Se lo dije a Bertrand que caminaba en silencio junto a mí.

—Deseo que los comunistas les corten el cuello a todos los que estaban allí. ¡Lo merecen! —le dije al final.

Me fui solo a mi estudio. Hacía ya varias noches que dormía mal, abrí los balcones y me acosté, pero no pude conciliar el sueño. Por los cristales abiertos entraba la primera frescura de la primavera. Era una de esas noches quietas en las que la melancolía entra en lo más profundo de nuestro ser con la dulzura de un veneno, nos destruye las imágenes del pasado y nos abandona en un estupor inmóvil. ¿Qué me quedaba de los gestos, las aventuras amorosas, los paseos y los minutos que había estado en el mundo? Nada. Miré los divanes, los objetos y los cuadros que con las luces de la calle tomaban formas inesperadas. De afuera subían voces pasajeras y rápidas pisadas femeninas. La noche se extendía sobre la ciudad inútil fabricada sólo para amparar a seres tan absurdos como yo mismo perdido entre pasos y gestos que no conducían a nada. Hacía ya tiempo que todo lo que tocaba se me deshacía entre las manos, y esa noche se me había deshecho hasta la voluntad para luchar por mi clase. "Necesito buscar a alguien, encontrar algo...", me dije fumando boca arriba echado sobre mi cama. Recordé a Mariana, mi vida era semejante a mi amor por ella, ¡nada! Cada vez que intentaba acercármele algo imprevisto la convertía en intocable e invisible. Ahora las palabras de sus amigos la habían reducido a prostituta. "No frecuento los barrios bajos", había dicho Guy. También Eveline, la secretaria de Augusto, se había negado a ir a Pigalle en compañía de aquellos compatriotas de Augusto por temor a encontrarla. Era absurdo seguir pensando en ella. Bertrand tenía razón, aunque los demás no la tuvieran por el hecho de ser unos fariseos. El teléfono llamó con insistencia, debía ser Jenny que se negaba a aceptar que nuestra aventura había terminado. Dejé que el teléfono continuara llamando. De pronto sus timbrazos me alarmaron, Jenny insistía de otra manera, llamaba varias veces y había interrupciones en sus timbrazos, en cambio éstos eran incesantes y continuados. Contesté de mala gana.

—André... —me llegó la voz de Mariana.

La emoción me hizo guardar silencio. Era la primera vez que me llamaba y la conocía hacía diez años. Repitió mi nombre.

—André...

—¿Qué te pasa? —dije tratando de resultar indiferente.

—¿Puedo verte? ¿Ahora?...

—¿Ahora?, estoy dormido...

Contesté para defenderme de la impresión angustiosa que me produjo su voz. Había acudido a mi llamado secreto para abrir un camino en esa noche vacía. De alguna manera misteriosa nos comunicábamos. Oí su súplica.

—Sólo una hora... bueno, tres cuartos de hora...

—¿Tres cuartos de hora?...

—Sí, y te prometo que me iré.

Hubiera querido decirle que viniera y no se fuera nunca, pero sólo pude decir.

—Ven, te espero. Dejaré la puerta abierta.

Colgué el aparato, me levanté, me cambié de pijama, corrí a la cocina y preparé un café. Revisé el salón que comunicaba con mi alcoba de dormir y volví a encontrarlo exiguo y miserable para recibir a Mariana. Dejé entreabierta la puerta de entrada para que no tuviera que llamar con la campanilla y nervioso volví a mi alcoba y me eché boca arriba sobre mi cama. Fumé dos cigarrillos y consulté mi reloj pulsera que había colocado sobre la mesilla de noche. Los cabellos que colgaban en litografías de las paredes de mi cuarto me parecieron súbitamente tristes. "No va a venir", me repetí, mientras recordaba fragmentos desordenados de mis encuentros con ella en el hotel del boulevard Raspail. Mariana había sido mi primer amor, mi primer descubrimiento frente al misterio de la belleza femenina y todavía no había logrado tocar ese misterio que había permanecido en mí como un bello sueño. Era el sueño de un adolescente y no podía seguir actuando como un chiquillo. Di un puñetazo en la almohada y luego hundí el rostro en la blandura de las plumas. Tenía treinta y dos años y no iba a permitir que Mariana continuara jugando conmigo. Fue en ese instante cuando empujaron la puerta de entrada y esperé conteniendo la respiración. Alguien avanzaba en la oscuridad. Había tomado la precaución de dejar encendida solamente la lamparilla de noche situada junto a mi cama. De pronto, en la puerta que comunicaba con el salón apareció una figura radiante envuelta en un traje blanco que desnudaba los brazos, los hombros y la espalda. Era Mariana en traje de ceremonia. A la luz tenue de la lámpara vi sus ojos desorbitados por el miedo. Mariana avanzaba buscándome.

—André... ¿estás aquí?

—Aquí, Mariana.

Se acercó a mi lecho y se arrojó sobre mí. Su

cuerpo ligero cayó sobre el mío y su perfume invadió la habitación. Se abrazó a mis hombros y escondió el rostro en la almohada, muy cerca de mis labios.

—No sé cómo decírtelo...

Le acaricié los cabellos que rozaban mi mejilla y me sentí apaciguado. Le cogí la cara con las dos manos y la obligué a mirarme a los ojos. Ella bajó los párpados que casi rozaban los míos.

—¿Qué sucede?... ¿Por qué vienes a despertarme?

Continuaba pensando que la severidad era una forma de la virilidad y esta vez quise mostrar mi fuerza, imponerme, para lograr un acuerdo normal con aquella escurridiza. Mariana se separó un poco de mí, cruzó su cuerpo sobre el mío y se sostuvo la barbilla entre las manos, apoyando los codos en la cama, tendida boca abajo como estaba. Por sus ojos cruzaron sombras y pensamientos que me sobresaltaron.

—No sé qué pasa... —dijo como para sí misma.

Me quedé perplejo mirando sus espaldas desnudas tan cerca de mis labios. Me dije que no debía hacer nada que provocara su huida y sólo le besé la garganta. Mariana permaneció quieta sin cambiar de postura. Bajó los ojos.

—No sé qué pasa... algo horrible —le costaba trabajo decir estas palabras.

Me dejé llevar por la indignación, jugaba conmigo y su descaro me sublevó. Allí estaba tendida sobre mí diciendo incoherencias.

—Si no me dices lo que pasa llamaré enseguida a un psiquiatra —contesté llevado por la cólera.

No pareció conmoverse, se volvió ligeramente y me rozó la boca con los labios. En sus gestos no había ninguna premeditación. Sin una palabra volvió a rozar mis labios, sobre mi cuerpo sentí el suyo atravesado y su vientre tierno. Nunca la había tenido tan cerca y me conmovió su abandono, mi presencia le ahuyentaba el miedo, la calmaba como antes en el hotel del boulevard Raspail, sólo que en aquellas noches nunca la tuve en mis brazos como ahora.

—¿Qué sucede, pequeña Mariana?

Cruzó los brazos sobre la cama y dejó caer la cabeza ocultando el rostro. La dejé quieta y tuve la impresión de que podía quedarse dormida. Me enderecé un poco y junto a mis labios quedaron su espalda desnuda, las besé con devoción enriquecida por diez años de espera. Ella movió la cabeza y se colocó de perfil. Vi su rostro pálido como la blancura de la sábana, la luz de la mesilla iluminaba su piel y su traje blanco.

—André… estoy cansada de tener miedo.

Le besé el cuello y acaricié sus cabellos esparcidos sobre la sábana.

—No me has dicho de qué tienes miedo, mi amor —me sorprendió llamarla en voz alta "mi amor".

—Abrieron y entraron... —dijo con voz extraña.

—¿Quiénes? —pregunté alarmado.

—Ellos... no lo sé... Natalia y yo corrimos al otro cuarto. Después...

Mariana se interrumpió para esconder la cara sobre los brazos cruzados. No había cambiado de postura y su cuerpo continuaba sobre el mío. Le acaricié las espaldas y me incorporé para besarle la nuca, en donde los cabellos rubios se volvían tiernos como plumillas. Una mezcla de deseo y de terror por aquel cuerpo tantas veces deseado me dejó casi sin palabras.

—Es tu imaginación... —le aseguré para tranquilizarla.

—Yo no tengo imaginación...

La tomé en mis brazos y la besé largamente. Era la primera vez que lo hacía y su cuerpo dúctil obedeció a mi abrazo. Súbitamente la sentí inerte, sin compartir mi arrebato, se dejaba besar para obtener mi protección. ¿Cómo llegar a ella? La oprimí contra mi pecho.

—Mariana, no temas nada, te lo suplico.

—Sucede todas las noches, Saturnal lo sabe...

Le cerré la boca con un beso. ¿Quién era Saturnal? Me faltaron palabras para decirle que ese peligro no existía o que sólo sucedía en su imaginación. La apreté contra mi pecho para guardarla para siempre y le repetí que la amaba. Mariana levantó los ojos y me miró con un fulgor dichoso.

—¿No te engañas? ¿De verdad me amas?

—Te juro que has sido mi único amor, Mariana.

Permaneció en mis brazos, me acarició la frente, me bajó los párpados y me los besó.

—Entonces no importa lo que suceda, el amor salva de cualquier pecado. ¿Verdad?

Volví a besarla y a decirle que la amaba. Me sorprendí a mí mismo repitiendo una y otra vez el verbo amar, del que siempre había huido por parecerme ridículo. En un instante la palabra amor me resultó de una riqueza desconocida y de una gravedad extrema. Tuve la impresión de no haberla pronunciado jamás y miré a Mariana con ojos nuevos, que la convirtieron en una criatura preciosa, "en la elegida", me dije y me asustó el ámbito desconocido en el que entraba con ella. "Te amo", repetía una y otra vez, buscando entonaciones diferentes y significados ocultos.

—Tu amor me sostendrá para no caer. ¿Verdad? —murmuró.

La guardé contra mi pecho. Le dije que mi amor era una poderosa red que la salvaría de cualquier caída. Y la recordé en el café sentada frente a la mesa de plancha de mármol, en medio de la soledad que sólo rodea a los caídos. Escuché las palabras que decían sobre ella: "Ha caído muy bajo", y le aseguré que mi amor la salvaría y que no debía tener miedo. Ella se acurrucó sobre mi pecho y se quedó silenciosa y quieta, como una paloma que vuelve a su cornisa. Ahora Mariana formaba parte de mí mismo, estábamos hechos de la misma piedra, de la misma sangre y ambos éramos el mismo paisaje. Iríamos juntos a la catedral, como aquella mañana en la que arrodillado junto a ella le dije que nos estábamos casando y me quedé quieto abrazado a su cuerpo, consciente de la gravedad de mi deseo. Me sorprendieron dos sombras que se movían en el salón apenas iluminado por la luz que llegaba de la calle. Asombrado las vi avanzar hasta la puerta de mi cuarto, una era femenina, alta, iba cubierta con una hermosa capa blanca. La otra sombra era la de un hombre de estatura muy baja, vestido con un pantalón y un *sweater* negro. Aturdido por su presencia inesperada me aferré al cuerpo de Mariana, ésta se enderezó.

—Ya podemos irnos, André me ama...

La escuché decir e inmediatamente se escapó de mis brazos y se unió a Natalia y a aquel extraño personaje de cabellos negros y lisos cortados en forma de borla, como los de un niño japonés. Sus facciones irregulares y feroces estaban cubiertas por una piel amarillenta. El hombre tomó a Mariana de la mano, apenas le llegaba al hombro y junto a ella parecía un enano extranjero y malvado. Estupefacto, vi a Natalia colocarse cerca de su madre. Estaba tan suntuosamente vestida que comprendí que venía de una fiesta. Sentado en el borde de mi cama me dejé contemplar por aquel trío que me miraba con fijeza. Pensé que estaba soñando, pero la sonrisa de Mariana irradiaba tal felicidad que el sueño dejó de ser pesadillesco. ¿Quién era el hombre? Continué mirando al grupo sin entender lo que sucedía. El hombre de negro desde las hendiduras de sus ojillos oscuros me lanzó una mirada complacida.

¿Qué hacía allí invadiendo mi casa a media noche? ¿Quién es?, me repetí.

—André, te presento a Saturnal, un poeta peruano —contestó Natalia sin que yo hubiera preguntado nada en voz alta.

—Mariana tenía miedo y había razón —dijo Saturnal sonriendo.

Vi su boca abierta y sus dientes grandes y blanquísimos y no pude decir nada. Supe que de alguna manera aquel hombre oscuro era el responsable de la presencia de Mariana en mi habitación y también el culpable de lo que ahora sucedía.

—Saturnal, ahora, si quieres, ya podemos irnos —dijo Mariana con el rostro transfigurado por la dicha.

—¿Irte? —grité indignado.

—Me dijiste que viniera sólo tres cuartos de hora —contestó Mariana.

Al escuchar que se iba me puse de pie, después volví a sentarme en el borde de la cama. ¡Mariana se iba, se burlaba de mí otra vez! Y yo la amaba... sabía que la amaría siempre y su crueldad me pareció insoportable. Cumplía su promesa de estar conmigo sólo tres cuartos de hora. Me explicó que le había suplicado a Natalia que viniera a buscarla en tres cuartos de hora y su hija cumplía con la orden recibida con una exactitud exasperante. Me sentí aplastado por mi propia estupidez, yo mismo me había colocado la trampa. Mariana ni siquiera me había explicado la causa de su miedo, había permanecido junto a mí unos minutos sólo para hechizarme y ahora se iba sonriente y segura de mi amor. La miré de pie, en el salón con su hermoso traje blanco y pensé que no podía dejarla ir. Había esperado diez años para llegar a este momento, ¿debería esperar otros diez años para volver a tenerla en mis brazos? No podía enfadarme, de alguna manera el momento era grave y ni siquiera pude sentirme burlado. Miré al hombre pequeño que se mantenía tranquilo y a la luz de la lámpara creí descubrir en él una satisfacción que me resultó insolente. "También yo tendría miedo si anduviera con un personaje tan siniestro como tú", pensé rencoroso. El hombre me devolvió la mirada en la que brillaba el triunfo. Aparté los ojos de él y miré a Mariana y a Natalia, las dos radiantes, que se preparaban a irse con aquella especie de demonio.

—¿Y si te hubiera pedido que te quedaras conmigo toda la noche, lo hubieras hecho, Mariana?

Me miró con los ojos húmedos, se acercó al borde de mi cama, se arrodilló frente a mí y levantó el rostro.

—Sí, André. Y como me amas y no quieres que me vaya estaré siempre junto a ti.

Me dijo estas palabras con tanta simplicidad que me sentí perdido. Inclinó la cabeza como si esperara algo de mí aunque no supe lo que era y permaneció de rodillas en actitud recogida. Le pasé la mano por los cabellos y la recordé en Notre Dame. Ahora arrodillada frente a mí parecía esperar un milagro. Mariana era la única mujer a la que había amado y una terrible premonición me anunció que desaparecería de mi vida.

—Por eso quise venir. Para saber de tu boca que me amabas, se lo expliqué a Saturnal —me confesó sin levantar la cabeza.

El hombre contemplaba la escena con naturalidad y fue él quien contestó a las palabras de Mariana.

—Vámonos, ya debes descansar —le ordenó Saturnal.

Antes de que yo pudiera decir nada, Mariana se puso de pie y se colocó al lado de Natalia.

—Es verdad, estoy tan cansada… —murmuró en voz baja.

—¿Me llamarás? —pregunté angustiado.

—Todos los días, mi amor —respondió sonriendo.

No supe qué decir, todo era inesperado, Mariana como siempre me había tomado por sorpresa y ahora se iba y me dejaba trémulo y sin palabras. Los tres abandonaron la habitación y yo corrí hasta la puerta. Los vi descender con ligereza las grandes escaleras de piedra que giraban en espiral hasta el vestíbulo de entrada. La capa blanca de Natalia y el traje blanco de Mariana se deslizaban rozando los amplios escalones de losas amarillentas y gastadas. Me apoyé en el barandal de hierro para verlas atravesar el vestíbulo a esa hora desierto. Cuando sus cabezas rubias vistas desde el tercer piso como dos corolas luminosas iban a desaparecer, un dolor intenso se apoderó de mí.

—¡Mariana! —grité.

Mi voz retumbó en la bóveda y ella levantó la cabeza. Su nombre vibrando en la piedra de los muros. Después los tres salieron a la calle y en ese momento supe que no vendría a buscarme, debía ser yo el que debía encontrarla. "¡Y la hallaré!", me prometía a mí mismo, aunque tuviera que buscarla en el laberinto del tiempo, en las ciudades de las que sólo quedan huellas confusas o en las que los hombres todavía no presienten su futura existencia y por las cuales Mariana debería transitar seguida de mis pasos. Estaba unido a ella desde antes de aquel lejano encuentro en el salón de mi primo Bertrand. Pensé que no bastaba la lógica para entender mi misteriosa liga con Mariana, recordé imágenes borradas y brillantes mezcladas con una frescura de lágrimas que las volvió difusas. Mariana y yo unidos por el llanto avanzábamos tomados de la mano o flotábamos separados por poderes invisibles, buscándonos. El alba me encontró sumido en el estupor y embargado por una pena que no había sentido nunca. Por la ventana abierta entraban los primeros rumores de las ramas tiernas de los castaños mezclados a los pasos de los panaderos y de los mercaderes que abrían el mercado vecino. Tuve la sensación de haber soñado la presencia de Mariana, pero sobre la almohada quedaba su perfume y en el suelo un guante blanco abandonado en la precipitada partida. Mariana había venido y yo la había tenido entre mis brazos. Recogí el guante que guardaba todavía la forma de su mano. "Volverá hoy", me dije seguro de mis palabras. Volvía a ser el André de diez años atrás, cuando en la casa de mis padres, Robert me servía el café amargo de la posguerra y me preguntaba por la señora Mariana. Mi memoria me devolvía a aquellos días y mi amiga aparecía vistiendo mi pijama, bailando conmigo en el *bistrot* del árabe, arrodillada en Notre Dame, caminando junto a mí a la orilla del Sena, llevando su bicicleta por el manubrio en nuestra primera tarde...

Me lancé fuera de la casa, necesitaba hacer algo violento. Busqué el traje de montar y poseído por una energía desesperada saqué el automóvil y me dirigí a las caballerizas de un amigo. Galopé muchas horas por los bosques de Maison Laffitte y decidí dormir allí. La violencia del aire todavía frío me reconfortó y el temor de que Mariana no cumpliera su promesa me hicieron evitar París. Mi temor era justificado, Mariana se empeñó en guardar silencio. Melancólico recorrí todos los lugares en donde habíamos estado juntos, esperando encontrarla. Por las márgenes del Sena paseaban parejas desconocidas, en el hotel del boulevard Raspail ya no estaba Castel y Notre Dame me recibió sólo para devolverme el eco de mis pasos solitarios. Bertrand después de nuestro último encuentro en el que se echó a reír cuando le pregunté si sabía algo de Mariana me evitaba con delicadeza y sólo me quedaba continuar en mi solitaria búsqueda sin la esperanza de encontrar a alguien dispuesto a ayudarme. Me sentía ofendido cuando visitaba cafetines de mala muerte o lugares equívocos, en los cuales ninguna cara se aproximaba a la suya. Si al menos supiera dónde encontrar a Saturnal, el ridículo peruano, iría a buscarlo y humillado le pediría la dirección de Mariana. Pero ¿en dónde encontrarlo? Además ¿qué hacía ella con aquella compañía dudosa? Era incomprensible y por primera vez pensé que Judith Tessier y Guy Lammont podían estar en lo cierto. "Ella y su hija vagabundean por los cafés"... "No frecuento los barrios de la plebe", habían dicho con gesto despectivo. También Eveline, la áspera secretaria de Augusto, se había negado a ir a Pigalle por temor a encontrar a Mariana. "¡Pigalle!", me repetí sintiéndome aplastado por mi propia vulgaridad y enseguida me dije: "¿Por qué frecuenta los barrios bajos?" Tal vez la palabra Pigalle encerraba el misterio de Mariana. "Nos persigue", decía la voz de Augusto y bajaba los párpados. Eveline lo miraba compasiva, le encendía los cigarrillos y apuraba un grueso trago de ron. Estuve seguro de que esa mujer hombruna tenía el secreto de Mariana y aunque me pareció no sólo ofensivo sino grotesco decidí encaminar mis pasos a Pigalle.

Hacía mucho tiempo que no visitaba ese lugar ruidoso dedicado a los turistas. Las mismas mujeres de unos años antes o quizás otras exactamente iguales a las anteriores, ocupaban las mesas de los locales iluminados con luces rojizas. Buscaba a Natalia y a Mariana entre ellas, que me sonreían desde sus trajes escotados y sus alhajas falsas. Deseaba ardientemente no encontrarlas allí, en medio del humo de los cigarrillos y la música de moda. Cuando en *Chez Eve* creí reconocer a Saturnal, me dio un vuelco el corazón. ¡Era él! No me equivocaba, vestía el mismo pantalón y el mismo *sweater* negro, sólo que ahora de su pecho colgaba una cámara fotográfica y un *flash*. Lo vi disparar su luz blanca y su cámara sobre una pareja y corrí hacia él, que pareció sentir mi presencia y se volvió para mirarme por la hendidura de sus ojillos negros. Con una violencia que me sorprendió a mí mismo lo tomé por un brazo, esta vez no se me escaparía el miserable.

—Vamos a tomar un trago —le ordené con voz iracunda.

—Gracias, André, me caerá muy bien: tengo mucha sed —contestó.

No supe si "ella" era Mariana o era la poesía y esperé a que continuara, pero Saturnal calló. Noté que esperaba mis palabras, sin lanzarse él en ninguna conversación. Sus respuestas eran breves y me impedían continuar una charla que me llevara con naturalidad a obtener la dirección de Mariana. Tuve la intuición de que Saturnal se sentía sometido a un interrogatorio y que lo aceptaba por pura cortesía. No quise darle una mala impresión y me escuché hablando de Gerard de Nerval. A nuestro alrededor las gentes que se movían frenéticamente y haciendo un ruido ensordecedor que dificultaba el diálogo y me hacía repetir en voz cada vez más alta mis palabras.

—¿Has visto a Mariana? —grité de repente.

—Ya no... —contestó Saturnal después de una pausa.

Puse los codos sobre la mesa y me tendí hacía él, ávido de escuchar las palabras que vendrían después de aquella lacónica respuesta, palabras que no se producían. Saturnal movió la cabeza e insistió.

—Ya no...

—¿Qué quieres decir? —lo tuteaba desde hacía rato para establecer una intimidad entre los dos que facilitara las confidencias, sin embargo mi pregunta no ocultaba mi ira frente a su mueca de ídolo sudamericano. "Deberías estar en el Museo del Hombre", me dije mirándolo con fijeza.

—Mariana necesitaba saber que era amada y...

Un hombre de edad madura y vestido de *smoking* tomó a Saturnal por el hombro y lo sacudió con violencia. La interrupción inesperada hizo que Saturnal se volviera asustado hacia el desconocido.

—La clientela espera y usted pierde el tiempo y yo pierdo dinero —dijo con voz imperativa el hombre del *smoking*.

Saturnal se puso de pie inmediatamente, miró al hombre con aire culpable y me explicó con voz agitada:

—Trabajo aquí...

—¡Vamos! ¡Vamos! —ordenó el desconocido.

También yo me puse de pie y seguí a Saturnal a través de los pasillos formados por las mesas, mientras él tomaba sus modestas fotografías. Las parejas se abrazaban fingiendo una pasión que no sentían, pero cuya imagen feliz deseaban guardar como prueba de la posibilidad de la dicha o de la belleza que nunca alcanzarían. Imaginé esas fotos tomadas con una decisión bárbara, guardadas en algún cajón o colocadas sobre cualquier repisa y la ingenuidad de los aspirantes a la dicha, me hizo sonreír. Saturnal trabajaba de prisa y de cuando en cuando me dirigía una mueca que mostraba sus dientes cuadrados. Era muy distinto de Moulinot que calculaba la luz, la distancia, los segundos, y que estaba siempre satisfecho de su eficacia para captar imágenes cuyo valor estaba asegurado por los siglos. Su aparente modestia enfundada en su viejo impermeable ocultaba su orgullo de técnico infalible. Moulinot no fotografiaba instantes fugitivos, ni amores ilusorios, él consagraba con su cámara lo que ya estaba consagrado y su inversión de tiempo y de trabajo era segura. Saturnal en cambio, quería asegurar a la dicha inventada y repartía migajas de amor a sus clientes. Presentí que amaba el amor y le pregunté deteniéndole en uno de los vericuetos del local:

—¿En dónde está Mariana?

—Ahora ya no lo sé... usted la ama ¿verdad?

Y se dirigió a otra mesa sin esperar mi respuesta; mientras hacía brillar el *flash* agregó:

—Yo le leía mis poemas...

Ya había hecho el recorrido de todas las mesas y su confesión era el prólogo para entrar en materia. Ahora podríamos hablar con largueza de Mariana con la cámara colgando sobre el pecho, cubierto por el *sweater* negro me explicó:

—Tengo que ir al cuarto oscuro y revelarlas. Ellos esperan y yo necesito monedas.

—Te espero.

Y sin una palabra más Saturnal entró por una pequeña puerta que decía: "Prohibida la entrada". No pude seguirlo y esperé su regreso. ¿Cuánto tiempo podía tardar? A lo sumo unos veinte minutos durante los cuales yo vigilaría la puerta. Pasó media hora. La muchacha que vendía los cigarrillos me observaba con curiosidad. Se alejó un rato a vender su mercancía y regresó a mi lado. Pasó otra media hora y yo seguía inmóvil esperando la salida de Saturnal. La cigarrera fue y volvió varias veces, al final la joven se acercó amable:

—¿Busca algo?

—Espero a Saturnal.

La muchacha me miró con escepticismo y movió la cabeza:

—Voy a buscarlo, usted sabe cómo son estos sudamericanos.

Le agradecí su atención y la vi cruzar la puerta prohibida y reaparecer al poco rato:

—¡Ya se fue! Es un tipo imposible. Hacía ya tiempo que no venía por aquí. Hoy trabajó de reemplazo por pura casualidad.

La miré incrédulo. ¡No podía ser verdad! El miserable había jugado conmigo dejándome ahí plantado, mientras él iba a esconderse a su agujero. La chica se sobresaltó al ver mi turbación.

—¿Le robó algo?

La miré con impotencia. ¿Cómo explicarle lo que Saturnal me había robado? La muchacha esperaba mi respuesta con los ojos muy abiertos.

—No. No me robó nada... pero necesito su dirección.

—¿Su dirección? Voy a ver si la tiene alguien...

La vi alejarse preocupada y hablar con varios empleados. Volvió con aire compungido.

—No tenemos su dirección. Hacía ya tiempo que no venía por aquí. Es un tipo raro. La última vez que trabajó con nosotros también se fue por la puerta de atrás sin avisar. Sus amigas vinieron a buscarlo. Cuando ellas vienen deja su motocicleta en un patio interior y no vuelve hasta dos o tres días más tarde a buscarla. Creo que vinieron por él, pero su moto no está ahí.

Me quedé atónito. Las amigas de Saturnal no podían ser sino Mariana y Natalia. Quise estar seguro.

—¿Qué amigas?... ¿Tiene amigas?...

—Sí. Dos extranjeras elegantes. Cuando vienen por él siempre lo hacen a media noche...

Le di unos francos a la chica y salí de prisa con la esperanza de encontrar a Saturnal en la calle. Pero sólo vi borrachos elegantes que cargaban en sus automóviles a las mujeres nocturnas. Subí a mi coche y busqué en las calles a Saturnal y a sus amigas. Estaba apesadumbrado al comprobar que Mariana frecuentaba con su hija los lugares bajos y se hacía acompañar por sujetos de la ralea de Saturnal. No quise imaginar el papel que representaba el individuo en la vida misteriosa de Mariana. París estaba lleno de tipos como él, dedicados a explotar mujeres. ¿Qué era lo que la movía a dejarse manejar por aquel sujeto repulsivo? Me indigné contra mí mismo al recordar que unos minutos antes también a mí me había engañado con su falsa modestia y su falsa dulzura. "Necesito las monedas", había dicho con voz débil y después había huido como una rata. Mi deber era salvar a Mariana. Ella misma me había suplicado que le impidiera caer. La recordé arrodillada frente a mí con las espaldas desnudas y el traje blanco abierto como una flor aquella noche en que conocí a Saturnal y sentí que unas lágrimas reticentes asomaban a mis ojos. De rodillas la bella penitente con la cabeza inclinada me había pedido ayuda. ¿Cuál era su pecado? Yo había sentido su inocencia a pesar del traje suntuoso y de su súplica. Recordé *La degollación de los mártires,* de Fray Angélico, en donde una figurita minúscula inclina la cabeza para ser decapitada. Inmediatamente recordé la pregunta de Saturnal: "Usted la ama ¿verdad?" Quería estar seguro de mis sentimientos para satisfacer algún fin oscuro y al decirme esto me sentí ridículo y sentimental frente a aquel individuo que de acuerdo con Mariana me preparaba una trampa. Era estúpido de mi parte comparar a Mariana con la figurita de fray Angélico. Se había arrodillado frente a mí porque yo estaba sentado al borde de la cama o quizá para impresionarme. También me pidió que la dejara caer y enseguida había huido con el fotógrafo y ahora se escondía para exasperarme. Abrumado recorrí las calles al azar. No quería volver a mi piso donde me esperaba mi amor inalterable por Mariana. En adelante debía organizar mi memoria en un orden diferente, fabricar lagunas oscuras en donde ella debía aparecer. No podía encadenarme a aquella fugitiva que jugaba conmigo desde la tarde en que la encontré en el salón de Bertrand. Quise recordar a Jenny y el tedio que me produjo su honestidad lavada con lejía me obligó a abolirla para siempre. Era mejor recordar a ¿quién? A Michèle, y volví a sentirme abrumado con sus noches largas y complicadas. ¡No!, mejor era no recordar a nadie, sino pensar simplemente en el campo que con la multiplicidad de sus tonos verdes ofrecía una cura para la enfermiza imagen de Mariana. Me asombró el calificativo "enfermiza" y comprobé que era adecuado. De la Mariana dorada por el sol y con la boca abierta por la risa quedaba una imagen pálida y angustiada. ¿Había cambiado realmente o sólo a mí me presentaba ese rostro demacrado? El triunfo de Mariana sobre mí residía en su ambigüedad y en su capacidad para entristecerme y luego desaparecer sin dejar huella. Me pensé mezquino al decir "triunfo". Mariana no había triunfado sobre mí, simplemente la amaba y esta sensación exaltante me llenaba de una alegría desconocida o de una ira injustificada, como en esos momentos en que corría sin rumbo en mi automóvil y en que lo único que podía aliviarme era su presencia. Me dispuse a perdonarle su amistad con Saturnal y sus visitas a los barrios bajos. Pero ¿por qué lo hacía? Me resultaba difícil imaginarla caminando con Natalia, que era apenas una adolescente, por las calles equívocas de Pigalle. Sin aceptar la respuesta evidente subí los escalones de piedra de mi casa, los mismos que ella había bajado con tanta ligereza.

Unos días después volví a Pigalle a buscar a Saturnal. Hablé con la muchacha de los cigarrillos, que me dijo que el hombre no había vuelto a aparecer desde la noche en que me dejó esperándolo. Ella lo conocía poco y no se fiaba de su voz suave ni de su conducta aparentemente dócil. Para demostrarme la veracidad de sus sospechas me mostró con cautela un folleto de propaganda comunista que Saturnal había olvidado la noche de su huida y que la muchacha guardaba en secreto. Insistió en la extrañeza que le causaba a ella y a sus compañeros de trabajo la amistad de aquel hombre de cabellos cortados a la japonesa con aquellas dos mujeres muy elegantes, que lo esperaban en una callejuela oscura cuando venían a buscarlo.

—¿No le parece extraño? —dijo mirándome con ojos atentos.

En efecto, me parecía muy extraño y la causa de la amistad de Mariana con Saturnal continuaba sin respuesta. Sólo me quedaba esperar y traté de normalizar mi vida y olvidar a Mariana.

Moulinot me llamaba con regularidad y ambos hicimos un largo recorrido de trabajo por los castillos de la Loire. La excursión me volvió melancólico y la compañía de mi amigo me recordó con violencia a Mariana. La imaginaba en los parques, contemplando las fuentes, cruzando los salones o apoyada en alguna balaustrada. No podía confiarme en mi compañero de trabajo por temor a que me tomara por un loco. A mi vuelta a París y para disipar mis depresiones, traté de ocuparme de las cosas más pequeñas. Era peligroso abandonarse a la imaginación y prefería cualquier actividad a permanecer quieto y a la merced de mis pensamientos.

En una tienda de la Plaza San Sulpicio adonde llevé a enmarcar unas litografías me empeñé en una conversación con el propietario para matar parte de mi tarde libre y cuyas horas vacías me aterraban. Fue a la mitad de una frase, cuando escuché el ruido de una motocicleta y salí corriendo del *atelier* atraído por una fuerza desconocida. Saturnal, vestido con su mismo pantalón y su mismo *sweater* negro, estaba a unos pasos de mí, esperando la luz verde del semáforo. Corrí hasta él y lo tomé por la mano que apoyaba en el manubrio.

—¡Saturnal! —vociferé.

El hombre se volvió y me reconoció de inmediato. Abrió la boca como para decir algo y luego guardó silencio.

—¿En dónde está Mariana? —le grité.

Me miró unos segundos y me mostró la luz del semáforo para explicarme que debía seguir su indicación. Lo sujeté con más fuerza y bajó los ojos.

—No la busques... no vas a encontrarla nunca más —me dijo con voz mansa.

—¿Qué dices? —vociferé ante su insolencia.

Los coches pasaban zumbando junto a nosotros y Saturnal estaba incómodo. Se inclinó para hablarme.

—Yo la quería mucho... a veces llevaba sus joyas al empeño...

Lo miré ansioso, sin soltarle la mano y él continuó en medio del ruido de los automóviles dudando en decirme algo. Se inclinó.

—¿No te lo dijo? Fue cuando Augusto le quitó todo y se negó a guardar a Natalia...

Volvió a callar. Me sentí humillado, Mariana no me había dicho nada. Ignoraba su vida. No sabía que Augusto hubiera rechazado a su hija. Lo miré incrédulo.

—¿Qué pasó? —le grité.

—¿No sabes que los amigos de Augusto la seguían?... ¿No sabes que lo estorbaba... por algo?

—¡No, no sé nada! —grité.

Saturnal miró la calle y pareció aturdido con los automóviles y el ruido. Vi que tomaba una decisión.

—Sí, la seguían a todas partes... sembraban rumores, las puertas se le cerraron... ¿No sabes que huyó?... Una noche entraron y ella cogió a Natalia de la mano y se tiró desde un cuarto piso...

Solté su mano y pareció que la calle y la plaza entera se desintegraban en innumerables partículas de polvo. Por eso no me había llamado, a eso se debía su silencio.

—¿Cuándo? —pregunté casi sin voz.

—Hace dos años, en Liverpool. Ahí las enterró Augusto en secreto para borrar las huellas de su persecución y de su cri... —me dijo con voz lastimera.

No comprendí nada. Saturnal mentía, hacía menos de dos meses que él mismo me había visitado con ellas.

—¡Mientes! ¡Mientes! —le grité en medio del estrépito impaciente de los automóviles que pasaban junto a nosotros.

—¡Mientes! —repetí.

Saturnal me miró con pena y movió la cabeza preparándose para partir. Volví a sujetarlo por la muñeca.

—Me visitaba, necesitaba ser absuelta, que alguien la amara para poder descansar. ¿No sabes que el amor redime de todos los pecados?

Escuché su voz lejana y su sonrisa apacible. De alguna manera supe que no mentía y que en el fondo se sentía feliz al poder decirme la verdad. Lo escuché con una calma muy extraña.

—Rondaba las iglesias, no podía entrar, el suicidio es una condena, ahora está en paz. Tú la salvaste de la diaria repetición de su pecado, de su salto mortal a las dos de la mañana —agregó con dulzura.

Y Saturnal arrancó con violencia y desapareció por una callecita tortuosa. Me quedé un tiempo en medio de los automóviles, sin pensar en nada. No recogí las litografías. Anduve errante. Estaba terriblemente confuso, el peruano no me había mentido y recordé una a una las palabras de Mariana, sus gestos, sus apariciones y desapariciones. La confesión de Saturnal era increíble y decidí ir a Liverpool.

Allí, en el cementerio, frente a la tumba abandonada de Mariana y de Natalia supe que la verdad siempre es terrible y que el conocerla nos aniquila. Después comprendí la belleza encerrada en las palabras de Saturnal y mi amor por Mariana continúa inalterable, tendido como una hermosa red, que le impide a Mariana la sangrienta caída mientras logro llegar hasta ella.

—¿Sigues enamorado de Mariana? —me preguntó hace muy poco mi primo Bertrand.

—Ahora no puedo dejar de amarla nunca —le dije sin más explicaciones.

Sonrió, pero algo en mi actitud le dijo que no debía hacerlo. Me dio unos golpecitos en el hombro y me dijo mirando hacia la calle:

—¿Sabes que continúa persiguiendo a Augusto? Le hace escenas y se niega a devolverle a Natalia. El pobre hombre no quiere que ella sepa su nueva dirección. Ahora vive con una nueva amiga que también está aterrada por Mariana...

—Hace mucho tiempo dijiste que alguno de los dos era un canalla —le recordé.

Y cambiamos de tema. Mi amor ha salvado a Mariana de caer todas las noches con su hija desde un cuarto piso, y en vez de permanecer en ese cotidiano vértigo sanguinolento, me espera apacible en el tiempo. Es difícil explicar lo sucedido y además no me gusta revelar mi secreto...

Literatur y Arte a través del libro...

Homenaje a Elena Garro
técnica lápiz/acetato
medida 26 x 20 cm
RAQUEL CHÁVEZ LANZ

Raquel Chávez Lanz, de 1971 a 1973 estudió en la Escuela de Iniciación Artística núm. 9, de 1973 a 1975 Diseño y Decoración en la Universidad Motolinía y de 1976 a 1979 en la Escuela Nacional de Pintura y Escultura "La Esmeralda".

Ha participado en numerosas exposiciones colectivas entre las que destacan: Escuela de Iniciación Artística (1972), ENPE "La Esmeralda" (1977), Concurso Nacional para Estudiantes de Artes Plásticas (1978), Exposición 4° piso (1981), Exposición Itinerante por Saltillo, Torreón y Monclova (1982), 4° Encuentro Nacional de Arte Joven (1984), *Sólo de noche viernes* (1986), 7° Encuentro Nacional de Arte Joven (1987), Salón Nacional de Artes Plásticas. Dibujo (1988), 3ª Bienal Nacional Diego Rivera (1988-1989), Galería Latir Constante (1989), Galería Arte en Movimiento (1990), *La cultura de la noche*, Centro Cultural El Juglar (1993), 6ª Bienal Nacional Diego Rivera y 2ª Bienal Nacional de Pintura Pascual-Pinacoteca 2000 (1994-1995), *Duelo de dibujantes II*, *Un panorama del dibujo en México*, *Setenta lunas* (1995), 1ª Semana Cultural, Catedral de Texcoco (1996), *Recuerdos del olvido*, Galería Casa del Lago, Chapultepec y portada Revista *Horizonte Sindical* IESA, México Centro y Sudamérica (1996), 7ª Bienal Nacional Diego Rivera (1996-1997), *América, artistas plásticos al fin del milenio* (1997), Galería El círculo azul, exposición permanente en México, DF y su filial en Nueva York (1997-2000), Galería Los Talleres, Coyoacán (1998), Concurso La línea del arte, toma la obesidad, *La Estrella del Sur*, Galería Los Talleres, *Expo Erótica* (1999), Galería El círculo azul, Coyoacán, exposición permanente, *N. Nolton Gallery*, Nueva York, (2000-2001), Galería de Arte Contemporáneo, ciudad de Guatemala, Galería Misrachi Polanco y *Colectiva de Invierno*, Galería Óscar Román (2001), *Imágenes contemporáneas*, Pinacoteca Diego Rivera (2002), Exposición de dibujo y pintura, Galería El círculo azul (2003), Exposición de dibujo, Galería El círculo azul, (2004-2006), Exposición subasta *Rebozos pintados por artistas* (2005).

Desde hace varios años ha presentado varias exposiciones individuales. De la primera, realizada en la Galería de la Alianza Francesa de Palma (1978), le siguieron: "Descarnados", Polifórum Cultural Siqueiros (1987); "Esquelas", Ex Convento del Desierto de los Leones (1988); "Los destinos de la visión", Galería Frida Kahlo, U.V. y D-19 (1995); Galería Le Conosieur (2003-2006); Galería El círculo azul, Dibujo y pintura, DF (2004-2006).

Reconocimientos por su obra: Premio de adquisición (1994), 6ª Bienal Nacional Diego Rivera. Museo del Pueblo de Guanajuato. Itinerancia Nacional y Galería Casa del Lago. Chapultepec, Mención Especial (1994), 2ª Bienal Nacional de Pintura Pascual. Galería Pinacoteca 2000, Itinerancia Nacional y Museo Carrillo Gil, San Ángel; Premio de Adquisición (1996), 7ª Bienal Nacional Diego Rivera. Museo del Pueblo de Guanajuato e Itinerancia por la República Mexicana (1996).

Esta obra se terminó de imprimir y encuadernar
el 29 de septiembre de 2006 en los talleres
CASTELLANOS IMPRESIÓN, SA de CV,
Ganaderos 149, col. Granjas Esmeralda,
09810, Iztapalapa, México, DF

Cuantos leen...